歃血

歃血為誓，對天起盟。若有異心，江山成空！

【卷二】關河令

墨武——著

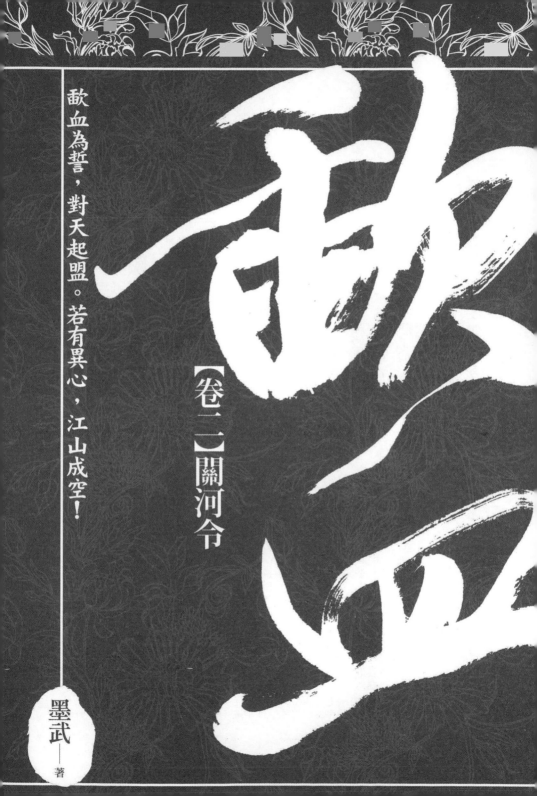

推薦序

品嘗這份屬於中國中世紀的風流

歷史部落格作家
袁曉煒

我們談到漢唐，總是眉飛色舞，感覺這是中國人揚眉吐氣、肌肉特別發達的輝煌年代：漢武帝有盪平匈奴、開通絲路的衛青、霍去病；唐太宗、唐高宗父子，則靠著擊滅東西突厥的李靖、蘇定方，將中國皇帝推上了「天可汗」的寶座。秦漢隋唐（剛好讀起來就是「秦漢」加「隋棠」），似乎這四個「第一帝國」與「第二帝國」的開創朝代也像那二個俊男美女的明星一樣，值得讓人低迴仰慕，品味再三。

可是一到宋朝……嗯，好像就不那麼引人入勝了。城市很繁華，瓷器很精美，科學還不錯——像是《夢溪筆談》之類的科學著作，還能帶給我們一絲榮耀感，但這批承先啟後的傢伙真是積弱不振，扶不起的阿斗——怎麼會每年幾十幾百萬兩白花花的「歲幣」銀子（還有茶葉、絲綢），送給「番邦」當保護費呢？二宋三百三十年的歲月，似乎除了清明上河圖的末代繁華，與直把杭州作汴州的逸趣之外，就沒甚麼好說的了。

可事實不是這樣的。從北宋建國初期力戰殉國，義烈千秋的楊家將「楊老令公」楊業開始，到一手締造「撼山易，撼岳家軍難」的精忠岳飛，宋朝的軍事成就、技術與革新依然令人驚艷：曾公亮的《武經總要》彙整了十世紀左右的軍事技術；指南針普遍應用在海船之上；第一艘實戰的人力輪船（車輪舸）出現在太湖的水面；而火藥的實戰應用也發生在此時——「震天雷」、「飛火槍」、「霹靂砲」等的爆聲響徹了汴京城與采石磯的長空。這些以後將遠傳歐洲，改變世界的軍事創新都在此時百花齊放。

除了事物之外，當然還有人物。這本書的主角——起自行伍，智勇雙全的狄青，像是西元一千年左右，畫過東亞大地的一顆流星——從祁連山到崑崙關，這個臉上刺字，上陣時頭戴銅面具、威風凜凜的小兵，竟一路做到了當時武職最高的樞密使（國防部長）。

光是這樣還不夠好看。「女皇帝」一直是中國歷史上的敏感話題。北宋真宗—仁宗時代的宮闈祕聞，透過那樁傳統戲曲裡的好戲「貍貓換太子」，廣為國人所知。劉太后果真想師法呂雉武媚，女主臨朝？還是只是由於一個不能生育的母親的不安全感，一直延遲養子宋仁宗親政的時間？

還要再加上一點國際間的爾虞我詐。北宋時的中國大地，同時間並立著五、六個國家——除了漢人的宋朝以外，契丹、西夏、吐蕃、大理，再加上後起的女真與蒙古，擾擾春秋，列國爭雄，這種諜來諜往，你爭我奪的時代背景，是不是更有了點湯姆・克蘭西的間諜小說的感覺？

歷史如戲，小說亦如戲。金聖嘆評本的《水滸傳》，在楔子之前有一段按語說得極好：「興亡如脆柳，身世類虛舟。」閒雲潭影，物換星移，人物流轉登臺，但見成名無數、圖名無數、逃名無數。一千年後的我們大可泡一杯清茗，背靠躺椅，好好品嘗一下這本半武俠、半歷史的小說，這份屬於中國中世紀的風流。

目錄

卷二　關河令

那一刻，明月正懸，熱血沸然，狄青意志前所未有的堅定，自語道：「我要去西北。」他要去西北，為了那平生摯愛沒有說過、但銘刻心間的生死之諾，亦是為了那天地間浩浩蕩蕩，千古永垂的男兒豪情！

第一章　玄宮

狄青在石後等了片刻，見一女子婆娑地走過來，四下張望，好像在尋找什麼。月光灑落，狄青只見那女子容顏清減，微顯憔悴，竟然是與李用和交談的女子，也就是李用和的姐姐李順容！

那女子四下張望，憔悴的神色中帶著焦急，只是自語道：「到底在哪裡，到底在哪裡呢？」她看起來心力憔悴，突然跪倒在地上，向明月拜道：「救苦救難的菩薩，求你保佑他平安無事，若有什麼苦難，只求你加到民女的身上，民女就算立即死了，也是心甘情願！」

趙禎見到兩行淚水從那女子的臉頰流淌下來，又聞女人禱告，心中突然有所觸動，只是想，她想保佑的是誰？那個人得她牽掛，真是幸福。趙禎雖是皇帝，但極為孤單，就算是生母都對他極為冷漠。見天上明月淒清，突然想到，不知何時，在這樣的明月下，也能有一個親人對自己如此牽掛？

狄青早就打定主意，低聲對趙禎道：「你留在這裡，我先出去打探情況。」不等趙禎多言，狄青已抽出褲腿上插著的匕首，飛身到了那女子身邊，匕首已遞到女子脖頸之處，低喝道：「莫要聲張！」

李順容駭了一跳，差點坐倒在地，見到是狄青，眼中卻閃過喜意，說道：「我認識你，你叫狄青，你是狄青！」她一把抓住狄青，有如抓住救命的稻草。

狄青反倒被李順容駭了一跳，低聲道：「你認識我又能如何？你們的詭計，我早就看穿了。」雖說李用和不顧性命救了趙禎，但狄青總覺得這李家姐弟有所圖謀。

李順容詫異道：「我……我有什麼詭計？」

狄青冷冷道：「你今天怎麼這麼莽撞，差點讓人發現了，險些壞了大事。」他模仿李用和的腔調說出這句話後，又尖著嗓子道：「誰發現了我？」接著冷笑道：「還用我多說什麼嗎？」

狄青所言正是李順容和李用和二人私語的兩句話，他雖不明白其中的隱情，但狄青素來多智，覺得這麼一詐，李順容多半就會覺得計謀敗露了。

李順容秀眸帶了分驚詫，只是道：「你……說什麼？」

狄青冷笑道：「『聖上要在五漏三刻祭拜，到時候就是我們的機會！』李順容，你們欲對皇上不利，還要我多說什麼嗎？」

狄青以為說到這裡，李順容就算不大驚失色，也會掉頭就跑，不想李順容只是望著狄青，神色中有了淒婉之意，搖頭道：「原來你不知道，你什麼都不知道的。你若是知道，你就不會這麼說了……」話未說完，雙眸竟然垂下淚來。

狄青如墜霧中，不知這女子到底在說些什麼。

李順容哭了片刻，突然想起了什麼，急道：「狄青，你是不是和聖上在一起？」

狄青立即道：「沒有呀，我也正在尋找聖上。你們一直在暗算聖上，現在不知道他的下落嗎？」

李順容傷感道：「我怎麼會暗算聖上？」她臉上憂傷如刻，急道：「你沒有和他在一起？可王珪說應該是你救走了聖上呀，他怎麼會騙我呢？」

狄青心中微喜，急問，「王珪到了永定陵嗎？」

李順容點頭道：「王珪已帶著我弟弟到了永定陵，他正派人四處找你，說你應該和聖上在一起。可是你怎能捨棄聖上獨自逃命？」她急得落淚，不顧狄青手上銳氣森森的匕首，泣聲道：「定是你為了逃命，捨棄了聖上。狄青，你到底在哪裡丟下聖上的？快帶我去找！」

狄青難辨真假，硬起心腸道：「命是自己的，只有一條，我就算逃命又怎麼了？」說罷一推李順容，喝道：「好了，你害聖上，我不追究了。可我逃命的事情，你也莫要說出去。以後你我天各一方，互不相見。」狄青作勢要走，不想卻被李順容一把抓住了衣袖。狄青低喝道：「放手！你以為我真的不敢殺你嗎？」

李順容淚水滾落，突然跪了下去。狄青一驚，跳了開去，說道：「你做什麼？」

李順容跪在地上，淚水中都帶著那難解的憂傷，「狄青，你為保自己，棄聖上不顧，我不怪你。這世上，本來看重自己性命的人就多，怎能強求？我只求你帶我去離開聖上的地方，好不好？我這輩子，從來沒有求過別人，你帶我去……我……就算死，也會感激你的大恩大德。」她心情激盪，突然哇的一聲，竟然噴出了鮮血。

狄青一驚，不等再說，一人已道：「朕就在此，你要見朕嗎？」那聲音略帶顫抖，夾雜著難言的感傷，原來趙禎已站了出來。

李順容一聽，急急轉頭望去，見到趙禎那一刻，身軀晃了晃，顫聲道：「你是益……聖上？」她似乎不堪承受激動之情，竟然軟軟地倒了下去。

趙禎見李順容倒地，輕啊了一聲，快步走過去，伸手相扶道：「你怎麼了？」他在大石後聽了良久，只覺得李順容對自己極為關切，他這一生，從未見過對自己安危如此關心之人。見李順容吐血，趙禎更是心情激盪，忍不住站了出來！

狄青見李順容眼中驚喜中夾雜著柔情，傷感中帶著些憐愛，心頭狂震，一時間竟然呆了。他記得當年母親臨死前望著自己，也是一般無二的眼神！李順容不過是先帝真宗身邊的一個順容，和趙禎本沒有什麼關係，為何用那種眼神看著趙禎？她說的「益」又是什麼意思？

這時明月漸隱，繁星滿天，照得天地間柔情點點。微風吹得綠草刷刷響動，像是母親安慰著哭泣的孩子。

李順容見趙禎伸出手來，渾身輕顫，終於探出手去，抓住了趙禎的手掌，那一刻，淚如雨下。狄青一時間百感交集，竟沒有阻攔。

趙禎不解李順容為何哭泣，可直覺中認為，這女子絕不會對自己不利。見李順容極為傷心，趙禎安慰道：「你不要傷心了，朕沒事。你有什麼為難之事，說出來，朕說不定可以為你解決。」

李順容突然笑了，風情如雨後的彩虹。狄青一旁見了，心道，這個李順容，以前應該很美呀。只是現在太過憔悴，讓人一眼看到的都是枯槁。

趙禎見到李順容微笑，也跟著笑起來，至於自己為何會笑，卻也說不明白。他只感覺到李順容的目光中，蘊藏他從未經歷過的關愛，一時間竟然癡了。

狄青在一旁擔憂敵人趕來，忍不住道：「李順容，你若真的為聖上著想，就要為他找個藏身之處。」

李順容如夢初醒，連連點頭道：「是呀，我真糊塗了，怎麼會忘記這個。聖上，你跟我來。」她拉著趙禎的手，並不鬆開。

狄青問道：「去哪裡？」

「當然是去永定陵。」李順容忙道：「王珪和一幫侍衛都在那裡，那裡也有幾個忠心耿耿的老臣，定能衛護聖上周全。聖上，你要信我……」

趙禎不由道：「我信你……可是……」他扭頭向狄青看去，欲言又止。狄青道：「我雖信你不會害聖上，可我不信你有保護聖上的能力！」

李順容的目光終於從趙禎身上移開，望著狄青道：「就這樣去陵寢，的確是會有危險。但我知道有條密道離此不遠，從那裡可進入先帝的玄宮，我們從玄宮返回，必定沒有人發現。」

趙禎聽到可去玄宮，目光閃動。他方才被追殺，早就將此行的目的拋在腦後，這刻聽說可去玄宮，怦然心動。見狄青還在猶豫，趙禎堅決道：「我信先帝在天之靈會保佑我平安，狄青，我們跟她走。」

狄青盯著李順容雙眸良久，緩緩道：「好，你前頭帶路。」他手持匕首跟在李順容身後，趙禎又跟在狄青的後面。

三人走了盞茶的功夫，前方古樹參天，亂石嶙峋。李順容從亂石中穿過，到了一株古樹前。她撥開雜草，繞到樹後摸索了半天，突然用力一提，合圍的樹幹靠地的部分，竟然出現了一個樹洞。

樹洞幽幽，深不可測，狄青望見，暗自戒備。真宗的玄宮內，怎麼會挖個地道出來？這本來就是極為怪異的事情。

李順容似乎看出狄青的疑惑，說道：「這本是當年建墓的匠人挖的一條隧道，他們只怕被人埋在墓中，所以留下一條逃生之路……」

狄青恍然，知道歷代帝王為防後人掘墓，陵墓建好後，多會將建墓之人斬盡殺絕，以絕後患。工匠這麼做，只能說是不得已而為之。

李順容臉上有些慘然道：「後來那些人還是死在了裡面。我是無意中，從唯一逃生的匠人口中知道這祕密。不想……」她望著樹洞發呆，沒有再說下去。

狄青心道，李順容多半想說，真宗為了陵寢的祕密，殺了工匠。不想當年工匠逃生的道路，救了趙禎。這其中的冥冥天意，誰能說得清楚？

李順容回眸望了趙禎一眼，輕聲道：「我們從這裡下去，可入玄宮側翼，那裡有條密道通往陵臺，不過那密道極為隱蔽，少有人知。我們只要到了陵臺，見到那些侍衛，就可保聖上無事了。」

趙禎點點頭，一顆心不由得怦怦跳起來。他既怕陵寢內有古怪，又怕在陵寢中找不到想要之物。

狄青見樹洞幽密，問道：「這下面很深？」李順容道：「丈許的高度，想以你的身手，不會有事吧。」狄青道：「我和你一起下去，聖上一會兒再跳下來。」他扣住李順容的手腕，探頭望過去，見到洞下黑黝黝的一片，不由心中發毛。

李順容從懷中取出顆明珠道：「這是先帝所賜的夜明珠，可用來照明。」那珠子有半拳大小，夜色中發著淡淡的光輝，有如清冷月色。狄青伸手接過，探過身去，當先跳下，李順容幾乎沒有任何遲疑地跟隨跳下。

狄青人到洞中，只覺得身子急墜，一顆心幾乎要跳出來。驀地腳一踏實，屈膝緩力，這時候李順容也隨即墜下，狄青怕她受傷，伸手接住。感覺到觸手溫柔，才想起對方是個女子，立即鬆開了手，退後一步。

樹下孔穴雖深，但並不寬綽，狄青雖退，但仍與李順容貼身而立，不由臉色微紅，幸好夜明珠只能照尺許的方圓，讓人看不見他的臉色。

李順容吐氣如蘭，突然道：「狄青，你這般照顧聖上，我很感謝你。」

狄青不解道：「我保護聖上是本分之事，你謝我做什麼？」

李順容不答，已仰頭向上道：「聖上，快下來吧。」不等狄青再說，趙禎也跳了下來，狄青伸手接住。

三人在樹洞中沉默半晌，李順容才道：「我左手處有一洞穴直通玄宮，妾身先行吧。不過洞穴稍矮，委屈聖上了。」

趙禎苦笑道：「逃命要緊，也不算什麼委屈。」心道，當初那些匠人亦是為了逃命，這才事先挖了這條道路來，當然不會雅致大氣，自己該恨他們呢，還是該謝謝他們？

狄青沉吟道：「我先走，李順容在我後面，聖上最後吧。」他這番安排大有深意，只怕李順容熟悉道路，讓她逃了。

李順容道：「好吧。可前面到底如何，我只是聽匠人說過，卻從未走過，你一切小心呀！」

狄青不再多說，尋到洞穴，屈身而入。洞穴不高，有些地方甚至要跪爬而過，狄青心道，趙禎恐怕是這輩子第一次鑽洞，不知道他能不能挺住？不過他和我認識後，不是鑽豬圈，就是爬鼠洞，也真難為他了。

趙禎手腳早被磨得鮮血淋漓，卻還是咬牙挺著。只因為他見李順容雖是女子，卻並不叫苦，他堂堂一個男人，自然不肯墮了威風。

不知行了多久，狄青見前方地勢稍闊，可卻突然沒有了去路，不由詫異道：「前面沒有路了，好像都是青石牆壁。」

李順容微喘細細，低聲道：「據匠人說，左手盡頭有一凸起的石頭，只要左轉半圈，就能啟動玄宮側的一塊青石。」

狄青沉吟不語，心想如果已到玄宮，一定要小心從事。歷來君王的陵寢都有些古怪，趙禎的老子也不會例外。

李順容見狄青不語，已知他的心事，擠過來道：「我來開啟吧。」

狄青扭頭望過去，見在夜明珠映照下，李順容的一張臉如觀音般聖潔，無半分邪惡，終於道：「我來吧。」

他伸手在牆壁上摸索，終於摸到一塊凸起的石頭，石頭上還有孔洞，可供把握，狄青一咬牙，將那石頭用力向左轉去，只聽到咯咯幾聲響，眼前陡然一閃，那封路的青石竟然向上提去，略帶清新的空氣撲過來，讓人心胸一暢。

狄青借著微弱的珠光望過去，只見前方赫然是個寬敞的石室，珠光盡頭處，依稀有兩個人影佇立！

狄青一凜，低喝道：「誰？」他聲音雖是低沉，可石室極靜，回聲嗡嗡作響，反倒把狄青自己嚇了一跳。

李順容喜道：「哎呀，這是朝天宮，我知道這裡。那匠人果然沒有騙我，這裡離陵宮不遠了。」一見狄青驚疑不定，李順容低聲道：「那些都是陪葬的石人。」

狄青仔細一看，才發現那兩人果然是雕像，那雕像做武士打扮，手持巨斧，甲冑紋路極為細膩逼真。狄青舒了口氣，暗叫慚愧。

才待從洞口跳下去，李順容已道：「朝天宮有古怪。你看到地上的格子了嗎？」

狄青微凜，低頭望去，見到石室地面是由格子石板鋪就，地面只有黑白兩種顏色。「有什麼古怪？」

「在朝天宮行走，只能在白色的格子中走，千萬不能到黑格子中。」李順容緊張道，「如果在黑格子上走動，會觸發機關。」

狄青盯著李順容道：「你如何知道這些呢？」

李順容臉上突然有分古怪，半晌才道：「先帝生前曾說，他死後肯定很寂寞，他希望我能經常過來陪陪他，因此他告訴我這裡的機關所在。」

狄青只覺得李順容言不由衷，甚至有些荒誕。難道說……李順容平日的時候，還會來玄宮陪真宗的鬼魂？她怎麼會有這麼大的膽子？趙禎卻信了。多年的委屈，逃命的驚嚇，讓趙禎已變得脆弱不堪，他喃喃道：「父親，孩兒不孝，沒有經常來看你。」他說著說著，幾欲落淚。

李順容眼中，有著難名的慈愛和憐憫，見趙禎落淚，李順容不由伸出手去，撫摸著趙禎的頭頂，哽咽道：「聖上，你放心。我……和先帝，一定會保護你的安危。」她動作自然而然，狄青看在眼裡，更是奇怪。

李順容對趙禎的感情，絕非一個普通順容對前夫之子的感情！李順容為何對趙禎如此關切？

不待多想，李順容反倒堅強起來，說道：「我先下去。」她不等別人反對，縱身一跳，已落在白格之上。

狄青和趙禎的一顆心均是揪起來，幸運的是，什麼都沒有發生。

李順容露出自豪的笑，臉上光彩更濃，招呼道：「你們下來吧。」

狄青當先跳下，又接了趙禎下來。朝天宮名字雖是好聽，裡面卻是空空蕩蕩。狄青舉目望過去，突然一怔，發現方才看到的那兩個石像在石室的正中。石像之間竟有張石桌，而石桌之旁，尚有一石凳。石桌、石凳當然是最尋常不過的東西。狄青望見，心中卻升起一股寒氣。

趙禎順著狄青的目光望過去，也不由心中一緊，失聲問，「這裡為什麼會有桌椅？」他雖去地面的獻殿祭拜過幾次，但也從不知道玄宮的結構。

房間中有桌椅很正常，但這是墓室，趙禎從未聽說過，墓室要放桌椅。這桌椅本是給活人用的！

李順容倒是臉色平靜，但在珠光下，也顯得有些詭異森森。她幽幽道：「這裡的一切，都是先帝所設。他什麼意思，沒有人知道。」

狄青小心翼翼地走上前一步，盯著那桌子，彷彿見到有個幽靈在暗無天日的陵寢中，孤零零的坐著……也許不應該說是孤零零的，因為那幽靈還有兩個石像武士護衛。

這種想法有些荒誕不稽，但不知為何，在狄青的腦海中，卻留下極為深刻的印象。趙禎臉色蒼白，不知道是否也有同樣的想法。

石室空曠，除了四壁外，只有這桌椅。石室在幽幽夜明珠的照耀下，有著說不出的詭異陰森，更有那夜明珠照耀不到的地方……

趙禎突然低呼一聲，舉步要走。他久在金碧輝煌的大內，見到這種地方，驚懼之意更濃。可他前行的倉促，一腳竟向黑格踏過去。

狄青只留意著桌椅的古怪，李順容的雙眸卻一直沒有離開過趙禎。她的目光中，有著憐惜、愛護、慈愛，甚至可說是有種貪婪……

見到趙禎舉步，李順容突然低呼聲，「小心！」她一伸手，已拉住了趙禎，但她被趙禎一帶，卻一腳踏向了黑格。

狄青霍然醒轉，身子前撲，一把拉住李順容。他身子失衡，好在前撲時已看準石桌，用力抓住。

李順容借力站起，臉色蒼白，狄青這才緩緩直起腰來。趙禎想起方才的驚險，臉色發青，低聲道：「謝謝你們。」

狄青鬆了口氣，突然舉手看了下，他手上滿是灰塵。原來石桌上早有一層浮灰，他方才抓住石桌的邊緣，留下了四個手指印。

「這裡沒人來吧？」狄青鬼使神差的問了句。

李順容強笑道：「當然沒有人來。先帝雖希望我能常來轉轉，但是……我也有幾年沒有下來了。要不是因為聖上，我也不會到這裡。」

李順容說的也是實情，誰會到這裡來？

狄青心中滿是不解，暗想古代君王要妃嬪陪葬，也是常有的事情。但從未聽說過，有哪個君王會讓活著的妃嬪在他的玄宮中走動。

李順容似乎不願在這裡多待，急道：「這裡危險，我們出去吧。」她對狄青道：「狄青，你把夜明珠給我，你保護聖上，我找出口。」

趙禎低聲道：「你小心。」

李順容本就臉色蒼白，看來也極是畏懼，聽到趙禎關心的言語，突然間容光煥發，眼中也有了說不出的勇氣，微笑道：「我會的。你們要小心跟著我。」

她默想了片刻，緩緩舉步向來時洞口的對面行去。

夜明珠畢竟光亮有限，光線照耀下，石室更顯得幽冷森靜。狄青隱約看到四壁刻有圖像，但一時間看不清楚刻的是什麼，他也無心去看。

李順容小心翼翼地走著，終於到了對面，突然驚喜道：「是這裡了！是這道門！」

前方赫然有道玉門，是那種晶瑩的白，在夜明珠的照耀下，門上似乎有晶瑩五彩流動。這時候突然見到這樣一扇門，狄青沒有歡喜，只覺怪異。不知為何，自從他進入了這石室，就感覺這裡詭異重重。

李順容低聲道：「我們運氣很好，直接找到了入口那道門。從這裡出了朝天宮，過了彩雲閣，就能到生死門。從生死門上去後，就是獻殿了。當然了，這裡岔路重重，我說的，是最正確出去的方法。」

狄青背脊發涼，心中暗想，出去的方法？陵墓中，為何要設置出去的方法？他愈發覺得心驚，一顆心已怦怦大跳起來。

李順容伸手在玉門上摸了半晌，不知扳動了什麼，玉門霍然開啟。

狄青微凜，舉目望過去，見外面仍是空曠曠的石室。這裡的石室，好像一間套著一間，若非李順容說明，真的有如噩夢之境，永無希望之時。

狄青感覺李順容話中有話，突然問道：「你方才說，我們好運氣，所以找到了入口。難道說……朝天宮還有別的門戶？」

李順容臉色微變，並不言語。趙禎眉頭一動，低聲道：「是不是有一道門戶，通往先帝棺槨安放的地方？」見李順容不語，趙禎急道：「你快說啊！」

李順容見趙禎表情迫切，緩緩點頭道：「聖上說的不錯，但朝天宮內呈八角形，一共有七道門戶。」

趙禎失聲道：「為何有那麼多的門戶？」

李順容臉上有些異樣，在夜明珠的照耀下，顯得鐵青，「除了先帝外，沒有人知道為什麼。聖上，我們走吧。」

趙禎不走，緩緩道：「是不是，我們出了生死門後，就到了獻殿？」

李順容不解道：「是呀，聖上想說什麼？」

趙禎舒口氣道：「我來這裡，本是祭拜先帝。但我也要取一件東西，若是取不到那東西，我活著出去也沒用。」

李順容急道：「聖上，你怎麼能這麼說？你一定要活著出去。」不等再說什麼，狄青突然嘶聲道：「誰？」那聲音中滿是驚怖之意，狄青霍然轉身，額頭已冒汗。

狄青在聽趙禎和李順容談話之際，突然感覺身後好像有人，亦有風。這裡本是密閉之地，怎麼會有風？難道說有人掩過，所以帶起了風聲？這石室中，難道真有個幽靈？

趙禎駭了一跳，暫時忘記了旁事，嗓子都啞了，「狄青，怎麼了？」

狄青沉寂下來，側耳傾聽，再無聲響，只有他們三人粗重的喘息之聲。過了良久，狄青才低聲道：「方才，好像有風聲……」他一時間也不敢肯定。

李順容聽後強笑道：「狄青，或許因為石門打開，所以才有風湧動吧？」

趙禎放下心來，立即道：「多半如此。」說罷拉住了李順容的衣衫，哀求道：「李順容，我知道你肯定知道去先帝那裡的辦法。求求你帶我去吧。」他這次來永定陵，已抱著破釜沉舟的念頭，當然不肯就這麼回去。他也知道，只要上了獻殿，想再下來，都難有藉口。

李順容滿是為難，可見到趙禎哀求的眼神，幽幽一歎道：「你要找什麼？我去找。這裡危機重重，怎能讓你冒險呢？」

趙禎搖頭，堅決道：「我一定要自己去找。李順容，你幫幫我好嗎？」他搖晃著李順容的衣襟，有如個撒嬌的孩子。

趙禎是天子，從未有過這種姿態，但他在李順容面前，卻自然而然的流露出撒嬌的情緒。玄宮雖玄，但看著李順容的眼睛，趙禎突然拋卻了所有的畏懼。他覺得，李順容定然能夠保護他！不為什麼，只憑感覺。

狄青沒有留意二人的表情，還在回憶方才的情形。他眼角不自主的又開始跳動，突然問道：「李順容，要從獻殿進入這裡，難不難？」

李順容緩緩道：「據我所知。除了我知曉最直接入朝天宮的道路外，應該沒有別人了。生死門之後，岔道重重，而生死門更是有十七種機關，想要通過，絕非易事。而若誤入岔道，只有死路一條。」

「因此除了你之外，再沒有別人能進來了？」狄青緩緩道。見李順容點頭，狄青稍放下心事。趙禎已道：「狄青，你莫要疑心了。李順容……」不待再求，李順容已歎息道：「聖上，我帶你去，你跟著我。」趙禎大喜，連連點頭。

李順容轉身，決然的重回了朝天宮中。狄青無奈，望著出口苦笑，可只能跟隨二人重返宮內，心中疑惑卻更甚，李順容這人根本算不上趙恆身邊有身分的妃子，為何可以在玄宮自由出入？

真宗若是寵愛李順容，就不應該讓她孤單的守墓，可真宗若不寵愛李順容，按理說也不會將李順容留在這裡。狄青想不明白，已小心翼翼地跟隨趙禎來到一門戶前。他其實更好奇，趙禎不懼危險的來到玄宮，到底是為了什麼？

門戶呈灰黑色，若不細看，絕難察覺這是道門。

趙禎問道：「這道門通往先帝靈柩所在之地嗎？」

李順容搖搖頭道：「不是，先帝的那裡，門是五色夾雜。」

「哪五色？」

「有金、白、黃、黑、灰五色。」李順容緩緩道。

狄青心中一動，一旁道：「你方才說這朝天宮有七道門戶。入口是玉門，先帝靈柩停放的地方是五色門，這有一道灰門，難道說，其餘的四道門，分別是金、白、黃、黑四種顏色嗎？」

李順容點點頭，「狄青，你很聰明。」

「那門內都有什麼？」趙禎關心地問道。

李順容緩緩搖頭，並不言語。狄青暗自皺眉，心道趙恆的陵寢，五色絕不會是憑空設計，但到底意味著什麼呢？李順容也向旁走去，說道：「這裡我幾年前，曾經來過一次，記得先帝的陵寢，本來在這灰門的對面。」

在這黝黑的朝天宮中，李順容也分辨不出方向，找到了灰門後，才想到這簡潔的法子。要到對面，最快的方法當然是從石室正中穿過，李順容下定了決心，反倒沒有了絲毫猶豫，徑直走過去。等路過桌椅的時候，李順容只是在想，菩薩保佑，我終於見到了他……求你保佑他平平安安，民女雖死無憾。她一想到這裡，就忍不住心情激盪，就在這時，只聽狄青嘎聲道：「等等！」

怖。

狄青那兩個字，說得竟有些顫抖。他本是極為膽大之人，但在這陰森的玄宮中，竟有說不出的驚懼，實在是因為他發現件極為恐怖的事情。

李順容一凜，止住了腳步。趙禎急道：「狄青，又怎麼了？」

狄青一字字道：「李順容，你把夜明珠給我用用。」他不知道用了多大的氣力，這才壓住了心中的驚懼，實在是因為他發現件極為恐怖的事情。

趙禎聽狄青口氣有異，揪心起來，顫聲問，「狄青，你發現了什麼？」

狄青只是接過夜明珠，緩緩地照在了石桌之上，那一刻，他滿臉錯愕驚恐。

石桌是玉石所做，色澤淡青。石桌上，只有一層浮灰。

趙禎見了，大為詫異，不解道：「狄青，你到底怎麼了？」

狄青嘎聲道：「你和李順容，方才可曾碰了石桌？」

趙禎、李順容異口同聲道：「沒有。」

狄青嘴角抽搐，低聲道：「我記得清清楚楚，方才我只在石桌上，留下四個手指印。」

趙禎道：「那又如何？」轉瞬間，他也臉色巨變，因為他已發現，石桌上除了狄青的四個手指印外，又多了一個手印！手印是三指按上留下的痕跡。

「是拇指、食指、和中指留下的印記。」狄青喃喃道，他那一刻，臉色極為難看。

那多出的手印，手指長度竟比尋常人長了半數，那絕非狄青的手印，更不是趙禎和李順容的。趙禎手沒有那麼大，李順容的手指纖細，也不會留下石桌上的那種印記。這玄宮中，竟然有第四個人，方才就在石桌上留下個手印。

狄青想到這裡，已覺心寒，向趙禎望去，他已經預料到趙禎慘不忍睹的表情。趙禎果然不停地流汗，這壓抑的玄宮、無盡的寂靜、難言的黑暗，還有黑暗中不知是人還是幽靈的手印……

趙禎沒有發狂，狄青倒有些出乎意料。他目光閃動，不經意地瞥見了李順容的表情。李順容表情很怪，不是驚懼，而是難以置信。她嘴唇蠕動，只是說道：「不可能，絕對不可能。」

狄青反問道：「什麼不可能？」

李順容的話好像很正常，她不認為這玄宮會有第四人進來。但狄青總覺得，李順容的不可能三字中，包含著鬼氣森森。

李順容渾身顫抖，突然道：「把夜明珠給我！」

狄青遞過夜明珠時，只覺手心已在流汗，李順容一把搶過了夜明珠，嘶聲道：「跟我來！」見趙禎渾身顫抖，邁不開步，李順容一字字道：「聖上，這是你父親的陵寢，就算有鬼，也會保護你。」

李順容說罷，徑直向對面的方向行去，毫無畏懼之色。趙禎被李順容所言打動，竟跟隨李順容前行。狄青又急又驚，可見二人前去，他轉瞬要沒入黑暗之中，只能跟在趙禎身後。

在這裡，沒有光線照亮，若是踩到黑格，狄青實在不敢想像後果如何。可又有疑惑湧上腦海，那在石桌上留印的，到底是人是鬼？留印之人怎麼能夠在石室中任意走動？

腳步蹤蹤，在幽靜的玄宮中，有著說不出的動人心魄。三人終於走到了對面的石壁前。

夜明珠照耀下，那道門戶果然是五彩的，分金、白、黃、黑、灰五色，讓人看不出門戶構造。五種顏色分格子交錯組成，讓人看一眼後，就覺得混亂不堪，頭暈目眩。但珠光閃耀，那門戶的五彩又開始流動，如青霄行雲、夕照晚霞，轉瞬讓人心胸暢快。狄青不解為何一道門，竟給人如此的感覺。

李順容摸索了半天，用力一扳，五彩門戶倏然而起，露出個長長的甬道。門戶開啟時，無聲無息。可就是這種寧靜，更讓人心跳不已。

甬道內，大放光明。由幽暗之地，驀見光明，狄青吃了一驚。等定神望去，才發現甬道兩側的石壁上，每隔數丈，都有一顆夜明珠鑲嵌。那夜明珠比李順容手中的珠子還要大上半數，這甬道中，竟然有百來顆這樣的夜明珠。

狄青望得魂動心馳，竟然呆了。

一個墓室，為何要設計得這般精巧。這本是死人住的地方，為何要有這些名堂？狄青想到這裡，又感覺心跳加劇，當初見到石桌的感覺又湧上心頭。這玄宮中，有個孤孤單單的幽靈……

狄青有些好笑，但又感覺背脊發涼。

甬道幽幽，李順容望著那甬道，輕聲道：「聖上，甬道的盡頭，就是先帝棺槨所在。這條甬道，沒有機關了。我和你一塊進去。」她又按了一處機關，關閉了彩門。

趙禎啞聲道：「好。」他輕輕牽住李順容的衣襟，李順容忽然一把抓住了他的手腕。趙禎猝不及防，只覺得那手掌冰涼，渾然不似人手，想要大叫，但牙關打顫，竟發不出聲音來。

李順容笑容有些淒慘，雙眸盯著趙禎道：「聖上，你放心，無論如何，我都會保你平安。」

趙禎點點頭，脖子都有些僵硬。李順容已舉步從甬道走過去，甬道寬闊，足夠三、四人並肩行走。狄青走在這珠光寶氣的甬道中，心中卻有說不出的詭異。

甬道竟越來越寬，越走頂部越高。感覺就像從個喇叭管子裡向外寬敞的開口走去，雖不確切，但前方已漸漸不像甬道，而像是殿閣入口。

甬道盡頭，竟是面寬廣的玉牆。玉牆之上，繪了個佛像。那佛像細腰婀娜，一手拈花，一手下垂，身上寶氣珠光，瓔珞莊嚴。但那佛像，竟是沒有臉的。

本來仰望那佛像時，狄青心中隱有肅然之意，但見到那佛像白白的一張臉，沒有任何五官的時候，狄青心中寒氣遽升。

這是什麼佛？這裡畫著這麼一尊佛，到底是什麼意思？看不到佛像的五官，只從那佛像的裝束，分辨不出那佛像的性別。

狄青怔怔望著那佛像，趙禎亦是如此。二人互望一眼，均見到彼此眼中的驚恐疑惑之意。

李順容竟還鎮靜如常。她突然對狄青道：「你把刀給我。」

狄青強笑道：「你要刀做什麼？」他說話的時候，才發現聲音嘶啞，彷彿他說的話，都和他的身體脫節了。狄青本來覺得李順容不過是個弱女子，就算有敵意，他也能制住對方。可見到這時的李順容，竟冷靜非常，忍不住心中惴惴。

「把刀給我。」李順容又說了一遍，神色決絕。

狄青望了李順容良久，終於除了刀鞘遞過去，李順容接刀鞘在手，並不拔刀，對著那尊佛像望了半晌，嘴唇蠕蠕而動。

狄青聽不到她出聲，但見她神情激動中帶有悲壯，心中微動。就見李順容倒轉刀鞘，刀柄已撞在佛像之上。

刀柄撞擊的是佛像下垂的左手食指。叮的一聲響後，李順容並不停歇，刀鞘連擊，又擊在佛像的無名指之上。轉瞬之間，狄青已見李順容連敲五下，擊的都是佛像的手指。

狄青正待詢問，突然眼中露出驚駭之意，趙禎也倒退一步，面無人色。前面繪著佛像的玉牆遽然上移，消失不見。

如果只是玉牆移動，還不能讓趙禎、狄青如此神色，讓他們吃驚的是，牆壁移開，裡面竟現出了一座宮殿。

那宮殿的規模，比起汴京皇宮中的任何一座宮殿，都是有過之而無不及。宮殿一現，如夢如幻……狄青見到，幾疑身在仙境。宮殿中光線柔和，絲毫沒有陵寢中的鬼氣森森。殿頂不知鑲嵌著多少夜明珠，有如日月星辰。而宮殿之底，並非實地，流動著藍色的水——好似浩瀚海洋。藍水的正中，立著九層高臺，以黑石為階，白玉為欄杆。明光藍水、黑石白玉下，整個宮殿已泛起迷離幻化的光芒。

狄青舉目望過去，身軀一震，因為他驀地發現，高臺之上，竟站有一人。本來有人站在宮殿的高臺之上，是極易被人發現。但狄青震撼於宮殿的恢弘瑰麗，這時才發現有人。等見到那人的時候，狄青更是心顫如弦。這裡怎麼會有人站在高臺之上？

趙禎也發現了那人，臉上激動，失聲道：「父親！」狄青不認識那人，趙禎卻早見過那人不知多少遍，是以舉目之間，就已認出那人。

高臺上站立的那人，赫然就是大宋真宗趙恆！

狄青已額頭冒汗，側身望向李順容，嘎聲道：「這是怎麼回事？先帝怎麼沒死？」

陡然察覺李順容並不在他的身旁，狄青急忙扭頭向來處望去，只見空空蕩蕩，連個鬼影都沒有。狄青又是一震，身軀晃了兩晃。

李順容竟然不見了。

第二章　入　彀

狄青駭然眼前恢宏而又詭異的景象，一時心神悸動，竟沒有留意李順容。待發現李順容消失不見，差點大叫起來。

趙禎也發現了這點，再也按捺不住，放聲狂叫。那聲音淒厲慘切，充滿了不信和恐怖。狄青一把抓住了趙禎，喝道：「聖上，莫要叫了。」

「聖上，莫要叫了。」

一個聲音幾乎和狄青同時喚出，趙禎聽到那聲音，倏然止聲，低頭望過去，慘白的臉上有絲欣慰，更多的是委屈。他眼睛一眨，淚水湧出，哽咽道：「我……我還以為你不再要我了。」

發聲那人正是李順容。狄青這才注意到，他們站在宮殿的入口處，有一道臺階向下通去。而李順容，就站在下方的臺階上。

狄青若早見到臺階，絕不會如此驚慌。但他也是個常人，震撼於宮殿的奇詭，並沒有注意到腳下的臺階。

「你在下面幹什麼？」狄青澀然道。

李順容緩緩道：「先帝雖說前面這段路無危險，但我總不放心，因此就先探探。」

狄青遲疑道：「先帝……先帝怎麼會沒死？」

李順容道：「誰說先帝沒死？」

狄青只是望了眼高臺，李順容順著他目光望過去，歎口氣道：「你去看看就知道了。」她伸手又牽住了趙禎的手，小心翼翼地向前走去。

地面藍水如海，卻有一道曲徑迴廊通向高臺。原來方才李順容，是去試探那迴廊是否有危險。

李順容順著那個迴廊走去，終於到了高臺之旁。舉目望過去，喃喃道：「一三五跳，莫要走在雙數的臺階上。」她舉步邁上第一級臺階，並不踏在第二層玉階上，而是徑直踩到第三階梯。

狄青暗自心驚，心道趙恆端是小心非常，就算在這裡，也安排了陷阱。

三人越階而過，終於踏上九層高臺。李順容舒口氣，抹了下冷汗道：「好了，這上面沒有危險了。」

趙禎怔怔地望著高臺上的那人，李順容卻只望著趙禎。這裡所有的一切詭異，在李順容眼中都不足為奇，她的目光，簡直不捨得離開趙禎片刻。

狄青也望向高臺那人，心中驚疑不定。現在他終於看清，原來那人是立在棺槨之中。而那棺槨，竟是透明的。怪不得他從遠處看過來，看不到棺槨，只見到一人立在那裡。

棺槨中人身著皇服，臉色蒼白，雙眸緊閉，神色威嚴。

狄青看了眼，仍不能確定那人的死活，因為那人面容栩栩如生，更像是在入睡。但趙恆當然是死了，十年前就死了，這點應沒有可疑。不過趙恆在陵寢中，死後還要站著，卻是什麼道理？趙恆已死十年多，屍體還是如生前般，又是什麼道理？

狄青想不明白，目光終於從趙恆的臉上移開，見那棺槨奇異，忍不住多看了兩眼。透明的棺槨，狄青從未見過。那棺槨如同用整塊透明的水晶雕琢出來的，但世上怎麼會有這麼大的水晶？

狄青只覺得這裡的一切，都古怪而不可思議。暗想真宗活著的時候，就搞得舉國烏煙瘴氣，沒想到死後，也是神神怪怪。

他目光從棺槨處移開，不經意地掠過了趙恆的一雙手，突然全身一震，臉色又變。

趙恆的那雙手，比起常人要大了許多，五指亦是長了許多。

狄青霍然想起，朝天宮中那石桌上留下的三指印記，不就像這雙手留下來的？

想到這裡，狄青渾身戰慄，退後兩步，差點跌下高臺。他雙眸滿是驚怖，喃喃道：「不可能，絕對不可能。」

狄青根本不信，那手印竟會是趙恆留下的。趙恆死了，他還站在棺槨中，怎麼會跑出去在石桌上留下手印？

荒誕不稽。

狄青雙眼發直，突然想到，李順容方才見到石桌上的手印，說的也是他方才說的話。

不可能，絕對不可能！難道說，李順容也早就懷疑那是真宗的手印，這才有些發瘋的要到這裡看看？

狄青向李順容望去，見到李順容也向他望過來。二人的目光中，都帶著難以置信之意。李順容低聲道：「不是他……這棺槨絕沒有打開過。」

狄青想笑，可怎麼也擠不出笑容，聲音都彷彿變得陌生，「你不要告訴我……他可以……這是不可能的。」他想說趙恆不可能復活，但話到嘴邊，已斷斷續續。

「那是誰？」李順容反問道。

狄青答不出來了，他勉強壓住心跳，良久才道：「我不知道。」

趙禎並沒有留意到趙恆的手，更沒有聯想到石桌上的手印。他終於鎮定了下來，眼前是他的父親，無論生死，都會保護他。

不過趙禎從未想到過，父親竟是這種葬法。據趙禎所知，父親在位時，就開始祕密修建這個陵寢，直到父親駕崩後，也沒有竣工。還是靠著劉太后繼續修下去，才有了永定陵。

這裡的一切，母后知道嗎？趙禎滿懷心事，也就沒有留意到李順容和狄青的低語。他目光流轉，望了半晌，突然有了失望之意，問道：「這裡怎麼什麼都沒有？」

這裡有日月星辰，有浩瀚海洋，有高臺棺槨，但顯然沒有趙禎想要的東西。

李順容詫異道：「聖上，你要找什麼？」

狄青也想問這句話，因為他也不知道趙禎堅持到玄宮來是要做什麼。

趙禎支支吾吾道：「我想找……」他看了半晌，終於搖搖頭道：「這裡應該沒有我要找的東西。」

宮殿恢宏，但也簡單，所有的物品，一目了然。趙禎臉上寫滿了失望，突然道：「李順容，你不是說朝天宮還有五道門嗎，我們去看看，那裡究竟有什麼！」

李順容變色道：「聖上，你是倚仗著先帝的保佑，眼下才能平安無事。我只知道如何進入這裡的方法，其他五道門，我根本不知道開啟之法，如何進入？我現在能帶你平安到此，只因為這些地方的機關，我均是知道，但只要錯走一步，就會萬劫不復。那五道門後有什麼古怪，我完全不知，你莫要冒險了。」

趙禎滿是失望，無神道：「你也不知道如何開啟？那可如何是好？」他直到如今，仍不肯說出要尋什麼，狄青奇怪中又有不滿，突然感覺趙禎到了這地方，也滿是神祕。

不知過了多久，狄青終於忍不住道：「聖上，無論如何，我們還是先離開這裡為好。」

這裡雖是沒人，但狄青想到多出的那個手印，還是心有餘悸。

趙禎木然立著許久，又看了眼父親的棺槨，喃喃道：「他不會騙我的……他不會騙我的……」

狄青不知道他是誰，可見趙禎如此表情，忍不住抬起手掌在他面前晃了下。

趙禎霍然回神，苦澀道：「朕沒事，先出去再說。」他好像恢復了冷靜，又以朕自稱。

李順容舒了口氣，帶二人原路返回。等到玉牆闔閉的時候，三人沿著甬道回轉，狄青忍不住手按刀柄，警惕留意周邊的動靜。

到了朝天宮之前，李順容又開啟了彩門，光線透出，將黝黑的朝天宮也照亮了起來。

李順容才待囑咐趙禎莫要亂走，突然臉色大變。狄青霍然望去，也呆立當場。趙禎也是搖搖欲墜，直勾勾地望著前方。

朝天宮被甬道內的光線照得大亮，狄青也就看清楚了朝天宮的構造。

朝天宮內除了石桌石椅和兩個石像外，只有黑白的地格，七道門戶。七道門戶除彩門、玉門外，另有五個門戶，分五種顏色。

那五個門戶，赫然都是開啟的！

一股寒意湧上狄青的心頭，別的門戶開合他不清楚，但方才灰門肯定是闔著的，但如今，怎麼會悉數開啟？是誰開啟了門戶？是那個留下手印的幽靈？

雖難以置信，狄青還是回頭向趙恆停放棺材的方向看了眼，身後無人。可就是靜悄悄的才讓狄青心慌。或許有個幽靈跳出來，狄青反倒不會如此心慌。

趙禎竟還能挺住，望見五門悉開，他眼中驀地湧出狂喜之意，喃喃道：「是祖先保佑。」

狄青吃吃道：「聖上，你說什麼？」他到現在還沒有發狂，就算自己都感覺到奇怪。他認為趙禎好像有點神志不清了。

趙禎霍然望著狄青，興奮道：「是先帝開啟的，他知道朕要找個東西，所以幫朕開啟了五道門。」

狄青臉色鐵青，心道你真的以為這門是趙恆開的？強笑道：「聖上……你……」不等說下去，趙禎已舉步向金門走去。

李順容本待攔阻，可見到趙禎興奮的表情，竟跟隨他而去，只是出言提醒道：「聖上，你小心。」李順容神色決絕，看來前面就算有刀山火海，她也要跟下去。

狄青渾身冒汗，手按刀柄跟了過去，趙禎已入了金門。金門內，是個比朝天宮要小的房間，遠不及存放真宗棺槨的地方恢宏，但裡面所有的東西，均是金色的。外邊的光線照進來，照得室內輝煌變幻，金絲萬縷。

狄青適應了光線，就見趙禎正在望著正前金案上的一本書。這個房間內，好像就為了放置那本書。書的封面，竟然也是金色。書頁無字。

趙禎顫抖地伸出手去，竟要取金案上供奉的那本書。

狄青心思飛轉，暗想難道這就是所謂的天書？當年真宗在左承天門南得天書一事，狄青略有所聞，只奇怪趙禎來到這裡，就是為取這本天書嗎？

李順容突然道：「聖上，你要天書，我來取。」她閃身到了趙禎面前，拿了天書，靜了片刻，這才舒了口氣，將天書遞給趙禎。

趙禎眼中露出感激之意，輕聲道：「謝謝你。」他知道李順容如此，當然是怕這附近有機關。這李順容竟把他的性命看得如此重要，怎能不讓趙禎感激？

趙禎持著天書，手還在發抖，卻已迫不及待地翻開天書。狄青就在身邊，忍不住也看了眼，可一眼望過去，有些發呆。

天書竟然是無字的。

狄青看到，又驚又笑，不由想起兒時曾聽娘親說過個傳說。春秋時期，有個叫鬼谷子的人曾得授天書，是以修仙得道，那本天書，也是無字的。

無字天書，要來何用？趙禎歷盡艱辛來取這本書，又為了什麼？

趙禎眼中也滿是怪異，他翻看兩下，見書中空無一字，眼珠轉了下，將書收入了懷中。李順容大為吃驚道：「聖上，你做什麼？」

趙禎緩緩道：「朕來這裡，雖不是為了此書，但這終究是先帝的遺物，朕需要帶回去看看。李順容，你不會把這件事對旁人說吧？」他眼中滿是懇切，李順容見了，心中一軟，慘然道：「先帝為了此書，不思朝政，我只怕你重蹈覆轍。」

趙禎一字字道：「朕答應你，朕絕不會沉迷此物。朕拿這本書，只是想……紀念先帝。」見李順容也不反對，趙禎望向狄青道：「你也不會對旁人說此事，是不是？」

金室中，趙禎的眼珠似乎也變成了金色。狄青望見趙禎的那雙眼，背脊有些發涼，低聲道：「我當然不會。」

趙禎竟然笑了，說道：「再去另外四個房間看看。」

伊始有些懦弱的趙禎，在這詭異的玄宮裡，變得好像越來越膽大。相反，膽大如虎的狄青，卻變得越來越心寒。

只有李順容平靜依舊，她似乎感覺到什麼，只是道：「聖上跟我來，你要什麼，我來取就好，你萬勿動手。」她轉身向旁走去，到了白色的門戶前。

說是白色，並不確切。在狄青看來，那裡應是淡淡的銀白之色。房間裡，所有的一切，均像是白銀所製，包括几案，這讓整個房間中有了種陰冷之感。幾乎和金色門戶內相同，正前方有個銀色的几案，上面放著幾件東西。

如果說無字天書完全讓人看不懂，那几案上放的東西，就更讓人看不明白了。桌案上，有一個扁扁的匣子，匣子材質銀白，裡面放著十數片銀白的金屬。

那匣子是什麼？做什麼用？沒有人知道。

趙禎雖是訝然，卻對這東西並沒有興趣，轉身要走，突然發現狄青直勾勾的望著几案，驚駭欲絕的樣子。

趙禎皺眉道：「狄青，你怎麼了？」

狄青疾步上前，突然伸手從几案上拿起一物，盯著那東西，難以置信道：「這……怎麼可能？」

趙禎本有不滿，心道這裡均是先帝之物，朕取走無妨。你狄青怎麼能隨便動這裡的東西？定睛一看，見狄青手中，不過是半塊玉珮，趙禎心思微轉，說道：「狄青，你若喜歡這玉珮，就取走吧。」

在趙禎心中，狄青已和他親信彷彿，狄青出生入死地救他，趙禎當然也會感激。眼見陵寢中危機重重，趙禎還需要狄青衛護，當然能拉攏就拉攏。

狄青啞聲道：「不是……聖上，我不是貪圖這玉珮。」他突然伸手入懷，又取出一物，和那半塊玉珮對在一起，竟然天衣無縫。

趙禎一驚，失聲道：「這是怎麼回事？」

李順容也吃驚地望著狄青，不知所措。

狄青心亂如麻，也是茫然不解。他拿出的那半塊玉，正是楊羽裳送給他的半塊玉，也是關係到楊羽裳身世的半塊玉。

但另外半塊玉怎麼會在玄宮的一間房中？楊羽裳的身世怎麼和永定陵有關？難道說……狄青不敢想下去，也不能說下去，見趙禎目光中滿是問詢，狄青咳嗽道：「我也不知道怎麼回事，出去再說吧。」

趙禎還有他事，點點頭，走出了房間，走到灰色的門戶。他才到門戶前，就吸了口涼氣，不肯再向門內走進一步。那房間內的顏色，不出所料，全是灰色的。

房間內沒有几案，只有很多灰色的瓦罐之物。那瓦罐共有九堆，每堆三層。底層五個，中層三個，頂層一個。九堆瓦罐，共計八十一個。

狄青見到那些瓦罐，不知為何，心中滿是不安。

趙禎臉上也有些異樣，竟對那瓦罐施了一禮，歎口氣道：「走吧。」狄青或許不知道瓦罐中是什麼，但趙禎卻知道，那裡面裝的肯定是佛舍利！

就算是趙禎，對這些佛舍利都有敬畏之意，不敢褻瀆。

當年真宗信神，各地爭獻祥瑞舍利，趙禎沒想到，他爹竟然將這些舍利堆放在玄宮。這有什麼意思？趙禎有些頭痛，心中只想，只剩下兩間房了，我要找的那東西，難道在那裡。若是沒有那東西的話，如何是好？他憂心忡忡地到了黃色的門戶前。

門戶呈黃銅之色，微微發暗，趙禎舉目望過去，見沒什麼詭異，緩步進去。狄青緊緊跟隨，抬頭一望，見到四壁空空。

這間房中，竟然物飾極少，除了對面的牆上——掛著一把刀！

其實狄青只能見到刀鞘和刀柄，見不到那刀身是什麼樣子。刀鞘色澤血紅，刀柄色澤如血，狄青見到的彷彿已不是刀，而是一條飛天的紅龍。

他見到那把刀的第一眼，就感覺黃銅的室內，突然充斥了紅色的血意，那把刀中，有如帶著萬刀千殺的氣息，凝聚著不知多少人的鮮血快意。

狄青心馳神往，突然瞥見牆上那刀的兩側，各寫著四個大字。

字體龍飛鳳舞，直欲破牆而出。那兩側的八個字，組成了一句話：王不過霸，將不過李！

八字簡單，但含義萬千。狄青讀到這八個字的時候，不知為何，心頭熱血上湧，只覺得耳邊鏗鏗鏘鏘，如金戈相擊，鐵騎緊急。

「王不過霸，將不過李！」這八字中，到底有什麼意思？狄青一時間，竟然癡了。他忘卻了太多的事情，甚至忘記了神祕的手印、奇怪的玉珮。他望著那柄刀出神，並沒有留意到李順容看著他的眼神有些奇怪。

趙禎歎口氣，已轉身道：「走吧。」這裡看起來並沒有趙禎需要之物，因此他不想耽擱。

狄青臨走前，還忍不住回頭望了眼牆上的那把刀，心中還在想，這是誰用過的刀，掛在這裡是什麼意思？

趙禎已到了最後一道黑色門前，他神色有些緊張，也像有些惶惑。在門口猶豫片刻，趙禎終於還是走了進去。

黑色的房間，黑色的牆面，裡面只有一個黑色佛像。狄青見到那佛像的時候，心中忍不住呻吟，那佛像是無臉的，就在方才見過，除了色澤外，和玉牆的佛像，一般無二。

趙禎突然叫道：「不對，不對！」

狄青一驚，忙問，「聖上，怎麼了？」

趙禎盯著佛像的手道：「這佛像和方才的有些不同。方才那佛像，一手拈花，這佛像的手，應該是托著一物的。那一物，現在哪去了？」

狄青望去，發現趙禎說得沒錯。室內這黑色的佛像，一手下垂，另外一隻手不是拈花，而是橫在胸前。祂五指微曲，的確像托著一物。

那佛像托著什麼？難道就是趙禎要找的東西？金書、銀器、血刀、舍利還有這房間中的沒有面目的佛像，羽裳的玉珮、通明的水晶棺、不朽的帝王，還有那壯闊的玄宮……

狄青心緒如麻，想得頭都大了，這裡所有的一切，若讓狄青形容，只能用「不可思議」四個字。

他想不出答案，只能向趙禎望去。他驀地發現，趙禎好像知道的比他要多些。

趙禎望著那佛像，那佛像也望著他。佛像臉色黑暗，趙禎已面如死灰，眼中滿是深深的絕望之意，他喃喃道：「完了，完了……」那一刻，趙禎沒有了自信，所有的驚怖似乎重新回轉到了他的體內。

趙禎失魂落魄，只是反覆念著「完了」兩個字。李順容急了，問道：「你到底找什麼？為什麼不告訴我？」

趙禎突然放聲大笑道：「告訴你？告訴你有用嗎？找不到了，這是命中註定。」他轉身就要衝出房間，卻被狄青和李順容死死拉住。趙禎驀地抑制不住失落，放聲大哭，伏在李順容的肩頭道：「朕完了，朕回去也沒用了。」

李順容淚水也流淌下來，突然眼中光芒一現，似想到了什麼，低聲在趙禎耳邊說了幾個字。

她聲音極低，狄青沒有聽清，只注意到李順容嘴唇蠕動，不想趙禎全身巨震，霍然挺直了腰板，駭然望著李順容道：「你如何得知？」向狄青看了眼，趙禎收聲，眼中露出驚凜之意。

李順容輕歎口氣道：「聖上，我明白了，我有辦法。我們出去再說，好嗎？」

趙禎略有猶豫，抹掉了淚水，強笑道：「好。」

狄青發現趙禎那一刻，像驚悚，又像是振奮，少了絕望之意，不由大是奇怪。他總覺得李順容和趙禎之間，有種難言的關係。可趙禎是天子，李順容不過是先帝的一個順容，他們之間，會有什麼關係？

李順容帶趙禎出了黑色的房間，關了五彩之門，朝天宮暗了下來，三人再次陷入幽幽的黑暗中，幸好李順容手中的夜明珠還在，還能勉強照路。李順容開啟了出去的玉門，門外黑暗依舊。

李順容道：「聖上，我們到了彩雲閣。只要再過了生死門，就可直通獻殿了。這彩雲閣中，並沒有什麼問題，我來過幾次。」

趙禎嗯了聲，還是心事重重。狄青突然一把拉住了趙禎，止住腳步，心中發冷。李順容感覺到異樣，不解道：「怎麼了？」

狄青凝望著不遠的暗處，問道：「這彩雲閣裡也有石像嗎？」他不由又想起了那石桌上的手印。

李順容吃了一驚，已見到前方似有道暗影，失聲道：「誰？」她知道，這裡本是空空蕩蕩，除了牆壁上繪有的佛像。

可如果沒有石像，哪來的影子？

嗒的一聲響，是火石撞擊的聲音。火星在黝黑的石室中，顯得那麼絢爛刺眼。油燈燃起，照亮了石室，卻遮掩住拿燈之人的那張臉。

那人輕輕歎口氣，不等狄青認出那人，李順容滿是驚駭道：「錢宮使，怎麼是你？」

那張臉終於從燈後移出，昏暗的燈光下，本來白皙的臉上，帶分陰冷。狄青也終於認出那人，目瞪口呆。

掌燈之人，竟是孝義宮的宮使錢惟濟！

玄宮中發生了太多難以解釋的事情，讓狄青震駭莫名，甚至忘記了他還在帶趙禎逃亡。他不知道幽靈是誰，也不知道刺客是誰。

幽靈和刺客，是否是一夥的？狄青堅信，方才在朝天宮，的確有第四人的存在。那人難道就是錢惟濟？

見到錢惟濟的那一刻，狄青的思緒立即回到了現實，已知道事情不妙。錢惟濟怎麼可以進玄宮？孝義宮失火的時候，錢惟濟去了哪裡？見到趙禎，錢惟濟為何不拜見？是不是因為他覺得已無需拜見？

趙禎沒想那麼多，見是錢惟濟，一股怒意湧上心頭，喝道：「錢惟濟！你見了朕，怎不上前參拜？」

錢惟濟歎口氣道：「現在拜與不拜，又有什麼區別？」

趙禎臉色巨變，聽出了錢惟濟的言下之意，嘎聲道：「你要造反？」

錢惟濟淡淡道：「你總算不笨。」

趙禎吸了口冷氣，已清醒了過來，咬牙道：「刺客是你派來的？」

錢惟濟不語，狄青突然道：「錢宮使，聖上待你不薄。你兒子雖冒犯了聖上，但聖上對此並不怪責，你若真是因為此事造反，我覺得大可不必。」

錢惟濟不待回答，一人已道：「狄青，你實在過於天真。難道到了這時，你還認為錢惟濟有回頭之路嗎？」

狄青聽到那聲音，一顆心沉了下去，說話那人是他的老對頭。不想此時此刻，竟又狹路相逢。多聞天王緩步從暗處走出來，冷漠道：「一切都到了結束的時候。」

狄青見了多聞天王，只能暗叫命苦，知道已陷入對手的大網中。眼珠轉轉，微笑道：「憑你一個人？只怕能力不夠吧？想當初在曹府……」

「在曹府沒有宰了你，我現在還想試試。」一人淡淡道，從多聞天王身後走了出來。那人背負單刀，赫然就是曹府逃走的持國天王。

狄青神色再變，心亂如麻。持國、多聞天王到底是不是飛龍坳那兩人？他們聯手錢惟濟襲駕，到底是何用意？錢惟濟好好的一個宮使，為何要襲駕？

狄青太多事情想不明白，他唯一明白的是，除非奇跡出現，不然以他狄青的身手，根本不是這兩人任何一人的對手！

李順容意識到不好，嘶聲道：「錢宮使，你忘記了先帝遺訓，旁人不得進入這裡嗎？違命者……不得好死！你又是怎麼進來的？」

錢惟濟臉上微有畏懼，不等說什麼，趙禎忿忿道：「錢惟濟，你父投奔大宋，太宗好生待見；你兄錢惟演和太后家族聯姻，甚至官拜樞密使；你也是榮耀萬千。我趙家對你們不薄，你竟然想要殺朕？」

錢惟濟臉色越來越青，遽然叫道：「是呀，你趙家的確待我不薄。我父對大宋極為恭敬，可你爺爺卻扣住他不放，逼他獻出千里江山，之後毒殺了我父。我兄為你們大宋鞠躬盡瘁，官拜樞密使，可轉瞬就被革職，逐出京城！我榮耀萬千，是呀，當個宮使餓不死，但天天為你們趙家看墳守孝，真的榮耀呀。」一轉瞬諷刺地笑，「你們趙家對我們錢家，真是不薄呀！」

狄青對這些事情並不知曉，趙禎卻沉默下來。

原來錢惟濟之父錢俶本是吳越的最後一個皇帝，對大宋一直執禮甚恭，但宋朝太宗之時，傳旨讓錢俶入京朝拜，借機扣留了錢俶，錢俶不得已獻了吳越疆土。太宗表面上對錢俶優待有加，封王賜號，但隨後在錢俶六十大壽那日遣使祝賀，錢俶當夜暴斃，旁人雖是不說死因，但都猜測錢俶是被太宗所殺。錢俶之子錢惟演工於心計，熱心仕途，竟能和劉太后家族聯姻，官至樞密使，但才上任沒有多久，朝中群臣一致覺得此人對朝廷是個極大的威脅，上書請太后罷免了錢惟演。錢惟濟是錢俶七子，在仕途沉沉浮浮，終不得志，固然是能力不行，其中當然也有趙家防前朝後人之意。

錢惟濟要反，並非無因。

錢惟濟激動萬分，放聲笑道：「因此有個機會，我當然要抓住。李順容，這玄宮的祕密，的確只有你一人知道，但這些年來，你根本對我並不提防。我對生死門後的機關早就了然……」

「但入玄宮岔路重重，我每次進來時，都確定無人跟蹤，你如何能來到彩雲閣？」李順容問道。她其實並不關心錢惟濟如何進來，只想著拖延時間。

錢惟濟詭異道：「你一直都在使用龍涎香。那種龍涎香本是先帝所賜，是從西域進貢過來。」

李順容不解道：「那又如何？」

錢惟濟得意道：「那香氣雖淡，但我早就訓練了靈犬。」

狄青一旁道：「因此李順容離開後，你打開機關，就用靈犬嗅玄宮中的香氣，找到了主道？」

錢惟濟歎口氣道：「狄青，你真聰明。可惜的是，李順容一直只到這裡，再沒有多走。因此我只能帶他們在這裡等你們。我知道，這裡是不能走錯一步的。李順容，我們遍尋趙禎不見，我就知道，這世上若還有人能找到他，那一定是你了，你若找到了趙禎，肯定會把他帶到這裡。因為……」

不等他說完，李順容已嘶聲道：「住口！」她淚流滿面，傷心欲絕。

錢惟濟說得並不正確，因為是趙禎執意要到玄宮。但世上許多事情，往往就是如此陰差陽錯。可錢惟濟為何認定李順容可以找到趙禎？狄青想到這裡，心中苦笑，又想錢惟濟如果說的是實話，那方才在朝天宮內的又是誰？

心思飛轉，狄青問道：「錢惟濟，可我還有件事不明白。你如此算計，就算殺了聖上，對你有什麼好處？你是個宮使，聖上遇刺，你不可推責。這天子的位置，怎麼也落不到你的頭上。」他問話時，眼珠飛轉，卻在想著逃命之法。

多聞天王面具上還是那亙古不變的微笑，聞言道：「狄青，你莫要拖延時間了，你問了，我們也不會說。其實這裡要死的只有趙禎，你和李順容都不用死。」

李順容悲聲道：「那我死，你放聖上走！」

多聞天王歎口氣道：「不可以。你還有用，我怎麼捨得你死？」他歎氣的時候，嘴角在笑，有著說不出的詭異。

趙禎見李順容已泣不成聲，突然一把抓住了李順容的手，微笑道：「朕從未想到過，還有人對朕如此關心。就算死了，又能如何？」

李順容眼淚如珠子般落下，只是道：「是我害了你，是我害了你。」

在玄宮內不過數個時辰，趙禎早就體會到李順容如海深的愛護，聞言笑道：「若真是你害了朕，朕倒希望，所有的人都來害朕。」見李順容柔弱淒婉，趙禎胸中興起男兒之氣，霍然轉頭，望著錢惟濟厲喝道：「錢惟濟，此乃先帝玄宮，你如此大逆不道，真不怕天譴嗎？」

趙禎一直有些柔弱，斷然一喝，神色竟顯猙獰。

錢惟濟不由倒退一步，持國天王獰笑道：「若是怕，就不會進來了。狄青，我給你個活命的機會，殺了趙禎，我們放你走。」

趙禎一怔，緩緩向狄青望去。狄青握刀之手青筋暴起，臉色在油燈的照耀下，也顯得猶豫不定。

多聞天王見狀，淡然道：「你不必擔心，我們絕不食言。」

狄青霍然抬頭，喝道：「好！」

嗆啷聲響，狄青拔刀，一刀已向趙禎劈去。

刀光明亮，耀亮了趙禎難以置信的臉。李順容尖叫聲中，已擋在趙禎的身前。三人在玄宮雖沒有多久，李順容一直覺得狄青絕對忠心耿耿，哪裡會想到狄青也會反噬。

狄青刀到近前，突然伸手一推李順容的肩頭，低聲道：「從朝天宮走。」

李順容一個踉蹌，轉瞬明白過來。逃走的路只有一條，那就是朝天宮，朝天宮有機關，那些人未見得敢進。

生死關頭，她踉蹌後退，一把已抓住趙禎，反身就跑。狄青就地一滾，長刀橫削，斬向持國天王的雙腿。玉門已關，他必須要給李順容爭取開啟玉門的機會。可一刀斬去，持國天王竟凌空躍起，消失不見。

狄青只聽嗤的聲響，傘尖已到眼前。狄青再滾，可那傘尖如影，緊隨狄青的身軀。狄青再滾兩滾，就要跳起，多聞天王一腳無聲無息地踢來，正中他胸口。狄青悶哼聲中，單刀脫手，倒飛而出，撞在了石壁之上。

這時傳來砰砰兩聲，有兩人落在了狄青的身邊。狄青扭頭望去，心頭一沉，那兩人正是李順容和趙禎。李順容、趙禎尚未跑到玉門前，就被持國天王抓回。

多聞天王眼中閃過分詫異，望了眼持國天王道：「這小子多年來，武技無任何長進。你當初怎麼會敗在他手？」

持國天王遲疑才道：「小心他有詐。」

狄青從這兩句話中，已判斷出兩件事，多聞天王的確是飛龍坳的多聞天王，而這個持國天王，亦是在曹府的那個。

見狄青還在轉著眼珠，多聞天王嘿然道：「狄青，你已沒有選擇。莫要指望旁人了。殿前侍衛中有個王珪，武功雖不錯，但是呆呆的，絕不會找到這裡。」

狄青被多聞天王看穿心思，心中更冷。不想就在此時，一人冷冷道：「我真的有那麼呆嗎？」眾人均驚，不知道誰在說話。多聞天王霍然轉身，向遠處望去。只聽到咯的一聲，一處石門大開，一人大踏步走進來，虎背熊腰，凜然彪悍。

多聞天王瞳孔急縮，已握緊了長傘。持國天王身軀暴漲，已拔出背負單刀。錢惟濟周身顫抖，失聲道：「王珪？你怎麼到了這裡？」

進入彩雲閣的，赫然就是趙禎的殿前侍衛——王珪！

王珪手持長劍，神色凜然道：「錢惟濟！你陰謀作亂，還不束手就擒？」他身邊跟著兩個侍衛模樣的人，都是手持火把，照得石室大亮。

石室雖是大亮，但那兩人頭帶氈帽，遮住了臉龐。

狄青微喜，心道護駕的侍衛中，王珪武功最強，說不定可擋一個天王，剩餘三人對付另外的天王，並非全無生機。趙禎喜極而泣，握緊李順容的手，竟已說不出話來。

錢惟濟心中畏懼，不能回話。多聞天王淡然道：「要人束手就擒，總要有讓人不敢反抗的本事。王珪，你本不該來。」

「可是我來了。」王珪昂然道。

「你來了，就莫要想走了。」多聞天王故作惋惜道。

王珪微笑道：「我來了，肯定有人走不得。」

多聞天王微凜，他知道王珪的武功，感覺自己若出全力，十招內可以將王珪斬殺。可就是因為知道王珪不行，又見王珪如此自信，多聞天王反倒狐疑起來。

王珪突然道：「你知道我為什麼敢進來？」

多聞天王道：「不知道。」

王珪一字字道：「因為我已知道你們的底細，有勝過你們的把握。」

一旁的持國天王怒笑道：「王珪，你果真知道我們的底細？」

多聞天王目光閃動，冷漠道：「那不妨說來聽聽。」他口氣中滿是輕蔑，根本不信王珪所言。

王珪哈哈大笑，突然吟道：「『西北元昊帝釋天，五軍八部望烽煙。夜叉三羅摩乾部，不及九王天外仙。』這歌謠，你們兩個當然聽過。」

王珪說的四句，琅琅上口，狄青完全不明白什麼意思。但持國天王臉色已變，多聞天王一凜，舒了口氣，「你還知道什麼？」

王珪沉聲道：「我還知道，你們是這歌謠中的人。」

多聞天王眼中厲芒閃動，喃喃道：「看來，我們真的輕視你了。」

持國天王怒道：「你別聽他虛言恫嚇，他知道個屁！」

王珪道：「我知道方才那歌謠，是說西平王元昊和他手下的勢力。這些年來，元昊不甘臣服大宋，已建五軍，創八部，八部中奇人異士不少。八部中以天、龍兩部為尊。元昊以帝釋天自稱，獨尊天部。龍部九王，統御其餘六部。其餘六部眾，阿修羅、迦樓羅、緊那羅就是歌謠中的三羅。其餘三部，就是夜叉、乾達婆、和摩呼羅迦部！六部雖奇，但只有卓絕功績者，才能入選九王，是以才有『夜叉三羅摩乾部，不及九王天外仙』一說。」

多聞天王緩緩道：「然後呢？」

王珪森然道：「我還知道，你們兩個本是八部中人。當年多聞天王奉了帝釋天之命，和八部別的人手潛到了中原，改頭換面，喬裝成彌勒佛手下的四大天王，伺機蠱惑人心，禍亂中原，這才引發了飛龍坳的慘案。」

多聞天王皺眉道：「你還知道什麼？」

王珪盯著多聞天王道：「我還知道，你本是夜叉部的人手。夜叉部是元昊八部眾中精於刺殺的一部，又分三種，是為天夜叉、地夜叉和虛空夜叉。你手中的長傘不是傘，而是一對巧妙的翅膀所變，這翅膀叫做雪蠶翼，本是昆侖山雪蠶吐絲所化，你憑藉這翅膀，有時候甚至能在空中飛翔。你有雪蠶翼，不用問，當然就是天夜叉中第一高手——夜月飛天！」

多聞天王手上青筋已起，喃喃道：「你真的很聰明。」他手一抹，露出張清臞孤高的臉來，「你猜對了，我就是夜月飛天！」

那張臉上沒有微笑，滿是戰意。夜月飛天被揭穿身分，殺氣已盛，誰都看得出來，他已當王珪是大敵。王珪娓娓道來，輕易揭穿了很多隱情，已讓夜月飛天不能不重視。狄青大為驚奇，不解王珪為何突然變得這麼聰明。

持國天王歎口氣道：「那我是誰呢？」

王珪微頓，隨即道：「你們這次帶來的人手顯然不多，這才夥同錢惟濟燒了孝義宮，暗算了我派去救火的侍衛，逼我們逃竄，企圖各個擊破。襲駕的呂當陽不用問，必是天夜叉部的殺手所扮。真的呂當陽，已被斬殺在救駕途中。」

夜月飛天並不回答，但神情已是默認。

王珐精神一振，望著持國天王道：「但真正逼我們離去的人，是一個善用樂聲驅獸的人。在元昊所創八部中，乾達婆部和緊那羅部的人都精通樂理，但聽說乾達婆部均是妙女，個個能歌善舞，你當然不是女人，因此你可能就是緊那羅部的高手——拓跋行樂！」

持國天王哂然道：「可你莫忘了，八部中真正擅長驅獸的是摩呼羅迦部。」

王珐搖頭道：「摩呼羅迦部的確精通驅獸，摩呼羅迦的部主珈天蟒也是少見的馴獸高手，不過，他已死在飛龍坳！」狄青一震，回憶當初飛龍坳一戰，不由恍若隔世。

王珐斷定道：「珈天蟒本喬裝成廣目天王，但被郭遵郭大人擊殺。人死不能復生，你絕不是珈天蟒。」

持國天王一震，盯著王珐，目光狠惡。

王珐全不在意，又道：「當年飛龍坳一戰，郭遵、葉知秋、狄青擊殺的三人，就是摩呼羅迦、緊那羅、和迦樓羅部三部主。這三人本是呼風喚雨之輩，不想盡數折損在飛龍坳，元昊大驚，又因為葉知秋追得急，這才暫緩滲透中原的計謀。但時隔多年，元昊已重整人手，派你們前來混淆視聽。緊那羅部的人本來就是精通樂理，只要再知曉獸性的話，驅獸也不見得不可。你若是拓跋行樂的話，那你的兵刃本應是長棍，但你們故弄玄虛，宣稱四大天王復生，因此才改換用刀。事情有利有弊，你沒有用熟悉的兵刃，武技不能完全發揮，不然早可以殺了我。」

持國天王垂頭望刀，五指如鐵，良久才道：「不錯，我就是拓跋行樂。當年在飛龍坳被葉知秋所殺的持國天王，就是我大哥，也就是緊那羅部的部主——拓跋行禮。」

王珪冷笑道：「因此你這些年學了馴獸之法，就想為你大哥報仇了？」

拓跋行樂一字字道：「不錯。」他說的斬釘截鐵，眼中滿是恨意，就算王珪見了，都不由心中一寒。

拓跋行樂突然舒了口氣，望向王珪道：「王珪，我雖和葉知秋有仇，但你我本沒有仇恨。你這般聰明，若是投奔帝釋天，大有可為。帝釋天好武，不像大宋昏君，只知道崇文抑武，那些文弱書生何用？卻始終騎在你們的頭上！難道說征戰天下，一統江山，要靠那些文人的詩詞歌賦？江山大業、終需英雄馬蹄踏出！你武技再高能如何？還不是為昏君所嫉，不得善終。大宋自趙匡胤杯酒釋兵權後，習武之人，已再無出頭之日！你若投靠帝釋天，你我聯手，豈不更好？」

他突然勸說王珪投奔元昊，眾人均是詫異，可又忍不住想到，拓跋行樂不過是元昊手下的一部主，竟也有如此心機，那元昊此人，不知又是何等人物？

趙禎忙道：「一派胡言！朕當革除陋習，重用武將。王珪，你莫聽他們的蠱惑。只要回轉京城，我就會升你的官。」

王珪嘿然一笑，「大宋再不好，也是我王珪的故土，王某得聖上器重，當憑藉一身武技保家衛國，安定天下。你我道不同，不相為謀。你可是見陰謀敗露，這才言語誘騙嗎？」

拓跋行樂霍然抬頭，目光如電，凝聲道：「鹿死誰手，猶未可知！你真以為知道的多，就能穩操勝券？王珪，勝敗還是要用動手，不是憑一張嘴的。」

王珪緩緩道：「你等裝神弄鬼，終究難成大器。」

夜月飛天哂然道：「我等圖謀的大業，又豈是你這豎子所能明瞭？」

王珪哈哈一笑道：「你等所謂的大業，不過是攪亂中原，蠱惑人心，趁大宋內亂之際，讓元昊順勢東進。你們怕大宋天子親政，勵精圖治，一改大宋頽勢，對你等入侵中原不利，這才收買錢惟濟行刺天子。太后老邁，在你們心中不足為懼了。」

狄青皺起眉頭，暗想如果拓跋行樂真是元昊派來的，為何會在曹府中，看似和夏隨一夥？這其中，肯定有個關鍵所在！

夜月飛天點點頭道：「你說的有幾分道理。」

王珪目光閃動，反問道：「只有幾分道理？這麼說，還有其餘的原因了？」

夜月飛天冷漠道：「你猜出來的，我不必否認。可你猜不出來的事情，我也不會對你多說。」

王珪皺了下眉頭，喝道：「你所謂的原因，不過還是故弄玄虛。當年飛龍坳一戰，你等已鎩羽而歸，這次前來，也不過是重蹈覆轍。你們兩個若是束手就擒的話，我還可饒你們不殺。」

此言一出，彩雲閣已靜了下來。良久，夜月飛天周身繃緊，隨即笑道：「就憑你嗎？」他才一微笑，就已退後，話未說完，長傘陡然穿出，直刺趙禎！

這一招實在出乎意料。誰都以為他全力要攻王珪，不想他還是要殺趙禎。狄青一驚，一把抱住趙禎，滾向一旁。王珪變色，飛身撲來救駕。不想夜月飛天一刺竟是虛招，不等刺實，霍然倒轉身形，身輕如燕，已撲向了王珪。

拓跋行樂幾乎同時發動，一刀砍的也是王珪！夜月飛天和拓跋行樂合作多年，默契難言。王珪最強，就先除王珪。只要王珪一死，餘眾微不足道。

他們低看了王珪，從未想到王珪如此深不可測，一來到玄宮，就把他們所有的計畫揭開了七七八八。所以夜月飛天一出手就已用盡了全力，拓跋行樂一出手就是絕招，二人務求三招之內聯手毀了王珪！

拓跋行樂一刀砍下，刀光未及王珪之時，突然化作了繁星點點，滿室寒光。刀光如練，怎會變成點點寒光？誰都想不明白。王珪身臨其境，已見那單刀陡碎，變成無數鐵片向他打來。

原來拓跋行樂的刀打造巧妙，機關重重，竟然可分可合！這一招實在出乎王珪的意料，讓他猝不及防！

夜月飛天的傘卻是不變，已如閃電般刺到王珪的喉間。夜月飛天以傘做槍，一傘刺出，快不可言，竟然後發先至，搶在漫天的寒光射來前刺出。

狄青已變色，他現在才知道夜月飛天和拓跋行樂的聯手有多犀利、多可怕！他知道這一招若是襲向自己，自己必死無疑。

王珪也是臉色巨變，已如死人，他只來得及向後退了一步。可一步遠遠不夠，就算他退到天邊，那星光電閃也要跟他到天邊。不死不休！

星光暴漲，星光陡滅！

星光陡滅，只因為那漫天的碎片突然消失不見。一人伸手拋了火把，隨手脫下外衣，只是一裹，就將那殺人的碎片盡數包在衣內。

狄青已看直了眼睛，拓跋行樂臉色巨變。二人只見到王珪退後一步，身側那個侍衛卻是上前一步。

那人上前一步，迎著鋪天的殺氣，脫下外衣，將殺氣化解於無形，他包住那些碎片極其隨便，就像隨手拍死個臭蟲，輕鬆之極。然後他手腕一震，切在那傘尖之上。長傘一顫，已斜刺出去，擦那人身邊而過，那人眼眨都不眨。

那人破解了攻勢，這才伸手接住火把，火焰跳動了兩下，未熄！夜月飛天和拓跋行樂如此犀利的合擊，竟被那人這麼隨手破解，這人是誰？

夜月飛天的一顆心沉了下去，他本還有殺招未出，可見那人出手舉重若輕，驀地想起一人，顧不得再攻，一個跟頭倒翻了出去，輕盈得有如翩翩花蝶。

拓跋行樂心中一緊，竟被那人氣勢所迫，腳步連錯，雙手一招，只聽到咯咯啰啰聲音如爆豆連響，轉瞬之間他手上已拼接出一條長棍。

狄青只見到拓跋行樂身軀一顫，身邊暗影重重，那暗影化作一道黑氣到了拓跋行樂之手，轉瞬變幻出條長棍，不由詫異世上竟還有這種本事。

棍頭一顫，嗡嗡作響，拓跋行樂手中長棍虛點，神色緊張，可卻終於沒有發出招去。他已沒有了把握。

夜月飛天才一落地，眼中已露出惶惑之意，嘎聲道：「郭遵？」拓跋行樂一震，不由後退了一步。似乎郭遵這個名字，就有著無窮的魔力，讓他不能不退。

趙禎驚喜得落淚道：「郭指揮？」

狄青叫道：「郭大哥，是你？」

那人微微一笑，摘下了氈帽，挺直了身軀。他來到石室後，一直垂頭順目，看起來平凡無奇，但挺起了胸膛，去除氈帽，卻是睥睨八方，威勢盡顯。那人正是郭遵！

郭遵一出手，就已逼退了元昊手下兩大將的合擊，舉重若輕！

第三章　身　世

夜月飛天終於明白王珪的勇氣是來自哪裡。可郭遵怎麼會來？夜月飛天想不明白。

郭遵在笑，但目光銳利若刀，說道：「夜月飛天，我們終於又見面了。幾年過去了，幾年……」言語間隱有唏噓之意。

夜月飛天衣袂無風自動，長傘斜指郭遵，緩緩道：「原來一切都是你的安排，王珪不過是在傳達你的心思。」

郭遵歎口氣，多少有些疲憊，「要找出你們的真相，真不容易。因此我想借王珪之口，看看分析得到底如何？很好，我終於知道了答案。」

「原來聰明的是你。」夜月飛天一顆心痛得發顫，當一個人發現，驀然由狩獵者變成獵物，多半都是這種感受。

郭遵道：「聰明的不是我，而是葉神捕，對不對？」他這句話問的是趙禎身邊的另一個侍衛。

那個侍衛趁夜月飛天、拓跋行樂將注意力全部放在王珪、郭遵身上的時候，已悄無聲息地護在了趙禎身邊。

夜月飛天又是一陣心緊，斜睨那個侍衛，一字字道：「葉知秋？」

那個侍衛一直沒有動，就算漫天星光電閃時，握住火把的手也和鐵鑄一般。

輕輕地摘下氈帽，那人銳氣盡顯，就如柄森冷的長劍擋在趙禎面前，「夜月飛天，你騙得我好苦，我怎麼說也要騙你一回才好，是不是？」
那人正是京城名捕葉知秋。
夜月飛天驀地發現，他優勢全失，先手盡喪，他本來應該先挾持趙禎，那才是不敗的底牌。但他太高傲，高傲得只想先殺了王珪，對於其餘事情，不屑一顧。葉知秋就趁他輕敵之時，扭轉了局面。
夜月飛天心思飛轉，望著葉知秋冷笑道：「我騙了你什麼？」
葉知秋緩緩道：「當年你們喬裝成彌勒佛座下的四大天王，其實就想混淆視線，後來彌勒佛一句吐蕃語，更讓我千里遠赴吐蕃查明真相。」
夜月飛天道：「你自己蠢，怨不得別人。」
葉知秋淡淡道：「不錯，我是比較蠢，彌勒佛果然狡詐，當時那種情況，竟然還不肯吐露身分。但幸運的是，我在吐蕃出沒，竟僥倖碰到認識摩呼羅迦部主珈天蟒的人，也就從摩呼羅迦的身分猜到了你們的身分和陰謀，這或許就是冥冥之中，自有天意了。至於錢惟濟為何要造反，那也好解釋，因為他積怨已久，正可借此事投靠元昊。」
錢惟濟臉色陰晴不定，已左右為難。形勢風雲突變，錢惟濟驀地發現，勝負的天秤已有所傾斜。
夜月飛天歎口氣道：「葉知秋呀葉知秋，當初在飛龍坳，沒有殺了你，實在是失策。」
葉知秋微笑道：「你現在也可以試試，但你勝算實在不大。」
夜月飛天看看郭遵，點頭道：「不錯，我們的機會並不大……」
「不過你和拓跋行樂都可以不用死。」葉知秋一字字道。
眾人大驚，不解其意。郭遵也不多言，只是斜睨了眼李順容，臉上表情有些奇怪。大敵當前，郭遵的神色卻有些恍惚。

所有人的注意力都集中在葉知秋的身上，不明白為何葉知秋穩操勝券的時候，突然要放過夜月飛天。

夜月飛天沉吟道：「你要放我們，當然有條件了。」

葉知秋微笑道：「你果真聰明。做任何事情，都要有代價。」

「還不知我和拓跋行樂的兩條命，需要什麼代價？」夜月飛天眼中滿是譏誚之意。

葉知秋心頭微沉，知道夜月飛天不好相與，緩緩道：「這次聖上出巡，本是祕密行事，少有人知曉。」

「那你和郭遵還不是知曉了？」夜月飛天嘲諷道。

葉知秋搖頭道：「這個不同。我和郭大人是事後知曉，這才趕來，但你們顯然早就知道了這個消息。據我猜測，自聖上起身離京，你們就已知道了這個消息，這才早在此謀劃。」

夜月飛天悵然道：「所以你想知道那人是誰？我說出那人的姓名，就可以走了？」

葉知秋眼中寒芒閃動，「我其實已知道那人是誰了。」

夜月飛天一震，失聲道：「你知道？」

葉知秋追問道：「那人當然就是彌勒佛！」

夜月飛天臉色巨變，啞聲道：「你怎麼……」話才出口，倏然住嘴，夜月飛天長出一口氣道：「我明白了。你不蠢，很聰明。」

葉知秋眼中掠過失望，卻還能笑道：「我也明白了，你也不笨。」

眾人聽得一頭霧水，根本不知道二人在說些什麼。

夜月飛天冷然道：「其實你根本不知道通知消息的是誰，你也知道我不會說。你這麼問，只是想從我口中得到些消息。」

葉知秋道：「不錯，因此你知機的住口了。不過，我也知道了不少。」

夜月飛天道：「但你根本無法肯定什麼。」

葉知秋淡淡道：「我可以肯定京城也有你們的人，這就夠了。」

二人沉默互望，眼中光芒咄咄。許久，葉知秋惋惜道：「看來已沒有了和解的可能。你真的不後悔嗎？」

夜月飛天突然放聲狂笑起來，震顫石室，火把似乎也被他的笑聲震撼，明暗不定。

葉知秋動也不動，皺眉道：「你笑什麼？」

夜月飛天突然一指狄青道：「這個狄青，本是個無名小子，方才明知必死，還不捨趙禎而去。夜月飛天不才，只求和你葉知秋一戰！」

千古艱難唯一死！若不怕死，還怕什麼？

夜月飛天的意思很清楚，狄青為了趙禎可死，他夜月飛天為了帝釋天，當然也不怕死，他要和葉知秋堂堂正正一戰。

狄青暗道夜月飛天狡猾，葉知秋若論破案之能，絕對不差，但葉知秋的武技並不如郭遵。夜月飛天如此叫戰，看似豪邁，卻暗藏機心。夜月飛天若重創了葉知秋，就可再與拓跋行樂聯手對付郭遵，挽回敗局。

這也是一個局，反敗為勝的局。夜月飛天一直沒有放棄過掙扎。葉知秋卻沒有拒絕的理由，因為他也是個狂傲的人。他雙眉一揚，已待出戰……

郭遵突然一把按住葉知秋的肩頭，緩聲道：「知秋，當年的恩怨，請你讓我來了結。」

葉知秋微愕，已知道郭遵的心思，略有猶豫。夜月飛天臉色微變，輕蔑道：「難道說堂堂京城名捕，只有動口的能耐嗎？」

郭遵斜睨了狄青一眼，搖頭道：「你錯了，葉捕頭是照顧我，他知道我必須要出手，因為我等了許多年。」

狄青心中激盪，明白這些年來，郭遵對他的傷病，一直耿耿於懷，郭遵是為他出手！

郭遵又道：「夜月飛天，你若喜歡，就和拓跋行樂一起上吧。當年拓跋行禮雖非我殺，但若舊事重演，說不定就是我來殺了拓跋行禮。」

夜月飛天尚在猶豫，拓跋行樂聽到大哥的名字，已按捺不住道：「好！」

「好」字方一出口，彩雲閣內火光陡盛，靜寂無聲。拓跋行樂手中的長棍顫顫巍巍，火光下有如靈蛇般扭動。夜月飛天別無選擇，長傘虛指，雙眸寒意更濃。元昊手下八部中兩大高手合擊，雖未出手，但氣勢森然。

郭遵並不拔刀，赤手空拳面對二人，舒口氣道：「我現在只想問一句，你們收買錢惟濟，除了要行刺聖上外，是不是還為了香巴拉？」

話未說完，夜月飛天嘎聲道：「你……」他那一刻，臉色變得極為難看。狄青錯愕，不知道香巴拉是什麼，為何會讓夜月飛天如此驚異？

拓跋行樂喝道：「看招！」他聲出招至，一棍刺出，直奔郭遵的胸膛。他棍做槍使，更顯詭異凌厲。只是這一刺，就讓葉知秋動容。

很顯然，如今的拓跋行樂，武技還要比當年的拓跋行禮高出很多。郭遵能否敵得住這二人的聯手？葉知秋不知道，但他知道，他還不能出手，因為他要護衛趙禎。

這場仗鬥心鬥力，若是趙禎有事，贏亦是輸了。葉知秋在方才郭遵望來之時，就已讀懂了他的心思。

夜月飛天臉上還餘著驚詫，但在拓跋行樂出招之際，已躍到半空，長傘霍然張開！長傘宛如一朵盛開的白蓮。眾人錯愕，不明白夜月飛天此舉何意。

郭遵目光一凝，整個人已如飛龍般掠了過去。他一出手，刀鞘就擊中了如電的棍梢。長棍若是如蛇，那這一招無疑就是擊中了蛇的七寸。

長棍殺氣頓失，蕩了開去。可長棍陡散，分射八方！

原來拓跋行樂的長棍竟和他使的單刀彷彿，都是拼接而成。拓跋行樂一雙巧手，可用最快的速度拼接出兵刃，也可將兵刃化作暗器擊出，讓對手防不勝防。

但長棍未散之際，郭遵已翻腕、拔刀、出刀、勁刺，一刀就刺入了拓跋行樂的心臟！

拓跋行樂仰天倒了下去，這時那分射八方的暗器才擊了過來。

郭遵身形一旋，避開擊來的暗器，沒有半分停留，已撲向半空。他的目標是空中的夜月飛天，拓跋行樂已死，夜月飛天才是大敵。

夜月飛天手上的一把傘，妙化無窮，絕不是只能做槍做傘而已，它還能變化成羽翼！只見空中白蓮一分，化作夜月飛天的雙翼。他陡生兩翅，用力一搧，憑空一道風雷，已和郭遵擦身而過，撲向趙禎！而另一方面拓跋行樂才倒，便驀地騰起，已如虎豹般地衝向趙禎。

原來夜月飛天、拓跋行樂的目標仍是趙禎！他們就算死，也要殺了趙禎再死！

郭遵心頭一沉，不解為何拓跋行樂中了他一刀，竟然還沒有死！那幾乎是完全沒有可能的事情！郭遵知道那一刀的的確確是從拓跋行樂胸口刺入，背心透出。一個人心臟中了那麼徹底的一刀，生機斷絕，絕不會如此生龍活虎。

但是拓跋行樂為何還有還擊的氣力？郭遵已顧不得再阻拓跋行樂，他只希望葉知秋能攔住拓跋行樂一刹，他眼下的任務，就是要狙殺夜月飛天。

關鍵時刻，石室陡然暗了下來！郭遵霍然省悟，原來拓跋行樂的長棍化影，分射八方，不但要攻擊他郭遵，而且還要打熄石室內的油燈和火把！

明暗相易，才是夜月飛天的出手之時。這二人算計精準，竟至如斯。

郭遵雖驚不亂，長嘯震天，空中一個轉折，已向夜月飛天追去。他雖身法驚人，但畢竟少了雙翅，也不是飛鳥。一口氣用盡之際，郭遵無力為繼，身子已沉將下去，郭遵的一顆心也隨之沉了下去。

夜月飛天微喜，已衝到趙禎的上空，陡然間前方一道疾風襲來，上面竟然還有著點點星火。夜月飛天一腳踢飛了來物。

那物飛轉，反向郭遵擊去。這一招本是巧妙，夜月飛天不知暗器的古怪，只想用它阻擋郭遵。踢飛了來物，夜月飛天這才發現，原來那物不過是個火把。

郭遵見火把擊來，不驚反喜，腳尖一點，竟能再次借力而起，已攔到了夜月飛天的身前。

火把是王珪擲出。王珪猝不及防，被拓跋行樂的暗器打滅了火把，卻看穿了夜月飛天的用意，當下扔出火把阻擋。

空中火星四射，耀著那微薄的明。夜月飛天不想弄巧反拙，反被郭遵抓住這稍縱即逝的機會。他已沒有選擇，雙翼一鼓，傘柄一轉，就要發出最後的殺招。

夜月飛天的傘柄中，藏有暗器。上次飛龍坳之時，他憑藉傘尖就已重創了狄青，這次傘柄之中，最少藏了七種暗器，只要一按，任憑對手是大羅神仙，也是無能抵擋！

咯的一聲響，夜月飛天手指按了下去。半空倏靜，殺機盡顯。

郭遵目光中寒芒一現，突然伸手，千鈞一髮之際，已拎住了夜月飛天的羽翼，只是一合，竟將所有的暗器兜了回去。

冰蠶羽翼實在是柔韌非常，七種暗器擊中，竟也沒有擊穿！羽翼一捲，居然將夜月飛天也包裹其中。

夜月飛天計算了所有的變化，卻做夢也沒有想過，所發的暗器竟全被打了回來，大羅神仙也抵不住七種暗器齊擊，夜月飛天不是大羅神仙，亦是抵擋不住自己的暗器！

夜月飛天墜入無邊黑暗的那一刻，只是在想，不知道拓跋行樂那面如何了？

拓跋行樂在郭遵追趕夜月飛天之際，已衝到了葉知秋面前。

黑暗之中，他固然占了些便宜，但也失去了對手的方向。他只憑方才眼中留著的殘影撲去，這時候銳風一道，直奔拓跋行樂的胸膛。

拓跋行樂也不躲避，猱身而上。只聽到嗤的一聲響，那銳風已刺入拓跋行樂的胸膛，拓跋行樂厲喝一聲，已一掌擊中對手的胸膛。

那人不想拓跋行樂全不抵擋，被他一掌擊中，倒飛出去。拓跋行樂伸手拔出胸前之劍，連喝數聲，長劍如風，大砍大殺，只盼能斬殺趙禎，又盼夜月飛天及時趕到。

拓跋行樂天生異象，心臟稍偏，這才能在胸口被郭遵刺穿時，憑無上意志留住口氣。但他血流不止，又全憑一口氣維繫，已是眼前發黑。

這時候他只聽夜月飛天空中一聲悶哼，再無動靜，一顆心遽然沉下去，見前方隱約有道人影，大喝一聲，長劍脫手而出。只聽到那面傳來聲女子的驚叫，緊接著拓跋行樂感覺背心一涼，一物波的一聲，已從他的背心刺到胸前。

那是一截帶血的劍。長劍凝寒，刷的又收了回去，也帶走了拓跋行樂全身的氣力。拓跋行樂臉上現出詭異的笑意，晃了兩晃，軟倒在地。

戰事已止！

暗室中火光再起，郭遵手持火摺子，默默望著地上躺著的二人。夜月飛天早死，拓跋行樂竟然還餘一口氣。

王珪收回長劍，眼中殺氣湧現，方才就是他一劍刺中了拓跋行樂，結束了拓跋行樂的瘋狂。

拓跋行樂此時發現，趙禎早就離開了原處，身邊有狄青護衛，而自己所傷那人，卻是那個李順容。

「天意……天意……」拓跋行樂喃喃自語。

郭遵冷冷道：「天做孽，猶可違；自作孽，不可活！」

拓跋行樂狂笑起來，胸口鮮血已要流盡，「成王敗寇，何必多言？你們……很好……我們輸了……可是……你們……也不見得贏了！」

他頭一歪，已然死去。可他臉上仍帶著分詭異的笑，讓人一望心寒。

郭遵和葉知秋互望一眼，眉間均有憂慮。狄青有些奇怪，暗想郭遵、葉知秋已大獲全勝，本應該高興才是，他們又擔憂什麼？不等多想，就見到趙禎已撲到李順容的身旁，關切道：「你沒事吧？」

原來剛才激戰一起，葉知秋就已扯住趙禎，送到狄青的身邊。拓跋行樂拚命一擊，雖滅了火把，占了先手，卻同樣迷失了趙禎的蹤影，葉知秋不過是將計就計，不然以他之能，暗器無論如何，都是打不熄火把的。可讓葉知秋沒有想到的是，李順容竟然衝了過來，挨了拓跋行樂一劍。

李順容沒有那麼多的機心，更不知道趙禎早就離開原處，只知道一定要保護趙禎。

誰都看得出來，李順容把趙禎的性命，看得比什麼都重要，甚至超過她自己的性命！幸好黑暗之中，那一劍只劃傷了李順容的手臂！

見到趙禎關切的目光，李順容擠出絲微笑道：「聖上，不妨事了。你沒事，就比什麼都好。」

趙禎淚下，只是道：「可是……你傷了。你為了我，受傷了。」

李順容眼中有著無盡的慈愛和欣慰，「一點小傷，沒什麼。」

趙禎這才注意到李順容胳膊上還在流血，忙道：「狄青，你先帶李順容去找太醫看看。朕……朕與郭指揮還有事要說。」

狄青點頭，攙扶李順容先走，李順容眼中滿是不願，可見到趙禎神色肅穆，輕輕地歎口氣道：

「那……你小心。」不知為何，李順容眼角已濕潤，一步三回頭地望。

趙禎只是向李順容擺擺手，就對郭遵道：「郭指揮，你怎麼會來這裡呢？」

狄青扶著李順容出了彩雲閣，可出去前，借著火光，見到石門後有幅畫，不由多看了一眼。

本來帝王玄宮的四壁上，有畫是再尋常不過。帝王玄宮中，畫面中常有日月星辰以示天下，文臣武將以保帝魄，石獸神禽以攝鬼魂，但那幅畫只是一團破雲顯示出的光芒，那光芒極其豔麗，竟有七彩光芒的下方，是蒼茫的大地。

一團光芒？這是什麼意思？狄青只覺得永定陵中，到處都是難解的祕密。趙恆如此設計玄宮，究竟所為何來？

不待多想，二人已出了彩雲閣。彩雲閣外，竟有山、有泉、白雲出岫，煙雲渺渺，隱約有出塵之意。最奇怪的是，這裡並不黑暗，又見不到光源。狄青真不知道這墓地下怎麼還會有如此奇景，可見李順容臉色蒼白，不再耽擱，在她的指點下，已向生死門走去。

到了一處玄門前，李順容突然止住了腳步。狄青不解，問道：「這裡還有機關嗎？」

李順容凝望著狄青，那眼神中帶著感激，似乎又有請求，道：「我們在這等一下好嗎？」

「你的傷……」狄青有些猶豫。

李順容避而不答道：「聖上這次若回到汴京後，就再也不會回來了。」她眼簾濕潤，喃喃道：「我這一輩子，這是第一次見到他，也只怕是最後一次了。」正說著，悲情難抑，突然伏在一塊大石上，抽泣起來。

狄青再也抑制不住心中的疑惑，問道：「李順容，你為何對聖上這般關心？難道說……」他心中有個念頭，卻不能說。

李順容霍然抬頭，凝視狄青道：「狄青，你是個好人。這世上，像你這樣的好人不多了。你不顧自身安危來救益兒，我真的很感激你。」她盈盈一拜，竟向狄青深施一禮。

狄青慌忙攙住道：「益兒？你是說聖上嗎？」

李順容道：「聖上小名就叫益兒，他是當太子的時候，才改的名。」

狄青心頭一震，記得當初李順容初見趙禎的時候，就叫什麼「你是益……」現在想想，原來她當初想稱呼的是益兒，可趙禎貴為天子，李順容不過是先帝真宗的一個妃嬪，她有什麼資格叫趙禎益兒？

狄青心中困惑，隨口道：「在下救駕乃本分所在，何須你來謝呢？」

李順容珠淚垂落，望著狄青道：「狄青，這二十多年來，我一直藏著一個祕密。我若不讓益兒知道這個祕密，真的死不瞑目。我早就想，若能活著出了玄宮，一定要對你說及這個祕密。」

狄青不解道：「你想說什麼？聖上肯定會信你。」

李順容搖頭道：「我生前絕不能對他說出這個祕密。益兒這次回京，肯定不會再回來了，而我沒有幾日好活了……」

狄青吃驚道：「你不過是皮外傷，怎麼說沒幾日可活呢？」

李順容搖頭道：「你不知道。唉，早在幾月前，就有太醫給我看過病，說我積鬱成疾，沉痼難癒，沒有多少日子了。再說，我帶聖上入了玄宮，本來就沒有準備再活下去。」她神色慘然，低聲道：「當年先帝曾言，時辰未到，嚴禁我進入存放他棺槨的地方。我若擅入玄宮，定會不得善終！」

狄青心中不知是何感覺，強笑道：「這……先帝若知道你是為了聖上，定會原諒你。」雖在安慰，可不知為何，背脊卻升起一股寒意。時辰未到？是要到什麼時辰？

李順容反倒笑了，滿是淒婉，「先帝是否原諒我，無關緊要。若是重來一次的話，我還是會帶益兒來的。我生下他後，雖沒有一日不想著他，但從未為他做過什麼。這次不要說是入玄宮，就算為他死，我也很高興。」

狄青退後一步，啞聲道：「聖上是你生的？」

他不敢信，李順容竟然是趙禎的生母！那劉太后呢？天下人誰不知道，趙禎的生母是劉太后！但他不能不信，李順容若不是趙禎的生母，怎麼會每次危險的時候，都擋在趙禎的身前？除了母親，還有誰有那麼偉大的愛？

李順容淒然道：「這就是我的祕密。」突然一把抓住狄青的手，李順容急切道：「狄青，你莫要把這件事說出去，我求你。」她又要跪下去，狄青拉住了她，苦笑道：「我不是多嘴的人，但這究竟是怎麼回事？」

李順容幽幽歎道：「當年先帝雖有子，但均夭折，是以一直鬱鬱寡歡。我那時不過是宮中的一個侍女，負責侍奉劉娥。當初劉娥還不是皇后，但為人極有心機，懂得迎合先帝，是以先帝最喜歡她。那時候聖上感覺澶淵之盟是終身羞辱，又因並無子嗣，不知為何，突然迷戀上崇道修仙，有一日他服了仙丹……」說到這裡，李順容蒼白的臉上有了絲紅暈，半晌才道：「他狂性大發，說什麼老天說了，會賜給他一個兒子，他在宮中狂走，找上了我，然後我……就懷了益兒。」

狄青聽得瞠目結舌，半晌才道：「那後來，聖上為何變成了劉太后的兒子？」他突然心中有些發寒。以往他總認為虎毒不食子，劉太后無論如何，都不會搶趙禎的皇位。但趙禎若不是太后的兒子，那皇位豈不岌岌可危？
李順容慘然道：「當時我不過是個侍女，生下益兒後，才升為順容。可益兒一出生，我甚至都沒有看到他一眼，劉娥就命人將益兒抱走，說那是她的兒子。」
「她怎麼能這麼做？」狄青忿忿然道。
李順容漠然道：「劉娥想當皇后，但一直沒有兒子。朝臣早就因此事勸先帝另立皇后了，劉娥當初若不搶走益兒，只怕皇后的位置不穩。」
狄青皺眉道：「先帝當然知道誰是聖上的生母，難道也不聞不問嗎？」
李順容半晌才道：「他最疼愛的是劉娥，他只想要個兒子，他對我，其實沒什麼感情的。」
狄青聽了，吸了口涼氣。李順容簡簡單單的幾個字，不知道包含了多少辛酸血淚、恩怨糾纏。
許久，狄青才道：「後來呢？」
「後來我就被幽居深宮，禁止和益兒見面。」李順容道：「先帝駕崩後，我就到了這裡。」
「聖上每次祭天，都會來到永定陵，難道你也從未見過他嗎？」
李順容傷心道：「每次聖上來此拜祭先祖，劉娥總是跟隨，藉故讓錢宮使將我幽禁。所以我一直沒有見過益兒。因此我才會懇請你帶我去見益兒。前日益兒來到永定陵，我哀求用和去求錢宮使，不要再幽禁我，讓我見聖上一面，哪怕一面也好，誰知你聽到了，卻以為我要對聖上不利。可用和是益兒的舅舅，一直盡心保護益兒，怎麼會對他不利呢？」
狄青終於明白了這其中的糾葛，暗想這一切真的是陰差陽錯。他和王珪都誤會了李順容和李用和！突然想起一事，狄青不解道：「李用和是你的弟弟，那就是聖上的舅舅，那太后知道不知道這件事？」

見李順容點頭，狄青皺眉道：「那她還讓李用和留在聖上的身邊？」

李順容解釋道：「劉太后為人聰明，做事喜留後路。她其實也怕益兒以後知道此事，更怕益兒恨她，因此不想把事情做絕。太后將用和留在殿前，就是想讓我知道，我雖見不到益兒，但總可以從用和口中知道益兒的事情。她曾逼我發誓，此生不能再見益兒，更不能認了益兒。若我對益兒泄露此事，不但我要死，益兒也會被牽連。」

狄青咬牙道：「劉太后好毒的心腸！」他知道如此一來，李順容就算不顧自身，但為趙禎著想，也絕不會認這個兒子了。

望著李順容憔悴蕭索的面容，狄青道：「你突然對我說這個隱祕，可是看我和聖上關係不錯，想借我口，將此事轉告給聖上嗎？」

李順容望了狄青良久，才道：「不是。」

狄青不解道：「那你說出這些，到底是何用意？」

李順容眼中帶淚，面容卻有了分聖潔之意，「我只想求你，以後若是可能的話，和聖上再來永定陵，請益兒到我的墳前說上幾句話，我就足感恩德了。」

狄青愣住，良久才道：「你終究是怕劉太后對聖上不利，這才決定一輩子瞞住此事？只想太后念及對聖上的養育之恩，莫要奪他的皇位？」

李順容木然許久，只回道：「只要他好，我怎麼樣都無妨了。」

尋常的一句話，讓狄青幾欲落淚。他忍住心酸，重重點頭道：「好，我答應你。」

李順容笑了，但笑容中，卻不知夾雜著幾許淒涼，如同那夕陽斜雨，幾度飛花，最終只化作了點點殘紅，「謝謝你。」

狄青強笑道：「不謝。」他這時候千言萬語，一時間不知從何說起。

這時突然有一人道：「你們還在這裡做什麼？」

郭遵從遠處走過來，身後跟著趙禎、葉知秋。王珪押著錢惟濟，錢惟濟垂頭，面容蒼老木然。趙禎竟然沒有殺錢惟濟，這點倒出乎狄青意料。

狄青看了李順容一眼，見她搖頭，眼中的意思不言而喻，說道：「李順容說她累了，要在這裡休息片刻。」

趙禎憂心忡忡，聞言向李順容望去，見她眼角有淚，問道：「你為何要哭，很痛嗎？」他滿懷心事，可或許母子天性，或許血濃於水，讓他終於忍不住問了一句。

他並不知道這普普通通的一句問候，在李順容心中掀起了多少滔天波浪。趙禎那時候，只是在想，要找的東西並不在永定陵，那可如何是好？

李順容就那麼的望著趙禎，目光中如海如山的濃情只變成淡淡的幾個字。「聖上，不痛，是風沙迷了眼睛……」

地下陵寢乾乾淨淨，沒有風，死一般的靜，當然也就沒有沙。

李順容不知道用了多大的努力，才讓自己平靜若水，那水一樣的平靜下，誰又知道，藏著排山倒海一樣的濃情。

狄青扭過頭去，只怕自己一時衝動，忍不住說出實情。

趙禎笑笑，笑容中滿是苦澀，「朕要走了，你保重。」

他並不捨得離開李順容，心中只在想，太后若是像李順容這樣對朕，朕此生何求呢？但終於還是惦記著汴京，趙禎道：「郭指揮、葉捕頭，護送朕回京。狄青，你護送她去看太醫。」

郭遵看了狄青一眼，低聲吩咐道：「狄青，你收拾殘局後，立即帶侍衛們回轉京城。」狄青點頭。郭遵又看了眼李順容，只是拱拱手，和趙禎離去。狄青見郭遵目光複雜，突然心中微動，暗想郭遵曾是趙恆的殿前侍衛，難道說郭遵也知道李順容的底細，不然何以這般舉動？

狄青只是留意著郭遵，並沒有注意到，葉知秋意味深長地看了他一眼。

趙禎走了，終於走了。李順容癡癡地望，心口在滴血，沒有挽留，也沒有理由挽留。等到趙禎出了寢陵，李順容卻發瘋一樣，向最高處的山崗跑去。

狄青沒有攔，只默默地跟隨，天未明，月隱星稀。馬蹄聲傳來又淡去，殘淡的月色中，有人影遠去。李順容奔到山頂，可也阻擋不住人影遠去，跪倒，淚流滿面。狄青一旁望著，突然也有了想要落淚的衝動。

空山鳥鳴的時候，李順容這才扭頭對狄青道：「狄青，我沒什麼能謝你的。這有一本書，不知道你能否用得上呢？」

她從懷中掏出了一卷書遞過去，狄青擺手道：「在下不考狀元，要書何用？李順容，你放心好了，我既然答應了你，就一定會做到。」

李順容笑了，見狄青並不接書，突然道：「你還記得在玄宮裡，曾見過一把刀嗎？」

狄青微凜，記憶復蘇，驀地想起朝天宮內七道門戶中的黃色門戶。那裡有把血刀，一旁寫著八個大字：「王不過霸，將不過李！」

那鏗鏘豪氣猶在眼前，狄青急問：「當然記得，你知道那把刀和那句話，是什麼意思？」

李順容臉上突然泛起自豪之意，漫聲道：「古往今來，征伐天下的帝王將相無數，但若論霸氣勇力，帝王中，有一人若稱第二，無人敢說第一。」

狄青問道：「那人是誰？」驀地想到什麼，狄青恍然道：「王不過霸……那人當是楚霸王！力拔山兮氣蓋世的楚霸王！」

狄青當然聽過楚霸王項羽，就算羨漢高祖的盛世，但心中總有楚霸王的身形。

李順容點頭道：「不錯，項羽雖敗了，但司馬遷仍以本紀銘記這位千古英雄，當然是承認了他的帝王之威。『羽之神勇，千古無二』，但這句話是說在帝王中，無人能在霸氣上和項羽比肩……」

狄青立即道：「『王不過霸，將不過李！』你的意思是說，將領中，也有一人的霸氣不遜楚霸王？那人是誰？」

李順容憂鬱稍去，臉上自豪之意更顯，「你說得不錯。自古名將中，李姓不少，李牧、李廣、李靖……這些將領無不立下了千秋功業，萬古流芳。但這些人或以鐵血稱雄，或以排兵布陣自傲，或靠計謀心算，出奇制勝。但若說軍中有萬夫不擋之勇，憑一己之力可橫行千軍者，李姓中只有一人，那就是李存孝！十三太保李存孝！」

狄青心頭一震，良久才道：「李存孝？我聽過此人的功業……」狄青知道李存孝本殘唐猛將，生平驍勇冠絕，未嘗挫敗。但李順容說李存孝勇霸之氣甚至比肩項羽，狄青還是有所不信。

李順容已看出狄青的遲疑，輕聲道：「我知道你多半不信，但他生平事蹟難詳，原因多多。」她似乎有些悵然懷念，轉瞬岔開了話題道：「原因我就不想多說了，但你一定要相信一點，他的武功絕倫，不容置疑。」

狄青心中微動，望著那卷書道：「這本書，和李存孝有什麼關係？」

李順容緩緩道：「這本書，就是李存孝遺留的刀譜。」

狄青震撼道：「李存孝的刀譜？」他不用李順容多言，已接過了刀譜。見刀譜已破舊，頁面只寫兩字，是為「橫行」！

「橫行」二字，力透紙背，意氣風發。

狄青有些顫抖地掀開了書頁，見到最先一頁上，只寫著遒勁的四句話：未出山中羨威名，千軍百戰我橫行。打遍天下無敵手，不負如來只負卿！

狄青呆呆地望著四句話，已熱血激盪。可不知為何，又夾雜著難言的心酸。

那四句話平樸中透著奔放，睥睨中又帶著黯然，只是四句話，不知道訴說了多少戰場捭闔，人間花落……

只憑這四句話，狄青已對寫出這話的人，帶有一種熟悉的陌生。

那究竟是個什麼樣的人？狄青捧著書卷，已陷入了深思中……

第四章 宮變

狄青捧著那卷書，沒有急於翻看，反倒對李存孝滿是好奇。不待多想，李順容已道：「狄青，我知道你武功並不算好。」

狄青回過神，苦笑道：「只能說是尋常。」

「但是我真的希望你能保護益兒。」李順容道：「我把這本書送給你，就是希望你能從中習得什麼。」

狄青不再拒絕，也無法拒絕。他是習武之人，如何能拒絕這種誘惑？

「可是，我不知道你能從中習得多少。」李順容眼神有些奇怪。

狄青自嘲道：「在下並不聰明……」

「和聰明無關的。」李順容搖頭道：「這刀譜傳了多年，但說實話，從刀譜中受益的人，一個都沒有。」

狄青心中一動，「那刀譜為何會落在你手上？」

李順容淡淡道：「你莫要忘記了，我也姓李。」

狄青微震，「你是李存孝的後人？」

李順容默然片刻才道：「可以這麼說吧。這刀譜中有個祕密，只留給有緣人，我相信你就是那個有緣人。」

狄青突然問道：「那石室中的血刀，難道就是李存孝所用的佩刀？」

李順容點頭道：「你真聰明，猜到了這個。傳說中，『霸王逐鹿，太保橫行』就是說楚霸王所用的佩刀名為逐鹿，而李存孝所用之刀，本名橫行。玄宮中那把刀，就是李存孝的橫行刀。」

橫行刀！原來那把刀就叫做橫行刀。

狄青回憶那把刀千殺萬斬的氣息，鮮血淋漓般的快意，喃喃道：「怪不得，那種刀配得上橫行兩個字。」

「可我不能把那把刀取出來給你。」李順容為難道。

狄青忙道：「橫行刀，只有橫行之人才配持有，在下算得了什麼？不敢有此奢望。無論如何，贈譜之情，今生難忘。」

他向李順容深施一禮，心中卻有些奇怪，趙恆為何把那把橫行刀收在玄宮中？趙恆既然對李順容沒什麼感情，為何讓李順容自由出入玄宮呢？

不等多問，遠望張玉從山腳處轉來，狄青將刀譜收入懷中，道：「他們找我，多半要回返京城了。」

李順容輕輕歎口氣道：「那……你一路珍重。」她不再多說什麼，當先離去。張玉趕到狄青的身邊，問道：「狄青，聖上帶著郭指揮、王珪、閻文應等人回去了。聖上說讓我們聽從你的吩咐，儘快回京。」

狄青點點頭，說道：「那就走吧。」

這時天色已明，捲雲如思，人在臥龍崗外，只見臥龍崗有如龍騰，風光大好，江山秀麗，可狄青始終覺得，那條臥龍徜徉雲霧中，無所依從。

狄青從鞏縣出發，帶眾侍衛處理些後事，然後就領眾人回轉京城。

眾侍衛都知道這次若非狄青，聖上早就不能倖免。這些人都是殿前侍衛，護駕不利，趙禎若死，只怕都要陪葬，是以人人感激狄青。但關於玄宮發生了何事，眾人都沒有多問。侍衛都明白，有時候，知道多了，並不見得是好事。

眾人一路奔行，這一日終於趕到了京城。天近黃昏，殘陽如血。

狄青心事重重，一路上想著心事，這次永定陵之行，帶給他太多的困惑。玄宮為何那般布置？天書為何是空白的？李存孝的刀、高僧的骨、沒有面目的佛像，立著埋葬的趙恆……

這些都是先帝搞的古怪，狄青一時間可放到一旁。但趙禎究竟要取什麼東西？石桌上的手印是誰留下的？朝天宮的幽靈到底是不是趙恆詐屍？李順容雖說了很多事情，不像有假，但神情中，好像又隱瞞著什麼。李順容為何能在玄宮出入自如？

每次想到這些事情的時候，狄青都覺得頭皮發麻，感覺到鬼氣森森。他莫名地捲入這件事情，是福是禍？

當然了，如果他和眾侍衛一樣，權當忘記了，說不定就可把永定陵一行當作一個夢，但他怎能忘記？

但郭遵、葉知秋為何能恰巧入了帝陵？按理說，郭遵等人不會未卜先知，不應該進入陵寢。郭遵說的香巴拉又是什麼意思？夜月飛天為何要對香巴拉如此震撼？狄青感覺明白了很多，但糊塗更多。

這些困惑，只要見到郭遵，就能解釋。狄青將這些事情也暫時放下，但最讓他不能放下的是，銀白色的石室內，為何會有那半塊玉珮？

那半塊玉珮為何和楊羽裳所給的完全吻合？玉珮旁，那個銀白色的匣子又是什麼？

難道說先帝趙恆，竟和楊羽裳的生父有關係？狄青一想到這裡，就頭大如斗。

楊羽裳的父親，總不會是趙恆吧？

狄青都覺得自己的想像太過豐富，有些不可思議，可見汴京在望，想到就要再見楊羽裳，一掃困惑，心頭微熱。去見楊羽裳，勝過一切。

眾人到了城門前，狄青才準備自作主張，讓眾人歇息一天，趙律已迎了上來，說道：「狄青，你們終於回來了，聖上有旨，讓你們一回轉，立即入宮。」

狄青有些失落，但知道應以公事為重，還不忘記問了一句，「郭指揮呢？」

趙律道：「郭指揮也在宮中。」

狄青舒了口氣，在心中認為，只要郭遵在，就沒有不能解決的事情。雖然郭遵也不過是個尋常的殿前指揮使，和兩府中人的權位相差十萬八千里。

眾人入了汴京，進內城正向大內趕過去時，突然聽到前方一陣喧譁，百姓攔在路上，眾人騎馬無法通過。

狄青勒馬，聽有百姓道：「太慘了，錢家十七口，光天化日之下被人殺得精光。」狄青一凜，忙問道：「哪個錢家？」

那說話的百姓見是禁軍問話，忐忑道：「是宮使錢惟濟的家……」

「誰殺的他家人？」狄青吃驚問道。

那百姓忙道：「官大哥，我怎麼知道呢？開封府正在查呢，和我無關呀。」說完轉身就走，不敢多言。

狄青凜然，暗想錢惟濟前幾日才造反被擒，怎麼今天在京城的家眷就被斬殺殆盡？要說這事和錢惟濟謀反沒有關係，誰都不信，但若是有關，那這些人如何這麼快得知消息，又意欲何為？

眾人面面相覷，心中其實和狄青一個想法。他們多少也知道錢惟濟造反的事情，都在想，誰要殺錢惟濟？

趙律倒還平靜，說道：「莫管閒事，走吧。」

眾侍衛繞道而行，到了大內，請宮人前往稟告，不多時，趙禎宣見。不過趙禎只命狄青、張玉二人見駕，其餘眾人都在殿外等候。

狄青、張玉才入了宮中，就聽到前方有喧囂聲傳來。二人面面相覷，不知道這禁中有誰敢這般喧譁？

再向前行了幾步，只聽到前方有一女子尖聲叫道：「呂夷簡，你給我站住！」

狄青吃了一驚，心道呂夷簡身為當朝兩府第一人，竟還有人敢對他如此大呼大叫？

定睛望過去，見到有一女子雙手插腰，柳眉倒豎，狄青暗自歎氣，心道這天底下，可能也就這個女人會對呂夷簡如此無禮了。

女子就是郭皇后！

狄青雖和郭皇后只是一面之緣，但已知道，如今在宮中，權勢最大的是劉太后，但脾氣最大的，就是這個郭皇后。

郭皇后怒視著一人，狄青順著她的目光望過去，也想見見兩府第一人到底長得什麼模樣。

狄青早聽說呂夷簡的大名，甚至他當上散直，還是因為呂夷簡的干係，但他從未見過呂夷簡。

郭皇后對面那人中等身材，五旬的年紀，額頭稍高，眉間寬闊。狄青乍一看，只覺得呂夷簡容貌有些怪異，可多望幾眼，就發現此人神色鎮定，鎮定得簡直不是人。

如果說郭皇后是火山的話，那呂夷簡無疑就是座冰山。他永遠神色謙和，但謙和中自有孤傲和清冷。

就算在郭皇后面前，呂夷簡的孤傲依舊不減。他是恭敬，但對的是郭皇后的衣著。「皇后有何吩咐呢？」呂夷簡已止步，平靜問。

郭皇后冷冷笑道：「方才你和聖上說了什麼？」

呂夷簡道：「軍國大事。」

「什麼軍國大事？」

「若皇后喜歡，大可去向聖上詢問。祖宗家法，後宮不得干政，臣也不敢破壞祖宗的規矩。」呂夷簡不卑不亢道。

郭皇后怒道：「你不要整日將聖上掛在口中，你莫要以為，我對你就無可奈何！」

呂夷簡無視威脅，淡淡道：「臣不敢。可皇后若是無事的話，臣告退。」

郭皇后差點被呂夷簡的態度氣瘋，尖叫道：「呂夷簡！你等著，我遲早有一日讓你知道今日得罪我的後果。」

呂夷簡也不回話，施禮退下。郭皇后衝到宮前，閻文應攔住道：「皇后，聖上……他要見旁人，不見……你。」

郭皇后怒不可遏，一耳光煽在閻文應的臉上，罵道：「狗奴才！呂夷簡敢對我無禮，你竟然也這麼大膽，要反嗎？」

閻文應捂臉道：「皇后，臣不過是奉聖上的旨意行事……」

郭皇后冷笑道：「又是整日把聖上掛在口中的人！你莫要以為，我就不能懲治你。」話音未落，忽然一伸手，兩指向閻文應的眼珠子摳去。

閻文應駭了一跳，慌忙後退，一不留神，摔倒在地。

郭皇后哈哈笑道：「狗奴才，看你還敢攔我？」舉步就向宮中走去，那些宮女太監見狀，哪裡敢攔？郭皇后長驅直入，已入殿中。

狄青、張玉也不想節外生枝，只是悄然跟在後面。閻文應見到二人入宮，並不阻攔，可眼中閃過古怪。

郭皇后未到殿中，先聞錚錚數聲琴響，等入了殿中，見趙禎坐在帝位，郭遵正坐在下手處作陪，案前有酒。有女子正手撥瑤琴，彈奏曲子。那女子是宮中的尚美人，姿色並不出眾，但琴技高超。

趙禎早聽到宮外喧囂，卻動也不動，見到郭皇后進來，只是道：「皇后來了？」

郭皇后見到趙禎淡靜的神色，心中驀地打了個突兒。

郭皇后和趙禎是多年夫妻，早習慣了趙禎的唯唯諾諾。趙禎雖是天子，但在郭皇后眼中，和尋常的窩囊丈夫沒什麼區別。但今日再見，郭皇后驀地發現，這個窩囊丈夫竟然少了分窩囊，多了分自信。

是什麼讓趙禎突然變得自信起來？郭皇后心中雖有絲惶恐，但畢竟多年倨傲，不甘下風，說道：「聖上，我來了。」

趙禎不再廢話，只是望著酒杯。郭皇后心中忿然，暗想自己和趙禎不像夫妻，更像是冤家。

郭遵對皇后倒不怠慢，一旁早起身施禮。郭皇后一股怒氣正無從發泄，見狀冷笑道：「什麼時候宮內侍衛都可留在禁中了？難道是想造反嗎？」

原來禁中乃皇帝、太后寢居所在，每到入夜，侍衛均得遠離，宮門緊鎖，禁中一切都由太監負責。如今已到了夜晚，趙禎留了禁軍在宮中，實為極不正常的現象。

郭皇后胡攪蠻纏，只是隨口一說，見趙禎臉色微變，持酒杯的手竟然有些發抖，不由疑心大起，叫道：「啊！難道真讓我猜中了不成？」

郭遵不語，趙禎也是沉默，可這沉默中的含義，著實讓人心驚。郭皇后心中竟有些莫名的慌張，突然軟了口氣，說道：「其實和宮中侍衛喝兩杯，也是稀鬆平常之事……」

趙禎終於道：「朕感謝郭遵的救駕之功，這才設宴請他喝兩杯。其實不止是郭遵，就連狄青等人也有份。」見狄青、張玉已到了宮內，趙禎道：「狄青、張玉，都過來喝兩杯吧。」

狄青、張玉和趙禎出生入死，暗想喝兩杯倒也沒什麼。二人接過酒杯，一飲而盡，卻不知道大宋自立國以來，武將一直不受重視，趙禎和侍衛對飲之舉，也算是驚世駭俗。

趙禎又道：「王珪他們呢？都叫過來吧，朕今晚和你們一醉方休。」早有太監去傳王珪等人，趙禎雖對侍衛和善，但對郭皇后卻是視而不見。

郭皇后又是一股怒火湧上心頭，可趙禎既然不找女人，她也無從發作，袖子一拂，竟揚長而去。

夜涼如水，天邊不知何時，已起濃雲，緊接著涼風吹過，像要下雨的樣子。

郭皇后被涼風一吹，躁熱的心稍有些平靜，突然想到，聖上今晚打破宮中的規矩，不但留郭遵在此，就算狄青等人也都召入宮中，到底打著什麼主意？他真的是要對我不利嗎？方才她突然抽身，其實已心中畏懼。

陡然心中一寒，郭皇后想到，不對，我畢竟和官家沒什麼大仇，這個冤家，平時雖不到我那過夜，但也不會到找人對付我的地步。但在宮中，他對付的若不是我，難道是要對付太后嗎？一想到這裡，郭皇后只覺得一盆涼水兜頭潑下，全身都涼了。

她雖與趙禎不和，但畢竟是皇后，趙禎和太后鬥，無論哪一方有損，她這個皇后都是得不償失。一想到這裡，郭皇后急得不得了，只是想，這個冤家，出去了一次，心也野了，不行，我明天要去告訴太后，讓太后勸勸他，最好大夥和和氣氣的，和以前一樣。

郭皇后心事重重，向寢宮行去。

天際突然傳來沉雷之聲，很是悶鬱，大雨將傾。

趙禎人在殿中，聽到沉雷之聲，臉色突然變了下，端著酒杯的手也有些顫抖。那一刻他的眼中，似乎有期待、有驚怖、有振奮亦有不安……

趙禎到底想著什麼？沒有人知道。因為所有的侍衛都在埋頭喝酒，就算是郭遵，亦是對著酒杯在發呆。聽到雷聲的時候，郭遵臉上突然現出股緬懷之意，他也沒有去望趙禎。

留意趙禎的只有狄青，狄青偷偷望著趙禎，心中想著所有人在想的一個問題，趙禎留侍衛在宮中，要做什麼？

就在這時，有宮人道：「聖上，楊懷敏求見。」

太后身邊有三個得力的手下，供奉羅崇勳算一個，都知楊懷敏也算一個，另外一人是副都知江德明。趙禎聽楊懷敏前來，目光閃動道：「讓他進來吧。」

楊懷敏進來時，扭動著屁股，「臣叩見聖上。」這宮中的內侍，進宮的時候或許有些差別，但閹割多年，都是身形若鴨，嗓音尖銳。

趙禎向郭遵望去，見郭遵點點頭，趙禎挺直了腰板道：「楊都知，你來此何事？」

楊懷敏道：「啟稟聖上，太后知郭指揮在鞏縣救駕有功，特意召郭指揮去長春宮詢問些事情。郭指揮，還請你跟咱家走一趟吧。」

趙禎見楊懷敏竟也不問自己准不准，心中惱怒。郭遵緩緩起身，望了趙禎一眼，眼中含意萬千。狄青一旁見了，心中一動，暗想郭大哥和皇上今晚肯定有事要做。郭遵走到狄青的身邊，也不多言，悄然伸出手指向趙禎一點，點點頭離去，狄青知道郭遵要自己聽從趙禎的吩咐，一顆心不知為何，竟然撲通大跳起來。

狄青暗自奇怪，心道自己當初在鞏縣，幾經生死，也不見得有這麼緊張，為何這次竟然如此惶惑不安？難道說，今夜要有大事發生？

雷動長空，無雨，空氣中滿是燥熱。本是金碧輝煌的大內，在如此沉夜中，突然變得有些森森陰冷。

郭遵跟隨楊懷敏出了帝宮，徑直向長春宮行去，一路上沉默無語，等近長春宮的時候，楊懷敏突然道：「郭指揮這些年來屢建奇功，卻少得升遷，咱家都為郭指揮不平了。」

郭遵道：「升遷也好，不升也罷，食君俸祿，當與君分憂。」

楊懷敏道：「郭指揮，咱家看太后今日心情不錯，只要郭指揮有意，咱家可為郭指揮再求個升遷。」

郭遵道：「升遷與否，想朝廷自有定論，郭某不想壞了規矩。」

楊懷敏嘿然一笑，再不多言，心中卻想，這郭遵不識好歹！難得太后對他器重，可他還是不近人情，怪不得這些年來，仍不過是個殿前指揮使。

眾人到了長春宮前，楊懷敏並不再行稟告，而是帶郭遵徑直入了宮，宮內燈火輝煌，太后仍坐在珠簾後，和一人隔著珠簾在品茶。

郭遵認得那人叫做李遵勖，本是駙馬都尉，和太后算是姻親。

太后這些年來，很多時候都在簾後，就算上次見吐蕃使者不空的時候，太后也從未露面。郭遵想到這點，不免有些奇怪。

郭遵尋思間，已單膝跪倒道：「臣參見太后。」

珠簾那面，隱約見到劉太后放下了茶杯，第一句話就是，「郭指揮，你可想造反嗎？」

郭遵離開了帝宮後，趙禎吩咐尚美人退下，只令貼身太監留在宮中。

眾侍衛心中又是不安，又是振奮。要知道自太祖「杯酒釋兵權」之後，朝廷就從未對哪些武將再有此禮遇，而「杯酒釋兵權」所對之人，無不都是威震八方之輩。眼下眾人不過是些殿前侍衛，卻能有和皇帝一塊喝酒的機會，那真是一輩子的榮耀。
趙禎端起酒杯道：「朕帝陵一行，不想遭遇驚變，有不少忠心護駕之人喪命，朕每次思及，都是心中不安。朕先敬那些已死的侍衛一杯，以表歉意。」說罷一飲而盡。
眾人默然中帶著感動，陪著趙禎喝了一杯酒。
宮人給趙禎又滿了一杯酒，趙禎端起酒杯對在座的眾人道：「朕這次魯莽行事，連累你等，這裡朕給你們賠罪了。」
眾侍衛轟然站起，連呼不敢。
王珪道：「聖上，想我等既得聖上提拔，身為殿前侍衛，職責就是護衛聖上，早將生死置之度外，聖上這番話，實在折殺我等。以後聖上若有吩咐，我等刀山火海萬死不辭！」他說得忠心耿直，但言語中卻很有深意。
狄青一旁想到，王珪也看出聖上今晚要做件事情，是以言語暗指無條件跟隨。可我呢，郭大哥讓我聽聖上的吩咐，想必早有了定論。
定論是什麼，狄青並不知道。但想這些年來，郭遵對他一直照顧有加，一陣熱血上湧，也道：「王珪說的不錯，聖上若有吩咐，我等斷無不從的道理。」
眾侍衛也道：「聖上若有吩咐，我等一定遵從！」
剎那間，帝宮中熱血沸騰，群情洶湧。
趙禎微微一笑，說道：「那好，就乾了這杯酒吧。」見眾人飲了酒，趙禎又道：「用飯吧。」
眾侍衛多明白王珪、狄青二人的用意，是以均是酒少喝，飯多吃。

狄青落座後，不知為何，只覺得眼皮一個勁地跳動，心神不寧，越來越心驚。可到底因為什麼，他也說不清楚。

張玉就在他旁邊，見他不安，關切問：「狄青，你沒事吧？」

狄青搖頭道：「不妨事。」他一口氣喝了兩杯酒，眼皮子這才不跳，轉念想到：這麼久不見羽裳，不知道她如何了。想起那溫婉如水，絢如霓裳的女子，狄青心中一陣甜意。

趙禎端著酒杯，心中卻想，這些人忠心不假，若真的非要動手不可，就只能指望他們了。但是太后她，唉，只盼郭指揮那面能如我所願，不過郭遵若不能成行，我難道真的要……想到這裡，趙禎的手忍不住又有些發抖。

沉雷更緊，一聲聲如響在耳邊，趙禎臉色已有些蒼白。

郭遵聽太后質疑的時候，臉色不變，沉聲道：「不知太后何出此言？」

劉太后簾後道：「今日聖上召你入宮，又留下一幫侍衛在禁中，不知道意欲何為？」

郭遵緩緩道：「聖上多半有感眾侍衛的忠心，這才召他們喝酒吧。」

李遵勖一旁道：「想古人有云：『禮不下庶人，刑不上大夫』，天子此舉，甚為不妥呀。」

郭遵笑道：「古人所言，是說禮儀不置庶民於下，刑法不以大夫為貴，本意人人等同。聖上如此，正符合古人之意啊。」

李遵勖微微有些臉紅。他這個駙馬都尉其實是仗著太后的恩蔭才當上，本身並沒有什麼才華。他本想駁斥郭遵，不想郭遵倒糾正了他的錯誤，一時間無言以對。

劉太后道：「那些侍衛不過都是一幫粗人，聖上和他們一起，終究不妥。」

郭遵道：「太后，想古人有云：『玉不琢，不成器；人不學，不知義』。聖上久居深宮，雖有大儒教習，但終究少近百姓，難知百姓疾苦。這次聖上微服出京，雖有不妥，但總仗祖宗保佑、太后的積福，這才化險為夷。想經此磨難後，聖上定能更上一層，治理天下，有所憑據。」

劉太后微蹙眉頭，一時間沉默無言。心道這個郭遵，不但武功高強，說辭也是這般犀利，倒也難以對付。以往的那些文臣，都因有所忌諱，在劉太后面前不敢直言，但郭遵綿裡藏針，竟讓人找不出半點錯處。

原來太后知道趙禎回轉後，留了郭遵在宮中，心中就有不安，又聽狄青等人隨後也到了宮中，更是忐忑。

劉太后知道自己的心病，她的心病當然就是李順容！劉太后當然知道，趙禎的親生母親並非自己，而是那個給死鬼趙恆守靈的李順容。

她從未有一天忘記過此事。她以前靠著趙禎到了太后的位置，但如今，她其實很有些畏懼……至於怕什麼，只有劉太后自己明瞭。她遲遲不肯登基，別人都認為她畏懼人言，怕群臣阻撓，只有她知道不是。

這個郭遵，看似豪放，實則謹慎，好像什麼都不在乎，但在大是大非前，卻極有堅持。

沉默良久，劉太后這才問道：「郭指揮，可曾記得當年之諾嗎？」她沒有提及諾言是什麼，但她知道郭遵會明瞭。

郭遵沉聲道：「臣記得，不敢違背。」

劉太后輕輕舒了口氣，她知道郭遵是一諾千金之人，說的話，肯定會兌現，這也讓她放下了心事。

不想郭遵隨後道：「太后可記得當年對先帝之諾嗎？」

簾後啪的一聲響，茶杯落地。只見簾後劉太后霍然站起，怒聲道：「郭遵，你怎敢這般對吾說話？」

郭遵垂頭道：「臣不敢，臣只是盡忠行事。」

李遵勖喝道：「大膽郭遵，竟然對太后無禮！來人呀！」不等多說，簾後劉太后已喝道：「李都尉！什麼時候，你可以代吾發令了？」

李遵勖只想拍拍馬屁，不想拍到馬蹄子上，慌忙道：「臣一時情急，請太后恕罪。」

長春宮靜寂下來，呼吸可聞。簾後劉太后似在喘著粗氣，許久才道：「好，很好！郭遵……你很忠心。」

郭遵不待回答，就聽有宮人稟告：「太后，開封府葉知秋葉捕頭已候在殿外。」

劉太后道：「傳他進來。」

葉知秋輕步走進來，施禮後，太后已道：「葉知秋，大相國寺佛像被毀的事情，現在你查得如何了？」

郭遵臉色變了下，突然想起五龍一事，心中隱約不安。他本無愧於心，但唯獨在五龍一事，擅自做主，甚至求葉知秋莫要把五龍從狄青身上拿走。

太后這麼問，難道說……

郭遵沒有想下去，也沒有望向葉知秋。就聽葉知秋一字字道：「太后，五龍有下落了。」

趙禎端著酒杯，卻不喝酒，今夜他還有事，當然不會先行喝醉。眾侍衛也不敢多喝，都吃著飯菜，等著趙禎的一聲吩咐。

有幾人心中已想，聖上神色慎重，難道真的要對付太后？

狄青心中卻想，聖上以孝義為先，平日不肯說劉太后一句壞話，眼下還不知道劉太后非他親生母親，不會冒著被天下人唾罵的危險對太后不利。可若不是對付太后，他留侍衛在宮中，究竟要做什麼呢？

不知過了多久，宮內的燭火明了暗，暗了滅，趙禎見天空濃雲密布，雷聲反倒稀少了，眼中有股焦急，突然道：「朕有一生母，有一養母，你們想必都已知道？」

眾人都是點頭，卻不解皇上要說什麼。

趙禎道：「朕生母大娘娘，養母小娘娘，都對朕恩重如山，朕感激兩位母后的恩德，終此一生，不會對她們有半分不敬。你們若是以後碰到兩位太后的人，定要多加照顧，萬勿得罪。」

眾侍衛都是一愣，卻齊聲道：「遵旨。」

趙禎點點頭，不等再說什麼，有一太監匆忙趕到，急聲道：「聖上，不好了，皇后在後宮鬧脾氣，竟然點燃了寢宮簾幕，起了大火。」

眾人一驚，霍然起身，只等趙禎一聲令下，趕去救火。趙禎淡淡道：「讓他們救火就是，隨皇后去鬧，不要妨礙我們喝酒。」

那太監有些猶豫，趙禎喝道：「還不退下？」太監不敢再說，急忙退下。趙禎端起酒杯，只是道：

「來，喝酒。」

眾侍衛只好端起酒杯做個樣子，暗想聖上對郭皇后可真沒有半點夫妻之情，皇后的宮中起火，按理說也該問候一下呀。可這些都埋在心底，誰又敢多說一句？

趙禎突然問道：「你們可都曾娶妻了嗎？」

眾侍衛有的說娶了，有的說沒有，一時間鬧哄哄的一片。趙禎笑道，「娶妻的若有兒子的，以後記得把名字報上來。沒娶妻的，明天都去內庫領五十兩銀子，權當朕的賀禮了。」

眾侍衛大喜，已娶妻的人都知道報名上去，自己的兒子無論多大，都能領俸祿過活。那些未娶妻的卻想，五十兩銀子數目雖說不少，但關鍵是聖上所賜，那真是有著說不出的榮耀。

趙禎極力拉攏這些人手，卻是另有深意，見王珪一直不語，問道：「王散直，你呢？可有意中人了嗎？」

王珪道：「匈奴未滅，無以家為。」

眾人沉默下來，只覺得這平淡的話中有著說不出的激昂之意。原來這句話本來是霍去病對漢武帝所言，當年漢武帝之時，匈奴為患，霍去病數擊匈奴，功勞赫赫，霍去病回轉後，漢武帝要為霍去病修建府邸，霍去病回了這句話。大宋時匈奴雖已勢微，但北疆又有契丹興起，西北党項人頻起戰事，王珪的意思就是要剷除這些勢力後才成親。

趙禎心中激盪，笑道：「難得王卿家有這般雄心壯志，朕若掌政，定會重用爾等，痛擊逆賊！」轉頭望向狄青道：「狄青，你有意中人了嗎？」

狄青笑道：「臣倒沒有王散直那種野心，已有了意中人。」

趙禎笑道：「不成親也好，成親也不錯。若真的滅不了番邦，難道一輩子不娶嗎？你意中人是誰？朕可認識？」

狄青道：「她乃一介民女，想聖上多半不識。」

趙禎微笑道：「那有機會，倒要帶到宮中讓朕瞧瞧。朕想看看，你小子騙得哪家的好姑娘。」

眾人皆笑，宮中緊張的氣氛一時間緩和了許多。狄青也跟著傻笑，心中滿是甜蜜。

趙禎嘴角雖笑，眼中卻沒有半分笑意，心道這天底下只要是個女人，恐怕都比郭皇后強一些。忍不住向長春宮的方向望過去，趙禎心道，已經過去了這麼久，郭遵那面如何了？伸手摸摸懷中的天書，趙禎神色中有絲緊張之意。

就在這時，有宮人入內稟告道：「啟稟聖上，八王爺求見。」

劉太后聽說五龍有了下落，動容道：「五龍在哪裡？」

葉知秋不望郭遵，沉聲道：「據臣所知，當初損壞大相國寺佛像的人叫做夜月飛天，此人本是西平王元昊的手下，也是八部中天夜叉的第一好手。」

劉太后皺眉道：「我不管他是誰，我只問你五龍在哪裡？」她並沒有避諱，因為她知道郭遵也知道五龍的事情。

葉知秋神色不動，說道：「夜月飛天在永定陵襲駕，郭指揮殺了他。我從夜月飛天身上，並沒有搜到五龍。」

郭遵突然覺得葉知秋說得很巧妙，葉知秋沒有對劉太后撒謊，他說的和劉太后想問的，完全是兩個事情。

劉太后已道：「這麼說……五龍到了元昊手中？元昊為何也一定要五龍呢？」她本來對五龍沒什麼興趣，可唃廝囉派不空明求五龍，元昊派人暗取，這就說明五龍中肯定大有玄機。

劉太后自言自語之際，葉知秋靜靜地等候。半晌後，劉太后才道：「葉知秋，吾今日找你來，還有他事。」

葉知秋恭敬道：「太后請吩咐。」

郭遵皺了下眉，他來這裡，本也為一件極重要的事情，可一直難以進諫。他只怕趙禎等不及消息，若冒昧前來，只怕會引發劉太后的反感。突然見葉知秋身形不動，拇指指指自身，郭遵舒了口氣，已明白葉知秋的用意。

葉知秋當然知道郭遵要說什麼，他勸郭遵莫要急，他也會想辦法處理。

劉太后簾後道：「最近宮中出了些古怪……」話未說完，有宮人再稟，「太后，開封府捕頭邱明毫請見。」

郭遵、葉知秋一怔，不知邱明毫為何深夜前來？

劉太后道：「召他進來。」不知為何，她聲音中隱約有些顫抖。

邱明毫走進來之時，如鐵的臉上，竟然有分倉皇之色。郭遵見了，大為奇怪。要知道京城中，「一葉知秋，明察秋毫」二人，均是歷經大風大浪的捕頭，邱明毫或許不如葉知秋的名氣大，但這些年來，也著實破了不少大案，還有什麼事情能讓他惶惑？

邱明毫本是太后的人，太后召邱明毫入內，又做什麼打算？

邱明毫不待施禮，太后已道：「免禮。邱明毫，你一直在宮中行事，可查到什麼了嗎？」

邱明毫牙關竟有些打顫，誰都看出他眼中已有驚怖之意。「太后，臣什麼也沒有查到。可是……」

「可是什麼？」

「臣查案之際，宮中又死了兩個宮女。」邱明毫顫聲道。

簾後的劉太后霍然站起，失聲道：「又死了兩人，怎麼可能？」她聲音中也有些驚懼。

葉知秋亦是臉上變色，他回汴京沒有幾日，對宮中的事情並不知情。但從方才的幾句話他也可知道，宮中在死人，因此太后要邱明毫來查案，邱明毫查案的過程中，宮中又死了兩人。

誰有膽子在邱明毫查案的時候，對宮中人下手？為什麼有人要殺宮女？所為何來？

死人雖不是好事，但邱明毫絕不會因為死人而驚怖，那他怕的是什麼？太后也是個鎮定的人，就算死了宮女，她本也不該這麼慌張的。

葉知秋和郭遵互望一眼，都已看出彼此的驚疑之意。

雷聲竟然停了，可濃雲早就布滿了夜空，本是金碧輝煌的皇宮，在漆黑的夜色中，變得灰濛濛的，雨仍沒有下……

第五章　造　反

劉太后終於又坐了下來，半晌才道：「邱明毫，我讓你這些日子查案，可你就告訴我個什麼都沒有查到嗎？」

邱明毫額頭晶亮，原來汗水已冒，「太后，臣已竭盡心力。求太后……再給我些時日。」

劉太后緩緩道：「吾已經給了你不少時日，你現在可以把事情對葉捕頭說說了。」

誰都明白劉太后的意思，劉太后已對邱明毫沒有了信心，看起來很想把案子交給葉知秋處理。

邱明毫向葉知秋望去，眼神中隱約有分嫉妒，可更多的是彷徨。他猶豫片刻，終於開口道：「葉捕頭，自從你離開京城後，皇宮中突然有了異常。先是宮中活著的雞鴨牛羊莫名地死了很多，太后就讓我入宮查這件事。」

郭遵暗自皺眉，心道死了些牲畜不算什麼大事，為何太后會讓邱明毫親自查這件事情？

葉知秋微凜，立即道：「那你有沒有查牛羊雞鴨的來源？」

邱明毫道：「查了，那些牲畜來自常給宮中供貨的十六家京城老字號。這些老字號數十年如一日的給大內供應所需，應該沒有問題。」

葉知秋皺了下眉頭，心想以邱明毫之能，說沒有問題，當然就不會有問題。沉吟片刻，葉知秋道：「那就應該查餵食這些牲畜的人。」

邱明毫搖頭道：「我沒有查。」

葉知秋不解道：「為什麼？」他不解邱明毫為何會放棄這麼明顯的追蹤線索。

邱明毫很快打消了葉知秋的疑惑，「因為那些人不等我著手調查的時候，就都死了。」

葉知秋心中一寒，半晌才道：「都死了多少人？怎麼死的？」

邱明毫道：「都死了，一共十七人，都是……」他頓了下，眼中又露出驚惶之意，「都是笑著死的。」

郭遵本是沉默，聞言也驚悚道：「笑著死的？仵作有什麼說法？」

邱明毫良久才道：「我讓開封府最有名的三個仵作來驗屍，其中包括任識骨，他們給我了一個答案。這十七人，可能是中毒死的。」

「可能？」葉知秋瞳孔收縮，心中也有了不安。他知道開封府的仵作做的雖是驗屍的活，但某些方面的醫術不比王惟一差。尤其是任識骨，甚至可以從一塊埋了三年的骨頭上，判斷這人中什麼毒死的。竟連任識骨都無法確定那些人怎麼死的！

郭遵已問出聲，「依邱捕頭所看，這些人是如何死的？」

邱明毫臉色已變，啞聲道：「我……我不知道。可是……」他欲言又止。郭遵急問，「可是什麼？」

邱明毫望向了太后道：「臣不敢說。」

劉太后一直在簾後靜靜地聽，可郭遵能聽到她的呼吸有些粗重，似緊張，又似驚怖。

良久，劉太后才道：「你說吧。」

邱明毫舒了口氣，「在臣的家鄉，也有過那種死人，笑著死的人。臣家鄉的老人說，只有轉世托生的人被幽靈鎖走了魂魄時才會有那種笑容。」
不待說完，劉太后已怒喝道：「一派胡言！你堂堂一個開封府的捕頭，竟然會說出這種無稽之談？」
邱明毫叩地道：「臣本不敢說的。太后，臣已竭盡全力，但仍阻擋不了宮中的事情發生。」
葉知秋吸了口冷氣，想到了什麼，「邱捕頭，你是說，宮中還在死人嗎？」
邱明毫驚懼道：「不錯。那十七人一夜暴斃，我就從食物、飲水上來查，可沒想到，給那些人做飯的廚子也死了，也是笑著死的。自此後的七天，我就向一些人查廚子的出身，來歷……」他的聲音又開始顫抖起來，「但只要是被我查問的人，轉瞬就會斃命。方才我才問了兩個宮女，沒想到不等我離去，她們就死了。我不知道為何會這樣，沒有人知道我事先要詢問她們的。」
邱明毫咬牙說出這些，已滿頭是汗。他根本無法解釋，誰都看出，他已竭盡所能，誰都聽出了他的言下之意。
沒有人知道邱明毫要詢問誰，但那些人還是死了，因此只有一種可能，是鬼才知道！但這豈非更無可能？
雷聲又響，閃電劃空，照得長春宮中明暗不定。可那沉鬱的夜空中，仍沒有雨下。
這種詭異的天氣，再加上詭異的案情，還有邱明毫驚怖的表情，就算郭遵、葉知秋見了，也不由茫然心寒。
難道說……這世上真的有幽靈作祟，奪人魂魄？不然何以解釋眼下宮中的情形？
葉知秋向郭遵望去，見郭遵也望過來。二人眼中都有深深的不解，顯然也被宮中詭異的案子所困惑。

葉知秋更是想，任何人作案，總有理由！但這次牲畜死掉，宮人宮女相繼斃命，兇手是為了什麼？要謀害太后或聖上嗎？那如此作為，豈不是打草驚蛇？而且要殺這些人，肯定要擔極大的風險，兇手在這種風險下行事，埋藏的禍心不是更加驚怖？他身為名捕，經歷無數稀奇古怪的事情，總不信有鬼。

劉太后呼吸難靜，終於道：「好了，莫要說了，事情就是這樣。葉知秋，你暫時放下手上的事情，全力追查此案。」略有猶豫，劉太后道：「邱明毫，你協助葉捕頭吧，怎麼說你也查了許久了。」

邱明毫低頭道：「是。」他聲音還有些顫抖，額頭也還在流汗，葉知秋見了，突然有些奇怪。

葉知秋破案不但憑剝繭抽絲，還憑無上的毅力和一種直覺。

這件案子很奇特，葉知秋心中只有困惑，卻還沒有畏懼，他只覺得，邱明毫太怕了些。邱明毫怎麼說也是開封府頂尖的捕頭，處事精練，本不應該如此害怕的。

不待多想，劉太后已道：「你們暫且退下吧。」

邱明毫道：「是。」他抬頭望了葉知秋一眼，說道：「葉捕頭，走吧，我帶你去看看。」

葉知秋見邱明毫的眼中，似有奇怪的含意，心中微愕。可只是點點頭，和邱明毫走了出去。

只是臨走前，葉知秋向郭遵看了一眼，意味深長。

長春宮再次沉寂下來，只有一道道破空的閃電，耀得長春宮一明一暗，暗影幢幢。

劉太后終於又道：「吾明白了，吾明白了。」

長春宮內，除了宮女，只剩下李遵勖和郭遵二人，無人應話，也無人詢問。

劉太后沉默片刻，輕聲道：「郭遵，你留在聖上的宮中，其實就在等吾宣召，你知道吾肯定會找你？」

郭遵遲疑道：「臣不敢確定。」

劉太后歎口氣，「無論你是否確定，但你終究來了。你找吾何事？」

郭遵立即道：「太后聖明，臣的確有事啟奏。」

劉太后道：「你想說什麼？」

郭遵道：「元昊派夜月飛天在永定陵襲駕，這件事……太后想必已知道了。」

劉太后有些倦懶道：「此事事關重大，不可輕下結論。」

郭遵沉聲道：「但此事已關係到太后的安危。」

劉太后一驚，失聲道：「你說什麼？」

郭遵從懷中掏出奏摺，上前一步。李遵勖立即攔在太后身前，喝道：「你要做什麼？」

劉太后一歎，說道：「郭指揮若是出手，豈是你能攔得住的呢？將那奏摺呈上來吧。」李遵勖臉色微紅，順勢接過郭遵手上的奏摺，遞給劉太后。

郭遵已道：「所有的一切，均在奏摺中稟明，請太后明察。」

劉太后接過奏摺，喃喃道：「我就說了，你早有準備。那狄青他們入宮，又所為何來呢？」

郭遵道：「太后一看奏摺，自然知曉。」

李遵勖冷哼一聲，知道郭遵口風很緊，就是怕此事外泄，郭遵信不過他李遵勖！但有什麼事情，郭遵會對他李遵勖諱莫如深？李遵勖想到這裡，心中忐忑。

劉太后終於展開奏摺，只是看了眼，就失聲道：「這怎麼可能？」

她在簾後，別人只能聽到她的聲音，隱約看到她的身形，卻見不到她的表情。但就算李遵勖都聽出來，劉太后聲音中帶有震怒、不信，還夾雜著不安失望之意。

李遵勖吃了一驚，暗想郭遵奏摺上到底寫著什麼，竟讓太后如此失態？

八王爺求見。

聽到這話，眾侍衛靜了下來。趙禎目光閃動，立即道：「請進來。」

八王爺還是乾乾淨淨的臉，整整齊齊的朝服，梳理得一絲不苟的頭髮。見到趙禎的時候，八王爺才要施禮，已被趙禎走過來一把攙住道：「皇叔不必多禮，這邊坐。」

趙禎命閻文應在御座旁設了桌案，讓八王爺就在身邊坐下。

狄青記得還欠著八王爺的情，忍不住看了眼八王爺。八王爺目不斜視，似乎看到了狄青，又似乎不記得狄青。

趙禎終於問道：「皇叔深夜前來，不知有何事呢？」

桌案上早擺了酒，八王爺拿起酒杯，還是彬彬有禮。可大拇指早就浸入了酒杯，眾侍衛有的見了，心道，這八王爺，沒有規矩，畢竟還有些毛病。

八王爺拿著酒杯半晌，又放了下來，輕聲道：「聽說聖上受驚了，很是牽掛。可這幾日身子不好，一直來不了。今日才好些，這才來見聖上。還請聖上莫要見怪。」

趙禎笑道：「皇叔太見外了，朕只是些許小事，皇叔不用擔心。不過皇叔的病，可好點了？」

八王爺道：「好得差不多了。需要急服幾味藥，不能拖延。」

狄青聽了，感覺八王爺說得古怪，病好了，為什麼還要不能拖延的急服幾味藥呢？八王爺說的話好像有些顛倒。

趙禎目光閃爍，半晌才道：「皇叔都服了什麼藥呢？」

八王爺手指鬼畫符般的在桌面上顫動，回道：「無非是什麼羌活、升登等藥。」

趙禎盯著八王爺的那隻手，眼中突然現出驚懼。他握住酒杯的手，輕微地顫抖，就連酒水撒出來，也沒有察覺。

狄青悄然留意，心中大為奇怪，總覺得八王爺好像也不簡單。這個八王爺到底真瘋，還是假瘋？他深夜來這裡，就是為了問候趙禎嗎？

一個響雷炸起，狄青心口一緊，不知為何，一顆心又怦怦劇跳起來，忍不住抽搐。他心中驀地有了不祥之兆，但他擔心的是什麼，他自己也不明瞭！

太后失態之際，有宮人入內道：「啟稟太后，葉知秋、邱明毫求見。」

劉太后怔住，不解這二人為何這麼快回轉？感覺手中奏摺沉重非常，劉太后啞聲道：「讓他們進來。」

葉知秋進宮的時候，臉上也帶了分緊張。不待施禮，已道：「太后，江德明死了。」

眾人又是一驚，劉太后吃驚道：「德明怎麼會死？」

宮中太監不少，但統領內宮的有三個主要的人物，供奉羅崇勳、都知楊懷敏和副都知江德明。這三人均是太后的心腹，這些年來，一直為太后做事。

這些日子來，雖死了牲畜、雜役和宮人，但均還無關緊要。可江德明身分非同凡響，他竟然也死了？

劉太后突然暴怒道：「那你還不去查凶手，回來做什麼？」

葉知秋急道：「太后，宮中起火了。」

劉太后不悅道：「起火就去救火，何故慌張？」

葉知秋凝重道：「火勢極大，會慶、天和、承明、延慶四座大殿都已起火，火勢蔓延過來，眼看就要燒到帝宮和長春宮了。臣要不出去，還不知道有此大火。」

郭遵臉色也變，失聲道：「如此大的火勢，怎麼會現在才來稟告？」

劉太后喝斥道：「胡說八道！那不是整個禁中都是一團大火？羅崇勳呢？若真有這種火勢，羅崇勳為何不來稟告？」要知道會慶四宮雖非禁中的全部，但零落分布，卻在禁中諸殿的中央，這一燒開去，無異是極大的禍事。

劉太后和郭遵一樣的疑惑，但她喝斥時，心中已有驚懼，她知道葉知秋為人沉穩，怎麼會拿這種事情開玩笑？

葉知秋道：「臣略微詢問，知道本是郭皇后在後宮發脾氣，點燃了寢宮的簾幕。羅供奉以為是小事，安排人去救火，還特別吩咐莫要驚擾太后。但羅供奉一去不復返，皇后宮中的火勢未滅，別的宮中居然也相繼起火，宮人一時間不敢來報，這才導致如今的局面。」

邱明毫補充了一句，「臣方才和葉捕頭分頭查探火情，有宮人說，見有閃電劈中了宮殿，導致宮殿起火。」

簾帳霍然掀開，劉太后終於衝了出來，喝道：「你說什麼，天降閃電？天降……天降……」劉太后吃驚非常，似乎被這個消息震驚。

眾人怔住，眼中均露出驚駭之意。

天降閃電，擊毀宮殿，或者燃了宮殿，並非什麼奇事。眾人驚駭的不是這個，而是駭然劉太后的一張臉。就算是郭遵，眼中都露出震撼之色。

那張臉，實在過於蒼老。蒼老的有如千年古樹，皺紋如刻，讓人乍一看，幾乎難以相信這就是曾經讓真宗最為喜愛的女子。

可郭遵知道，這人的確是劉太后，劉太后只是老得厲害。她本不應該如此蒼老，她久在宮中，保養得很好。聽人說，太后一直都用羊奶洗面，服食珍珠粉末。劉太后雖年已六十，但肯定風韻猶存，可她怎麼這般模樣？

眾人垂頭，不敢多言。

劉太后已忘記遮擋容顏，眼中已有驚恐，只是喃喃念著，「天降……天降……不可能，絕對不可能的。我不信！」

旁人不解劉太后說什麼，更不明白她為何如此驚恐。

葉知秋職責所在，不能不說道：「太后，火勢來得極快，宮人控制不住了。太后留在宮中，只怕有危險，請太后速做定奪。」

郭遵雖驚不亂，贊同道：「葉捕頭說得很有道理，為太后安危著想，還請太后移駕。臣不才，願護在太后左右。」

劉太后終於回過神來，說道：「先出宮看看火勢。」等出得宮來，劉太后又吃了一驚，只見到禁中已四面起火，鉛雲染赤，煙沖霄漢。四周已傳來劈劈啪啪的聲響，葉知秋說得不錯，火勢已難以控制。

劉太后雖有些慌亂，但終於鎮靜下來，吩咐道：「郭遵護駕！其餘宮中之人隨行，不得慌亂，違者必斬！」

太后一聲令下，眾宮人凜然。太后略作沉吟，又道：「葉知秋，你拿吾的手諭，出禁中調夏隨、葛宗晟兩隊禁軍入禁中。同時讓夏守贇、葛懷敏二人儘快在大內候著。」

葛懷敏身為京中捧日、天武四廂禁軍的都指揮使，夏守贇是夏隨的老子，也就是三衙中的馬軍都指揮使。這二人都手握兵權，劉太后讓他們前來，顯然已對宮變極為重視。

葉知秋略有遲疑，李遵勖已急道：「太后，祖宗家法，禁軍不能輕易前來禁中，只怕有變。」

太后怒喝道：「禁中失火，絕非老天的緣故，只怕是有奸人放火。如今禁中危機重重，怎能不讓禁軍入內護駕？快去，快去。」

葉知秋也感覺事有蹊蹺，向郭遵望去，見郭遵點頭，一咬牙，領令飛奔而去。

太后望向郭遵道：「郭指揮，你認為吾的決定可對？」

郭遵道：「太后所令極是，眼下緊急關頭，當施非常手段。遲則生變。」

劉太后點點頭，正待說什麼，半空又是一道閃電劈下來，正中長春宮的頂部。只聽到轟隆隆的巨響，長春宮如紙糊一般，倏然垮了下來。

天地之威，竟至如斯。

方才劉太后若沒有出長春宮，只怕要被埋在其中，眾人暗叫僥倖。邱明毫臉上，也露出不可思議的表情。

劉太后低呼一聲，失聲道：「天降神火，八殿……」她倏然住口，望向了郭遵，眼中滿是驚怖駭然之意。

郭遵大是奇怪，不解劉太后要說什麼。上前一步，安慰道：「太后，郭遵在此，必保太后安全。」

劉太后似沒有聽到郭遵所言，望著天空閃電不停地劈下來，失魂落魄道：「天降神火……天降神火……」

她不知說了多少遍，驚雷響動，驚回了她的魂魄。劉太后回了神，這才又道：「李駙馬，你立即去召集宮人救火，不得怠慢。若見到羅崇勳、楊懷敏二人，讓他們速來見吾。」李遵勖戰戰兢兢的應了，倉皇而去。

劉太后望向邱明毫道：「邱捕頭，宮中有禍，聖上可能也有危險，你速去聖上的身邊護駕。」

邱明毫略有遲疑，終究還是抱拳道：「郭指揮，保護太后之責，就交給你了。」見郭遵點頭，邱明毫也飛奔離去。

劉太后望著邱明毫入了暗夜，心中想到，這邱明毫雖破案無能，卻也是忠心。見宮人大部分都已聚過來，心中微動，說道：「郭遵，隨我去找聖上，我……總是放心不下他。」

郭遵大喜，他也一直擔憂趙禎那面的情況，聞言立即道：「遵旨！太后請隨我來。」他來見太后，為避嫌疑，未帶兵刃。可如此驚變，仍神色沉著，睥睨八方。

劉太后已上轎，見到郭遵不慌不忙，暗自點頭。

郭遵前頭領路，後面就跟著太后的轎子，再後面，是一幫慌慌張張的宮人和宮女。雷聲滾滾，閃電一道接著一道，最奇怪的是，天竟無雨。

所有人望著這古怪透頂的老天，心中彷徨。郭遵雖也皺眉，但還算鎮定。眾人徑直向帝宮行去，腳步踶踶，這時雷聲又響，郭遵突然有種警覺，倏然扭頭望去。

只見到不遠高牆處，突然冒出個頭顱，戴著鬼臉面具。郭遵心中一寒。如此驚魂之夜，那頭顱冒出，有著說不出的邪惡驚心。

那頭顱才出，一隻手轉瞬揚起，錚的一聲響，有點寒光已向太后所乘的轎子射來。寒光犀利，來勢極勁。

郭遵暴喝聲中，身形展動，已一掌切在轎子欄杆之上。抬轎的宮人猝不及防，只覺大力湧來，驚呼聲中，全部倒向了一側。就是這麼一倒，那弩箭射偏，擦著轎簾飛過，擊在一宮女胸口。

那宮女哀鳴聲中，已軟倒了下去。郭遵驚出了冷汗，再抬頭望去，高牆處，神祕之人已經不見。郭遵為保太后，不能追去，心中凜然想到，行刺的人是誰？

有宮人還不知道怎麼回事，為表忠心，紛紛上前喝道：「郭遵，你要造反嗎？」

劉太后叱道：「退下。」

那幾個宮人馬屁拍在馬蹄子上，訕訕退下。有宮女早扶出了太后，太后臉上雖有驚疑，但還鎮定道：「郭遵，怎麼回事？」

郭遵飛快的將方才發生的事情說了遍，同時也看到射死宮女的是枝弩箭，暗自皺眉。劉太后蒼老的臉上有了不信，喃喃道：「在宮中，會有誰想要殺老身呢？」

她言語中，突然有著說不出的疲憊。郭遵不能答，心中也在琢磨著，誰要殺太后？殺太后做什麼？驀地心中凜然，已向帝宮的方向望去。帝宮的方向，竟也有火光升騰。

太后也望著帝宮的方向，緩緩道：「郭遵，你前頭帶路，我們還是要去看看聖上。」

郭遵點頭，見轎子已損，不能乘坐。這時候也無暇再找轎子，索性守在太后的身邊，向帝宮行去。

太后已步履蹣跚。郭遵見了，心中有了同情之意。太后老了，老得連走路都不利索了。

眾人終於到了帝宮前，帝宮早就火光沖天，郭遵倒還鎮靜，暗想有狄青、王珪等人護駕，趙禎應該無事。

突然見閻文應和八王爺迎過來，郭遵忙問道：「聖上呢？」

閻文應見到郭遵、太后，喜道：「聖上見火起，帶一幫侍衛趕去救太后了。臣在這裡，和八王爺一起指揮救火。」

劉太后聽到趙禎去救自己，驀地心中一熱，鼻梁酸楚，心生柔情。無論她如何對待趙禎，趙禎對她這個娘親，總是不差。可方才那一弩箭，又是誰射的？劉太后臉沉似水，向八王爺望去。

八王爺頭也不抬，只是望著腳尖，神色中，隱約有驚慌之意。

趙禎已到了長春宮前。

宮中火起，趙禎得到消息時，正在望著酒杯發呆。八王爺也在望著酒杯，似乎看酒比喝酒更有樂趣。

會慶殿起火！趙禎聽到這消息的時候，凜然站起，不待再派人打探，又有宮人稟告，天和殿起火、承明殿起火、延慶殿起火！

片刻之間，禁中已是一片大火。

趙禎本來還想穩住，但見天和殿已快燒到帝宮，承明殿又接近了長春宮，不由大急，喝令眾侍衛隨行，趕著去護衛劉太后。本來他不能輕易帶兵去見太后，只怕旁人會說他對母后不敬，但這種關頭，哪裡顧得了許多？

趙禎帶侍衛趕赴長春宮之時，宮殿已倒塌，見火勢頗猛，宮中卻已空無一人。趙禎並不知道劉太后趕著見他，雙方正好錯過。

趙禎不由詫異，一時間不知道如何處置。正沉吟間，遠處有一太監奔來，趙禎見到，急道：「楊懷敏，太后何在？」

楊懷敏已滿頭是汗，見到趙禎喜道：「啟稟聖上，禁中大火，太后知曉後，牽掛聖上，和郭指揮一同前往去了帝宮，不想聖上在此，竟錯過了。」

趙禎聽太后關心自己，心中一熱，急道：「那太后現在何處呢？」

楊懷敏道：「太后找不到聖上，眼下和小娘娘前往延福宮去了。」

宮中大娘娘就是劉太后，小娘娘是楊太后，也就是趙禎的奶娘。劉太后掌權，楊太后卻是諸事不管，對趙禎很是疼愛。

趙禎聞言，感慨道：「天幸大小娘娘平安，速帶朕去見她們。」

楊懷敏道：「臣遵旨。」一說罷帶趙禎和眾侍衛向延福宮的方向行去。延福宮靠近皇儀門的方向，如今還沒有受到大火的波及。

狄青默默跟隨著趙禎，不知為何，心中不安之意更濃。他自從進入皇宮後，內心就隱約有了惶恐之意，就算他當年在飛龍坳、曹府、甚至在永定陵的時候，都沒有這般惶惑。但具體驚懼什麼，他卻說不明白。

那股驚懼從心底湧出，讓他眼皮不停地跳動，甚至連手都抖了起來。張玉和狄青素來交好，見到他一隻手抖個不停，關切問，「你沒事吧？」

狄青長吸一口氣，勉強讓自己鎮定下來，問道：「楊都知，你怎麼知道聖上在此呢？」他不過是隨口一問，想要分散自己的緊張。楊懷敏前頭帶路，陡然間身軀一震，回道：「是太后知道聖上必定前往長春宮，是以讓我回轉來找。」

趙禎問道：「太后沒事吧？」

楊懷敏道：「沒事，沒事。有郭指揮在，又有誰能傷到太后呢？」

這時候延福宮就在眼前，宮門森森，前面不見宮人。楊懷敏道：「大娘娘、小娘娘均在裡面，聖上，我陪你入內吧。」

趙禎點點頭，舉步前行，王珪突然覺得有些不對，喝道：「為何宮門前無人守候？」他想著劉太后、楊太后都是宮中極為顯赫的人物，就算宮中失火，肯定也有一幫宮人、宮女跟隨，怎麼這個延福宮卻是死一般的沉寂？

這時候宮門咯吱一聲，已然開了。

楊懷敏強笑道：「大夥……」話音未落，突然淒然叫道：「是我！」

狄青喝道：「聖上小心！」他飛身撲過去，一下子撲倒了趙禎，王珪只聽到嗡的一聲，眼前寒氣森然，怪叫一聲，平平地倒了下去。

只見宮門處一排勁弩射出，射入侍衛人群之中，楊懷敏慘叫一聲，已被勁弩射個通透，倒地死去。隨駕的眾侍衛武技都是不差，可這次事發突然，弩箭射來，有的前撲，有的倒地，還有幾個躲閃不及，被弩箭射個正著，當場斃命。

張玉僥倖躲過，李禹亨卻恰逢前面有人為他擋了一弩，可腳下一軟，駭得暈了過去。

狄青抱住了趙禎，毫不猶豫的向一側滾去，只聽到又是嗡的一聲響，方才撲倒的地上又扎了一排弩箭，寒光閃閃。

王珪仰天倒下去，也正避開了那排弩箭，心中又驚又怒，暗想看這弩箭的數目，來人竟是不少，這是禁中，又有哪些人能混進來？倒地之際，已見到宮門之後，竟然蹲著一排弩箭手，又想到楊懷敏臨死前所言，證明他是刺客同黨，真正該死！而那些人只求襲駕，竟然連同夥都殺，也是心狠手辣。

王珪思緒不停，手腳更是不慢，倒地之餘已抽刀在手，用力掄了過去。宮門內有數人已衝了出來，就要奔狄青而去，不想兜頭飛來一刀，一人躲閃不及，慘叫聲中，已被一刀貫穿了胸口。

刺客都是一凜，緩了半步，王珪魚躍而起，喝道：「護駕！」眾侍衛呼喝一聲，已有數人頂了上去，手臂一抬，弩箭射出。門口擠住的幾個刺客，無從躲避，竟然悉數被弩箭斃在當場！

刺客餘眾發了一聲喊，轉瞬躲在兩側，又是一排弩箭開道，眾侍衛這次早有防備，竄高伏低，紛紛躲避。

這時候牆頭傳來響動，王珪斜睨過去，背脊發寒。只見牆頭處已冒出數十個腦袋，那些人見眾侍衛逼住宮門，紛紛從牆頭縱越而下，向侍衛們衝了過來。

王珪見敵人勢大，低聲道：「狄青、張玉、武英，你們三人護送聖上走！去最近的皇儀門，我帶人截住他們。」他不知這些人如何混入了禁中，但總不可能大內的禁軍都反了，只要狄青帶聖上找到了禁軍，再來多少刺客也不用擔心。

狄青也是心中發毛，見趙禎已不能起身，問道：「聖上，你怎麼了？」

趙禎忍痛道：「腳不行了。」方才狄青飛身一撲，趙禎雖躲過了弩箭，但畢竟沒有習過武功，慌亂中傷了腳踝。

這時間刺客已衝到近前，侍衛們身負衛護聖上之責，已退無可退，一咬牙，對衝了過去。只聽到乒乒乓乓，悶哼慘叫四起。轉瞬之間，已倒下三個侍衛、十多個刺客，可宮門敞開，又殺出一隊刺客，足有數十人之多。

王珪厲喝一聲，已正面衝過去，一人手持長槍，一槍刺來，直奔王珪胸膛。王珪去勢不減，手如電閃抓住了槍桿，用力一戳，那槍桿倒穿而出，刺入那人的胸膛。

可轉瞬之間，又有兩杆長槍、一刀一劍擊來。那些刺客似乎知道王珪在這裡本領最高，已有七、八人向王珪衝來。

王珪遇強更強，長槍一擺，已磕飛來襲的刀劍，單臂一振，手中長槍雷霆般轟出，刺入一刺客的胸膛，餘勢不歇，竟然又將那人身後的刺客連在一起。

眾刺客雖是得了死令，這次誓殺趙禎，但見王珪如此勇猛，也不由倒退一步。

宮門處有一人說道：「誰殺了王珪，賞黃金千兩！」

趙禎一怔，聽到那聲音有些熟悉，臉上已現憤怒之色。

重賞之下，必有勇夫，刺客攻勢再起。狄青見敵勢如潮，知道抵擋不住，一把拉起趙禎，負在背上，拚命向皇儀門奔去。

張玉、武英也是殺紅了眼睛，和狄青並肩一衝，砍翻了兩名刺客，已衝了出去。

狄青奔行之時，心中總覺得有些不妥，但事態緊急，身後喊殺沖天，一時間也無暇多想。好在王珪、桑懌等人知道事態緊急，和眾侍衛攔住道路，且戰且退，拖延時間，刺客雖多，但一時間也攻不過眾侍衛的攔截。

狄青已到皇儀門下。

皇儀門城門緊閉，城頭上靜悄悄的一片，狄青心中一寒，已知道不妥，想禁中如今已如火如荼，就算瞎子聾子都知道禁中有亂，這城門前怎麼會連人影都沒有？

狄青放下趙禎，額頭上汗水涔涔而下，一顆心通通地跳個不停。武英高喝道：「守宮門的是誰？還不快打開宮門，聖駕在此！」他喝聲才落，已有幾人現身城頭，一人笑道：「真的是聖上嗎？」

趙禎一見城頭那人，臉色已變。城頭上為首之人不是旁人，正是朝中寺事劉從德！

這裡本不應是劉從德把守，但劉從德竟能出現在城頭，已說明他有反意。趙禎隨即想到，延福宮的刺客，也可能是從這皇儀門放進來的，那些人刺殺不成，索性把他逼到這裡，形成合圍之勢。

武英厲喝道：「劉從德，還不快開宮門？」

劉從德歎口氣，不理武英，只對趙禎道：「聖上，你身邊怎麼竟帶著這種蠢材，我若是能開宮門，早就開了，你說是不？」

武英厲喝一聲，就要順城道衝上城頭。

劉從德一揮手，城頭上現出數十弓箭手，個個挽弓搭箭，箭頭泛寒。武英心中一緊，已帶著趙禎連連後退。

劉從德哈哈笑道：「就憑你們幾個，還想衝過這裡嗎？」

趙禎反倒沉住了氣，說道：「你不開宮門，難道朕就不能去別的地方嗎？」

劉從德嘿然一笑，「你們到了這裡，還想到哪裡去呢？你們怎麼不看看兩側。」

趙禎扭頭望過去，臉色又變，只見到黑暗中不知何時，已來了兩隊弓箭手，堵住了他前往垂拱門和集英門的道路。

一人從黑暗中走出來，哈哈笑道：「趙禎，你也有今日嗎？」

趙禎見那人正是馬季良，恨得牙關緊咬，凝聲道：「朕待你等不薄，你等竟敢公然造反，不怕株連九族嗎？」他心中雖恨，卻有些奇怪，馬季良和劉從德怎麼會有這般膽子造反，難道說他們是得到了太后的吩咐？一想到這裡，趙禎臉色蒼白，渾身發顫。

劉從德冷笑道：「做都做了，還有什麼怕的？其實你也怨不著我們對付你，你若不是帶著禁軍，蓄意對付太后，我們又何必這般對付你？趙禎，你若是聰明的話，就束手就擒，將玉璽讓給太后，若是執迷不悟的話，我就先殺了你，再取玉璽。」

武英突然道：「你們這般做，可是得到太后的授意？」

馬季良淡淡道：「太后早就想了，不過總還念及親情，我們這些人得太后的恩德，當然要急太后所想，所以為她辦了。」

趙禎岔然道：「你們竟然想弒君，難道真的視大宋君臣於無物？你們真的以為殺了朕，太后就可以登基？只怕此事泄漏出去，所有的人都會不得好死！」

馬季良哈哈一笑，「殺了你，誰知道是我們殺的？今日宮中起火大亂，混入了刺客，刺殺了天子，我等平亂有功，以後榮華富貴，當是享之不盡。」

張玉單刀一橫，喝道：「馬季良，你當我們是死人嗎？」

馬季良淡淡一笑，「你們雖不是死人，不過也和死人差不多了。其實我都不用自己動手，想必讓狄青解決你們兩個殿前侍衛，也是綽綽有餘了吧？」

趙禎、張玉和武英都是不敢相信自己的耳朵，張玉仰天大笑道：「馬季良，你瘋了不成，你以為狄青會聽你的吩咐？」他笑聲陡止，因為他已經見到狄青的一張臉。

狄青的臉色灰白，渾身上下抖得如同風中落葉。

張玉嘎聲道：「狄青……你……怎麼了？你難道真的要背叛聖上？」他早就察覺狄青今天有些不對勁，可卻從未想到過，忠心耿耿的狄青會和馬季良等人一夥兒。但狄青若非和馬季良一夥兒，馬季良的口氣為何像吃定狄青一樣？

狄青不語，緩緩抬頭向皇儀門上望過去，失魂落魄……

第六章 紅顏

那火的夜，冷的風，映照天地間一片淒清。

那巍峨的城門樓上，立著一點白，白衣勝雪，雪一般的冰冷……

冰冷的是兩顆心。

狄青一顆心都抖了起來，絕望的叫道：「羽裳？」

他終於知道自己今天為何會不安，原來他為之日思夜念的楊羽裳已落在劉從德等人的手上！原來羽裳就在宮中！

狄青從永定陵趕回時，從未想過，會在這般情形下和楊羽裳相見。

楊羽裳就在城門樓上，癡癡地望著狄青，神色黯然。她日夜想念的意中人就在城門下，但咫尺天涯！

馬季良哈哈大笑，得意道：「狄青，你知道的，你我的恩怨早就該了結了。」

狄青霍然轉身，嘶聲怒吼道：「一人做事一人當，你我的恩怨，與楊羽裳何關？」

趙禎等人心頭一沉，他們雖不知道楊羽裳是誰，但看狄青的表情，就知道狄青對此人的關切，甚至超過自己的性命。趙禎想起宮中詢問狄青意中人的時候，狄青滿是柔情，不由心中更冷，很顯然，今日之事，劉從德他們已經策劃許久，有備而來。

但只憑馬、劉兩人，當然難以掀動這場造反。幕後人到底是劉太后，還是另有其人？

馬季良冷笑道：「你錯了，一人做事，往往要連累別人的，不然何來株連九族之說？當年你害我兒子一生殘廢，你就要知道，這個仇老子一定要報的。」

馬季良旁邊一人附和道：「不錯，欠下的債，總是要還的。狄青，你可還認得我？」

狄青望向那人，咬牙道：「羅德正，你還算人嗎？」

那人微笑道：「我是不是人不勞你操心，我只知道，你若是不聽我們的吩咐，你很快就要做鬼了。」

馬季良旁邊那人就是羅德正，也就是羅崇勳的義子。狄青片刻就已明白，這些人早就蓄意對付他，羅德正知道他對楊羽裳的情意，告訴了馬季良，而馬季良一直隱而不發，今日才用楊羽裳要脅自己。

狄青還在懵懂之際，這些人顯然已把狄青當作大敵，這才專門定下了對付狄青的計策。

狄青長吸一口氣，額頭青筋暴起，馬季良立即道：「你要敢動我，他們就把楊羽裳丟下來。嘿嘿，更何況……你有本事衝過來嗎？」他離狄青有段距離，身邊又都是弓箭手，只要狄青一動，亂箭射來，狄青絕對抵擋不住。

馬季良還沒有讓人放箭，只是因為勝券在握，要好好的折磨狄青。他就一個兒子，卻被狄青打成殘廢，這口怨氣憋了許久，當然不肯讓狄青就這麼死了。

狄青渾身僵硬，連髮絲都不敢動半分，可雙手指甲入肉，已滴出血來，恨聲道：「羅德正，你義父羅崇勳必然也參與了今夜謀反一事，不然宮中也不會這麼快起火！你們父子均是卑鄙小人，不怕世上有報應嗎？」

羅德正歎口氣道：「我什麼都怕，就不怕有報應。」他霍然上前，一腳踢在狄青的小腹上。他當初被狄青戲弄，早就憋了許久的火氣。這次得到機會，如何會輕易錯過？

狄青痛得彎腰，卻終究沒有還手。

城門上的劉從德、城門下的馬季良都得意地笑了起來，他們知道已掐住了狄青的命門。

張玉呼喝一聲，才要上前，狄青突然一伸手，已攔住了他，說道：「張玉，我求你一件事。」

張玉顫聲道：「何事？」

「我的事，我自己解決。」狄青慘然笑道：「你若是我的兄弟，莫要幫我。」

張玉大聲道：「可是你值得嗎？」他和狄青兄弟多年，已看出狄青的用意，不由心中打顫。

狄青吸了口氣，望向馬季良道：「你要如何才能放了羽裳？」

馬季良得意地大笑，「狄青，你也有今天？要我放了楊羽裳，很簡單，你先解了刀。」

狄青想也不想，伸手除下刀鞘，擲在地上。嗆啷聲響中，帶著難言的決絕。

馬季良又道：「好，夠痛快！狄青，只要你再殺了張玉和武英，綁起趙禎，我就答應你的請求。」

張玉握緊雙拳，牙關緊咬。武英忍不住後退一步，擋在趙禎身前。趙禎目光閃動，只是望著暗處，神色中隱約帶著焦灼。

狄青回頭望了眼，搖頭道：「你知道……不行的。」

羅德正嘿嘿一笑，「真的不行嗎？」他陡然豎肘，一肘擊在狄青的臉上。狄青眼角已裂，鮮血流下，踉蹌後退兩步，遽然伸手，扭住了羅德正的手腕。

眾人一驚，狄青反扭了羅德正的手臂，抽出羅德正的腰刀，架在他脖子上喝道：「住手！」他這一招乾淨俐落，羅德正得意間，猝不及防，已被狄青擒住。

狄青雖制住羅德正，心口更是抽緊，咬牙道：「馬季良，你放了楊羽裳，我就放了羅德正。」變生肘腋，弓箭手倏然拉弓，吱吱弓彎，殺氣漫天。馬季良笑了，擺手止住弓箭手放箭，「狄青，我知道你不會輕易認輸的。可你覺得，我會答應嗎？」

狄青心在顫，還能冷靜道：「羅德正是羅崇勳的義子，是太后身邊的人，你難道會因為個楊羽裳，得罪羅崇勳嗎？」

馬季良淡淡道：「我可以和你賭。我數到三，你殺了羅德正，然後你看看有什麼後果。」他冷冷的笑，已數道：「一……」

不等再數下去，狄青已慘笑道：「不用數了，你贏了。」他也知道這事關係極大，馬季良如何肯為個羅德正放棄造反一事？他方才如落水之人，勉強抓住根稻草，馬季良可以不把羅德正放在眼裡，他狄青如何敢拿楊羽裳來賭？

羅德正看出便宜，回肘撞去，狄青無心再打，羅德正輕易掙脫狄青的束縛，又是一拳擊在狄青的臉上。

狄青神色木然，晃了兩晃，卻還是沒有倒下。

羅德正已搶過單刀，放聲笑道：「狄青，還手呀，你怎麼不還手？你不是一直都很囂張？」他眼中露出怨毒之意，長刀揚起，一字字道：「我今天不會殺你，我只會斬了你的四肢，然後天天看著你……」

他口氣中滿是森然恐嚇，狄青卻是充耳不聞。

夜涼如水，狄青心冷若冰。饒是他計謀百出，但此刻卻是半分主意都沒有。陡然間臉上一涼，狄青抬頭望去，才發現蒼天終於下起斑斑雨滴，有如心中的淚。

「殺了我，放了她！」狄青終於道，聲音中帶著分寧靜。他心中祈求蒼天有眼，滿足他這個最後的願望。

羅德正哈哈大笑起來，「殺你還不是和殺條狗一樣簡單……」他晃了下單刀，那泓光亮照耀著他那猙獰的臉。狄青不動，甚至沒有再轉頭去望楊羽裳，可一顆心只是叫，羽裳，我對你不住！

陡然間，城門樓上有歌聲傳來：大車檻檻，毳衣如菼，豈不爾思，畏子不敢。

那聲音在如水似墨的夜中，帶來分明亮，擊破了暗的沉寂，其中竟不聞有半分哀傷。乍一聞，只以為是那多情的少女，唱給情郎聽的情歌，但誰又知道，其中淒婉深藏，生死一線？

在場眾人多數都不知文，不解其意，狄青霍然轉頭望過去，心中想，羽裳想說什麼？只有狄青才知道楊羽裳唱的是《詩經》。他這段日子，整日揣著本詩經，沒事就翻看，突然記起這詩經最後四句是，「穀則異室，死則同穴，謂予不信，有如皦日。」

這本是一女子對天發誓，說要與夫君同生共死。狄青想到這裡，只是想，羽裳，我若是死，能換來你的生，我沒什麼不敢。可是，我救不了你。

劉從德聽到「畏子不敢」四個字時，卻以為楊羽裳膽怯，催狄青自殺，嘴角顯出了嘲弄的笑。

那歌聲再是一轉，變得如蒼茫暮色，淒迷風雨。楊羽裳終於流淚，淚流滿面，淒然而笑，唱道：「紅顏剎那彈指無，千古盈虧歎玉斧；吳妖小玉飛作煙，越豔西施化為土……」

狄青心中一陣惘然，突然心中震顫，已明白楊羽裳的用意。楊羽裳告訴他，人生彈指，紅顏易逝，不見得值得留戀生死。陡然間心中一寒，已知道楊羽裳更深的用意，嘶聲叫道：「羽裳，不要！」

那淒涼的歌聲蕩氣迴腸，纏綿悱惻，已從城頭幽幽傳來，「此去絳河天涯路，始信人間別離苦；千歌百舞不可數，就中最愛霓裳舞！」

歌未罷，一朵白花陡然綻放，已從城門樓飄然而落。

落落如舞。

眾人呆住。楊羽裳竟然掙開身後人的束縛，從高高的城門樓上跳了下來！

狄青心已碎，撕心裂肺的喊道：「不！」他終於明白楊羽裳的意思，楊羽裳要用死，換取狄青的生。就像狄青為了她的生，寧可自己死。

她用歌聲表達了自己最後的相思、無盡的依戀。雖有無限的纏綿，但她就那麼決絕地跳了下來。她不再多說什麼，因為她明白，不懂的人，說多少都沒用，懂的人，終究會懂。她雖是花一樣的柔弱，卻有竹子般的倔強，她愛狄青，勝過愛自己，就像狄青愛她勝過自己一樣。

此生不渝！此愛不渝！

狄青已向城門處奔了過去，羅德正見楊羽裳墜落，駭然失色，竟也忘記了阻攔，馬季良一凜，已忘記讓眾人放箭，就算城門樓上的劉從德，也被楊羽裳的決絕震撼，後退了一步。

所有的人聽到那婉轉卻又激盪、情濃更是情深的歌聲，恨不得大哭一場。見楊羽裳竟為狄青跳下來，就算趙禎、侍衛、眾叛逆都是望著狄青，只望他能接得住楊羽裳！

狄青那一刻已奔行如飛，淚眼模糊，只奔著那白影墜落的方向撲去，哀求天上千萬菩薩，只要能救得楊羽裳一命，他狄青就算墜入十八層地獄，永世不得超生也是心甘情願。

但人力有窮！

狄青堪堪奔到城下，白影閃電而過，狄青伸手去搶，卻不過觸到冰涼的一絲衣裳。

砰的一聲響，狄青的一顆心已裂了開來，天際突然一道閃電劃過，碎了那陰沉的夜空，緊接著，瓢潑大雨傾斜而下，如蒼天的淚水。

狄青無淚，眼中幾欲滴血。他緩緩跪下去，伸手想要去觸摸那似近實遠的面龐，一隻手抖得如寒風中的落葉。

他想哭，可無聲；他想喊，卻無語；他想怒，但全身血液如同被抽空一樣。他心中只餘一股莫名無盡的悲意！滔滔滾滾，充斥了胸膛！

天地間電閃雷鳴，那雷聲一陣緊過一陣，驚心動魄，狄青心中唯有死寂。微風過，忽見楊羽裳眼瞼一動，狄青已撲過去，一把摟住楊羽裳，泣聲道：「羽裳，你醒醒！」

又一道霹靂擊過，楊羽裳緩緩睜開了眼睛，帶絲艱難，有分痛苦，見到狄青哭泣，流淚道：「狄……大哥，我對你不住……以後……陪不了你。」

那一刻，狄青淚如雨下，悲聲道：「是我沒用，我救不了你。不……我帶你去看大夫，看最好的大夫。」他見楊羽裳雖是嘴角溢血，但尚有呼吸，陡然間升起希望。

楊羽裳艱難道：「沒……用……了。」見狄青潸然淚下，楊羽裳伸手想要觸摸那悲刻般的臉龐，卻終究無法抬手，她只感覺到身體越來越重，但思維卻益發清晰，狄青一把抓住她的纖手，心碎無語。

楊羽裳突然笑了，笑得很淡很輕，「你在我心中……本是天下無雙的……蓋世英雄，如何能受……

那些人的……輕賤？」她沒說的是，她寧死也不願意看到狄青受辱，她雖看似柔弱，但內心的剛烈，卻遠勝常人。

狄青咧咧嘴，可無言，滴滴淚水落在楊羽裳的臉上，如血淚。

楊羽裳道：「答應我……一件……事，好嗎？」

狄青只是點頭，「百件千件，只要你說！」

楊羽裳輕聲道：「好好……活下去……讓我知道……我不會……看錯我的英雄。」

狄青心如刀割，盯著楊羽裳的雙眸霎也不霎，感覺自己的聲音好像天籟般遙遠，「我答應你！」

楊羽裳舒展了眉頭，臉上滿是不捨，歎道：「好美的……雨，好美……的舞，就算這火兒……也是好的。可惜……狄大哥，羽裳有娘親陪……卻陪不了你……」她聲音越來越低，越來越沉，雖是依戀，但終於細不可聞。

狄青手臂一沉，嘶聲吼道：「羽裳！」那聲音裂雲穿雨，響若雷霆，其中夾雜著無限的傷心之意。又如一頭受傷的野獸，臨死前發出絕望悲慟的怒吼……

張玉再也按捺不住，飛身而起，一刀就向馬季良劈去！

馬季良立即道：「放箭！」聽到狄青的吼叫，馬季良突然覺得，一切並非想像中的掌控手中，他已心寒，只想早些解決這裡的事情。

長箭如雨，張玉去勢不停，單刀急揮，竟然磕飛了面前的長箭，衝到馬季良的身前。但腳才落地，就有三杆長槍當胸刺到。張玉揮刀急砍，當當響聲，長槍蕩開，但又有數人攔在張玉的身前。

馬季良急退，故意哈哈大笑，掩飾心中的不安，「你想要殺我，再練個幾十年功夫吧。」

張玉又急又怒，雖斬殺了一人，但已深陷重圍，衝出去都困難，更不要說殺馬季良！

武英護在趙禎身邊，手持長劍，撥打著羽箭。他功夫雖是不差，但對方長箭一撥接著一撥，等到第三輪長箭射到，武英躲避不及，已被羽箭射中肩頭。

武英哼也不哼，劍交左手，拚命抵擋。

趙禎又是心寒，又是感激，突然道：「武英，你自己逃走吧，朕不怪你。」這幾日來，護衛他的侍衛前仆後繼，死傷不少，趙禎心中不忍，知道已不能倖免，不想武英再死在這裡。他也知道，馬季良對付的是他，武英、張玉若不護駕，尚有一分生機。

武英咬牙道：「臣得聖上提拔，不敢有負，既然護駕無能，那就一塊兒死了吧。」

趙禎暗想自己雖竭力掙扎，哪裡想到人算不如天算，心中一酸，不想被叛逆看輕，反笑道：「那好，一塊兒死了吧。」他就要走出去迎長箭，只希望早死，也能心安。

不想遠處一聲厲號驀地發出，有如鬼哭道：「那好，那就一塊死了吧！」那聲音在深夜中有著說不出的悲戚憤慨之意，眾人聽到，均是心中發冷，手上稍緩，向聲音發出的地方望過去。

只見狄青終於站起，淒厲的苦雨中，本是俊美的面容已有扭曲，眼皮不停地抖動，帶得他臉頰一塊兒抖動起來。

淒迷的雨中，狄青的一張臉都開始跳動起來，暗夜中已有說不出的猙獰之意。他就立在那裡，任憑雨水劈頭蓋臉地打在身上，低頭望了楊羽裳一眼，說道：「羽裳，今日你就看著，狄青本就是個天下無雙的蓋世英雄！」他仰天長嘯，身形陡動，已到了羅德正的面前。

眾人皆凜，幾乎不敢相信自己的眼睛。

方才狄青去救楊羽裳，奔得雖快，但還是有跡可循，但此刻狄青一動，有如輕煙薄霧，飄渺無蹤。

羅德正已心寒，抽刀就砍，閃身就退。可刀才舉起，刀斷，腿才後移，腿折。

羅德正甚至沒有見到狄青如何出手，就被狄青擊斷單刀，踢折雙腿。慘叫才出，就像被斬斷脖子的雞一樣。那慘叫陡滅，卻是狄青一伸手，扭斷了羅德正的脖頸！

叛軍已驚呆，趙禎又驚又喜，張玉難以置信，馬季良已驚得渾身簌簌發抖。

狄青已不像人，試問天底下，又有哪個人會有如此快捷、詭異的身手？狄青殺了羅德正，轉瞬已向馬季良撲了過去！

馬季良嘶聲叫道：「救我！」

城頭上，劉從德見勢不好，厲聲喝道：「放箭！」

城下的叛軍這才省悟，棄了張玉，彎弓搭箭，已向狄青射去。長箭如蝗，空中嗤嗤作響，眾人倉促之間，放箭雖不齊整，但剎那間，已有十數枝長箭射了過去，不想狄青只是一揮手，就將射到面前的長箭盡數抓住，尚有幾枝長箭成了漏網之魚，可已傷不了狄青。

弓箭手已駭破了膽子，心道這人空手抓飛箭，不要說見，以前就算聽都沒有聽過，這狄青恁地這般犀利？

不等弓箭手再次挽弓，狄青已衝到馬季良的身邊，手臂一振，那十數枝長箭悉數送入了馬季良的小腹中。

馬季良退卻不及，只覺得小腹劇痛，垂頭望去，見到鮮血淋漓，一簇長箭入腹，還是不敢相信眼前的事實。

狄青一雙眼眸已沉凝若死，盯著馬季良，一字字道：「害死羽裳的人，全都要死！」馬季良渾身發顫，不等說話，狄青手臂一抽，竟然將那十數枝箭又拔了出來。馬季良驚天動地的一聲慘叫，只覺得全身的氣力和那腸子、鮮血一起噴了出去，整個人軟軟地倒了下去。

狄青出手實在太快，快得叛軍甚至來不及反應，有兩人不知死活地衝過來要救馬季良，一人奮力一撲，去抱狄青的雙腿，另外一人長槍閃顫，就要刺過來，可見到狄青殺人手段如此之狠，一時間竟僵在當場。

狄青厲喝一聲，聲震雲霄。雙腿一掙，一腳踢在撲來那人的胸口，那人慘叫一聲，胸口已塌陷進去，狂噴鮮血，整個人飛出了好遠，落在地上的時候，滾了兩滾，再無聲息。持槍那人被那一聲喝駭破了膽子，晃了兩晃，仰天倒了下去，竟被狄青活活嚇死。

那些弓箭手雖箭已在弦，見到這種情形，卻忘記了射出去。

狄青手臂一揮，手中的長箭已成扇形飛出，空中嗤嗤作響，竟比硬弓所射還要迅猛。一些叛軍躲閃不及，當場被射翻在地，其餘的人一聲喊，四散逃去。他們固然造反都不怕，可見到狄青一人殺氣騰騰，所向披靡，亦是駭破了心膽，不敢再戰。

這時候武英、張玉二人身邊早就沒有了敵手，護在趙禎身前，見狄青遽然這般神武，吃驚之餘，還有些敬畏。

城頭的劉從德見馬季良慘死，已急紅了眼睛，喝道：「下去殺了狄青，誰殺了狄青，賞金千兩！」重賞之下，卻無勇夫。

劉從德還待再喊，陡然間閉口，渾身發冷。

大雨中，狄青緩緩轉過身來，望向城門樓處，目光森冷。劉從德啞了嗓子，雖覺得隔得尚遠，可狄青的目光卻如刀子般的刮來，讓他不寒而慄。

狄青渾身仍在顫抖，突然笑了聲，可那笑聲比哭還要憂傷百倍，他一俯身，拾了兩把單刀在手，腳步一點，已向城門樓奔去。

狄青眼中只有劉從德，心中只有一個念頭，殺了劉從德，必殺劉從德！

劉從德見到，心膽俱寒，喝道：「守住城道！不然一個都不能活！」他若說保護自己，那些叛軍早就一哄而散，可叛軍聽到一個都不能活的時候，都是凜然。

眾叛軍已明白，狄青心傷楊羽裳之死，見人就殺，這城門樓肯定不能讓他衝上來。

形勢逆轉，眾人由襲駕轉為保命，大聲呼喝，已有弓箭手扼住城道，另有七八人參差而立，或挺槍，或持刀，扼住了通往城門樓的要道，只等狄青躥上，刀劍齊施，長箭傾瀉，勢必要將狄青阻在城門樓之下。

不想狄青奔到城牆下，竟不循正道，奮力一躍，已高高飛起，要從一旁的城牆翻上。

可城牆有數丈之高，豈是他一躍能上？眼看他堪堪要落，狄青卻伸手疾刺，左手的單刀已刺入了堅硬的城牆之中。

這皇儀門的城牆均是青石所製，狄青手中單刀絕非寶刀，但這一刀已如切豆腐一樣刺入了城牆。

城上城下之人均是瞠目結舌，難信天下竟有如此神武之人。

狄青一刀刺中城牆，借勢翻上，竟身輕如燕。原來楊羽裳身死，狄青心中悲意不絕，貫徹周身，不知為何，那久已消失的兩條巨龍驀地上湧，回歸腦海，翻騰不休。狄青借巨龍起舞，只覺得周身精力遍布，比起當初在曹府之時更是強盛，當下心中恨意如狂，雖意志清醒，但周身已似不受自己控制一樣。

他借力而上，可距城牆尚有數尺，眼看堪堪要落，右手單刀奮力砍去，一刀擊在城牆之上，單刀折斷。狄青身體稍停，棄了單刀，再次借力，已翻身躍入城牆，立在劉從德的面前。

劉從德嚇得尿了出來。他只以為守住城道，狄青雖勇，卻也無能殺他，只要堅持到援軍趕到，鹿死誰手，猶未可知。哪裡想到援軍未到，狄青已如神兵天降，到了他的眼前。劉從德手腳麻木，動彈不得，那些叛軍卻是嘩一聲響，已向城下湧去，哪裡再管劉從德的死活？

狄青一伸手，已抓住了劉從德的脖領，劉從德生死關頭，急叫道：「莫要殺我！」狄青淒冷地望著劉從德，「不殺你？給我個理由？」

劉從德急得滿頭是汗，叫道：「造反的主謀不是我！」

狄青淒然一笑，「是你非你，羽裳終究去了。你讓她活轉，我就饒了你。」

劉從德顫聲道：「人死豈能復生？」

狄青雙眸滿是怨毒之意，凝聲道：「那你只好死了。」他手臂方振，欲將劉從德扔下城牆，就聽到城門下有人高叫道：「狄青，住手！」

狄青冷然望去，見到出言呼喝的竟然是劉太后！

劉太后不知何時，已到了皇儀門前。

狄青拎著劉從德，望著劉太后，神色木然。劉太后扭頭對郭遵道：「郭遵，快讓狄青住手。」

原來劉太后守在帝宮旁，久不見趙禎回轉，不由焦急。這時有侍衛殺出埋伏，衝到這裡，告知趙禎向皇儀門的方向逃命。郭遵急怒，劉太后更急，正逢葉知秋已帶宮外禁軍趕至，眾人才到皇儀門前，就見到狄青飛上牆頭，不由駭然。

劉太后見狄青要殺劉從德，慌忙制止。劉從德是劉太后兄長劉美之子，劉美早死，劉太后當權後，對劉美後人極為疼愛，如何會眼睜睜看著狄青殺了劉從德？

郭遵已看清了場上的一切，渾身也劇烈顫抖起來，他雙拳緊握，眼中已有刻骨的傷悲。郭遵不語。

劉太后怒道：「郭遵，你沒有聽到吾說的話嗎？」

郭遵仍舊不語，劉太后身後有一人高叫道：「狄青！你放了劉從德，一切好說。若是不放……」

那人不等說完，狄青已狼嚎般地笑，不等笑完，嘶聲道：「若不放能如何？」

那人正是成國公趙允升，見狀喝道：「你若不放，就是死罪！」

劉太后暗叫糟糕，就聽狄青仰天悲笑道：「原來如此。」他手臂一振，劉從德已飛出城牆，空中哇哇大叫，砰的一聲大響，摔落在地，翻了下身子，再沒有了聲息。

眾人驚呆。

天地雷動，電閃如潮，耀得城頭上狄青明滅閃爍，有如幻化。劉太后心口劇痛，呻吟一聲，可這時沒有人去望太后，眾人只盯著城頭的狄青，不知所措。

狄青連殺羅德正、馬季良、劉從德三人，立在城頭，無視城下諸人，一顆心已是空空蕩蕩，再沒有著落。

殺了這些人又能如何？羽裳終究不能活過來了。一想到這裡，狄青心頭又是大痛。

他本是鄉間少年，被逼從軍，受難受辱，意志消沉。他生平也沒有什麼大志，只以為平平淡淡的度過餘生，不想得到楊羽裳青睞，度過生平最幸福的時光。但幸福總是短暫，楊羽裳轉瞬離他而去，可說是為他而死，他那一刻的悲痛自責難以言表。

狄青立在城樓之上，往事一幕幕、一重重的顯現，和楊羽裳大相國寺初見，誤會頻生；相思鳥箏，款款深情；未見君子，憂心忡忡……

那個鍾天地之靈秀的女子，那個婉轉多情的女子，那個對他狄青情深意重的女子，那個讓狄青心疼心憐的女子……

本以為蒼天垂憐，為彌補他多年所受的苦難，所以讓他認識了楊羽裳，不想更大的心痛卻才開始。驀地想到當初翟縣邵雍所言，「你命中多磨！」

狄青仰天長笑，兩行熱淚順著臉頰流淌而下，滾滾如血，對蒼穹喝道：「老天！若是我狄青命中多磨，你讓我承受所有的苦難就好，為何要加給羽裳？你何其不公！」他厲喝聲聲，有如沉雷滾滾，可任憑他如何呼喝，蒼天無情，羽裳還是死了。

羽裳死了……

狄青一想到「羽裳死了」這四個字，就覺得有如千斤巨錘重重地擊在胸口，身軀晃了兩晃，又想到楊羽裳為了不讓他受辱，寧願赴死，狄青心如刀絞，只想立即死了，換來楊羽裳活轉。陡然間想到楊羽裳所唱的，「大車檻檻，毳衣如菼，豈不爾思，畏子不敢。」

以往他不懂，可他現在懂了，終於懂得楊羽裳的似海深情，但那又有何用？

此去絳河天涯路，始信人間別離苦！

他狄青，雖信那銀河天塹，可隔斷人間別離，但是怎堪忍受生死相思之苦？

「穀則異室，死則同穴，謂予不信，有如皦日。」狄青喃喃念著這幾句，等再念到「穀則異室，死則同穴」的時候，突然心中一陣激烈，暗想既然生不能同室，那若能同死，也不枉楊羽裳的一片情深。

他本是壯懷激烈的漢子，熱血湧上心頭，再也顧不得許多，喝道：「羽裳，我對你不住，不聽你的話，可你去了，我怎能獨活？」一抬腳已過了牆頭，縱身躍了下去。

身子急墜的時候，眾人驚呼一片，可狄青內心平靜，只想著，羽裳，我來了，你我天上人間，永不分離！」

第七章 彌勒

狄青飛撲下城，眾人均是出乎意料。誰都想不到狄青這般深情，誰都想不到狄青會尋死，看起來誰也救活不了狄青。

除了郭遵。

郭遵見狄青一抬腳要出城牆，悚然動容。空中電閃，可郭遵身形比電閃還要快，他竟搶在狄青墜地時到了城下。

狄青堪堪落下，郭遵長吸一口氣，運勁去接。狄青人在空中，已見郭遵伸手，厲喝道：「走開！」他心灰若死，空中狂怒，雖知郭遵是好意，但心中毫不領情，竟一拳擊向郭遵的胸膛。

拳風如飆，砰的一聲，已擊中了郭遵的胸膛。郭遵手腕急翻，已扣住狄青的胳膊，借力使力，橫甩了出去。

狄青今非昔比，此刻體質早改，這一拳擊出，直如巨斧開山，錘擊博浪。但這一拳擊出，郭遵本可閃開。可郭遵沒有避，他若閃開，狄青就要摔死，他怎能讓狄青去死？

郭遵硬扛了一擊，甩出狄青後，忍不住哇的一聲，噴出口鮮血，踉蹌退後一步。

狄青橫飛而出，砰的一聲，撞在了牆壁上，滑下來後，只覺得氣血翻湧，周身劇痛，但終究沒死。

狄青怒喝道：「郭遵……你！」他傷心欲絕，理智全拋，本想衝過去搏命，可見郭遵吐血，眼中又滿是悲傷，狄青驀地清醒過來，腳下一軟，已跪了下來。

他跪下來才發現，楊羽裳就在不遠，望見楊羽裳玉容栩栩如生，不由心中絞痛。

突然又想到，楊羽裳對他一往情深，生平只求過他一件事情，就是讓他好好地活下去。可他轉眼就忘記了楊羽裳的要求，一心求死，實在負她良多。

狄青自盡一次，僥倖活下來，一時間死志已淡，可悲從中來，瞬時淚如雨下，早忘記了身在何處，更無視身旁諸人。

他爬到楊羽裳的身邊，從懷中掏出那裂成兩半的玉珮，捧到楊羽裳面前，泣聲道：「羽裳，你醒醒，我已經為你找到生父的線索了。你不能就這麼去了，你總要等我的消息。你醒醒呀。你曾說過，你我天上人間，永不分離！你不能說了不算！」

天空電閃，照著楊羽裳蒼白的臉，狄青望見，突然想到，羽裳死了，她肯定是在天上。我狄青一介莽夫，若是死了，有什麼資格去天上？這麼說，我狄青就算死，都再不能和羽裳相見了？

念及於此，狄青心中激盪，哇的一聲吐出口鮮血，鮮血如霧，噴在那玉珮上！

玉珮染血，泛著微弱的光……

大雨狂瀉，似要將這半天的積鬱一口氣釋放出來。

眾人早就周身溼透，可沒有人留意那風捲雨狂，郭遵更是滿臉的水滴，也分不清是雨是淚。沒有人去看郭遵，可若有人看到他那入骨的悲傷，就會發現，他的悲慟，絲毫不弱狄青。

「五龍重出，淚滴不絕。五龍重出，淚滴不絕！」郭遵只是喃喃念著這句話，眼中滿是悔意，自問道：「難道……我又錯了？」他忍不住又是一口鮮血噴出。

鮮血入雨，稀釋無影。但那永恆的悲傷，血雨也是無法洗刷。
郭遵又在後悔什麼？所有的一切，本和他無關的！他有太多事情，無能為力！
蒼穹雷動如湧，驚心動魄，一道電光裂開長空，耀得天地皆白，也耀得狄青手上的玉珮泛著微白。
遽然間，一人驚呼道：「你這玉，是從哪裡來的？」
一人踉蹌奔到狄青的身旁，再也顧不得整潔的衣著，跪在泥水中，神色倉皇。
那人竟是八王爺。
八王爺沒了從容，少了冷靜，一把握住狄青的手，抓住了玉珮，叫道：「狄青，你這玉，哪裡來的？」
狄青摟著楊羽裳，神色木然，並不理會八王爺，只是喃喃道：「羽裳，我找到線索了。你父親的另外半塊玉我找到了，羽裳，你聽我說，我這次去了永定陵……」他說話聲音漸低，早就沉浸在悲傷之中，難以自拔。他就當羽裳還在他身邊，巧笑顧盼。他就當還坐在楊家的廳堂，柔情滿胸。
他只說給楊羽裳聽。
八王爺已無心再聽，眼中滿是驚怖，霍然站起，回頭喝道：「趙允升！這是怎麼回事？」
眾人一怔，八王爺奔出來跪在狄青的身邊追問那碎玉，就讓眾人感覺不可思議，此刻八王爺竟怒喝趙允升，更是讓眾人雲山霧罩。
所有人都望著那個成國公，成國公趙允升最近一直都住在宮中，方才宮中大火，他跑到劉太后的身邊護駕。剛才劉從德要被狄青殺死，也是趙允升出頭。
此時此刻，八王爺找成國公做什麼？

沒有人留心劉太后，更沒有人發現她臉上神色變得極為可怕。她望著地上的楊羽裳，望著狄青手上的玉，周身已劇烈顫抖起來。

趙允升站出來道：「八王爺，一切以後再說。眼下天降大雨，正好撲滅了大火，可雨太大了，還是讓太后、聖上早些回轉，以免淋出病來。」此時此刻，趙允升居然說出這幾句話來，表現實在忠心。

沒有人應聲，劉太后沒有動，趙禎更是沒有動。

大局已定，叛逆全死，可形勢卻如天邊雲湧，電閃雷鳴，完全沒有止歇的跡象。

八王爺雙眸已要噴火，嘶聲道：「趙允升！我問你這是怎麼回事？」

趙允升眼中有了寒意，抖抖頭上的雨水，歎道：「八王爺，這時候，不是解釋的時候。你先回去，我再慢慢對你說如何？」他口氣中隱約有了威脅之意。

八王爺悲憤填膺，慘笑道：「趙允升，你讓我回去？楊羽裳是我女兒！唯一的女兒！她死在這裡，你讓我先回去？」

眾人譁然一片，就算是趙禎，都露出難以置信的表情。

楊羽裳的父親竟然是八王爺？這怎麼可能？

趙允升目光如針，完全沒有平日的謙卑，半晌才道：「八王爺，你該吃藥了。我知道，你最近在吃一種藥，總能引發幻覺。」

「你放屁！」八王爺怒喝聲中，大踏步上前，一把抓住趙允升的衣領，一字一頓道：「我從未這麼清醒過。那玉是我留給女兒的玉，天底下只有一塊。你害了我的女兒！」

眾人又驚，只覺得就算天上沉雷滾滾，都不如八王爺所言動人心魄。楊羽裳一事，不是和馬季良、劉從德有關？為何八王爺會扯到趙允升？難道說……所有人心中都有個可怕的念頭，不敢說出。

趙允升已和冰一樣的冷。八王爺揪住他的脖領，他動也不動，只是說，「八王爺，你瘋了。你沒有女兒的！」

八王爺眼中遽然露出瘋狂之意，一口竟向趙允升脖子上咬去。

眾人驚呼，趙允升只是一振手臂，八王爺已跌坐在雨水中。八王爺狠狠的望著趙允升，怨毒道：「趙允升，你不要妄想混淆視線了。你一直說我瘋，就是怕我說出你要造反的祕密。」

皇儀門前，沉寂若死。只有一道道閃電劃過，天邊雷聲滾滾，也擊不破那死一般的沉寂。

趙允升笑了，笑容中滿是無奈，他只是攤攤手，甚至連話都不想多說。他不用辯解，因為很多人這時候，都覺得他可憐。八王爺又發瘋了，每次他發瘋，都有人倒霉，這次倒霉的就是成國公。

「你以為我不敢說出來？」八王爺只是望著趙允升。

趙允升緩緩道：「你不妨說出來。」他聲音低沉，目光如刀。

八王爺眼中悲意更濃，「我以前什麼都不敢做，你說什麼，我就做什麼。你一定以為我很怕死？其實你錯了，我根本不怕死！」

趙允升見狀，眼中終於露出分驚疑之色。

八王爺慘然道：「我怕的——只是我女兒有事！她自出生後，我就從未見過她一眼。我只留給她一塊玉，我做夢都想見她，可我沒有想到，我會在這裡見到她。我更沒有想到，原來我還做了害死女兒的幫凶！我女兒死了，我還怕什麼？」

他目光淒然，一直盯著對面的一人說話。眾人順著他的目光望過去，才發現他望的是劉太后。劉太后也失魂落魄地望著八王爺，一言不發。她臉上也滿是雨水，有如淚。

劉太后突然間，益發蒼老。

趙允升少了分冷靜，眉頭緊皺道：「八王爺，你胡說什麼！」

「我沒有胡說！」八王爺霍然盯向趙允升，嘎聲叫道：「一切的主謀都是你，你想殺了聖上！你勾結了羅崇勳、楊懷敏做內應，又說服了劉從德和馬季良帶人刺殺聖上！你讓我入宮試探聖上的口風，卻早布下了襲駕的陰謀！今天這一切，都是你做的！」

此言一出，眾人驚悚。

趙允升目光斜睨，冷冷道：「你以為旁人會信你亂語？」

八王爺無助地望過去，指著趙允升道：「今夜造反的主謀就是趙允升，你們……你們要信我！」

眾人本來將信將疑，可見到八王爺瘋狂的表情，又覺得不可盡信。畢竟八王爺是個半瘋，所有人都知道。既然如此，他說話的可信度，就要大打折扣。就算楊羽裳是八王爺的女兒，但說不準八王爺是失女心狂，這才引發胡言亂語。

趙允升眼中已有得意之色，歎道：「八王爺，我不怪你。今日……」

「你不怪八王爺，因為你內心有鬼吧。」一人冷冷道。

趙允升身子陡凝，一分分地轉過身去，目光從眾人臉上掃過，落在一人臉上。雨水中，那人淬厲若劍，站在那裡，挺起胸膛，有如長劍刺在地上。

那人卻是葉知秋。

葉知秋帶眾禁軍趕來，一直沉默，這刻驀地出言，劍拔弩張，眾人面面相覷，不知葉知秋何意。

趙允升眉心如刀，嘴角還能浮出笑，「葉知秋，方才是你在說話？」

葉知秋上前一步道：「對。」

「你說我心中有鬼？」

「對！」

趙允升驀地暴怒，大罵道：「葉知秋！你算個什麼東西，竟然這麼說我？」他一直對八王爺忍耐，因為無論輩分還是官位，八王爺終究還在他的上面，可對於一個開封府的捕頭，他怎會客氣？

所有人都覺得趙允升是被冤枉，憋了一肚子的火，也覺得他的反應很正常。

葉知秋劍鋒一樣的笑，「我不是東西，我是個人！」扭頭對趙禎施禮道：「聖上，請容我說下去。」

趙禎立即道：「准！」

趙允升目光閃動，有分驚惶。他扭頭望向劉太后，突然跪下道：「臣對太后忠心耿耿，天日可見，請太后為臣做主。」

葉知秋冷笑道：「若真的忠心耿耿，何必怕我多說？」

太后雙眉豎起，喝斥道：「葉知秋，這裡怎麼有你說話的地方？」

「可太后讓臣查案，臣此刻已有了結論。」葉知秋爭辯道。

太后渾身顫抖，眼中也有分驚疑之色，「案子以後再說。」

「不行，一定要今日說。」

劉太后怒道：「葉知秋……」她陡然收聲，向趙禎望去，原來方才那句話，並非葉知秋說的。堅持今日要說的，正是趙禎。

劉太后臉上有了陰霾，問道：「聖上，你很多事情不知道。今日的事情，總要慢慢來查。」

趙禎臉上滿是激動，上前一步道：「太后，今日有人要殺孩兒，你說讓人慢慢查？」

劉太后吸了口冷氣，四下望了眼，悲哀道：「是馬季良、劉從德要殺你嗎？他們這些日子，越發的不像話了。不過他們死了，一切就過去了。」

趙禎截斷道：「他們兩個人，還沒有這麼大的膽子！」

劉太后勃然大怒道：「你懂得什麼？吾說的話，你難道不聽了？夏隨、葛宗晟何在？」

夏隨、葛宗晟越眾而出，齊聲道：「臣在！」

劉太后道：「你們請聖上回宮歇息，一切明天再說。夏隨，你調查宮中襲駕一事，葛宗晟，你接手葉知秋的案子。」

她輕輕兩句話，就要壓住眼下的風波。太后雖老，但威嚴尚在。夏隨、葛宗晟，均是太后的人，他們當然要聽太后的話。

葉知秋臉色已變，趙禎冷哼一聲，見夏隨走過來，喝道：「退下！」

夏隨額頭冒汗，左右為難。趙禎已從懷中掏出一本書來，問道：「太后，你還認得這本書嗎？」

那本書色澤淡金，書封無字，雖在雨水下，也無尋常書卷濕漉漉的跡象，不知道那書是什麼材料所製。那本書，正是趙禎從永定陵取來的天書。

劉太后見了天書，神色巨變，啞聲道：「你……你怎敢私取永定陵之物？你冒犯先帝，難道不怕先帝怪罪嗎？」
趙禎道：「太后，先帝怪罪的只怕不是孩兒。孩兒帶此書回轉，就是想問問太后，這書上的幾句話是什麼意思？」
劉太后失聲道：「什麼，你說書上有字？」她聲音中，又是驚奇，又有惶惑。
趙禎斷然道：「當然。」他翻了下那書，已念道：「五龍重出，淚滴不絕。天降神火，八殿遭劫。執迷不悟，魄魂難協。諾若不守……」不等念完，劉太后已驚怖叫道：「住口！」
眾人見劉太后失去常態，都大為詫異，不明白劉太后為何驚慌，也不解趙禎念的這幾句話是什麼意思。
只有郭遵一震，扭頭望向趙禎，眼中滿是古怪之意。郭遵只望了一眼，目光又落在狄青身上。皇儀門前，驚變迭出，旁人都聽得驚心動魄，只有郭遵心若死灰，悲傷地望著狄青。他心中只是想，我只為彌補過錯，才帶狄青來汴京，可狄青變成今日的情形，還不是因為我？我若不多事，怎麼會到今日的局面？大錯已成，我如何對得起梅雪？
想到這裡，郭遵已搖搖欲墜。當初他就算立在高手不空、夜月飛天面前，也從未有過這般虛弱的時候。
狄青還在喃喃說著什麼，沒有人去聽，狄青也不想旁人聽到。他淚已乾，雙眸紅赤，雖不再流淚，可那神色，比落淚還要傷心百倍。
劉太后驚叫後，顫聲道：「禎兒，你這些話……誰……誰……說的？」
趙禎大是奇怪道：「天書上寫的呀。」他展開天書，對著劉太后。又是一道閃電劈開，耀明了書頁，眾人清清楚楚地看到，書上並無點墨，空白一片，不由都是大寒。

書上沒有字，那趙禎看的是什麼？有鬼？

一念及此，所有人都毛骨悚然。但見趙禎神色正常，又不像是發瘋。趙禎沒有發瘋，可在場眾人已要發瘋。

這一切，究竟是怎麼回事？

劉太后嘴唇喏喏，只是道：「不可能，不可能的！」她心中有個極大的恐懼，趙禎所說的話，除了真宗趙恆對她說過外，再無第三人聽到。

既然沒有第三人聽到先帝說過的話，那話也不會是她對趙禎說的，那趙禎怎麼知道此事？

驀地想起當年之事，趙恆對她說過，「娥兒，這天書很是奇異，聽說只有有緣人才能讀到其中的內容。朕有一次，有幸就讀過幾句。造化神奇，真的不可思議。」

她本不信的，她不信什麼鬼天書，但現在，她還不信嗎？

又想起真宗臨終前，緊緊握住她的手，陰森道：「娥兒，禎兒雖非你親生，但你一定要待他如親生兒子一樣。你要保護他，輔佐他登基，將朕的江山交給他。你不能有異心，你不能對不起朕，因為朕待你始終不薄！你說，這些年來，朕可有虧待你的地方？」

她那時候只是點點頭，趙恆沒有虧待她的地方，相反，她有負趙恆！

劉太后這些年，若要登基，機會也有。但她始終害怕，不怕群臣，只怕趙恆臨死前望著她的那雙眼。

再想起趙恆彌留前，就她一人在趙恆的床榻前。趙恆已陷入昏迷，口中喃喃地念著幾句話，那幾句話，就是趙禎今日所言。

「五龍重出，淚滴不絕。天降神火，八殿遭劫。執迷不悟，魄魂難協。諾若不守——紅顏空嗟！」

彌勒佛被毀，五龍重出了，有人流淚了。禁中著火了，燒幾個大殿不重要，關鍵是人為還是天燒？自己始終不想放棄登基的念頭，這些日子總是驚恐夢醒，禎兒也做怪夢，還有禎兒夢中那燒焦的山是怎麼回事。那夢本是真宗曾經說過的，禎兒怎麼又會知道？

宮中最近異象頻生，也是真宗在警告她嗎？

執迷不悟，魄魂難協！

難道這世上真有幽靈，在冥冥中獰笑望著世間一切？

托夢，是托夢嗎？趙恆托夢回來了？一想到這裡，劉太后渾身發冷。

前面的話都應驗了，那最後一句話呢？

劉太后望著遠處的楊羽裳，又忍不住摸摸自己的臉。

她最近老得厲害，就算怎麼服補都無濟於事。紅顏空嗟，是說楊羽裳的死，還是說她的老，抑或是……

劉太后已不敢想下去，周身冷汗。

趙禎已道：「葉知秋，你想說什麼，就說下去。」

眾人都看著太后，太后目光空洞，並無一語。趙禎雖是皇帝，但眼下宮中均是太后的人，只要太后說一句，誰都不能不聽。

但太后就是不說話。

不知何時，雨漸漸歇了，雷聲也小了。但眾人心中的驚天駭浪，仍滔滔不絕。

葉知秋輕咳一聲，已道：「八王爺所言不錯，今日宮中起火，一半天災，一半人為。有人收買了羅崇勳、楊懷敏二人，為亂宮中。又說服劉從德、馬季良造反。馬季良、劉從德早就有心擁護太后登基，但為人不聰明，反被那人利用，做了替死鬼。」

葉知秋說的是有人，並沒有明指，可誰都知道，他在說趙允升。

所有人都望著趙允升，趙允升抬頭望天，淡淡道：「你可知道他為何這麼做？」

葉知秋反問，「為什麼？」

趙允升望向劉太后道：「我想是因為他對太后太過忠心了。」

劉太后心頭一顫，忍不住又想開口。這次宮變，本和她無關，但劉太后雖老，卻一點也不糊塗，知道馬季良要反，肯定是要擁護她登基。就算趙允升策劃了此事，自然也是為了擁護她登基。

劉太后對趙允升一直視若親生，她也覺得趙允升對她，滿是忠心。

如果沒有趙禎，這天子之位，本來就是趙允升的。

趙禎一天天的長大了，趙允升他們已等不及了，劉太后很多事情都明白，可她想到天書所言，又沉默了下來。

葉知秋冷笑道：「他真的是對太后忠心嗎？恐怕不是吧！他一直想當皇帝，可惜命運不濟，於是他只有指望太后登基。因為只有太后登基，才有把皇位傳給他的希望。他一直裝作卑微懦弱，甚至在聖上面前裝作無能。」

趙允升陰冷地望著葉知秋，全沒有了當初的謙卑。

趙禎恍然道：「趙允升，原來你當初建議太后讓朕去永定陵，早有預謀！」

趙允升道：「聖上莫要忘記了，是你讓我求太后的。這怎麼是我的預謀？」

趙禎一滯，又氣又惱。

葉知秋不理趙允升的譏誚，續道：「那人知道聖上私服出京，心中暗喜，於是買通元昊手下八部中人，暗殺聖上。他打著如意算盤，知道只要聖上一死，太后肯定登基。太后登基後，他憑藉太后對他的溺愛，要當皇帝已不難了。但他沒有想到機關敗露，行刺不成，聖上竟能安然回京。聖上回京，讓侍衛留在禁中，又讓郭遵去見太后說明那人的一切陰謀，請太后公正對待。那人意識到不妙，知道那些侍衛就是要抓他的，因此先發制人。他早知道永定陵事敗，所以提前布局，才有了今日襲駕一事。不過那人很是小心，就算是襲駕，都不肯親自出手，只讓羅崇勳放火製造混亂，又讓楊懷敏去騙聖上到延福宮，然後派之前混入的刺客逼聖上到皇儀門，就是想讓劉從德、馬季良親手弒君。」

眾人聽了，不由心驚趙允升的連環計，又佩服葉知秋頭腦的條理清楚。

葉知秋又道：「本來事情就要成功，不想人算不如天算，狄青挺身救駕，又抓了劉從德。那人非常詫異，在狄青發狂之際，故意激怒狄青，這才導致劉從德身死。」

劉太后聽到這裡，身軀微震，瞪著趙允升。趙允升移開了目光，不敢和劉太后對視。

葉知秋軒眉道：「那人只以為劉從德、馬季良都死，他計畫雖敗，但無人再泄露，這件事就可以敷衍過去。哪裡想到聖上執意要查此事，八王爺又揭穿了他的陰謀，他既然無法隱瞞，索性就裝作對太后忠心的樣子，還想拖太后下水。不想天網恢恢，疏而不漏！那人機關算盡，終究難逃天理公道。」

葉知秋說到這裡，終於停了片刻，問道：「不知道那人可承認這些事嗎？」

趙允升拊掌道：「葉捕頭不愧是京城名捕，謊話說得和真的一樣。我很想問問，那人是誰？」

葉知秋毫不退縮，盯著趙允升的眼睛道：「那人就是成國公你！」

趙允升譏誚道：「我只想問葉捕頭一句，你真的覺得，我有那麼大的本事嗎？」

很多人臉上都有疑惑之意，趙允升說得不錯，這一切需要龐大的人力和精心的算計，無論怎麼來看，趙允升都很難做得如此縝密。

葉知秋道：「你有這能力的，因為你不止是成國公，你還有另外一個身分。」

趙允升眼中寒光閃動，揉揉臉道：「哦？什麼身分？」

葉知秋吸了口氣，肅然道：「你另外的一個身分，就是彌勒佛！你就是那個和元昊勾結，妄圖裡應外合，顛覆大宋江山的彌勒佛主！飛龍坳一戰，你雖逃脫，但今日此時，你難逃一死。」

眾人皆驚，耳邊如炸雷響起。

趙允升竟是彌勒佛主？這是真的？

劉太后也是滿臉的詫異，難以置信葉知秋所說的一切。

聽到葉知秋這般說，趙允升反倒平靜下來，淡淡道：「欲加之罪，何患無辭？你何不指我就是元昊呢？」

葉知秋道：「趙允升，當年先帝無子，太后慈心，將你養於東宮，但你不思報恩，居心不軌。後來聖上入主東宮，請你出了東宮，你心中忿然，竟偷偷去西北，聯繫李德明，請他助你篡位。」

趙允升只是冷笑，也不置辯，可一雙眸子轉來轉去，不知在想什麼。

葉知秋又道：「李德明不敢得罪大宋，也就不肯和你同流合污。可後來繼位的元昊卻是野心勃勃，一心要攪亂中原江山，竟和你一拍即合，於是你們合謀，由你假扮彌勒佛主，由元昊暗中抽調八部人手助你。你們一方面攪亂大宋天下，另外一方面卻在試著一種迷藥，讓人喝了後，狂性大發。元昊這般作為，當然是為攻打大宋西北城池做準備，你這番作為，卻是為了取信元昊，同時痛恨失去皇位，不想讓太后、天子心安。」

趙允升仍是一言不發，可額頭上水滴流淌，也不知是雨是汗。

劉太后望著一地屍體，神色茫然，再望趙允升的眼神中，已沒有慈愛之意。

葉知秋並不因為趙允升的沉默，就停止推斷，「你這次宮中縱火襲駕，仍不忘記挑撥太后和聖上的關係，刻意製造聖上對太后不利的假象，因此在郭指揮護送太后去帝宮的時候，你射了太后一箭！」

太后一震，冷望趙允升道：「葉知秋所言，可是真的？」

趙允升退後一步，仰天狂笑道：「葉知秋，你不如把所有的事情都推到我身上好了。」

葉知秋見趙允升神情激憤，心中微動，感覺自己的推斷可能有誤，但還是說道：「當然還有其他的事情。大相國寺中，彌勒佛被毀，本沒有人知道五龍藏在那裡，但元昊部下知道了，不用問，肯定是你從太后口中得知，又說給他們聽了。我本來也想不明白，為何宮中有這麼多的驚變，想必也是你在搗鬼，只想驚嚇太后，得償陰謀。若非你趙允升，還有誰能輕易在宮中殺了許多人而神不知鬼不覺？」

太后臉色已變，冷冷的望著趙允升，眼中滿是傷心和憤怒。她最疼愛趙允升，從未想到，趙允升竟瞞著她做了這麼多的事情。如果葉知秋所言是真，那趙允升要殺的，就不僅是趙禎了！

趙允升臉色鐵青，咬牙道：「葉知秋呀葉知秋，我以為你有些頭腦，哪裡想到，你並沒有那麼聰明。眼下你當然說什麼，就是什麼了，反正也沒人指證。」

葉知秋道：「成國公若真以為在下信口雌黃，那可是大錯特錯。當初永定陵八部之人尚有活口，我已帶到京城……」

趙允升冷笑道：「夜月飛天他們……」話未說完，陡然色變。

葉知秋雙眸閃光，淡淡道：「是呀，夜月飛天、拓跋行樂都死在永定陵中，的確沒人能指證成國公就是彌勒佛主，可是我一直只說八部之人，成國公怎麼知道襲駕的就是他們呢？」葉知秋言罷心中有分困惑，趙允升既然沒有離開京城，那是誰給趙允升傳遞消息呢？

劉太后臉色也變，啞著嗓子道：「允升，原來他們所言，竟是真的？」

趙允升知道劉太后雖老，但絕不糊塗，眼下事情敗露，再無回轉的餘地，嘿然冷笑道：「不錯，都是真的！那又如何？」

劉太后一怔，身軀發顫。趙允升是她的養子，極為乖巧、明白她的心意，是以在劉太后心目中，趙允升就算有千錯萬錯，但只要對她忠心，那一切罪責均可赦免，不想趙允升竟然膽大包天，勾結元昊作亂。

葉知秋聽趙允升終於承認，緩緩道：「趙允升，你謀朝篡位，勾結番邦，數次襲駕，禍害百姓，大逆不道，按罪當誅！就算聖上不下旨，我也要將你繩之以法。」

他手按劍柄，嗆的一聲，已拔出腰間長劍。

趙禎見狀，喝道：「趙允升，太后待你不薄，你竟敢如此！還不束手就擒？你若放棄抵擋，或許朕能饒了你性命。」

夏隨、葛宗晟互望一眼，也成犄角之勢圍住了趙允升。

趙允升眼中怒意若狂，指著趙禎道：「趙禎！你莫要再假仁假義。朕？嘿嘿，當年若非我父得罪了太宗，這天子的位置，本來應是我的！你有什麼資格稱朕？你取了本屬於我的東西，我再取回來，有什麼錯？成王敗寇，你贏了，因為你運氣好，我棋差一著，死就死了，何須你饒？」

趙禎臉色鐵青，再不發一言。

劉太后突然道：「允升，你……」

「你什麼你？」趙允升怒對劉太后，喝道：「你當初若不收養我在東宮，我也不用心存登基的指望，更不用發奮一生，終成鏡花水月。天底下，最瞭解你心思的是我，可天底下，最猶豫的卻是你，若非你優柔寡斷，早登基稱帝，成就天下霸業，我又何須到如今的地步？」

劉太后臉色蒼白，氣得渾身發抖。

郭遵終於留意到這面的動靜，冷冷道：「這天底下忘恩負義之人，多半就是閣下這般嘴臉了？」他一腔憤怒，已起殺機。

趙允升目光冷冷，望著郭遵道：「郭遵，你屢次壞我大事，我其實早想找你算算。當初飛龍坳時，不得其便，今日定能得償所願了。」

郭遵只回了一個字，「好！」他聲音未落，趙允升已厲喝一聲，縱身向郭遵衝來。

當年飛龍坳一役，郭遵先中了趙允升的暗算，隨後被夜月飛天等喬裝的四大天王圍攻，以致於差點命喪當場，後來雖化險為夷，卻害狄青身受重傷，一蹶不振，郭遵對此一直耿耿於懷。到如今，因為趙允升的陰謀，更害了楊羽裳，郭遵見狄青已如死人，早就心如刀割。

他唯一能做之事，就是殺了趙允升為狄青報仇。見趙允升主動搦戰，正合心意，長嘯聲中，已衝了過去。

趙允升前衝途中，身形陡轉，數種暗器已從身上射出來，其中三點寒星打向郭遵，一柄飛刀竟然斜斜飛出，勁刺太后。

郭遵臉色微變，身軀爆閃，竟然後發先至，不但避開寒星，而且一伸手，竟然抓住了飛刀，手腕一抖，飛刀已向趙允升刺去。

太后那一刻心如刀絞，立在那裡，卻是動也不動。

趙允升一聲斷喝，身形再轉，躲開飛刀，已向趙禎衝去。手腕一翻，十數點寒星當先開路，氣勢洶洶。他這一招聲東擊西，調開郭遵，怒攻趙禎，看起來才是真正的本意。

眾人大驚，慌忙護駕。

不想趙允升身形又變，倒縱竄出。他這兩進一退，極為突然，再加上身法如電，頃刻間已沒入黑暗之中，從黑暗中傳來一聲長笑，「趙禎，你要捉我，下輩子吧！」

原來趙允升極富心計，知道事敗，早就想著脫身之計。他方才故作憤慨，做出要決一死戰的樣子，卻在暗中尋找退路。他佯攻太后，再攻趙禎，均是疑兵之計，只等眾人措手不及，這才逃命。只要他逃出包圍，藏入深宮，以他的心智和對禁中的熟悉，要活命並非全無機會。

可趙允升才入暗中，奔出數丈，就見到一人已攔到他的身前！

那人如幽靈般冒出來，眼眸中滿是絕望和悲傷，其中還夾雜著無邊的憤怒。電光火閃中，趙允升已認出那人正是狄青！

怎麼會是狄青？趙允升心中一凜，喝道：「滾開！」他單手做拳，一拳擂向狄青，腳下用力，一點寒光從鞋尖飛出，射向狄青的小腹。

這一招攻勢凌厲，趙允升自忖，就算郭遵接招，都不得不閃！

狄青不閃，砰的聲響，那一拳重重擊在他肋下，狄青肋骨已斷。那點寒星射入狄青的小腹，鮮血崩飛。

可狄青還是摟住了趙允升，全身用勁，震天價響的一聲吼。

害羽裳的人，全都要死！

趙允升驚懼慘叫，卻聽周身骨頭碎響。狄青這一抱，已扼斷了他全身半數的骨頭。趙允升一聲哀鳴，五官溢血，眼中露出駭然驚怖之意。

天空中沉雷又響，擊出了一道閃電，劃破夜空。

抱作一團的兩人，卻已倒向了無邊的黑暗中……

第八章　餘　波

黑暗無邊，狄青突然大叫一聲，翻身坐起。

他叫的是「羽裳」二字。

他渾身上下大汗淋漓，茫然的望過去，眼中滿是驚怖之意。他做了個噩夢，也被噩夢驚醒。

可就算噩夢，也無法駭走心中的痛。

夢中有光，一團極亮的光，有山，石頭彷彿都要融化的山。有火，無邊無際的大火，還有人，真宗立在透明的棺材中，只是望著他，卻不說話。所有的一切，就在真宗瞪著他的時候，化作了無邊的黑暗，只有天籟處，傳來一個聲音。

聲音空洞真實，清晰無比，只是反覆的重複兩個字，「來吧！」

來吧？去哪裡，狄青完全不知。他在黑暗中，只覺得有無邊的恐懼四處蔓延，就在這時，一道白影倏然而降。

那道白影驚醒了他心中的痛，那是羽裳。他伸手去抓，只抓了個空，霍然而醒時，不知身在何處。

他在何處？室內靜寂，孤燈昏黃，他原來是躺在床榻上。噩夢初醒，可他寧願所有的一切都是夢。

肋下和小腹的疼痛，讓他意識到，已回到了現實中。現實是，羽裳她……

一想到這裡，狄青又是一聲狂叫。腳步聲響起，郭逵匆匆走來，叫道：「狄二哥，你醒了？」

狄青終於又記起了所有的一切，抓住了郭逵，叫道：「小逵，羽裳呢？羽裳在哪裡？」他才意識到自己在郭府，他怎麼出的皇宮，已經完全不記得。

郭逵支吾道：「你傷得很重，要休息下。你已經昏迷了一天，王神醫他……」

「羽裳在哪裡？」狄青嘶聲叫道。

郭逵低下頭來，「她……她……」不等說什麼，狄青已跳下了床榻，感覺肋下如針扎般痛，胸口揪心地疼。他陡然想起，楊羽裳還在宮中。不由分說，他已衝了出去。

他要回宮中，去見羽裳，生死都要見上一面。

郭逵驚叫道：「狄二哥，你的傷……」他伸手去拉，被狄青反腕甩去，郭逵踉蹌退後。等郭逵追出府外，狄青早已消失不見。

雨還在下，黑雲欲墜，壓得人幾乎喘不過氣來。

長街寂寥，狄青深一腳淺一腳，如孤魂般向皇宮的方向走去。他心中只有一個念頭，到皇宮去，去見羽裳。他只顧前行，神色恍惚，並沒有留意到，不知何時，他身後不遠處，有把傘兒在暗中跟隨，忽閃忽現。

狄青不知走了多久，已入了前方巷子，巷子裡滿是黑暗，甚至有些森森之氣。狄青木然穿過去，未到巷口，一陣陰風吹來，前方竟飄來個人影。而他身後跟隨的那把傘兒，突然沒入了黑暗之中。

如斯深夜，前面那人影飄飄蕩蕩，有如鬼魅浮在半空般，就算膽壯的人見到，也要嚇個半死。

狄青止步，盯著那人影，暗夜中，他看不清那人影的面目，渾身劇烈地顫抖起來，叫道：「羽裳，是你嗎？」他霍然衝過去，只想一把抱住那人影。他只以為那是楊羽裳，他也希望那是楊羽裳。

一陣冷風吹過，那人倏然後退，身法飄忽。那人咯咯笑道：「狄青，你拿命來。」暗夜中，那人的眼睛，竟然是綠色，隱有光芒流動，時淺時深。那雙眼眸淺色時，如綠草青青，深色時，有如牆角陰蘚，有著說不出的詭異之色。

若不是鬼，那人如何會有這樣的眼睛？

狄青看著那影子，神色木然，突然問道：「我欠你的命？」

那人反倒怔住，他倏然出現，只以為不把狄青嚇死，也嚇得他魂飛魄散，哪裡想到一番心思，全部用在空處。眼珠一轉，那人厲聲道：「當然。你在永定陵，驚了我魂魄，一定要死！」

那人「死」字才出，霍然出手，一把抓向了狄青的胸膛。那人手上指甲如刀，五指比起常人來，要長出一半。

那人竟是永定陵的鬼怪？那人手比常人要寬長，豈不極像在陵寢的石桌上，留下手印的那隻手？狄青驚了他的魂魄，難道說……他就是趙恆？這次特意從棺槨出來找狄青的麻煩？

那人布局作勢，突兀一擊，勢在必得。不想狄青神色恍惚，根本沒有多想，聽那人聲音雖淒，絕非女聲，恨那人不是羽裳，喝道：「滾！」他一拳打去，正中那人影的手掌。

砰的一聲響，那人影後退一步，狄青亦是全身大痛，可他不管，就要全力衝過去。那人影倏然擋在狄青身前，眼中精光大盛，長喝道：「唵嘛呢叭咪——吽！」

那一聲，如天籟沉雷，等到那「吽」字出口，聲音如兜頭驚雷，直灌狄青周身。狄青只覺得周身劇顫，那一刻，腦海轟鳴……

狄青竟呆立不動。

那人影走近過來，緩緩道：「狄青，你從哪裡來？」他靠近了狄青，才現出高瘦的身形、碩大的腦袋和結印的雙手。他眼中的綠芒，愈發的妖異。

那人竟是不空！吐蕃王唃廝囉手下的三大高手之一——不空！

狄青呆呆地望著不空，彷彿已不認得不空，只是回道：「我從郭府來。」

「你要去哪裡？」不空又問。

狄青臉上露出痛楚之意，「我要去皇宮找羽裳。」

不空略有沉吟，並不知道羽裳是誰。又問道：「你在永定陵，可和趙禎找到了五龍？」

狄青喃喃道：「五龍？永定陵沒有……」

不空目光閃動，灼灼地盯著狄青雙眸，緩緩道：「永定陵沒有五龍，那哪裡有呢？」

狄青像已完全迷失，說道：「五龍在我身上。」

不空眼中露出狂喜，不想竟有這意外的發現。

原來不空頗有心計，他是藏北密宗高手，精通三密之道，意志力奇強，見狄青出拳極具威力，只怕不能擒住狄青，可見狄青神色恍惚，心中微動，竟用六字大明咒做引，用精神力制住了狄青。

他偶遇狄青，本想打探些事情。他怕狄青不說，這才裝神弄鬼，不想無心插柳，得知五龍的下落。

他大喜之下，並沒有留意到，一旁的高牆上，正有雙眸子盯著他。

那雙眸子如天星般的閃耀，聽到「五龍」之時，也不由露出詫異之色。

不空輕易得到五龍的下落，反倒不敢就信，忍不住問道：「五龍怎麼會在你的身上？」

狄青道：「我撿到的。」

不空錯愕不已，暗想劉太后寧可與唃廝囉撕破臉皮，也不拿出五龍，顯然是把五龍看得很重。這五龍怎麼又會落在狄青的手上？正要讓狄青拿出五龍，不想狄青喃喃道：「五龍重出，淚滴不絕……」他本已迷惑，可五龍兩字，突然開啟了他混沌的意識，心中痛楚，那道白影從他腦海中倏然閃現，狄青俊臉扭曲，咬牙道：「我該走了。」

不空一凜，從未想到有人還會在他的控制下，說出這種話來。長吸一口氣，不空雙手扭曲結印，眼中妖異之色更濃，凝視狄青道：「你哪裡也不能去。」

狄青只感覺不空雙眸中如同千古潭水，蘊藏著不知多少祕密。他被不空的雙眸所攝，激動的情緒緩和下來，跟著道：「我哪裡也不能去？」

不空微喜，聲音放低，愈發的柔和道：「你就在這裡，哪裡也不去，誰也不用找……」他怕遲則生變，不敢再提五龍，伸手向狄青的懷中摸去。口中還喃喃道：「你誰都不用找……」

話音未落，狄青已狂叫道：「羽裳！誰也不能阻止我去找羽裳！」話才出口，一拳擊出，正中不空的胸口。

不空做夢也沒有想到，迷失的狄青會突然出拳，他猝不及防，被狄青結結實實的擊在胸口。砰的一聲大響，不空悶哼聲中，吐血倒飛而出。他本鋼筋鐵骨，可挨了狄青一拳，只感覺胸骨欲裂，渾身乏力。

狄青一拳威勢，竟至如斯。

不空心中驚懼，只以為狄青故做被控，等他無防備的時候，這才反擊。一想到這裡，不敢停留，身形一縱，已投入了黑暗之中。

不空倏退，狄青所受的控制已無，腦海中轟然鳴響，身軀晃了晃，已向地上倒去。他在皇儀門前受創，傷勢本重，全憑一股意志衝出來。剛才不空又用精神摧毀了他殘餘的意志，不空一走，狄青再也支撐不住，又昏了過去。

他倒在巷中，沉沉昏去，可那臉上還鐫刻著入骨的憂傷。那憂傷驚嚇不去，生死不離。

高牆上的那雙眼眸也不想有此變化，等不空一走，翻身而下，輕靈如燕，飄到了狄青的身邊。長傘撐起，已為狄青遮擋住風雨。

原來方才跟在狄青身後的人，就是他！

雨依舊下，淅淅瀝瀝，宛若情人傷心的淚。那人立在狄青身前良久，望著狄青臉上的憂傷和痛楚，雙眸中含意像天空飄著的細雨。

細雨如織，漸漸稠密，那人伸手到狄青胸前，只是停頓片刻，突然變了方向，搭在狄青的肩頭。

那人一用力，已拉起了狄青。腰身一扭，已將狄青負在背上。他戴著斗笠，遮住了半張臉，只露出尖尖的下頷，潔白的膚色。他身著蓑衣，遮掩住周身，卻難掩纖細的腰身。

那人比狄青要矮，但將狄青負在身上，並不吃力，甚至還行有餘力的再支起傘。

他穿街走巷，悄然而行，並非向郭府的方向，更不是向皇宮大內。

前方漸有了燈光和喧譁，如斯深夜，汴京中還有這般熱鬧的場所並不多。那人似乎熟知這附近的地形，身形一閃，又進入條僻靜的巷子中。

驀地聽到狄青說道：「你……是誰？」

那人微驚，才待扭頭望過去，就覺得脖頸有股熱在流淌。他伸手摸去，攤開一看，見全是殷紅的血。那人眼中有些焦急，忙放下狄青道：「狄青，你……」他聲音嬌弱，竟然是個女子。

她才一出口，就已住口，原來狄青又昏了過去。狄青雙眸緊閉，嘴角還有血流淌，那女子眼中滿是焦灼關切，不再耽誤，一把拎起狄青，閃身入了巷子盡頭的小門。

她一路奔行，到了一閣樓前，稍有氣喘。

那閣樓兩層，修竹搭建，很有風情。閣樓旁邊也栽著修竹，雨敲竹韻，滴滴答答。

這本是極妙的雨景，但那女子看也不看，入了閣樓後叫道：「憐兒，過來。」

閣樓上奔下一婢女，梳著兩個小辮，大大的眼，見進來那女子扶著狄青，失聲道：「小姐，你……這是怎麼回事？」

那女子已去了斗笠，解下蓑衣，露出婀娜的身段，嬌俏的面容。把狄青帶到這裡的女子，竟然就是竹歌樓的張妙歌！

張妙歌纖眉蹙起，低聲道：「莫要多問，扶他上樓，帶到我的房間。」

「上樓？到你的房間？」憐兒掩住口，有些吃驚。可見到張妙歌的急切，不敢多問，吃力地抱起狄青上了樓。

張妙歌翻箱倒櫃，不忘記說一句，「你小心些，他身上有傷。」

憐兒氣喘吁吁得將狄青抱上樓，進了一間房。那房間甚是素雅，玉枕碧紗帳，帳旁擺放著銅製香爐。香爐中還燃著香，煙氣渺渺。那銅製香爐甚為精緻，上面鏤金花紋，花紋的圖案是個飛天的仙女。仙女飄飄，看其眉目，竟和張妙歌有些相似。

室中一塵不染，憐兒看看抱著的狄青，皺了下眉頭，才要將狄青放在地板上。張妙歌已上了樓，說道：「把他放在我床上。」

「放在你床上？他像從臭水溝中撈出的一樣。」憐兒忍不住又問一句。

張妙歌輕叱道：「你哪裡這麼多廢話？耳朵聾了不成？」

憐兒神色中有些畏懼，也有些不解，但終究還是將狄青放在張妙歌的床上。張妙歌左手刀剪，右手拿著個小紅木箱子，望了昏迷的狄青半晌，終於歎口氣道：「憐兒，你去將外邊的血跡悉數清理。記得……樓外的血跡也要除去。」

憐兒點點頭，輕輕下樓，可下樓前，還不忘記提醒一句，「小姐，你脖子上也有血。」

張妙歌伸手摸去，見脖頸上的血已凝固，皺了下眉頭，可見狄青雙眸緊閉、神色痛楚的樣子，搖搖頭，已打開了紅木箱子。

箱子造型頗為奇特，共分三部分。箱蓋算是一部分，其中掛著各種長短粗細不同的銀針，箱蓋開啟，那些銀針併在一處，泛著寒冷的光芒。

箱內又分兩部分，一部分有紅綢覆蓋，看不到下面是什麼。另外一部分卻分十二格，裡面有著五顏六色的粉末。

張妙歌盯著箱子中的粉末半晌，突然伸出纖纖玉手，輕輕地解開狄青的衣襟。突然纖手微凝，猶豫片刻，從狄青的懷中取出一布袋。

那布袋中顯然裝著東西，就算隔著布袋，仍能摸到有一圓圓之物。

五龍？張妙歌腦海中閃過這兩個字的時候，神色複雜，甚至有些掙扎。但她終於沒有去看，反倒將那布袋放在狄青的枕邊。

她解開狄青的衣衫，見他身上綳帶包紮完好，心中琢磨，狄青負傷，郭遵肯定會請王惟一給他治病，按理說我不用再治了。不過他方才經不空的精神傷害，只怕意志有損，那對他的傷勢不利。

想到這裡，張妙歌取了杯熱水，指甲輕挑，從五個暗格中挑出五種粉末兌在水中。等藥溶解，這才用湯匙舀了藥，遞到狄青的嘴邊。

她的一舉一動都小心翼翼。

狄青突然伸手，已抓住了張妙歌的手腕。他抓得如此之緊，有如溺水之人，抓住了最後的稻草。

張妙歌一怔，手中的那口湯藥盡數灑了出去。她眼中才露警惕，就聽狄青說道：「羽裳，你莫要走！」

狄青閉著雙眸，可兩滴淚水從眼角沁了出來，神色緊張憂傷，就算再好的畫師，也難繪出來。他抓住了張妙歌的手腕，卻仍在昏迷之中。他像做著噩夢，額頭盡是汗水。

張妙歌望著狄青的臉，動也不動。

過了許久，狄青才又安靜下來。張妙歌試圖抽回手腕，可發現竟掙脫不得。臉上有分苦澀的笑，只好用一隻手給狄青餵藥，餵了幾勺後，喃喃道：「狄青，你喝了這藥，好好的睡一覺，明天……就是新的一天了。」

她輕聲細語，眼中已有了憐惜之意。她看著狄青的肌肉一分分的放鬆下來，這才抽回了皓腕。

隨即發現自己額頭上也滿是汗水，張妙歌舒口氣，剛放下水杯，就聽身後有人冷冷道：「你為什麼要救他？」

張妙歌一凜，眼中露出不信之色，扭頭望過去，只見到憐兒冷冷地望著她。張妙歌早聽出是憐兒的聲音，可她從來不認為，憐兒會用這種口氣對她說話。

憐兒臉色冰冷，一雙眼茫然沒有任何感情。

張妙歌看到那雙眼，心頭微顫，柔聲道：「憐兒，你都收拾好了嗎？」

憐兒就那麼望著張妙歌，冷漠道：「何必收拾呢？你難道忘記了自己該做什麼？」

張妙歌眼中閃過絲訝然，看了憐兒半晌，反問道：「我該做什麼？」

憐兒一字字道：「你本來應該取了五龍，殺了狄青！你不要以為，我不知道你的心事。」

張妙歌氣急反笑，望著手旁的紅木箱子，歎口氣道：「我現在搞不懂，到底你是僕人，還是主人？」

憐兒緩步走過來，低聲道：「我……」她說的聲音極低，張妙歌忍不住道：「你什麼？」話音未落，憐兒手一揚，一道寒光已劃向張妙歌的咽喉。

憐兒手上竟有把匕首！

這一招極為突兀，誰都意料不到。她本是張妙歌的丫環，為何要殺張妙歌？

張妙歌看似已無法躲避，不想她倏然伸手抓住了憐兒的手腕，腳步一錯，肩頭頂過，已將憐兒重重地摔在地板之上。

她雖用的是草原人摔跤的手法，但並不笨拙，相反卻進退飄逸，靈動若飛。

砰的一聲響，憐兒竟被摔昏了過去。

張妙歌退後一步，又坐了下來。她臉上反倒沒有了詫異，突然抬頭望向門外，微笑道：「不空大師既然來了，為何不進來坐坐？」

門外沒有任何動靜。

張妙歌笑容不減，手一招，桌案上的瑤琴已到了膝間，她盤膝而坐，淡然道：「不空大師不想進來，那小女子就不招待了。」她才要彈琴，珠簾響動，一人已閃身走了進來。

那人手結印記，雙眸炯炯，正是不空。

不空眼中有分驚奇，更多的是妖異的綠色。他像沒有料到，張妙歌遠比他想像的還要難纏。

張妙歌沒有半分的詫異，盈盈笑道：「大師今日前來，可想聽曲嗎？你雖沒有去買號簽，但妾身……」

不空截斷道：「張妙歌，何必廢話？」

張妙歌妙目中滿是訝然，嬌聲道：「大師想聽什麼話？莫非要聽情話？」

不空見張妙歌眉梢眼角，滿是媚態，心中微凜，竟退後了一步，嘿然道：「你以為，我會信你？」他挺直了腰板，凝聲道：「張妙歌，我已知道了你的身分。上次我來，竟沒有看穿你的底細，也算你的本事。」

張妙歌還在笑，「上次你來找妾身，妾身還真有點受寵若驚呢。妾身見過的男人無數，有朝堂重臣，有販夫走卒，可像大師這樣的得道高僧，還是頭一次見到呢。」

不空聽張妙歌隱有諷刺，也不動怒，說道：「我其實只想看看，連趙允升都找的人物，到底是什麼樣子。」

張妙歌笑道：「還不是一個鼻子兩個眼睛。大師空即是色，色即是空，看不出什麼兩樣的。」

不空冷笑道：「饒你狐狸一樣的狡猾，可在小僧面前，還是露出了尾巴。我聽說趙允升事敗被殺，他之前找過你幾次，你敢說，你和他沒有關係？只怕宮變一事，也和你有關吧？」

張妙歌笑容更媚，「大師也找過我幾次呢，難道說也和宮變有關嗎？」

不空一滯，雙眸中精光閃動，怒視張妙歌道：「好你個牙尖嘴利的狐狸精，你真以為我不能揭穿你的把戲？嘿嘿，我控制了憐兒，並不想殺你，不過是想看看你是否真的和表面看起來那麼弱不禁風。眼下來看，你非但不弱，功夫還不差。」

張妙歌雖還在笑，可雙眸中已有了分警覺，「不空大師，你迷了憐兒的心性，讓她來殺我，當然不是來說廢話的。你我本互不相干，不知你咄咄逼人，所為何來？拜託你莫要施展勾魂之法了，小女子可承受不了大師的恩澤。不過大師要想銷魂嘛……」說罷掩嘴輕笑，拋個媚眼。

她沒有再說，可不說比說更是意味深長。但張妙歌見不空灼灼望來，並不去看不空的雙眼，只望著膝上的瑤琴，不遠處，有面銅鏡，將不空的舉止照得一清二楚。

不空見張妙歌並不入彀，更是警惕，故作輕鬆道：「張妙歌，你也不要迷惑小僧了，小僧意志如鐵，你迷不倒我！明人不說暗話，我來這裡，就是想要五龍。你把五龍給我，小僧心喜，就此走人。你喜歡狄青也好，殺了他也罷，我不會干預。」

張妙歌輕笑道：「哎呀，我倒是頭一次見到來竹歌樓的人，不是為了我。這五龍到底有什麼玄奧，讓不空大師這般看重？」

不空冷哼一聲，並不言語。

張妙歌突然拍掌道：「哎呀，我想起來了，想必不空大師雖已得道，但未成仙，因此一心想要五龍吧？」

她說的奇怪，像是譏諷不空，又像是有別的含意。不空眼中精光閃動，一字字道：「你還知道什麼？」

張妙歌輕蹙眉頭，以手支頤，如同個天真的孩子，說道：「我還知道，大師想五龍想得要發瘋了，向劉太后軟求不得，又被郭遵硬敗……」

不空的臉已和眼睛般，開始發綠，竟還是一聲不吭。張妙歌舉止爛漫，他幾乎以為眼前這人並非他猜測的人。

可張妙歌若真是天真的人，怎麼會知道這些祕事？

不空不語，張妙歌也不理會，思索道：「大師屢次受挫，這才在竹歌樓外蠱惑天子……」眼珠微轉，張妙歌像是想到了什麼，立即道：「大師蠱惑天子說，五龍中蘊藏著極大的祕密，天子若能得到的話，可助親政。其實大師助天子親政是假，不過是以為五龍在永定陵，這才讓趙禎去找，然後跟在天子身後，只想天子取出五龍，然後黑吃黑，再搶了五龍。」

不空色變，失聲道：「你怎麼……」他倏然住口，神色陰晴不定。

張妙歌笑意更甜，「我怎麼知道？我當然知道了，大師不是說我是狐狸精嗎？狐狸精當然知道很多事情了。我還知道，趙禎居然信了大師的話，立即動身前往永定陵，大師想必一直尾隨趙禎入了玄宮。大師不敢獨自前往，當然是怕玄宮的幾百種機關算計。大師意志如鐵，可身體不是鐵的呀，若是中招，往生極樂的話，多好的意志都救不回來，大師這才費盡心思布下了這個圈套。但機關算盡，還是未得五龍，大師賊心……佛心不死，又想從狄青身上問些事情，不想無意中發現五龍竟在狄青的身上。大師欣喜若狂，本以為打不過郭遵，還奈何不了狄青嗎？哪裡想到陰溝裡翻船，又被斷了肋骨的狄青打折了胸骨，落荒而逃……」

不空咬牙道：「原來你當時也在場？你敢說，你深夜出去，不是為了狄青？」

張妙歌笑容如春風般和煦，媚眼丟去，「我嘛……適逢其會而已。說不定……我是為了大師呢，大師難道還不如狄青自信嗎？」

不空發綠的臉已變得鐵青，目光閃爍，突然省悟過來，喝道：「你莫要拖延了，狄青今晚絕不會醒來。你廢話連篇，難道真以為，會有人來救你？張妙歌，你是有兩下子，可不要以為能鬥過我！」

張妙歌含笑道：「大師既然覺得手到擒來，為何還不動手？難道說……你方才傷得不輕，已沒有出手的力氣？」

不空神色一凜，邁前一步，雙手結印，沉聲道：「張妙歌，我不想動手，你莫要逼我。你真以為我猜不出你的身分？哼，我不用確實，我只要對旁人說出你的身分，我相信，不用一個時辰，汴京就有無數禁軍來抓你。到時候你是真是假，都少不了進天牢受審。我給你面子，你莫要不知好歹。」

不空多疑謹慎，就因為隱約猜到張妙歌的身分，才遲遲沒有發動。他目光轉動，落在香爐那鏤空的花紋上，微微色變，喃喃道：「飛天？」突然仰天笑道：「飛天，你果然是飛天！久聞飛天大名，不想今日竟能見到。張妙歌，你好本事！我和你本河水井水不犯，但你若執意翻臉，也莫怪小僧無情了。」

張妙歌聽到「飛天」二字的時候，臉色徒變，但轉瞬平靜如常。長歎口氣，張妙歌道：「唉，大師果然聰明，竟從那香爐猜出了我的身分。我既沒有劉太后的權勢，也沒有郭遵的本事，更少了狄青的拳頭，大師既然執意要五龍，我不給也不行了。」

不空本已決心一戰，聞言心中竊喜，變臉道：「張姑娘這般通情達理，小僧先行謝過了。」

張妙歌媚眼拋過去，問道：「那不空大師怎麼個謝法？」

不空隨口一說，哪裡想到張妙歌這般說，故作誠懇道：「張姑娘儘管說，只要小僧能做到，斷無不從的道理。」

不空心道，眼下先順著她，等五龍到手，我一走了之，還謝個屁！

張妙歌微微一笑道：「這件事挺難做的，但大師肯定可以做到。昆侖山絕頂之處，有種雪蠶極為奇特，吐絲成繭，那雪蠶絲極為堅韌，若織成護甲，刀槍不入，不知道大師可曾聽說過？」

不空沒想到張妙歌突然扯到了雪蠶上，耐著性子道：「那又如何？」心道：你難道消遣我，讓我去給你捉蠶嗎？

張妙歌又道：「那蠶繭雖然奇特，但畢竟還能尋到，算不上稀奇。可破繭而出的蠶蛾，卻是極為罕見。那種蠶蛾可抗酷寒，破繭後，雌蛾會放出一種氣味引誘雄蛾來交尾。交尾後，雄蛾即死，雌蛾卻要在產下卵後才死。」

不空聽得一頭霧水，問道：「張姑娘見識廣博，小僧自愧不如。不過你和我說這些做什麼？」

張妙歌道：「若能抓住那種雌蛾，研製成粉，就可做成一種香料。那香料叫做瑞腦香，可提神益氣，甚至有駐顏防老的作用。」

不空眼珠轉轉，「張姑娘難道就想要這瑞腦香嗎？那不是問題，包在小僧身上。只要你把五龍給我，小僧立即發動吐蕃手下，為你尋瑞腦香。」他根本沒有聽過什麼瑞腦香，只想著答應下來再說。

張妙歌輕笑道：「那謝謝大師了。不過不用了，因為我這香爐中，燃的就是這種香。」

不空臉色微變，佛然道：「原來你還是在消遣於我。」

張妙歌霍然抬頭，微笑道：「這種瑞腦香雖是奇特，但有更奇異的地方，不知大師可曾聽過？」

不空暗恨道：「你到底想說什麼？」

張妙歌笑容已帶了諷刺之意，「這種瑞腦香，若是和龍涎香一塊燃起來，雖是更香，但卻會產生一種毒氣，中者非獨家解藥難救。不過嘛，發作起來緩慢一些。方才大師進來時，莫非沒有嗅到嗎？我一直說著閒話，吸引大師多聽些，無非想讓大師多嗅些……」

不空臉色巨變，嘎聲道：「你騙我！我怎麼沒有發現異狀？」他方才只留意張妙歌的舉動，哪裡想到屋內的香氣竟有古怪。正惶惑間，見張妙歌笑意盈盈，眼珠一轉，不空突然笑道：「你想詐我？若真的有毒，豈不是把你和狄青也毒在裡面？」

張妙歌故作詫異道：「大師不信嗎？中了這種毒的人，手心會有紅點的……」

不空不由低頭去望手心，不想眼前陡然銀光閃爍，大喝聲中，長袖捲動，倒翻出去。只聽嗤嗤聲響，無數銀針空中掠過，擊在不空身後的牆上。

不空落地，臉色已變，他分神之下，身上已被射中幾枚銀針。不空霍然省悟，方才張妙歌突說瑞腦香，不過是分散他的注意，怒極反笑道：「好你個張妙歌，竟然偷襲於我，可你千算萬算沒有算到，你一出手，就說明瑞腦香無毒，不然你何必多此一舉？區區幾根銀針，你以為可傷得了我？」

他才待上前，就聽張妙歌淡淡道：「瑞腦香的確沒毒，和龍涎香一塊燒也不會有毒。不過銀針上卻是有毒的。」

不空怔住，再也邁不動半步。

張妙歌嘻嘻而笑，「大師，枉你如此聰明，怎麼會信什麼瑞腦香的無稽之談呢？我方才就怕射不中你，這才讓你低頭去看，哪裡想到大師這麼聰明的人，也會上當。不過『天女散花，維摩不染』，大師沒有維摩的境界，躲不開我的天女飛花針也不用難過。」

不空怒急，喉中嘶吼，就要上前，張妙歌淡然道：「大師可知道中的是什麼毒嗎？」

不空只能停住腳步，問道：「什麼毒？」他就算意志如鐵，也萬萬不會拿自己的性命開玩笑。

張妙歌道：「湘西有種趕屍之法，聽說那些趕屍人可控制屍體，讓屍體做些見不得人的事情。」

「那又如何？」不空再見張妙歌的笑語嫣然，已覺得毛骨悚然。

張妙歌道：「他們趕屍之謎，少有外傳。不過我是狐狸精，恰恰知道這個祕密，他們讓屍體行走，除了靠鞭子和獨特的聲音外，還靠一種屍蟲。」

「屍蟲？」不空喃喃自語，衣袂無風自動，顯然心中畏懼。湘西的趕屍人傳說，他也是聽說過的，但至於屍蟲，他並不知道。他是密宗高手，更知道這世間之祕數不勝數，絕非人類能夠探索究竟。

張妙歌道：「這屍蟲是埋了三年的棺材底生出的一種蟲子。色澤銀白，入血而鑽。你想呀，我用的是銀針，若真的在針上下毒，那針就會變灰了。大師這麼聰明，我怎麼會下那麼簡單的毒藥呢？」

不空向地上的銀針望過去，隔著半空的煙霧，見到針上似乎真的有東西蠕動，忍不住發抖。

其實針上到底有沒有屍蟲，他並未看到，但這時他屢次受克，早被張妙歌占盡上風，難免將信將疑。

「那蟲子極小，可從人的血管中鑽進去。說不定會鑽到心中，說不定會行入腦中。」張妙歌輕聲道：「要是鑽到心中，那還好了，最不濟兩三天就能繁衍長大，變成萬千屍蟲，把心臟擠破。」

不空額頭汗水涔涔而落，嘎聲道：「這還算好？」

張妙歌故作訝然道：「當然了。最可怕的是，那屍蟲要鑽入腦中，饒是那人意志如鐵如鋼的，也會心性發狂，如瘋狗般，見人就咬。若是咬不到人的話，說不定會把自己的手腳也咬下來，當然了，別人咬不到，大師精通密宗之法，身子骨靈活，說不定還能咬到自己的臀部呢。」

她咯咯笑了起來，似乎覺得那情形頗為可笑。

不空想到那種殘忍的情景，幾欲發狂，厲喝道：「那好，我死之前，也要你來陪葬！」他全身聚氣，就要出手。

張妙歌笑意仍在，突然道：「你不想要解藥嗎？」

不空立即散了功力，賠笑道：「原來還有解藥？」他剛才恨不得和張妙歌、狄青同死，但這刻又覺得，倒不急於一時。

張妙歌笑道：「不空大師這麼聰明……」

不空忙截斷道：「張小姐莫要自謙了，若論聰明，小僧實在不及張小姐的十之一二。」他現在一聽聰明兩字，腦袋就大了幾圈。

張妙歌掩嘴輕笑，滿是嬌意，「真正聰明的人，素來懂得忍辱負重。只有那種莽漢，才會一命搏一命。淮陰侯能忍胯下之辱才能有後來的四面楚歌，漢高祖能忍奪妻之恨，這才會成就一代霸業。不空大師為了自己的性命暫且忍耐，真的是能人所不能……」

不空本是羞怒交集，可聽張妙歌輕聲細語，也覺得自己的確有些聰明。但感覺背脊好像也有屍蟲在爬，他已忘記了那是他的冷汗，見張妙歌喋喋不休，不能不打斷道：「張小姐，那解藥在哪裡？」

張妙歌道：「解藥有，不過大師當然知道，要取解藥，總要有條件的。」

不空咬牙道：「什麼條件？」

張妙歌終於收斂了笑容，肅然道：「首先，你不要妄想再取五龍；其次，你不能再傷害我和狄青；再次，你毒解了後，立即就走，此生莫要再到汴京城。」

不空心中恨極，可保命要緊，立即道：「我答應你！」

張妙歌終於舒了口氣，說道：「大師乃吐蕃高僧，當然不會言而無信。我信你。」她手指輕動，已從紅箱十二格中的七格中挑出些藥粉混在一起，放在一小瓷碟中，自豪道：「解屍蟲之毒的解藥，只有我能配製，但需要隔日連服，七日才能盡去毒性。大師改日再來要第二份解藥吧。」

她手臂一振，瓷碟飛過去，不空穩穩抓住，將那解藥盡數倒在嘴中，甚至還舔了下碟底，只怕浪費那藥粉。

張妙歌又笑了起來，說道：「大師，不送了。」

不空點點頭道：「好的，不用送了。」他轉身要走，陡然間疾風般回轉，五指疾探，已抓向張妙歌的咽喉。

張妙歌一驚，瑤琴豎起，恰擋住了不空的急攻。錚錚急響，瑤琴七弦齊斷，碎木紛飛。張妙歌身形急閃，已從不空頭頂掠過，喝道：「不空！你不要解藥了嗎？」

不空仰頭長笑，得意已極道：「張妙歌，你太小瞧貧僧了。你方才大意，配藥的時候不避開我，我已看清楚你取藥的格子和藥的份量，這些藥粉足夠七天的用量，我解藥在手，還怕你嗎？」

原來他急攻之下，不過是障眼法。不空明攻張妙歌，悄然已取了紅木箱子在手。

張妙歌臉色發白，竟還能笑起來，「大師果然聰明……」

不空獰笑道：「張妙歌，你就算是飛天，可比起本神僧來，還差得遠了。我先取五龍，再殺狄青，然後嘛，嘿嘿，讓你這狐狸精嘗嘗歡喜禪的妙處。我包你喜歡。」

他片刻間扭轉了局面，將方才所受之辱盡數洗去，不由得意非常。

張妙歌突然又笑了起來，如春風動柳，風情萬種。

不空冷笑道：「你真不信我有這本事嗎？還是覺得歡喜禪不錯，也想享受一番？」這刻他的神色，突然變得說不出的淫邪。

張妙歌竟還不懼，笑容餘韻不絕，淡淡道：「我當然信了，不過你真信我用屍蟲那麼噁心的毒物嗎？」

不空怔住，急問，「原來你又在騙我。」仰天長笑道：「如果銀針無毒，我怕你何來？」

張妙歌不急不緩，情意綿綿道：「銀針的確沒毒，不過嘛，解藥有毒。你若不信，何不看看手心？這次可真有紅點了。我向你保證，經我飛天調製的毒藥，絕對不比那屍蟲要差。」

不空心頭一沉，臉上如同被踹了一腳。他凝力防備張妙歌的暗算，低頭向手心望去，臉色巨變。

他手心正中一點，果真有個紅點，赤紅如血！

第九章　奇　峰

不空見到手心的紅點，差點哭了出來。他終於想明白了一切。

張妙歌香中無毒，銀針無毒，唯一有毒的就是她的那顆心。不空自以為不差，哪裡想到，竟乖乖地鑽入了張妙歌的圈套，他親自把毒藥吞了下去。

張妙歌仍在微笑，可笑容中的譏誚，如同針尖般鋒銳，「不空，你是不差，可我不見得怕你。」

不空左右為難，一時間不知是要求解藥呢，還是動手的好。

見張妙歌鎮靜自若，不空長吸一口氣，只覺得胃裡做疼，嘎聲道：「這毒藥，可有解藥嗎？」

張妙歌道：「當然有了。」

不空心中微喜，眼中露出哀求之意，「飛天，小僧方才得罪了。既然我敗了，只請你賜予解藥。小僧發誓，答應你方才的全部條件，若有違背，天誅地滅！」他又由神僧變回了小僧，神色卻變得肅穆莊嚴，誠懇無比。

張妙歌輕歎口氣道：「若真的動手，我不見得打不過你。但你方才若真想離去的話，我並沒有辦法留住你。偏偏我還要留在這裡，暫時不想出京，又不想被你破壞計畫，這才特意說些好玩有趣的事情給你聽，你還真以為我不捨五龍嗎？大師呀，我是不捨得你離去呀！」

不空看張妙歌貌美如花，卻如見蛇蠍，顫聲道：「你不捨得我離去？」

「大師，你太聰明了。可太聰明的人，往往會早死。」張妙歌很是惋惜道：「大師是得道高僧，豈不知貪嗔癡三毒之害？你貪世間名利，嗔我這弱小女子，癡迷五龍，已無藥可醫了。」見不空惡狠狠地望著自己，張妙歌輕輕一笑，如飛花雪月，「佛經有云：『諸煩惱生，必由癡故』。大師你如此煩惱，難道說現在還在癡心想要解藥嗎？你難道不知道，我和你說這些廢話，不過是在等毒性發作嗎？」

不空霍然變色，厲喝聲中，已騰空而起，向張妙歌撲去。張妙歌笑容嫵媚，竟毫不躲避。

不空最後一擊，只求擒住張妙歌，不想才到半空，只覺得胸口一痛，周身的氣力驀地消失無影，已從空中重重摔了下來。

張妙歌望著地上的不空，終於舒了口氣，喃喃道：「騙你吃藥，真不是件容易的事情呢。」

狄青悠悠醒轉的時候，窗外發白。他望著繡簾旖旎，聞著室內幽香，一時間不知身在何處。他這段日子，如夢如醒，只盼永遠睡下去，莫要醒過來。

才一睜眼，就翻起那心底的痛，狄青已無暇考慮身在何處，掙扎著站了起來。

室內潔淨，完全看不出有絲毫打鬥的痕跡，不空也早已不見。

狄青對昨晚見不空後發生的一切，根本沒有印象。他只記得，好像清醒了片刻，見有一人背他在雨夜奔走，那時候幽香暗傳……

但到底是夢是幻，他並不了然，也不想去明白。

珠簾一響，有丫鬟端著碗走進來。見到狄青起身，那丫環驚喜道：「你醒了？」

狄青感覺那丫環有些眼熟，問道：「你救的我？你是憐兒姑娘？」他終於記起來這女孩是張妙歌的丫環。

憐兒猶豫道：「不是我，是我家小姐……讓我救的你……」話未說完，狄青已掀開珠簾走出去。憐兒急道：「喂，你去哪裡？你的藥還沒有喝呢。」

狄青不理，走出內室，見張妙歌正坐在瑤琴旁，妙目望著他，手撥琴弦。

瑤琴又換了新的，但曲調不變。

狄青再次醒來，心還在痛，但已少了些瘋狂。或許痛苦素來都是如此，每次咀嚼消化後，沒有了歇斯底里，卻多了刻骨銘心。

狄青向張妙歌施了一禮，用自己都難以相信的平靜說道：「謝謝你。」然後就向外走出去。

張妙歌道：「狄青。」她的聲音也很平靜。

憐兒看著二人，表情卻很奇怪。狄青沒有留意憐兒，甚至沒有轉身，只是問，「張姑娘，你有事吩咐嗎？」

張妙歌道：「是我救了你，我若不救你，你說不定就淹死在臭水溝裡了。你若是漢子，就不應該這麼走了。」她說得輕描淡寫，把昨晚驚心動魄的廝殺一略而過。

狄青澀然道：「那你要我怎麼樣？」他還能做什麼？他不知道。

張妙歌微笑道：「你要謝謝我，最少把這碗藥喝下去吧？」

狄青霍然轉身，搶過了憐兒的藥碗，將那碗藥一口喝盡。問道：「張姑娘，還有吩咐嗎？」他臉上肌肉抽搐，變得有些可怕。

張妙歌點頭道：「沒有了，你走吧。」她垂下頭來，輕撥琴弦，再不說什麼。等聽狄青下樓的腳步聲遠去後，這才輕歎口氣，神色中滿是傷感。

一場寂寞憑誰訴？難為言，總自苦。

憐兒小心翼翼道：「小姐，我昨晚做了什麼？我怎麼覺得渾身的骨頭都在痛？」

張妙歌若有深意地望了她一眼，說道：「你昨晚摔了一跤，昏了過去。」她救醒憐兒後，憐兒已忘卻了之前發生的一切，張妙歌並不解釋。

憐兒有些不信道：「是嗎？」見張妙歌不語，憐兒又道：「小姐，昨晚我見到你落淚了呢……」

張妙歌神色一變，喝斥道：「你想說什麼？」

憐兒偷偷吐了下舌頭，低聲道：「我本以為，你不會讓狄青就這麼走了。」

張妙歌落寞地笑笑，「他不會留下的。」心中在想，我可以用手段留下不空，但我知道，怎麼也留不下狄青。狄青能把那碗藥喝下去，就說明他死志已淡，不用太過擔心。自此後，我和他天各一方，已是路人，再也不會相見了。

琴伴幽情，一如既往地響起。

張妙歌撥弄著琴弦，突然想到昨晚，狄青雖在昏迷中，仍在不停呼喚著羽裳的名字。望著窗外高樹，雙燕徘徊，突然想到，我這一生，若是死了，可會有個男人像狄青般，對我刻骨銘心的思念？一念及此，沒來由的心中一痛，幾欲再次落下淚來。

狄青出了竹歌樓時，紅日正升，天地生機盎然，可在狄青的眼中，不過是片灰濛濛之色。

去皇宮，見羽裳！

這個念頭再次浮起來，不可遏止。他才想起來，昨晚衝出來的時候，就是要找羽裳的。他有些恨郭遵，恨郭遵為何救活他，恨郭遵為何將他送回郭府。

他想到了要做什麼後，才待舉步，就見到一人站在他身前。

那人容顏有些憔悴，雙眸深陷，但依舊不改魁梧本色。他望著狄青的眼眸中，含意萬千。

狄青怔住，吃吃道：「郭大哥，你怎麼來了？」

郭遵若有所思的向竹歌樓的方向望了眼，說道：「我隨意走走，不想碰到了你。」

狄青問心無愧，盯著郭遵道：「郭大哥，我想見羽裳最後一面。」他極為鎮定，鎮定得像是忘記了憂傷，可沒有人知道，他用了多大的努力才辦到這點。

郭遵移開了目光，竟不言語。

狄青焦急起來，一把抓住了郭遵的肩頭道：「郭大哥，我殺了劉從德他們，我知道我有罪，我這時候進宮，說不定立即就被抓起來，肯定也會讓你為難。但是我只能求你！我求你！」

郭遵歎口氣，「你沒罪的。劉從德他們陰謀造反，證據確鑿，這次連太后，也沒有為他們平反。至於趙允升嘛，你不殺他，我也要出手的。你要入宮，沒有人會攔阻你。」

狄青舉步要走，郭遵突然按住他的肩頭道：「你等等，我有話對你說。」

狄青止步，望著郭遵道：「你要說什麼？」

「你以後準備怎麼做？」郭遵緩緩問道。

狄青神色終於變得慘然，喃喃道：「不做什麼。我還能做什麼？郭大哥，你以前幫過我很多次，我要謝謝你。謝謝你和小逵，你們都很照顧我。」

郭遵目光閃動，琢磨著狄青的話，感覺像是臨終遺言，良久才道：「這世上還有很多事情要你去做。」

狄青霍然爆發，推開郭遵的手，叫道：「郭遵，你還要我做什麼？你救了我和我大哥，帶我入伍，我感激你！我被夜月飛天所傷，是我命中註定！這些年來，我知道，你對我很好很好。就算我爹娘、大哥，做得也不會比你好。我一輩子，都還不了你的恩情。可羽裳去了，我恨你！」

郭遵臉頰抽搐下，倒退了一步，眼中滿是憂傷。

「因為你若當初讓我死了，羽裳也不會因為我去了。」狄青熱淚盈眶，再也無法控制才壓到心底的情感。

郭遵見狄青流淚，喃喃道：「是的，我錯了。你恨我，是應該的。」

狄青見郭遵如此，內心有著說不出的愧疚。他寧可郭遵一拳打死不講理的他，也不想再聽郭遵道歉，狄青想到這裡，嘶聲叫道：「你沒錯！錯的是我！我本不應該認識羽裳，我命中多磨，我本該就在鄉下，我為何要多管閒事？為何要找夜月飛天？為何要認識羽裳？是我害了羽裳！」他說罷，轉身就跑，一口氣奔出好遠。

他那麼肆無忌憚地奔走，全不顧街上那些詫異的目光。不知過了多久，他腳下突然絆到了什麼，摔倒在地上。他也不起身，將頭埋在泥土中，任由沙石摩擦著臉頰，痛楚而快意。

一人伸手拎起了狄青，喝道：「狄青，你做什麼？」

狄青扭頭望去，見抓他那人眉目如劍，竟是葉知秋，忍不住怒道：「我做什麼關你什麼事？」他四下望去，這才發現郭遵也在不遠處。

葉知秋鬆開了手，冷笑道：「你做什麼，的確不關我的事。但這世上，並非只有你才痛苦。我告訴你……」話音未落，郭遵一旁已道：「葉捕頭，你怎麼會到這裡？」

葉知秋道：「我到這裡來找一人，碰巧看到了狄青發瘋，這才留住了他。」

郭遵道：「那你去做事吧。」略有沉吟，郭遵又道：「今晚你能不能到我府中？我有事想和你說。」

葉知秋點點頭，已轉身離去。

郭遵走過來，見狄青又要離去，郭遵神色猶豫，突然道：「狄青，我告訴你一件事情，你一定要堅強，莫要激動。」

狄青木然地望著郭遵，自語道：「還有什麼事情，需要我堅強呢？」

郭遵心中也是彷徨，只是在想，我該不該告訴他呢？我這次的決定，是對是錯？我若告訴他，是救他，還是害他一輩子？他本猶豫，但見狄青痛苦不堪的表情，終於下定了決心，抓住了狄青的手，一字一頓道：「楊羽裳她……還沒有死！」

楊羽裳沒有死？

狄青聽到這幾個字的時候，身形晃了幾晃，幾乎難以相信自己的耳朵。

楊羽裳還沒死！

那幾個字迅疾充斥了狄青的胸膛，他一把反握住郭遵的手腕，如同抓住了救命的稻草，嘎聲道：「你……你……你說什麼？羽裳還活著？」

他腦海一陣眩暈，差點暈了過去。

葉知秋和郭遵告別後，已到了一家院門前。院門敝舊，庭院中沒有絲毫動靜。葉知秋叩了下門，不聞人應，皺了下眉頭。

院門是虛掩的。葉知秋略作沉吟，已推開了院門。院中寧靜，遠望廳中伏睡著一人。葉知秋見了，微有詫異，他認得那是任識骨的背影。

他今日到這裡，本來要找仵作任識骨的。

宮中巨變，雖說已告一段落，但葉知秋總感覺其中還有些難解的祕密。他是個捕頭，理當盡忠職守，不想就這麼不明不白。

但眼下最大的困惑就是，當初射太后的那一箭，到底是不是趙允升所射？宮中多人之死，牲畜不留，真的是趙允升做的？他為何那麼做？

本來葉知秋在皇儀門前覺得，趙允升這般做，無非是一石二鳥，挑撥太后和天子的關係，從而漁翁得利，但事後據郭遵所言，那箭犀利非常，欲直取太后性命！

趙允升射死太后，一點好處都沒有！他若想當皇帝，唯一的依靠就是太后，他沒有理由先砍掉這棵大樹。如果這麼想想的話，宮中多人之死也有蹊蹺，趙允升雖然有能力殺死那些人，但他沒有那麼做的理由。

誰想殺太后而後快呢？葉知秋想到這裡的時候，突然打了個寒戰，已走到了任識骨的身後。

宮中大火，將所有的線索燒了個乾淨，那些宮中的死人，也都被燒得乾乾淨淨，就算是大太監江德明死後，亦是屍身不保。

這是個細節，在宮中內亂後，誰都不會太注意的一個細節。眼下太后有恙，誰都在盯著趙禎的舉動，希望能向趙禎表示忠心，又有誰會留意死者的屍體是否被毀呢？

葉知秋沒有了線索，眼下只剩下幾個可幫他的人，那就是任識骨等三個仵作。

那些人驗過屍，或許還能給他一些答案。

「任仵作？」葉知秋心事重重，輕呼了聲，伸手去扳任識骨的肩頭。眼下正是清晨，任識骨怎麼會在桌旁休息？葉知秋想到這裡的時候，留意到桌案上燈油燃盡，桌子上有兩個茶杯。

葉知秋心中一凜，意識到那燈應是燃著了一夜，任識骨之前有個客人。任識骨在凌晨的時候，見的人是誰？葉知秋想到這裡的時候，已扳過任識骨的身體，任識骨在笑，極為詭異的笑，可他死了！

葉知秋見到任識骨笑的那一刻，背脊發涼，遽然警覺陡升，倏然竄到了桌底。

叮的一聲響，火光四濺。一支弩箭擊在葉知秋方才站著的青石磚面上，擊得青石四分五裂。一刺客已從梁上躍下，就要揮刀斬去。

葉知秋不見了。那刺客怔住，他算了很多，卻唯獨沒有算到葉知秋這般機警，不但躲開了他的弩射，還轉瞬掩藏了身形，讓他無從下手。

木桌霍然飛起，已向刺客砸到。刺客正蓄力間，毫不猶豫地斷喝揮刀，一刀斬去，木桌碎裂。一道亮光從碎木中飛起，直奔殺手。

葉知秋出劍，一劍就扭轉了形勢，劃過刺客的胸襟，勁刺在刺客的肩頭！這人要殺他葉知秋，肯定和案情有關，葉知秋想留活口。

光電火閃中，葉知秋見到刺客一身黑衣，黑巾罩面，只露出灼灼的一雙眼。見到那雙眼的時候，葉知秋陡然一陣心悸，有種似曾相識的感覺。

鮮血飛濺，刺客悶哼聲中，倏然墜落，就地一滾，已連射出三支弩箭。葉知秋身形陡轉，已在刺客射箭前，換了身形，飄落一旁。

刺客翻身再起，已撲到院牆旁，再一縱，躍過了高牆。

葉知秋竟沒有追上去，他眼中滿是驚駭詫異之色，持劍的手，有些顫抖。

刺客已被他所傷，他怕的是什麼？

過了許久，葉知秋這才緩緩地彎下腰來，從地上拾起了一物，那是一面令牌。方才葉知秋劃破刺客的胸襟，那塊令牌，就是從刺客身上跌落下來的。

葉知秋看著那面令牌的時候，持令牌的手也抖了起來。他的眼中，已有了驚怖畏懼之意。他緩緩坐了下來，坐在一張椅子上，望著任識骨的屍身。

任識骨還在笑，笑容中似乎滿是譏誚！

楊羽裳沒有死？狄青聽到這個消息的時候，驚喜之下，更多的是疑惑。這件事對他來說，是個天大的好消息，郭遵為何說起來支支吾吾？

但喜悅轉瞬稀釋了一切困惑，狄青激動道：「郭大哥，羽裳沒有死？她在哪裡？我要去看她。」

郭遵目光深邃，緩緩道：「不過她也很難醒轉過來了。」

狄青只覺得一盆涼水澆了下來，驚疑道：「你說什麼？」

郭遵沉吟半晌，才道：「當初我也以為楊羽裳去了，不過後來王惟一趕來，竟發現楊羽裳還有生機。這幾乎是不可能的事情。」他歎口氣道：「她的情況，就和你當年昏迷的時候彷彿，但比你要嚴重。」

狄青大悲大喜之下，心中忐忑，急道：「那……王神醫怎麼說？」

「王惟一說，她還能有一絲生命的跡象，只能用不可思議來形容。他又說，他沒有辦法救治楊羽裳。」郭遵說得很慢，似乎每個字，都經過深思熟慮才說出來。

狄青一顆心再次垂下來，緊張地抓住郭遵的手道：「郭大哥，我求你，求你救救羽裳，我知道，你有這能力。」他心中知道郭遵武功高，但醫術絕不會比王惟一強，但他只剩下這一個希望。

郭遵望著狄青的雙眸，半晌才道：「這件事也許還有希望。」

「什麼希望？」狄青追問。

「奇跡。」郭遵吐出這兩個字的時候，神色中有著說不出的疲憊。

狄青鬆開雙手，失神地退後兩步，喃喃道：「奇跡？」奇跡很多時候，不就意味著絕望？

郭遵望著狄青的表情，建議道：「無論如何，你先和我去宮中看看。眼下八王爺在陪著楊羽裳呢。」

狄青無力地點點頭，跟隨著郭遵，疾步到了大內，入了禁中，來到了一座宮殿前。宮殿的牌匾上寫著什麼，狄青根本沒有留意。他輕飄飄地到了宮內，就見到楊羽裳平躺在半空，身邊鮮花繚繞……

宮中，滿是花香的氣息。狄青差點跳了起來，這怎麼可能？

他長吸了一口氣，定睛望去，心頭狂震。原來楊羽裳不是躺在空中，而是躺在一具透明的物體中。

那物體就像是個棺材，不，應該說，那就是個棺材。當初狄青在永定陵的時候，就見過這麼一具透明的棺槨。真宗趙禎，不就是躺在這樣的棺槨裡？

棺材中鋪滿了鮮花，楊羽裳就躺在花中。嬌豔的鮮花，也遮掩不了她無雙的容顏。

為何要把楊羽裳放在那裡？難道說，羽裳還是去了？狄青才待衝過去，就被郭遵一把抓住了手腕。

一人坐在棺槨旁，聽到了腳步聲，緩緩地扭過頭來。那人衣冠不整，容顏憔悴，頭髮再非以往的潔淨不染，髒亂不堪，甚至已夾雜了華髮。

那人就是八王爺趙元儼！

八王爺為何在這裡？難道說他真的是楊羽裳的親生父親？

趙元儼的目光從郭遵身上掠過，落在狄青的身上，喃喃道：「你來了？你來了也好，過來見見羽裳吧。你要很久見不到她了。」

八王爺說得極為奇怪，狄青捕捉到什麼。很久不見，難道說還能再見？

狄青不知為何，突然覺得這宮中，已有些永定陵玄宮的詭異。他艱難地走過來，望著棺中的楊羽裳，見她面目依舊，雙眸微閉，就和熟睡了一樣。

狄青眼中，又盈滿了淚。

「我聽說……羽裳最喜歡的就是你？」八王爺喃喃道，淚水從眼角流出，望著狄青，有如望著親人般。他神色滄桑痛楚，自語道：「我就這一個女兒，我從來沒有見過她。我一直念著她，聽說……你一直照顧她，你對她很好。我知道，你若不對她好，她怎麼可能為你死呢？」

狄青不用再問，只見到八王爺的表情，已信了他說的一切。狄青一樣的痛苦，淚水又下，他無話可說。

「我這生沒什麼指望了，只盼她好好的活著，我一直想見她。」八王爺淒然道：「可我從未想過，竟是這種情況和她相見。趙允升說知道羽裳的下落，他用羽裳的下落威脅我，讓我給他做事，我不能不聽。」八王爺情緒漸轉激動，突然間嘶聲對狄青叫道：「可我若知道這樣的結果，我寧可自己死，也不願羽裳如此，你信不信？」

狄青望著八王爺那滿是血絲甚至有些瘋狂的眼，悲傷道：「我信！如果可能的話，我也寧可自己死，也要救下她。」

八王爺一把抱住了狄青，失聲痛哭。他似乎要將多年的積鬱一口氣宣泄出來，哭得驚天動地。狄青咬著牙，已不想問八王爺和楊羽裳的舊事，但他不能不問道：「八王爺，我聽郭指揮說，羽裳還沒有死！只要還有希望，我們就不能放棄，對不對？」

八王爺霍然鬆開了狄青，把住了他的雙肩，一字字道：「你說得不錯，我們一定要全力救活羽裳。王惟一沒有方法，但我有方法。」

狄青一顆心差點跳出來，啞聲道：「什麼辦法？」

八王爺的神色變得恍惚，眼中有些敬畏，也有些詭異，他盯著狄青，有如魂遊般說出了幾個字，「要救羽裳，眼下只有一個方法，那就是……找到香巴拉！」

香巴拉？什麼是香巴拉？為何香巴拉能救楊羽裳？狄青聽到這三字的時候，茫然向郭遵望去。因為他從郭遵的口中，曾經聽過香巴拉三個字。

郭遵的表情似乎也變得怪異起來，他眼中帶著緬懷，帶著驚異，也同樣帶著分畏懼。他本應該解釋的，但他卻低下了頭。

「什麼是香巴拉？」狄青忍不住問道。

沒有人回答，宮殿中已死一般的沉寂。過了許久，一人冷冷道：「就算香巴拉，也救不活楊羽裳！」聲音很冷，夾雜著滄桑感慨，那絕不是八王爺和郭遵的聲音。

狄青一震，回頭望去，見身後不遠處已站著一人。那人的容顏，比八王爺還要憔悴蒼老，那人的眼中，竟然也有悲傷畏懼之意。

那人竟是劉太后！可劉太后為何會來這裡？

狄青渾身顫抖，被劉太后的一句話，幾乎打得萬劫不復。他並沒有留意到，八王爺的身軀抖得比他還要厲害。

八王爺霍然衝出，竄到了劉太后的面前，嘶聲道：「你……你……難道忘記了……羽裳她……」他臉上滿是激動，咬牙切齒，看起來恨不得要掐死劉太后的樣子。

他太過激動，說的話不成句。

一旁的人聽了，都覺得八王爺想指責劉太后，說羽裳是因為太后這才送命。但又覺得，八王爺好像太激動了些。

劉太后臉上似乎也有了激動，喝道：「你住口！」

八王爺身軀一震，不由退後了兩步，慘笑道：「我住口？太后，我已住口了這麼多年，你到現在，還不想我開口？羽裳她不行了，羽裳她還有希望……羽裳她……她可是……我唯一的女兒。」

八王爺不停地念著，搖搖欲墜，突然跪了下來。抬頭望著劉太后道：「我求你，我這輩子，第一次求你。我求你救救羽裳，這世上，只有你能救她。我求你！」

他突然以頭叩地，砰砰作響，只是幾下，額頭竟然磕出血來。

劉太后又驚又怒，喝道：「你瘋了，快起來！」見八王爺不理，劉太后命令道：「郭遵，把他拉起來。」

郭遵一直沉默，聽太后下令，終於出手攙扶起八王爺，低聲道：「八王爺，太后她……宅心仁厚，肯定會救羽裳的。」

八王爺置若罔聞，掙扎叫道：「郭遵，你放開我！羽裳若不能活，我活著還做什麼？」

宮內轉瞬已亂做一團，突然有一人道：「八皇叔，你做什麼？」

八王爺一怔，抬頭望去，見趙禎不知何時，站在了他面前。

這幾天來，宮中的人個個為發生的事情心力憔悴，趙禎也有些疲憊，但在眾人中，無疑已是精神最好的一個。他到了八王爺面前，八王爺終於不再掙扎，泣聲道：「聖上，臣……有罪。」

他就要拜倒，趙禎一把拉住了他，感慨道：「本來和你無關的。這一切都是成……」本待說都是成國公的事情，可見到劉太后望過來，慌忙收口，轉身跪倒道：「孩兒拜見母后。」他對劉太后，還是一如既往的恭敬。

劉太后問道：「你來這裡做什麼？」

趙禎道：「母后，孩兒聽閻文應說，你身體不適，這才去請安。不想聽宮人說，你來到了這裡，孩兒放心不下，因此過來問候。」

宮中三個掌權的太監，江德明殞命，楊懷敏被殺，只有羅崇勳好像還活著，但下落不明。趙禎關心劉太后，把貼身太監閻文應撥調到劉太后的身邊。

劉太后臉色緩和了些，輕咳幾聲道：「也沒什麼，不過是被雨淋了，有些不舒服。我知道八王爺認了親生女兒，很是替他……」猶豫片刻，感覺說高興不好，悲傷更不好，只好岔開話題道：「因此過來看看。禎兒，這幾日我不臨朝了，一切都要你來處理了。」

劉太后說到不臨朝的時候，神色有些恍惚。她突然想起在禁中失火後，滿朝悚然。第二日天未明，禁中緊閉，群臣就擁在拱宸門外候駕，請趙禎登城樓相見。

趙禎、劉太后雖經一夜折騰，但還是知道安撫朝臣最為緊要，在命眾人嚴守口風後，趙禎、劉太后出現在拱宸門的城門樓上。

本來按照規矩，在宮中，素來都是太后行在天子之前，以示尊崇。劉太后先上了城門樓，群臣跪拜，其中有兩府、三衙、三館、兩制等衙門的諸文武百官。

百官跪叩太后，唯獨呂夷簡不拜！

當宮人喝斥之時，呂夷簡竟說，「宮中有變，臣只見太后，未見聖上，心中不安。臣請一望聖顏，以安臣心！」

群臣沉默，多半此時才知道問題的嚴重。若天子死在宮變，那這一拜，豈不就讓劉太后名正言順的登基做了皇帝？

劉太后怒極，可她終究不能不讓呂夷簡等群臣見天子。趙禎登上城門樓的時候，呂夷簡才拜，群臣高呼萬歲。

這一把火，不但燒了宮中八大殿，還把一切都燒變了樣。

天降神火，八殿遭劫。

一想到這裡，劉太后就忍不住心悸。這一把火，燒了崇德、長春、滋福、會慶等八座宮殿，不多不少，就是八殿！先帝的預言竟然成真了？這簡直是荒謬！

可荒謬實實在在發生的時候，造成的震撼不言而喻。

劉太后疲了，累了，也怕了。她不知道，若是再不讓趙禎親政的話，會有什麼禍患發生。她最近老得厲害，劉從德等一幫親信均死，趙允升也死了，她就算稱帝又能如何？她能坐在皇位多久？

因此劉太后這幾日不臨朝了，她也知道，這幾日不臨朝，以後再想重整朝綱，將更加艱難，但她在拱宸門見到群臣對趙禎關切的那一幕，已有些心冷。

她就算竭盡心力的整治天下又如何？這終究還是趙家的天下，不會姓劉。

宮中寂寂，趙禎聽到劉太后不臨朝幾個字的時候，眼中光芒閃動。

劉太后瞥見，突然感覺眼前的趙禎有些陌生。不待多想，趙禎已道：「母后若不臨朝，孩兒只怕難以承擔治天下的重責……」

劉太后竟有些喜意，本以為趙禎還會請她垂簾，不想趙禎又道：「可母后操勞了這久，也累了。如今母后身體不適，孩兒就算不能承擔，也要咬牙挺住，絕不會再讓母后勞累。母后盡請安歇，一切交給孩兒好了！」

劉太后怔住。

趙禎已轉過身去，對著八王爺道：「八皇叔，你……節哀順變。楊羽裳忠烈有加，也算是因為護駕出事……」他本來也以為楊羽裳死了，但方才聽說楊羽裳好像還有生機，一時間無法措辭。趙禎無暇理會楊羽裳的生死，沉吟片刻道：「皇叔，你有什麼要求，日後儘管說好了，朕絕無不許。」

八王爺傷心欲絕，只是點點頭，再無言語。

趙禎向狄青望了眼，沉吟下，緩步走到狄青身邊，看了他半晌。狄青神色木然，也不參拜，也不說話。他現在只想著，香巴拉到底是什麼？難道八王爺說的是真的？太后能救羽裳？

趙禎見狄青失禮，並不怪責，用手輕輕拍拍他的肩頭，說道：「狄青，你以後有什麼事，對朕說就好。」他說了這麼一句後，轉身離去。

等走出宮中，趙禎舒了口氣，神色雖還肅然，可眼中不知為何，有了分古怪。

閻文應急匆匆地走來，低語道：「聖上，邱捕頭求見。」

邱明毫本是太后的人，自從宮中失火後，一直沒有出現，甚至沒有到皇儀門前。據他自己所言，他在離開太后，前去找趙禎的時候，被個刺客擊暈，後來才醒，除了葉知秋外，根本無人關心此事。宮中驚變，波濤洶湧，誰會留意一個捕頭？

邱明毫這時找趙禎做什麼？趙禎竟不奇怪，只是道：「嗯，讓他在大興宮候駕，記得，不要讓旁人知道此事。」

閻文應點點頭，閃身退下。趙禎四下望望，這才不急不緩道：「起駕大興宮。」

趙禎到了大興宮，神色平和。帝宮被火燒毀，他臨時移居承天宮，當天就改承天宮為大興宮。

入了宮內，趙禎屏退左右，對著屏風道：「出來吧。」

屏風後走出一人，臉色如鐵，神色恭敬，赫然就是京中名捕邱明毫。邱明毫一出屏風，當即跪倒道：「臣叩見聖上。」他跪倒時，身形並不利索，神色中似乎有痛楚之意。

趙禎並沒有留意，眼中露出讚賞之意，緩緩道：「起來吧。」等邱明毫起身後，趙禎輕歎了口氣，愜意道：「邱明毫，你做得很好。」

趙禎的這句話，簡直奇怪之極。他本來和邱明毫沒有半分交往，他是天子，邱明毫是捕頭，又是太后的人，邱明毫本沒有為趙禎做任何事。

邱明毫什麼事情做得好？沒有人知道。但看起來，趙禎不但熟悉邱明毫，和他有過交往，而且還很信任他。

邱明毫也沒有半分吃驚，他斂眉垂手，態度恭敬道：「臣得先帝信任，為聖上赴湯蹈火，萬死不辭！」

趙禎點點頭，神色悠悠，像在緬懷什麼。不知許久，他終於開口，開口就說了石破天驚的一句話。

「你不該向太后射那一箭的。」

話如利箭，說出去，就沒有再收回的餘地。趙禎說完，眼中終於掠過分陰鷙。或許直到此刻，那個委屈、彷徨還夾雜些懦弱的人兒，才變成了真正的九五至尊。

威嚴無限！

第十章　真　幻

趙禎竟然說是邱明毫射了太后一箭，這話不論被誰聽到，估計都難以置信。

邱明毫為何要射殺太后？趙禎怎麼會知道邱明毫的事情？趙禎如果肯定邱明毫對太后不利，為何放心的留他在自己身邊？趙禎還知道什麼？那個看似悲憤、壓抑再加上膽怯的天子，到底在想什麼？

邱明毫聽到趙禎的質疑，再次跪倒道：「臣該死！求聖上恕罪！」他沒有絲毫辯解，誠惶誠恐中帶著忠誠無限。

若有第三人在場的話，肯定已知道，邱明毫是對誰忠誠。

趙禎盯著跪倒的邱明毫，輕輕歎口氣，「朕不怪你，朕知道……你是為朕好。可你太急了些，太后……終究是朕的……娘親。就算趙允升他們為了太后對朕不利，可朕也不希望，有任何人對太后不利！」

邱明毫只是應道：「臣明白了。臣自作主張，罪該萬死。」

趙禎放緩了口氣，低聲問道：「朕不是對你說了這段日子若沒有什麼緊要之事，暫時不要見朕。你今日入宮做什麼？」

邱明毫道：「聖上，葉知秋這兩天一直還在查宮中的案子，只怕他已發現了什麼。」

趙禎霍然站起，失聲道：「他查到了什麼？」

邱明毫道：「葉知秋這人，有股牛脾氣，而且查案很有些本事。飛龍坳一事，隔了數年，都被他查出真相，這宮中發生的事情，只怕他一直查下去，遲早會明白的。」

邱明毫沒有明說，但口氣中已有了建議，眼中也有了殺機。當然，他的殺機，絕不是針對趙禎的。

趙禎緩緩坐下來，自語道：「若不是他執著地查下去，朕也無法揭穿趙允升就是彌勒佛的陰謀。葉知秋他畢竟是有功的人……」

「可是……聖上難道不怕他查出宮中其他事情嗎？」邱明毫說得奇怪，捕頭職責，當然是查出案子的真相，但邱明毫似乎很怕葉知秋查下去。他為什麼會怕？

趙禎聞言，眼中也有了分警惕。半晌才道：「依你之意呢？」

邱明毫垂頭道：「今日他去找了任識骨。」

趙禎皺了下眉頭，「然後呢？」他對任識骨的名字竟然也不詫異，顯然也知道這個人。任識骨只是個低賤的仵作，趙禎貴為天子，有什麼理由知道這個人呢？

邱明毫道：「任識骨死了，不但任識骨死了，當初在宮中和臣一塊驗屍的其餘兩個仵作也都死了，是笑著死的。」

趙禎沒有驚奇，反倒舒了口氣道：「好生安葬他們，安撫好他們的後人。」突然想到了什麼，又問，「羅崇勳呢？」

羅崇勳勾結趙允升，火燒禁中，可謂罪大惡極。可羅崇勳在火起後，就一直不見蹤影，很多人都說他已畏罪潛逃了。

邱明毫道：「羅崇勳他……不會再出現了。」他說得很是肯定的樣子，這讓人奇怪，他為何會認定羅崇勳不會再出現？

趙禎並不奇怪，只是點點頭道：「好。羅崇勳罪在自身，就莫要牽連別人了。」

邱明毫道：「聖上寬仁。不過葉知秋那面怎麼辦？」

「他到底查到了什麼？」趙禎神色有些猶豫。

邱明毫歎口氣道：「聖上，我只能說，若任由他查下去，他遲早什麼都會知道的。聖上當然不想這樣吧？若依臣之見……」他伸手做個手勢，不再說下去。

趙禎不待決定，已有宮人入內稟告道：「聖上，葉知秋求見！」

劉太后自趙禎離去後，神色就有些恍惚。在趙禎轉身的那一刻，劉太后才發現，那以往膝前的乖兒子長大了，也有自己的主見了。而她老了，很多事情，處理起來已經力不從心了。

不待多想，八王爺已在一旁急道：「太后，我求你！」

不管旁人有多麼複雜的心思，可八王爺心中，好像只有一個念頭，那就是救活楊羽裳。狄青豈不也是一樣的念頭？只不過狄青根本不知道怎麼救，更不知道怎麼求！

劉太后從八王爺的身邊走過，並沒有離去，而是到了楊羽裳的棺前。她就那麼望著楊羽裳，背對著眾人，讓人看不到她的表情，也讓人猜不到她的心思。

狄青才待開口，郭遵已握住他的手，搖搖頭。郭遵看出了狄青的焦急，低聲道：「你放心，太后一定會幫忙。」

郭遵口氣中有著說不出的堅定之意，狄青稍有心安。但腦海中始終有困惑不去，太后能做什麼？

劉太后立在棺前，不知許久，終於開口道：「她看起來已沒有生機……」她聲音也有些顫抖。

狄青聽了，心中有分古怪，皇儀門前，他從未見過太后。在他的心中，太后和她的黨羽一樣，都是飛揚跋扈、傲慢不羈的。但誰曾想，劉太后竟會關懷個素未謀面的女子？

八王爺跪了下來，慘笑道：「只要太后肯，定能救回羽裳。」

劉太后霍然轉身，盯著八王爺道：「難道你真信什麼香巴拉嗎？」

八王爺凝視太后，一字字道：「我信！」

劉太后突然大笑了起來，她本是個威嚴的人，這麼一笑，蒼老的臉上滿是褶皺，有如哭泣，旁人見了，心中不由得驚懼。

笑聲未歇，劉太后已指著八王爺道：「趙元儼，吾不曾想到，你也信香巴拉。你真的知道香巴拉是什麼嗎？」

「我什麼都不知道，只有太后你知道。」八王爺面露痛苦之色。

劉太后嗟歎道：「你錯了，我也不知道。可是……」她滿是悵然，扭頭望向棺槨中的楊羽裳，眼中也有分憐惜之意。她為何會憐惜楊羽裳？或許那些七彩的花兒，也無法媲美那花露般嬌弱的楊羽裳，就算劉太后見了都有些心軟？

劉太后終於又道：「如果你們執意相信香巴拉，那我就把所知的和你們說說。」

狄青精神一振，若有期冀，並沒有留意到郭遵正斜睨著他，眼中似乎含義萬千。

「你們信人死可以復生嗎？」劉太后突然問了一句。她的聲音，變得虛幻縹緲，她這一問，讓狄青根本無法反應。

人死真的可以復生嗎？

狄青不知所措之際，又聽劉太后一字一頓道：「香巴拉就是那種可以讓死人復活的地方！」

葉知秋入大興宮的時候，趙禎端坐在高位，屏風仍在，不過邱明毫已不見。龍椅上的趙禎，神色有些疲憊，雙眸中，卻有寒光閃動。

葉知秋跪叩起身後，第一句就是，「聖上，臣對宮中凶殺一案，有了些結論。」

趙禎手握龍椅的扶手，神色不變道：「葉捕頭不愧為京中名捕，這麼快就有結論了？這事你可說給太后聽了？」

葉知秋搖頭道：「臣只準備說給聖上一人聽。」

趙禎目光閃動，喃喃道：「只說給朕一個人聽？」他沉默了半晌，又道：「那好，你說吧。」

葉知秋道：「宮中前段日子，凶殺不斷，太后責令臣調查此案。這幾日發生趙允升造反一事，但臣並沒有因此中斷查案。伊始時，臣的確以為，這一切是趙允升所為，可後來發現，其中疑點重重。」

趙禎皺眉道：「不是趙允升做的，還有誰有這般手段呢？」

「有，有不少人可以做到這點。比如說羅崇勳、楊懷敏和江德明三人，這三人均在宮中擔當要職，要製造宮亂、甚至害死宮人，並不是難事。」

趙禎舒了口氣，神色也有些輕鬆，「但是他們都死了呀……」突然意識到什麼，趙禎改口道：「楊懷敏和江德明是死了，不過羅崇勳嘛……」臉有震怒之意，趙禎冷聲道：「他刻意放火，罪大惡極，朕若抓到他，絕不輕饒！」

葉知秋垂頭望著腳尖道：「聖上也不必太過氣惱，想羅崇勳罪惡累累，終究難逃天網。不過羅崇勳三人作惡可以，卻沒有作案的理由。任何人犯案，總有個緣由，他們好好的，似乎沒有必要做此聳人聽聞之事。因此臣覺得，作案之人必定還有幕後主使，可從這件事中得到好處。」

趙禎神色微變，沉聲道：「縱火殺人的幕後主使，應該就是趙允升。」

葉知秋也不抬頭，繼續道：「趙允升可能和羅崇勳勾結放火，但他有什麼理由殺宮人呢？這本是兩件事，不能混為一談。臣百思不得其解，當初據邱捕頭說，就算是任識骨，也無法斷定宮中死人是否因中毒而死，那他們是怎麼死的？邱捕頭說是幽靈索命，臣不敢確認，因此去找任識骨確認，不想他卻死了。不但任識骨死了，就連當初查案的另外兩個仵作也都先後斃命，死時都是嘴角帶笑。」

趙禎歎道：「這麼說，線索斷了？」

葉知秋道：「恰恰相反，他們若不死，臣說不定查不出什麼。但他們一死，臣反倒明白了很多事情。」

趙禎身軀微震，轉瞬鎮定道：「朕倒想聽聽葉捕頭的高見。」

葉知秋恭敬說道：「高見不敢當，只是一些淺薄的猜測。既然有人殺了任識骨三人，臣可斷定，此事絕非幽靈索命，而是有人不想臣再查下去，所以殺了他們三人，這麼說，宮中凶殺一案，必還有凶手。凶手買通了三個仵作，刻意把宮人中毒一事，化成幽靈索命，想必其中大有深意。」

趙禎問道：「凶手……有何深意呢？」

葉知秋半晌才道：「臣不知。」他雖說不知，但眼中已有了驚悚之意，他的怕，是和邱明毫根本不同的。

趙禎神色放鬆了些，又問，「那你查到凶手是誰了？」

葉知秋立即道：「這個凶手，肯定要滿足幾個條件。」

趙禎凝聲問道：「滿足什麼條件呢？」

葉知秋沉吟片刻後才道：「首先，他會從這件事中，得到好處，沒好處的事情，除了臣這種人外，現在做的人越來越少了。」

趙禎笑了起來，眼中掠過絲暖意，點頭道：「葉知秋，朕知道你一直忠心耿耿。朕……很欣賞你。」

葉知秋笑笑，可笑容中，多少帶分蕭索，「其次呢，那人必須有在宮中走動的條件，比如說臣吧，臣要在宮中查案，因此可以隨意走動。」他向屏風看了眼，緩緩道：「當然，查案的人絕不止臣一個……」他似乎有所暗指，但終究沒有說出來。

趙禎點點頭，再不多言。

葉知秋又道：「再次呢，這人肯定也有些本事，殺人並非容易的事情，也要老手才行。他必定勾結宮中掌權的一人，這才方便行事。臣猜測，羅崇勳雖生死不明，但對太后忠心耿耿，只會和趙允升勾結，企圖擁太后登基，不會做對不起太后的事情。楊懷敏被人射死了，他不過是宮變中的小角色，想必難知玄機。至於江德明，雖然死了，但極有可能是宮中凶殺案的幫凶。他有能力做到這點，而且他多半也不想永遠在羅崇勳之下。權欲一事，總讓人迷戀，因此江德明有可能勾結凶手，做驚嚇太后的事情。」

「但是……凶手怎麼知道邱捕頭要去查誰，事先就害了那人呢？」趙禎若有所思地問道。

葉知秋哂然道：「這本是極為玄妙的事情，但若說穿了，只怕不足一哂。在臣想來，凶手和查案之人，想必有些關係了。」

他雖沒有明說，但其中深意耐人尋味。

趙禎雙眉一軒，岔開話題，神色惋惜道：「可惜江德明死了，不然葉捕頭可以得知更多的事情了。」

葉知秋沉默許久，趙禎見他不語，忍不住問道：「你話還沒有說完呢。凶手必須滿足幾個條件，但你好像沒有說最後呢。」

葉知秋長舒一口氣，緩緩道：「江德明死了，因為有人不想他透露祕密，也覺得他再無用處了，所以就殺了江德明。凶徒最後還要滿足個條件，製造宮亂、焚燒屍體、毀滅一切。這些事要處理，當然需要時間，因此他最後必須不在皇儀門前，他才可能去做善後的事情。」

葉知秋雖精明，做事滴水不漏，卻似乎忘記了分析射太后的那一箭。

他是忘記了，還是不想提及？

趙禎若有所思道：「聽你這麼說，滿足條件的凶手還真不多。」

「是不多，臣想來想去，只想到了一個。」葉知秋最後下了結論。

宮中靜寂。

香巴拉就是那種可以讓死人復活的地方！

這話雖聽起來詭異瘋狂，荒誕不稽。但八王爺聽到後表情反倒更加肅然。別人清醒的時候他發瘋，別人發瘋的時候，他看起來比所有人都要清醒。

劉太后沉寂了良久，終於又道：「趙元儼，你不是第一個相信香巴拉的人，想必你也不會是最後一個。傳說中的香巴拉，那裡四處都是雪山，可其中的山谷溫暖如春，綠樹成蔭，簡直是人間仙境。那裡有無數的修行聖地，也聳立著比天底下一切皇宮都豪華壯闊百倍的宮殿，一個人到了那裡，不但無憂無慮，聽說還能得償所願呢。傳說若有人能找到香巴拉，香巴拉之主就能滿足這人一個願望，無論什麼願望！你們若真的能找到香巴拉，甚至能讓死人復活，當然也可以讓楊羽裳活轉。」

她說到香巴拉能讓死人復活的時候，眼中閃過痛恨之意，誰也不知道她在痛恨什麼。

狄青不知道應該振奮，還是失望。他終於知道了香巴拉是什麼，也明白為何八王爺執意說只有香巴拉才能救楊羽裳。香巴拉原來是一個神奇的地方，可劉太后所說的事情簡直就是神話！

還有什麼比沒有指望的希望更讓人絕望？

郭遵突然道：「臣聽說，的確曾經有很多人在找香巴拉。這件事聽起來荒誕不稽，但並非絕無可能！」

劉太后笑了，譏誚萬分，指著郭遵道：「原來郭指揮也相信此事。我只相信，要找香巴拉的人，都是瘋子！」

郭遵不為所動，一字一頓道：「八月十五一事，太后莫非忘記了？」

劉太后身軀陡凝，聽到「八月十五」四個字的時候，臉上的表情奇怪非常。她目光中似有敬畏、困惑，還像夾雜著更多的不可思議。

八月十五？應該是指某年的八月十五那一天。那一天，究竟發生了什麼事情？

除了郭遵和劉太后，好像沒有人能明白。狄青本已絕望，但見到劉太后的神色，心中突然有種奇怪的念頭，那就是——太后可能也是信香巴拉的。

「八月十五，對，八月十五。」劉太后舒了口氣，若有深意地望著郭遵道：「你當然會信香巴拉，但你不是瘋子，因為……」她欲言又止，扭頭又望向了楊羽裳，目光中有分溫情和歉然。

許久後，劉太后才緩緩道：「相信香巴拉的不僅有郭遵和趙元儼你，其實還有先帝。趙元儼，恐怕你也是從先帝口中，才得知香巴拉一事吧。」

趙元儼默認不語。

劉太后悵然道：「先帝信神，也信香巴拉，因此才有了永定陵。」

狄青一震，隱約想到了什麼，卻又朦朦朧朧的，並不確切。

劉太后望著昏迷的楊羽裳，像是追憶著什麼，道：「先帝一直想要找到香巴拉，可終其一生也沒有找到，你們又有什麼能耐，可完成先帝未竟之事呢？」悵然地笑笑，喃喃道：「先帝找不到香巴拉，就在多年前，給自己建了永定陵，那就是他心目中的香巴拉！」說罷哈哈笑了起來，神色蒼涼而又詭異。

狄青回憶玄宮之玄，惘然若失。從劉太后簡單的幾句話中，他已明瞭了很多。原來趙恒也在找香巴拉，不用問，如果說香巴拉可以滿足人一個願望的話，趙恒要找香巴拉，就是尋求長生不死！

長生不死！這是多少人夢寐以求的願望，多少人千百年來的欲望。

趙恒找不到香巴拉，因此建了永定陵。永定陵就是趙恒心目中的香巴拉！可永定陵究竟有幾分像香巴拉呢，誰能知道？

真正的香巴拉在哪裡？狄青困惑不已，他本不信的，但能讓郭遵提及、八王爺確定、劉太后說出、先帝執著的香巴拉，豈是虛幻？

香巴拉，究竟是真是幻？

劉太后終於止住了笑，霍然扭頭，望向趙元儼，一字字道：「每個人心目中，都有一個香巴拉！你找不到的。」

八王爺牙關緊咬，神色痛楚，突然叫道：「你錯了，我一定能找到。我這一生，從未做成過一件事情。我發誓，我一定要找到香巴拉！」

劉太后譏誚道：「既然你很多事情都知道，那你求我什麼？」

八王爺臉色又變，上前了一步，低聲道：「我求你……」他聲音極低，旁人只見到他嘴唇蠕動，卻聽不清他到底說了什麼。

劉太后聞言，臉色遽變，斷然拒絕道：「絕無可能！」

滿足條件的凶手不多，只有一個！

趙禎聽到這裡的時候，垂下眼簾，以手支頤，若有所思的樣子。他沒有再追問下去，葉知秋也沒有再說什麼，帝宮沉寂下來，呼吸可聞。

許久後，趙禎才道：「那人……是誰呢？」他神色甚至有些天真，好像真的猜不出那人是哪個。

葉知秋從懷中掏出一物呈上去道：「臣在去找任識骨的時候，被凶手刺殺。這是凶手在刺殺臣時，落下的東西，臣恰巧拾到，不敢留在身邊。」

趙禎接過那物，見令牌上寫著幾個字，笑容浮現，喃喃道：「好，好，葉知秋，你很好。你破案有功，想要什麼賞賜嗎？」

葉知秋交上令牌後，跪倒道：「聖上，臣請求一事。」

趙禎微愕，半晌才道：「你要求什麼，說吧。」

葉知秋道：「臣最近身子不適，心力交瘁，無能再查什麼。臣不想身在其位，費君俸祿，因此臣想告老還鄉。」

趙禎一怔，沉寂良久才道：「葉知秋，你未年老，也不用還鄉。」

葉知秋微蹙下眉頭，不再言語。

趙禎歎口氣，走下龍椅，走到了葉知秋的面前，說道：「葉知秋，你抬起頭來。」葉知秋緩緩抬頭，望著趙禎的雙眸。趙禎凝望葉知秋的雙眼道：「葉捕頭，你葉家世代在京城為捕快，不知破了多少驚天的案子。朕知道你忠心耿耿。當初若不是你查案護駕，今日坐在這龍椅上的，就絕不是朕了。」

葉知秋恭敬道：「臣不過是食君俸祿，盡心做事而已。」

趙禎點點頭道：「這件事情，你若無能查下去，就不必勉強了。汴京動亂，朕不想失去你這種忠良的臣子。你若不想留在京城，那就去四處走走吧，俸祿儘管去開封府領。你有大功，朕不能不賞。」

葉知秋猶豫良久才道：「最近聽說郭邈山、王則等人作亂山西，大盜曆南天作亂嶺南，臣請去查這兩個案子，將亂黨繩之以法，請聖上恩准。」

趙禎目露感慨之色，歎道：「也好，那辛苦你了。」伸手從懷中取出面金牌，遞給葉知秋道：「這種金牌，朕只給出過兩塊，你是朕給金牌的第三人。你手持金牌，如朕親臨，可便宜行事，方便破案，做事有如朕默許，望你不負朕意。」

葉知秋神色複雜，接過金牌，猶豫良久再拜道：「謝聖上，臣告退。」

趙禎望著葉知秋退出，這才轉身長歎一口氣道：「葉捕頭果然忠心為國……」

一人從屏風後走出來，正是邱明毫。邱明毫神色中也有分驚詫，許久才道：「聖上，葉知秋果然非同凡響，竟只用幾日，就在這種情況下查出了究竟。但他……本不應該說的。」

趙禎出神道：「他說了，因為這是他的職責所在，他不想讓朕覺得他無能。他不詳說，因為他肯定知道朕的難處，他理解朕呀。朕這般做，也是不得已而為之。」

邱明毫遲疑道：「那宮中的事情……」

趙禎決然道：「宮中之事，就這麼算了。莫要再牽連下去。就算對趙允升、羅崇勳等人，也不必深究了。至於馬季良、劉從德等人，也不必追查餘黨。朕在這次宮變中，雖有趙允升蓄謀襲駕，但能大難不死，是先帝保佑，有先帝在天，想必也是不想朕再造殺孽了。邱捕頭，你把該做的事情，處理好就行，其餘的事情，莫要多想了。」

邱明毫恭敬道：「臣遵旨。」

他看起來如鐵板，可為人處世極為謹慎，不再建議，更不反駁。不過他的眼眸，還是望著葉知秋交給趙禎的那面令牌。

趙禎覺察到什麼，微笑道：「這次朕能僥倖活命，有幾個人功不可沒。你、郭遵、葉知秋、狄青，還有……」他猶豫下，終究沒有說下去，將那令牌放在邱明毫的手上，「狄青、葉知秋都有朕御賜的金牌，你也有一塊，只望你，這次莫要再丟了它。」

邱明毫接過令牌，臉有愧色道：「臣再不會如此大意。」

「好了，你退下吧。」趙禎有些疲憊道。

邱明毫退下，不多時，又有一人入見，卻是趙禎的貼身太監閻文應。趙禎見到閻文應，振作了精神，緩緩道：「文應，太后那面如何了？」

閻文應躬身道：「回聖上，太后已離開八王府回宮休息。八王爺似乎求太后什麼，但太后沒有准許。具體他們說什麼，臣離得遠，並不知情。不過臣伺候太后歇息時，聽太后說了幾個字……」

「她說了什麼？」趙禎目光閃動。

閻文應小心翼翼地道：「太后說……『你不會活過來的，不會！』」

這句話聽起來意思很簡單，劉太后才離開楊羽裳，楊羽裳昏迷不醒，劉太后多半說的就是楊羽裳了。可趙禎好像不是這麼想，他目露思索之意，輕輕敲擊龍椅的扶手，問道：「太后這麼說，依你來看，是說誰不會活過來呢？」

閻文應沉吟許久，終於搖頭，「臣不知。」

趙禎舒了口氣，也跟著搖搖頭，喃喃道：「朕也糊塗了。不過……答案也許不重要了。朕只想問你……」趙禎眼中精光閃動，慢慢道：「最近太后可還讓你監視朕的舉動嗎？」

宮內又有些沉靜，閻文應竟沒有慌亂。他本來是奉太后的命令，來監視趙禎，可聽到趙禎的質疑，居然還神色如常。

微微一笑，閻文應道：「聖上，太后這兩天，情緒激動，對趙允升等人的死，很是傷心。是以並沒有再關注聖上的舉動。」

趙禎舒了口氣，輕輕地放緩了四肢，喃喃道：「這就好，這很好。」他的雙眸中，雖還有些陰影，但嘴角終於露出了久違的笑。

無論如何，太后老了，很難再垂簾了。無論怎麼變，他趙禎終於可以親政，再也不用像以往那樣日夜擔心自身的性命了。無論宮變結局如何，笑到最後的，難道不都是勝利者嗎？

太后怒沖沖地離去，八王爺反倒冷靜下來。八王爺冷靜下來的時候，絕不是個瘋子，可他要做的事情，看起來和瘋子卻沒什麼兩樣。

狄青望著楊羽裳，又望望八王爺，一時間彷徨無措。

八王爺向狄青望過來，低聲道：「狄青，你過來。」

狄青走過去的時候，身軀都有些顫抖。八王爺一把抓住了狄青的手，八王爺的手冰冷潮濕，有如死人的手一樣，他望著狄青，鎮靜道：「羽裳是你最愛的女人？」

狄青毫不猶豫道：「是！」

八王爺又道：「我是羽裳的父親。可我之前並沒有盡到一個做父親的責任，從今以後我一定要彌補羽裳，無論付出什麼代價都在所不惜。你我本沒有任何關係，但因為你我都是羽裳最親密的人，因此你要信我。」

狄青看著八王爺那堅定的眼神，心中頓時也充滿了信心，「八王爺，我信你！你要我做什麼，你儘管吩咐就好。」

八王爺臉上露出分笑容，轉瞬即被憂傷覆蓋，「你若是喜歡，就叫我一聲伯父吧。」又有些傷感道：「若羽裳不這樣，你我可能就是翁婿了。」

狄青終於忍不住道：「伯父，你能救羽裳？」

羽裳沒死！

這幾個字在狄青腦海中激盪很久，但見到羽裳這般模樣，狄青一顆心刀絞般地痛。適才他一直沉默，因為只盼太后和八王爺能說出救治楊羽裳的方法。

但他只聽到有如神話般的怪談。這時候，他再也無法保持沉默了。

八王爺道：「你想必也聽到了，要救羽裳，就算把全天下的大夫找來恐怕也無濟於事了。這兩天，我找過宮中所有的太醫，除了王惟一外，別人都說羽裳不在了，王惟一說，他感覺到羽裳還有生機。我知道，她還在的，在等我們救她，你我是她最親的人，絕不能讓她失望。我有辦法，你要信我。」他不停地強調有辦法，像是給狄青信心，又像是給自己信心。

狄青淚盈於眶道：「伯父，我信你。」他雖感覺八王爺有些神智失常，可他此刻，寧願和八王爺一塊兒瘋狂。

八王爺突然道：「你可知道，羽裳為何還有生機？」

狄青遲疑道：「我……不知道。」

八王爺盯著狄青，一字字道：「我知道，我什麼都知道。她還有生機，肯定是由於兩個原因。」

「哪兩個原因？」這次是郭遵忍不住地詢問。郭遵似乎也被這裡的怪異所吸引，一直沒有離去。

八王爺轉頭望向郭遵道：「我知道，你也會信的，因為……」他話到嘴邊，卻沒有再說下去，臉上滿是奇異之意。

狄青聽太后這麼說郭遵，聽八王爺也這麼說，忍不住要想，到底是因為什麼？為什麼劉太后和八王爺都覺得郭大哥會信這些事情呢？

八王爺回過神來，正色道：「羽裳還在，最重要的緣由是——你在她昏迷後，給她看了那塊玉！」

狄青一震，這才想到，當初楊羽裳昏迷的時候，他手中拿著兩半的玉珮。他那時候，只想著喚醒楊羽裳，對她傾訴，哪裡想到玉中還有微妙。

「那玉……是伯父的嗎？」狄青忐忑問道。

八王爺搖搖頭，又點點頭，狄青不明白他的意思，八王爺低聲道：「那玉叫做滴淚。」

郭遵悚然道：「難道八王爺這塊玉，就是先帝那塊叫做滴淚的玉嗎？」他似乎知道什麼，但終究沒有說下去。

狄青不解，扭頭望去。郭遵直直地盯著八王爺，八王爺終於點頭道：「不錯，就是那塊，是先帝賜給我的。」

狄青不知為何，突然想到了當年的讖語：五龍重出，淚滴不絕！這滴淚和淚滴差不多的意思，該不會和五龍有關吧？他一時間又陷入了彷徨之境。

八王爺已道：「具體內情如何，狄青你不必知道，但你要知道一點，這滴淚是塊奇玉，是上天賜予的玉。這塊玉，本身有極其玄奧的功能，先帝說過，此玉有靈性。」

狄青難信道：「有靈性？有什麼靈性？」

八王爺道：「靈性一事，極難說清。羽裳自幼就戴著這玉，是以和這玉有了連繫。她性命垂危時，你竟能將這玉找全送給她，也算是個奇跡。你不妨想想，皇儀門前的雨夜，那玉可有異常？」

狄青竭力回想當晚的情形，雖還是忍不住地心痛，但終於想到了什麼。

一想到那事，狄青差點跳起來，叫道：「那玉當時的確有著不同尋常的光。是的，普通的玉是不會有那種光的，那玉不是被照亮，好像是自發的光！那玉上，當時有光彩流動，好像是活的一樣。」

第十一章　燕　燕

狄青不信神異，但期待奇跡。他這次不是自欺欺人，而是記得那玉的確有異。當時他傷心欲絕，並沒有留意，此刻想起，才覺得怪異。

八王爺欣慰地笑，「這就是了。我就知道，肯定是滴淚那塊玉起了作用，這才保佑羽裳還有生機。」又很是懊喪的表情，悔恨道：「可惜那玉碎了，不然羽裳說不定就能活轉了。不過那玉若是不碎，又怎麼會到你手呢？唉，冥冥之中，自有天意。」

狄青並沒有深想八王爺說什麼，吃吃道：「是我的錯，我本該早點把玉拿來的。」

八王爺歎道：「這怎麼是你的錯？只能說是天意如此，再說那玉本就是碎的。」

狄青無暇問玉為什麼會碎，急道：「你說羽裳還有生機，第二個原因是什麼？」

八王爺凝視狄青，緩緩道：「她還不捨離去，因為你的愛。」

狄青聞言，又是傷心，喃喃道：「我的愛？我只會害了她……」

八王爺反倒安慰狄青道：「我已知道當初的一切，我知道，羽裳若不跳下來，死的就是你。我也知道，她肯定寧願自己死，也不想你被傷害。」

狄青忍不住心酸，喃喃道：「可她卻不知道，我寧可自己死，也不想她有事。」

郭遵見狄青傷感，一旁岔開話題道：「八王爺，為什麼你說因為狄青的愛，才讓羽裳不捨離去？」

八王爺感喟道：「人的意志，最為奇妙，往往能做出世人難以理解之事。有些人渾渾噩噩的過一生，一事無成，比如說我，但有些人因為一顆雄心，就能成就霸業，比如說太祖。我是想說，羽裳就因為一股不捨狄青的意念極為強烈，因此才能留下一線生機。」

狄青和郭遵都已聽得目瞪口呆，只覺得八王爺所言匪夷所思。但仔細想想，又和王惟一當年說的有些類似。

郭遵突然道：「這比方說得倒很貼切。當年狄青昏迷，王神醫就曾說，他是靠自己的意志活轉過來的。當然了，也因為他對大哥的親情。」

狄青心中微顫，問道：「可是我只堅持了幾天，羽裳她怎麼能一直堅持下去？」

八王爺看了郭遵一眼，半晌才道：「你放心，我自有辦法。只要事成，不要說幾天，就是多少年都不成問題。」

狄青難以置信，八王爺已喝道：「難道你真的不信我？」狄青淒然，扭頭望向昏迷的楊羽裳，緩緩道：「我信，我堅持多少年都不是問題，我只希望她能醒來。」

雖是平平淡淡的幾句話，卻不知包含著多少深情。

他本不信八王爺說的，但見八王爺如此堅定，心中不知為何，竟也開始相信世間有香巴拉這個地方了。

八王爺點點頭，終於下了結論，「因此我們只要維持羽裳的現狀，然後再找到香巴拉，就能救活她。」

「怎麼維持羽裳的現狀？」狄青忍不住道。

八王爺眼中露出詭異之色，幽幽道：「我知道有種方法，可維持人百來年無恙，這是先帝找到的方法。眼下羽裳所躺的水晶棺，本是從遙遠的波斯海底挖得，當初朝中一共有兩具，先帝給了我一具。本來我準備自己用的……」

狄青突然覺得八王爺和趙恆關係真的很不錯，就連趙恆有棺材，都分給八王爺一具。這本是晦氣的事情，八王爺好像也絲毫不介意。

八王爺唏噓道：「沒想到我暫時用不上，竟然……不過只要羽裳在其中，再把棺槨妥善安置好，就能一直維持她現在的狀態。」

狄青驀地想到了什麼，失聲道：「那能妥善安置的地方，難道是玄宮？」他心中已信了幾成，因為他在玄宮中見過趙恆，已十數年過去，趙恆的身體仍栩栩如生，沒有半分改變。

郭遵臉色都變了，暗想八王爺為救楊羽裳，可真是竭盡心力。難道說，八王爺所謂的方法，就是把楊羽裳封存在玄宮之內？

這簡直是個瘋子才有的想法。

八王爺已道：「不錯，我就是有這個念頭，但太后不許。」

郭遵苦澀道：「此事事關重大，太后怎麼會許可？」他終於知道方才八王爺求什麼，也明白太后為何會斷然拒絕。

八王爺肅然道：「你們信我，我一定有辦法。哼，太后不許，我會讓她同意的。」

狄青再望八王爺的眼神，已難以言表，良久，他才問道：「那……我可以做什麼？」他驀地想到了什麼，毅然道：「我去尋找香巴拉！」

郭遵輕輕地歎口氣，像是失落，又像是釋然，無人留意。

八王爺道：「我正是這個念頭。但當年以先帝之能，尚不能找到香巴拉，我感覺，找香巴拉更像是個緣。你適才也聽太后說過，每個人心中，都有個香巴拉。這世上，想找尋香巴拉的人不少，但到底是否有人找到，沒有人知道。」

「每個人心中，都有個香巴拉？」狄青喃喃念著這句話，心中突然一陣迷惘，他不怕艱險，但他去哪裡找？趙恆是一國之君，都找不到香巴拉，他可能找得到嗎？

扭頭望向了楊羽裳，見到她如沉睡般，狄青又忍不住一陣心酸，對著她喃喃道：「羽裳，你放心，上天入地，我也要找到香巴拉。」

八王爺輕輕歎口氣，「好了，既然這樣，狄青，你要記得你的承諾。好好的活下去。」說話間霍然發現狄青驚異的表情，八王爺扭頭望去，也呆立當場。

水晶棺內楊羽裳的眼角，不知何時，流淌出了一滴水珠。如晶瑩的珍珠般，順著她那白玉般的臉頰，流到了伊人無邪的嘴邊。

那滴水珠晶瑩剔透，彷彿是花的露、冰的魂、雪的魄……

不是露珠，不是冰雪，是一滴淚。那是從楊羽裳眼角流淌下來的一滴淚！

羽裳，她……她聽到了我們的話？羽裳，她……還在牽掛我？

狄青血湧如潮，臉白似紙，霍然撲過去，跪伏在水晶棺旁，手指去觸楊羽裳嘴角的那滴淚。他似要想拭去那傷心的淚，卻又怕自己手伸過去，那滴眼淚並不存在，一隻手戰慄著抽搐，始終沒有貼近，只是悲傷叫道：「羽裳？」

沒有反應，只有那滴淚水無聲無息的滑落，如夢如幻。

狄青身軀晃了兩晃，終於堅定地站起來，凝望著楊羽裳良久，淚水順著腮邊流淌，心中莫名的有了勇氣，有了信念，有了無邊的決心。

沒有人知道，那滴淚在狄青的心目中，有多沉重的意義。他心中那刻只是道：羽裳，我知道你要說什麼了，你等我！

他不知用了多大的努力，這才下定了決心，霍然轉身，對八王爺道：「伯父……」

八王爺已道：「我去找太后。你不妨去看看羽裳的家人。我……就不去了。」

狄青這才想起楊念恩，不知他是否知道這個消息，於情於理，他都要去看望。一想到這裡，狄青點頭道：「好。」

他大踏步地離去，走到宮門前，本待轉身再望楊羽裳一眼，終於還是忍住。他雖沒有去望楊羽裳，但楊羽裳的影子，早就銘刻在他腦海中。

狄青出了禁中，徑直向楊府走去，路上喧譁吵鬧，可與他無關。他就那麼茫然地走，忘記傷、忽略了痛，腦海中只餘一個念頭，香巴拉——究竟是否存在？

不知行了多久，他又到了麥秸巷旁，不由止住了腳步。往事一幕幕、一重重再次湧上心頭。梅樹的那面，似乎又有那如雪的女子，輕盈笑、狡黠的笑、柔情的笑……

未見君子，憂心忡忡！狄青驀地想到這句話的時候，心口又像被千斤巨錘擊中，眼前發黑，淚滴欲垂……

君子仍在，伊人飄渺。

狄青沒有落淚，他反倒昂起頭來。他這幾日，流了太多的淚，得知香巴拉的那一刻，就已決定，再不落淚，他要堅強下去，等待奇跡出現。
一咬牙，出了巷口，狄青神色恍惚，不經意地撞在一人身上。那人「哎喲」了聲，踉蹌後退。
狄青心中有分歉然，伸手去扶。遽然間，他的眼珠子差點掉到地面，一顆心也要跳出胸膛。他只感覺腦海一片空白，可一隻手電閃般抓出，抓住了那人，死死地——有如抓住了救命的稻草。
那人皺了下眉頭，向狄青看來，目光中也有分詫異。那人額頭寬廣，頦下短髭，雖著粗布麻衣，但神色中，隱約有出塵之意。
狄青見到那人時，身軀巨震，抓住那人再不肯放手，嘎聲道：「邵……先生，是你？」他做夢也沒有想到，這時候，竟能看到邵雍！
那人正是陳摶的隔代弟子——邵雍！狄青和他，有過一面之緣。
不知過了多久，狄青總算回過神來，見自己掐得邵雍皺眉，慌忙鬆開了手，歉然道：「邵先生，我請你莫要急著走……」
邵雍道：「你是……狄青！」他竟一眼就認出了狄青，他的眼中，已有分憐憫之意。是不是這個出塵的隱士，已從狄青的表情中，看出了什麼？
狄青微喜道：「是啊，邵先生，我是狄青。你當初給我算過一次命的……」
邵雍點頭道：「我記得。你……想要我做什麼？」他臉上憐惜之意更濃，可終究沒有多說什麼。
狄青忙道：「我聽說先生如神仙般，事事算得很準。你……會醫病嗎？」他一時間只想著楊羽裳的事，忍不住開口詢問。
邵雍歎息道：「藥醫不死病，佛度有緣人。我幫不了你。」

狄青一怔，「你怎麼知道無法幫我呢？」

邵雍道：「你和天子交往過密，想必能請他幫手。大內中太醫無數你不去求，你若求醫，我如何比得上那些太醫呢？」

狄青連連點頭道：「邵先生說得是，我只想求你給我算一卦。」

「我這一生，只給一個人算一次，我已經給你算過一卦了。」邵雍歎氣道：「恕我不能再幫你了。」

狄青一怔，勃然大怒，叫道：「上次是你硬要給我算的，不能算！」他憤怒中夾雜著傷心，轉瞬想到有求於人，懇求道：「邵先生，你上次給我算命，我就讓你算。禮尚往來，這次我求你算，你怎麼說也給個面子，好不好？」

邵雍道：「狄青，我有三不算，當時從師時，就曾立下了規矩，不能破誓。」

狄青喝道：「哪三個不算？」他牙關緊咬，已要舉起拳頭。

「算過一次的人不算，無緣之人不算，威脅我的人不算。」邵雍笑容有分苦澀。

狄青一想，自己好像已占了不算的三條，慌忙放下了拳頭，賠笑道：「你在鞏縣那次算不上，強算不算。我和你肯定是有緣，不然怎麼會兩次見面？再說……我哪裡威脅你了？」把手放到了身後，狄青笑容中，滿是淒然。

邵雍望了狄青良久，歎口氣道：「狄青，我並非不想幫你，但我真的不能破誓。」說罷轉身要走。

狄青一把抓住邵雍的衣領，揮起拳頭道：「你若不給我算上一卦，你信不信我殺了你？」他怒目圓睜，臉色猙獰，可就是那般猙獰，眼中還有無邊的哀傷悲痛。

他也不想這樣的。可他如何能放棄這個機會？

邵雍神色平靜，只說了一句話，「你打死我，我也不算。」

狄青望著邵雍的從容，一口氣泄了出去，緩緩地鬆開手，為邵雍整整衣襟，失神道：「邵先生，你走吧，對不住。」

邵雍神色也有些無奈，本待說什麼，可見狄青失魂落魄的樣子，只是搖搖頭。他舉步要走，一人旁邊道：「邵先生，不知你可否給在下算上一卦呢？」

邵雍訝然止住，抬頭望過去，眼中陡然有分怪異。狄青聽那聲音很是耳熟，抬頭望過去，也有些驚喜。來人卻是郭遵。

邵雍望著郭遵許久，點頭道：「你要我算什麼？」原來他竟認識郭遵。

狄青心中激動，只是望著郭遵使著眼色，不敢出聲。只怕萬一邵雍還有什麼奇怪的規矩，又不給他算了。

郭遵也不去望狄青，盯著邵雍道：「我想請邵先生算算，香巴拉到底在何處？」

狄青一顆心又開始怦怦大跳起來，郭遵要算的事情，不就是他想要邵雍所算的事情？

邵雍笑笑，喃喃自語道：「你想找香巴拉嗎？這倒有趣了。」

郭遵沉聲道：「邵先生算不出嗎？」

邵雍微微一笑，「我說過要算就會算的，但結果如何，我也還不知道呢。」他從懷中一摸，已掏出六枚銅錢，四下望了眼，走到一棵梅樹下。

狄青微愕，郭遵已道：「在下聽說卜卦一事，在天時，在地利，在心誠。邵先生選在梅樹下，可看中了這裡的清幽之氣？」

邵雍點點頭，微笑道：「不想你對占卜一道，也有涉獵。」他緩緩蹲下來，閉起了雙眼，手中握著銅錢，再無舉動。

狄青雖是焦急，可也不敢催問一句，甚至都不能上前。

盞茶的功夫，邵雍陡然雙眸睜開，眼中掠過分光芒，手一揮，銅錢落地。六枚銅錢有的徑直不動，有的卻翻滾了下，雜亂無序。

邵雍緊緊盯著那看似雜亂的六枚銅錢，凝神思索，眼中不時露出古怪。又過了半晌，這才舒了口氣，緩緩站起來，神色中，竟有了疲憊之意。

郭遵雙眸緊盯邵雍，眼眨也不眨。等到邵雍望過來，這才問道：「邵先生，可有定論了？」

邵雍沉吟片刻，眼中似乎也有絲惘然，終於道：「我從這卦象的結果看來，只能送你幾句話。」

郭遵慎重道：「先生請講。」

邵雍卻望了狄青一眼，取了枯枝在地上寫了四句話。

郭遵、狄青不約而同的望去，見到邵雍寫道：「香非你所慮，西北風雲聚。五龍滴淚起，飛卻亂人意。」寫完後，邵雍歎口氣道：「郭遵，我也只能算出這些，別的事情，需要你自己把握了。」他舉步就走，狄青還要追去，郭遵已拉住他道：「狄青，你莫要追了。你難道忘記了八王爺說的，找尋香巴拉本要靠緣的。」

狄青喃喃道：「『香非你所慮，西北風雲聚。五龍滴淚起，飛卻亂人意？』郭大哥，這四句是什麼意思呢？」

郭遵也皺眉思索，半晌才搖頭道：「狄青，讖語一事，總難捉摸。要靠你自己來領悟。」

狄青突然眼前一亮，「別的先不說，如果邵先生真的如傳說中那麼神準，既然郭大哥求的是香巴拉所在，西北風雲聚五字，就說明香巴拉必定在西北。」他突然振奮起來，只是想著，邵雍雖沒有多說，但聽郭遵提及香巴拉，並沒有譏笑之意，這說明香巴拉並非完全虛幻。「香非你所慮」，難道是暗指香巴拉並非他們憂慮般那麼難找嗎？

「是嗎？」郭遵有些困惑，苦笑道：「西北在哪裡？麥秸巷的西北，汴京的西北？還是大宋的西北？西平府的西北？只是西北這兩個字，浩瀚廣博，又豈是你能夠窮盡的？」

狄青有些苦惱，轉瞬想到了什麼，振奮道：「郭大哥莫要忘記了，西北風雲聚是五個字，西北有風雲的地方，不就是延邊一帶？西平王元昊數次對大宋不軌，想必很快就要在那裡興起戰事。那不就是風起雲聚了？」

郭遵微有動容，緩緩點頭道：「聽你這麼一說，香巴拉倒真有可能就在西北。」心中卻想，據我所知，香巴拉的傳說，本是從吐蕃那流傳而來的。可邵雍為何說出西北二字呢？

狄青雖還憂傷，畢竟心中有了希望，又說道：「郭大哥，讖語中還有五龍、滴淚的字眼，難道說，五龍和香巴拉有關嗎？五龍這般奇異，也只有香巴拉那種地方，才有可能出現吧？」他越想希望越大，又想邵雍竟提及滴淚二字，若是以往，他肯定從傷心的角度去想，但他知道這世上還有種玉叫做滴淚。這麼說，滴淚是說那塊玉？可「五龍滴淚起」又是什麼意思呢？

郭遵不由心動，露出深以為然的表情，「你說的聽起來也有道理。那五龍呢？可還在你身上？」

狄青伸手入懷，掏出個布袋，將裡面的東西一把抓出來道：「就在這裡。」

譜。

五龍還在，被狄青抓出來的，還有一卷書。狄青見到那卷書的時候，怔了下。那本書就是橫行刀譜。

狄青自從得到了那刀譜後，頗多風雲，一直無暇研究，今日不經意才又拿了出來。他並不知道，在昏迷的時候，這些東西，其實已被張妙歌拿了出去，但不知為何，又還了回來。

郭遵道：「你就把五龍放在身上吧。你和它有緣，記得，莫要失去它，說不定以後真的起作用。咦？這《橫行》……是什麼？」他伸手拿過刀譜，只是翻了兩下，臉色微變，歎息道：「世上竟有如此霸道的刀法？」

狄青對武學粗懂，郭遵卻是武技好手，只看了幾眼，就發現刀譜記載的刀法，竟是極為凌厲的招式。

他看了半晌，竟有些出神，忍不住翻回書頁一看，就看到書頁上的那四句話，又是神色一變，喃喃道：「好一句千軍百戰我橫行。若沒有絕世的武功，如何說得出這種大氣的話來。狄青，這刀譜是哪裡來的？」

狄青心思不在刀譜之上，只是道：「郭大哥，你若喜歡，儘管拿去好了。聽說這是十三太保李存孝的刀譜。我……我要去找楊伯父了。」

郭遵眉頭一揚，很是詫異道：「太保的刀譜，果然名不虛傳，此生能得一見，武學無憾。」見狄青要走，郭遵一把抓住狄青，將那刀譜放在了狄青的手上，語重心長道：「狄青，邵雍那幾句讖語，是我替你問的。你只怕很快就要離開京城了，但我要對你說幾句話。」

狄青吐了口氣，讓自己急躁的心緒平靜下來，冷靜地望著郭遵道：「郭大哥，你說。」他其實有太多的疑惑，但這會兒並不關心那些問題了。但他不能不認真對待郭遵的話。

郭遵拍拍狄青的肩頭道：「這些年來，我一直看著你，很多事情……」

「很多事情並非我們能夠控制，既然如此，我就不會怨天尤人了。」狄青目光清明，誠懇道：「郭大哥，我很感謝你，你一直和大哥般，容忍著我的稚氣和脾氣，甚至我闖的禍，一直都是你在擔當。我答應你，我以後再不會那麼衝動。」

郭遵眼簾有些濕潤，欣慰笑道：「你大悲之下，還能說出這種話來，我也就沒有什麼不放心的了。但我想說，一個人若不想事事求人，他必須有自己的本事，你要找香巴拉，是件太難的事情，不但需要恆心、毅力，恐怕還需要別的因素。我希望你能真正的站起來，擔負起男人應該負的責任，這刀譜，你要帶在身邊，好好地讀、好好地看。做大哥的沒求過你什麼，只求你認真地看看刀譜，學會太保的刀法，橫行天下。那時候，說不定你會有更廣闊的天空，也說不定會有更多的機緣，豈不對你尋找香巴拉很有幫助？」

狄青拿著那卷書，終於感覺到郭遵的關切。郭遵少求人，可求他狄青一次，還是為他狄青！

「郭大哥，我知道了。」狄青感激道。

郭遵笑笑，說道：「好，好！那你去吧。」

狄青再次轉身時，步伐突然變得堅定穩重，再沒有了方才的失魂落魄，郭遵望見，舒了口氣，心事重重地回轉郭府，才進院門，郭逵就出來道：「大哥，二哥怎樣了？」

郭遵道：「他好些了。你見到他的時候，最好不要再提什麼。」

郭逵歎氣道：「唉，我明白，這種事，越少提越好。對了，葉捕頭找你。」

郭遵有些詫異，心道和葉知秋約在晚上，如今時光尚早，葉知秋為人守時，為何今日來得這麼早？心中雖有困惑，郭遵見到葉知秋在廳中安坐的時候，還是不動聲色。

葉知秋似乎在想著什麼，聽到腳步聲，霍然抬頭，差點打翻了茶杯。

郭遵走到葉知秋對面坐下來，見葉知秋面前的茶杯是空的，拎起桌上的茶壺為他滿了杯茶，這才問道：「你有心事？」

葉知秋自郭遵進來時，就一直留意他的舉動，聞言笑道：「你當然也有心事，不然也不會藉倒茶的時候，整理思緒。」

郭遵眼中有分暖意，端起茶杯道：「知秋，你幫了我良多，我以茶代酒，敬你一杯。」

葉知秋盯著郭遵道：「有話就說吧，我沒有多少時間了。」

郭遵微驚，詫異道：「你這是什麼意思？」

葉知秋道：「我要離開京城了。宮中凶殺的案子，我查不下去了。我這次離開京城後，只怕要很久不回來了。」他將杯中茶一飲而盡，嘴角露出分苦意，「原來……這茶是苦的。」

郭遵咀嚼著葉知秋的話，自語道：「查不下去了？」突然一笑道：「知秋，你就是太明白了。你若走，我送你一句話。」

「什麼話呢？」葉知秋斜睨著郭遵，若有所思地問。

「做人有時候，糊塗些好了，至少可以不用太過苦惱。」郭遵抿著茶水，可笑容中，也滿是苦澀。

葉知秋目光有絲惘然，突然省悟道：「郭兄，我此生只服你一個。你其實知道的事情最多，但你什麼都不說，怪不得這些年來，你還能在宮中當侍衛。」

郭遵悵然道：「知道的多沒有用的。你知道的越多，煩惱就越多。」
葉知秋目光閃動，突然道：「郭兄知道的多，那是否知道一種叫做牽機的毒藥呢？」
郭遵微震，轉瞬平靜道：「略有所聞，你為何突然提及這種毒藥呢？」
葉知秋玩弄著手中的空茶杯，感慨道：「牽機這種毒藥，本是宮中禁藥。聽說當年太宗將南唐後主李煜賜死的時候，用的就是這種藥。都說中了牽機，頭腳都會痛得抵在一起，身子痙攣，很是殘忍。」
郭遵只是點點頭，並不多言。
葉知秋道：「任識骨死了。」
郭遵皺了下眉頭，半晌才道：「他好好的，怎麼會死呢？」
葉知秋詭異地笑笑，「他就是中了牽機死的。」
郭遵咳嗽一聲，慢慢的喝茶，不予置評。葉知秋盯著郭遵的舉動，輕聲道：「但他中的牽機，卻沒有那麼霸道，顯然也是經過改良了。因此他死的時候，含笑而去，他不是笑著死的，是毒藥控制了他的肌肉，讓他不得不笑。這道理，和中牽機大同小異。宮中那些笑著死的人，在我看來，極可能就是中了和牽機彷彿的藥物。可我奇怪的是，牽機一直都是大內祕藏之藥，是誰有這個本事能輕易動用呢？」
郭遵也道：「是呀，誰有本事動用呢？」
葉知秋哈哈笑了起來，「郭兄，你當然也知道了，宮變絕非表面上看起來那麼簡單。」
郭遵望著茶杯，落寞道：「但你可以把這件事看得簡單些，誰都不會揭穿你的糊塗，甚至會覺得你聰明，聖上更不會因此責怪你。」
葉知秋一拍桌案，突然笑道：「說得好，說得妙。可我葉知秋就這牛脾氣，有些話我真的忍不住。

不過也好，最少我出了京城後，海闊天空任我做事了。不在汴京又如何？以我葉知秋之能，照樣還能做不少讓自己心安的事情。」

他方才愁眉不展，可與郭遵說了幾句後，又變得意氣風發。他本來就是這樣的人，拿得起，放得下！雖有堅持，但不固執。

郭遵一笑，讚賞的望著葉知秋道：「既然你海闊天空了，那有空的時候，順便幫我查件事情如何？」

葉知秋眨眨眼，故作頭痛道：「你上次求了我，還沒有報答我，這次又要求我？」

郭遵臉上掠過絲黯然，但轉瞬抿去，微笑道：「俗話說得好，蝨子多了不癢，債多了不愁。我求了你一次後，發現求人也不是那麼難的事情。」

葉知秋忍不住笑，爽快道：「說吧。我能做到，就一定幫你，因為被郭遵求，也是極有面子的事情。」

郭遵略作沉吟，終於道：「你兩次入吐蕃，對那裡當然也熟悉了。我想求你，幫忙查查香巴拉的祕密！因為我知道，香巴拉的傳說，本是從那裡傳出的。我聽說……有人見過香巴拉……」

狄青到了楊府後，楊念恩並不在。小月出來時，雙眼紅腫，顯然才哭過。狄青見到小月，想起楊羽裳，心中痛，還能平靜問，「小月，你家老爺呢？」

小月突然泣道：「他去宮中了。聽說是什麼八王爺叫他去的，狄青，小姐她……真的去了？」

狄青心中酸楚，見小月難過的樣子，忍住悲慟，將事情簡要說了遍。

小月本傷心欲絕，聞言驚奇地睜大了眼睛，吃吃道：「你說小姐還有救？」她聽說楊羽裳是八王爺的女兒時，眼珠都快掉了下來，待到聽說楊羽裳還有生機，簡直欣喜若狂。

狄青重重地點頭，一字一頓道：「不錯，羽裳她還有救。小月，你信我，我一定會救回羽裳。」他現在終於明白為何八王爺總要不停的讓人信，因為這話每說一次，他自己就相信一次。

小月眼中帶淚，問道：「你決定去找香巴拉了？」見狄青點頭，小月又問，「那你以後還來不來這裡呢？」

狄青微愕，有些茫然，一時間不知如何回答。

小月忍著淚道：「你不來也無妨，因為你要去找香巴拉。」她神色中，其實是有不信的，可她並不質疑，只是道：「可你走之前，去小姐的房間看看麼？」

她看著狄青和楊羽裳交好，內心只為這對情人祝福。她雖刁鑽古怪些，但見到狄青骨子裡面的傷悲，卻沒有了埋怨，只餘同情。

狄青點點頭，低聲道：「那謝謝你了。」他也知道，如果一去西北，只怕經年難回，能再見見楊羽裳居住的地方，也是好的。

閨房暗香猶在，伊人已渺。狄青才一邁入房間，就忍不住的熱淚盈眶。

靠窗的桌案上，擺著一盆花，正是他送給楊羽裳的鳳求凰。鳳求凰花已落，香已逝，但長得正旺。曾記得，那魯莽的漢子將花兒放在如雪的伊人腳下，不發一言，神色歉然，轉身離去。伊人輕呼聲細，猶在耳邊。

小月一直跟在狄青的身邊，見狀道：「小姐一直都很愛護這花兒，照顧得很好。她都不讓我照顧的……」有些哽咽道：「這幾日，她不再照顧這花兒了……我們都在等著她，花兒也在等著她……」

狄青昂起頭，不想落淚，目光不經意的又落在桌案上方懸掛的一件物飾上。那飾物極為精美，色澤微紅，微風吹拂，竟還發出嗚嗚的低沉聲，悅耳動聽。

小月低聲道：「那蟹殼風鈴，你應該認識的。」

那風鈴是蟹殼？那好像是洗手蟹？難道這就是他那次送給楊羽裳吃的洗手蟹？伊人心巧手巧，竟將那洗手蟹做成了裝飾，天天看在眼底。

狄青身軀顫抖，雙眼淚朦，忍不住伸手去觸，輕輕的……有如去觸動個稀薄的夢。蟹殼風鈴輕輕響動，宛如情人細語。

還記得，那嬌羞的女子輕輕的依偎在他懷中，微笑道：「娘親，你放心吧，我終於找到一個像你一樣疼愛我的人，他叫狄青！」

霍然轉頭，狄青眼淚還是未垂落，他已暗自發誓，再不流淚，他要堅強。目光落在了潔白的簾帳，只見到那兒也掛著一飾物，那物是塊玉，不過二兩銀子的一塊玉，算不上珍貴。可主人卻把那玉珮掛在枕邊，只為天天能夠看見，玉珮有價，情意無價。就算那是塊石頭，主人見到它，也會笑。

那玉上的花紋，綠如波、黃如花、痕如淚。那玉兒本叫眼兒媚。猶記得，伊人見了那塊玉，喜道：「這玉上的花紋很像姚黃呀，狄青，你真好！」伊人臉上紅暈飛霞，回到堂前還忍不住的回頭望一眼，那一眼，柔媚深情，比天下所有盛開的花兒都要美麗……

往事如煙又如電！狄青伸手扶書案，兩滴淚水悄然滑落，滴在桌上的一本書上。

書是《詩經》。讀書的是個如詩如畫的女子，巧笑顧盼，如羽如霓。

狄青輕輕地拿起書，像拿起了天下最精緻的瓷瓶，小心翼翼。隨手一翻，就見到《草蟲》那首詩，旁邊寫著一句，「他這幾日風雨無阻，可是在等我？今夜不見，他到底如何了，我很想念。」

未見君子，憂心忡忡。平平淡淡的幾句話，已勾勒出雪夜梅前，那白衣女子跺著腳，在雪地裡的翹首期盼。

狄青再翻，就見到《泊舟》：「泛彼泊舟，亦泛其流。」那書頁有些水漬，有如傷心的淚，有娟秀的筆跡，寫著幾個字，「娘，我想他！他會沒事！」

簡簡單單的幾個字，伊人獨自在青燈前哭泣，「娘親，他走了，真的走了，再也不會回轉。你可知道，我心都碎了……娘親，我無人可求，只求你在天之靈保佑他，平平安安……」

狄青淚水早就肆無忌憚的流淌，翻了一頁又一頁。

青青子衿，悠悠我心……

習習谷風，維風及雨……

大車檻檻，毳衣如菼……

豈不爾思，畏子不敢……

那淚水打濕了書頁，染淡了不流淚的誓言，等狄青翻到其中一頁的時候，再也無力翻頁，嘴唇哆嗦，淚流滿面。

那首詩文叫做《燕燕》：「燕燕于飛，差池其羽。之子于歸，遠送于野。瞻望弗及，泣涕如雨！」

「娘親呀，他說過，這次回來就娶我。女兒要嫁了，不過沒有個旁人嫉妒哭泣呀。嘻嘻。我多想找個人氣氣如木頭樣的傻大哥，可我怎捨得！」

我怎捨得！狄青望見那最後的幾個字，心如刀絞，再也忍耐不住，早忘記了曾經不流淚的誓言，伏案失聲痛哭，泣涕如雨！

她痛楚，他怎捨得？

堂前的雙燕飛呀飛呀，啾啾不休，羽毛參差。燕子不經意地抖落了片飛羽，飄飄蕩蕩的穿過了雕花窗子，落在那淚如滂沱、孤零零的男子身上。

陽光明媚，照在飛羽之上，泛著七彩，有如霓羽……

第十二章　離　別

劉太后躺在床榻上，呆呆地望著那從宮外照來的陽光。陽光明媚，她卻躺在陽光照不到的地方。光線照耀的地方，有飛塵湧動，有如塵封的記憶。劉太后望著飛塵，想著往事。自從趙允升死後，宮變那把大火，似乎燒去了劉太后往日的活力。

無論她承不承認，她都老了，老得連登基的欲望都淡了。宮中平靜下來，那一把大火過後，各種奇異不見。

難道說……真的是先帝顯靈，警告她莫要肆意妄為？因為她不再妄動，於是就不再有各種奇異的警告了？劉太后想到這裡，激靈靈地打個冷顫。

五龍重出，紅顏空嗟！

劉太后想到這裡，眼中露出怨毒之色，喃喃道：「你不會活過來的，不會！你沒有五龍的。」突然想起，那死鬼臨死前，鄭重對她道：「娥兒，朕冥思苦想多年，費盡心力收集了很多香巴拉的祕密。在朕看來，朕之永定陵，已和香巴拉彷彿，朕在玄宮安歇，有那五龍的神力，朕總有一日會復活的！你要相信朕！」

聲調幽幽，滿是森森之意。「朕若是活了，就把所有的祕密告訴你，讓你也長生不死。自此後，你我夫妻一體，創不世基業。」

劉太后冷冷地笑，對著空氣笑，像真宗趙恆就在面前。她沒有畏懼，實際上，她不應該怕趙恆的，她從來不怕趙恆。

她本來應該感激趙恆的，若沒有趙恆的堅持，她也到不了如今的地位。她本是個小銀匠的女人，而不是什麼太后。這件事聽起來匪夷所思，卻是千真萬確。朝堂上很多人，其實都知道這件事。

當年劉娥出身貧寒，被家人賣給了銀匠龔美為妻。龔美帶著劉娥在京城謀生，遇到了還是韓王的趙恆。

要說「情」之一物，也的確難以琢磨，趙恆見到劉娥的第一眼，就喜歡上了她。龔美見趙恆喜歡，索性將劉娥送給了趙恆做老婆。

趙恆也就收下了。自此後，那個卑微小銀匠的女人就開始了奮鬥的一生。龔美自覺身分不好，怕影響劉娥的前途，遂改姓為劉，變成了劉美，丈夫就變成了哥哥，但對她和從前一樣的愛護。哥哥知道她怕卑微，為了她，什麼都肯做，甚至不惜把她送給別的男人，沒有抱怨。

可哥哥絕不是貪圖什麼富貴。哥哥是唯一為了她犧牲一切，沒有任何別的心思的男人。

劉娥喜歡的是哥哥，而不是丈夫。可她知道，要想不被輕賤，就要依靠丈夫。因此她忍，她熬……

朝臣看不起她，趙恆的乳母秦國夫人也看不起她，當年秦國夫人甚至將她脫得精光，打出了韓王府。要不是趙恆護著她，過來找她，她在被趕出的那一晚就已投河自盡了。

因此她恨，恨蒼天為何如此不公！恨為何有人出生就高人一等！恨為何有人出生就要被人踩在腳下！但她只有忍，她這一忍就是十年。她用女人最美麗的光陰學會了隱忍，學會了琴棋書畫，學會了高貴典雅，學會了女子應該學會的一切事情。

趙恆由韓王變成了皇帝，她終於出人頭地，一出來就極為驚豔。她還記得趙恆望著她的眼神，更加的愛憐。

可朝臣還是瞧不起她，看不起她卑微的出身，看不起她跟過別的男人，看不起她生不出兒子。因此她只有搶了李順容的兒子——搶了那個更卑微女人的兒子。

這世上，本來就是弱肉強食的。

劉娥每次想到這裡的時候，都有些歉然，但她從不後悔做過的事情，如果時光再重來一次，她還是會毫不猶豫地去搶。

她很怕，很怕再回到以往卑微的生活，怕得要命。她不怕死，只怕卑微。因此她看到搶來的兒子趙禎喜歡那個風騷的王美人的時候，她毫不猶豫地拆散了他們。

她由王美人低微的身分，想起她劉娥當年的卑微，她感覺那個王美人像個刺，不拔不快。

有那個喜歡風塵女子的死鬼爹，才有個喜歡尋花問柳的兒子。劉娥每次想到這裡，都忍不住的厭惡，她不但恨王美人，也恨自己的過去。因此她更喜歡趙允升，趙允升規矩得很，可她沒有想到，趙允升會想要她的命。

那這世上，還有誰可信？或許只有那死去的哥哥？

除了死去的哥哥外，朝堂那些跪拜的群臣中，表面看來對她尊重。可劉娥知道，他們心底是瞧不起她的，永遠也瞧不起，就算她是太后也不行。

那些人永遠不知道，她從一個銀匠的女人熬到今日的地位，究竟有過多少辛酸的經歷！他們只要讀讀書，念念詩，就能榮光無限，身入鳳凰池，所以他們不知道她的苦。

她愈恨，就愈發冷酷無情。

因此她找個藉口處死了秦國夫人，剝下了秦國夫人高貴的衣服，將那肥胖的身子割上幾百刀泡在糞坑中，讓秦國夫人哀號驚怖，慢慢後悔她曾經做過的事情。

因此她打倒了兩府第一人丁謂，因為丁謂要謀她的權力，她找機會，將丁謂一竿子打到了崖州，這輩子不准他回京。

因此她罷黜了軍機第一人曹利用，因為曹利用在朝堂上對她孤兒寡母很不恭敬，在曹利用被貶的途中，她讓羅崇勳殺了他。

因此她趕走了三朝元老寇準，就因為寇準當年不贊同趙恆立她為后，她把寇準貶到天邊，就算寇準死了，她都不讓寇準的屍體返回汴京，只能埋去洛陽。

一個人的愛，也許不會永久，但恨，卻可以記一輩子。

她劉娥就是這樣的一個人，對她好的人，才是好人，對她不好的人，她絕不姑息。可這朝中，對她好的人已越來越少，哥哥早早死了，劉家後人死的死，傷的傷，她很寂寞。

她雖在高位，但寂寞。

她本來還有個愛她的皇帝，但那皇帝自從二十多年前癡迷仙道後，就已和她形如陌路。那個皇帝只想著長生不死，卻沒有想過，長生不死有什麼好呢？

劉太后孤單的望著寂靜的寢宮，笑了，笑得很殘忍。

有五龍的神力，趙恆可能會復活，但若是沒有五龍的神力，那趙恆一定不會復活了？

趙恆就算是個皇帝，也控制不了身後事。劉娥還在笑，她沒有把五龍放在玄宮，沒有把五龍放在那無面神像的手上，她把五龍封藏到了大相國寺的彌勒佛像內。

她對葉知秋說那是因為對先帝的思念，但她自己知道不是。你不會活過來的，不會！劉太后喃喃念著這句話的時候，有分殘忍，有分快意，還有著說不出譏誚。長生有什麼好？一點都不好！

劉太后正在緬懷往事的時候，閻文應入內道：「太后，八王爺還跪在宮前候著呢。」

劉太后怔了下，不想八王爺竟然如此倔強。八王爺求見，劉太后知道他要做什麼，拒他入宮。八王爺就一直在宮外跪著，從白天跪到了黃昏。

劉娥不想見八王爺，她覺得八王爺是個瘋子，只有瘋子才有那種瘋狂的想法。趙元儼和趙恆是兄弟，都是瘋子。

「不見。」劉太后冷冷道。

閻文應猶豫下，勸道：「太后，總是不見，只怕旁人會議論。」

劉太后心頭一跳，叱道：「議論什麼？」

閻文應小心翼翼道：「八王爺有病在身，兼又……女兒遭遇不測，十分可憐。太后這般冷淡，於理不合吧？」他本來想要說八王爺兼又喪女的，但宮中傳聞，那女子還有生機。

劉太后冷笑道：「閻文應，什麼時候，你可以給吾做主了？」

閻文應慌忙跪倒道：「臣不敢。臣只是為太后著想，太后不喜，臣就去告知八王爺好了。」他才待退下，劉太后已改變了主意，說道：「召八王爺進來吧，你們退下。」

八王爺進來的時候，雙目紅赤，容顏憔悴。他所有的高貴、潔淨都已消失不見，他看起來，不過是個要挽救女兒性命的尋常父親。

八王爺一到劉太后床榻前，就跪倒在地道：「太后，我求你！」

劉太后冷冷道：「趙元儼，你除了說這句話外，就沒有別的話了嗎？」

八王爺喃喃道：「我求你，求你救救她。」

劉太后悠悠道：「入玄宮一事，事關重大，你當著朝臣面前說說，看有誰贊同你？看看誰敢支持你！」

「我只求你。」八王爺流淚道：「我就這麼一個女兒，你……你難道真的這麼忍心看著她離去？」

「吾有什麼不忍心的？」劉太后淡然道，語氣中又帶著殘忍之意。

八王爺倏然爆發，霍然站起叫道：「你不要忘記了，她也是你的女兒！」

劉太后吃了一驚，喝斥道：「趙元儼，你真的瘋了嗎？」

八王爺慘然笑道：「我瘋什麼？我從來沒有瘋過。我就算是瘋，也是被你逼瘋的。娥兒……」

「住口！你有什麼資格叫我的名字？」劉太后叫道。

八王爺笑容變冷，變得辛辣諷刺，「我是沒有資格叫太后的名字，但我卻有資格和你生個女兒，叫做羽裳！」

誰都想不到，一直恭順的八王爺，驀地說出了這種粗俗不堪的話來。難道是因為宮中只有他們兩個人，是以八王爺才會肆無忌憚？

他看起來實在忍了太久。劉太后呼吸沉重，沉默良久才道：「趙元儼，你真的以為，我不會殺你嗎？」

八王爺豁出去後，反倒沉靜下來，「你殺了我也好，不殺我也罷，難道我現在比死好過？劉娥，我一直表現得很怕你，你不會真的以為我是在怕你吧？」

劉太后不語，可臉上的表情極為憤怒。

八王爺喃喃道：「我不怕你，我只怕你對我們的女兒不利。羽裳一出生，我就沒有見過她，我每次想到這裡的時候，都要發瘋。我知道你在折磨我，你不肯讓我痛痛快快的死，就為了折磨我。而我不肯痛痛快快的死，就是還夢想見她一面。」

他說得甚為淒涼，繼續道：「三哥當年信神，就找我一起琢磨。他對我真的不錯，很多事情都告訴了我，他給了我滴淚，告訴我五龍的神奇，甚至費盡心思的從波斯遠海取了兩具水晶棺，還分了我一具。他對我真的很好。」

八王爺是太宗的第八子，而趙恆是太宗的第三個兒子，因此八王爺一直稱呼趙恆為三哥。

「是呀，他對你是真的好，所以連他的女人都要跟你分享。」劉太后冷淡道。

八王爺嘶聲道：「不是這樣的！是你在勾引我，我知道那時候你很寂寞。」

「你住嘴！」劉太后厲聲道。

八王爺叫道：「我死都不怕了，還怕什麼？我知道你其實想我說的，你提醒我，就是想折磨我，也想折磨你自己！我真傻，傻得信了你的話。當年劉美死了，三哥在求神，你很空虛寂寞，於是你就趁著我在宮中的時候，刻意勾引我。」

劉太后呼吸粗重，竟出奇的沒有再說什麼。

「我真傻，傻得以為你真的喜歡我。於是我就背著三哥，和你廝混在一起，後來我終於想明白了，你和我在一起，不是為了喜歡我，而是想要個兒子。嘿嘿，你為了皇后的位置，真的什麼手段都用盡了。你讓我在三哥面前說你的好話，讓我在朝臣前擁護你為后，甚至還想利用我，讓我幫你生個兒子，但你從頭到尾，眼中根本沒有我。」

劉太后冷冷道：「不錯，我就是把你當做一條狗，一條公狗罷了。」誰也想不到，高貴的劉太后會說出這種話來。

八王爺一點都不奇怪，他笑了，笑得前仰後合，涕淚俱下，「我是公狗，那你是什麼？你是母狗嗎？你本來就是個婊子，你或許連婊子都不如。婊子為了錢什麼都肯賣，你為了權卻什麼都可以放棄。你先放棄了你那個哥哥攀上三哥，後來又勾引我，後來看我沒有利用價值的時候，甩鼻涕一樣的甩了我。李順容生了天子，你生了羽裳，你為了皇后的位置，竟然狠心的把羽裳丟棄，稱趙禎才是你生的。三哥沒有說什麼，他也是真心愛你的，他唯一希望的就是，他親生的兒子能登基。但你為了皇位，又和趙允升要算計你養了二十多年的兒子。可惜三哥顯靈了，你怕了。你不怕活著的三哥，你怕死了的三哥，你老了，也知道怕了。劉娥，你這一輩子，究竟為了什麼？難道就是為了那個皇位嗎？可你得到了什麼？」

劉太后反倒平靜下來，沉冷道：「我得不到的，你也別想得到。我丟了你女兒又能如何？」

八王爺嘶聲道：「你直到現在，還說羽裳只是我的女兒？她難道不是你的女兒？枉我還把滴淚送給了你，我那時候，真是被豬油蒙了腦袋！」

「你沒有被豬油蒙了腦袋，你不過是個沾沾自喜的偽君子罷了。」劉太后無情道：「你其實內心也不服你表面上尊敬的那個三哥，你莫要以為我不知道你的心思。你巴結我，給我滴淚，假意被我勾引，無非是奢望你三哥歸天後，你能從我這裡，得到些甜頭，甚至也在龍椅上坐幾天。嘿嘿，我偏不讓你坐龍椅，你能把我如何？我讓宮女帶你女兒出宮，打碎了滴淚，把半塊滴淚放在你女兒的身上，把另外半塊給你看，然後就丟到了永定陵去。你以為我真的想讓你找到她？你真以為我和你餘情未了？哈哈，你錯了，我不過是想讓你一輩子被折磨罷了。」

「楊羽裳是你的女兒，難道你對她真的沒有半分感情？她就剩下最後的一分生機，你還要扼殺？你到底還是不是人？」八王爺嘎聲道。

劉太后笑笑，緩緩道：「你真的對你女兒有感情？那我給你個機會。我可以把楊羽裳按照你的意思，封存在玄宮之內，等你們找到香巴拉。」

八王爺怔住，半晌才道：「你要什麼條件？」他實在太清楚眼前的這個女人了，因此不敢相信劉太后會這麼輕易答應他。

「我沒有條件，我無條件的答應你。」劉太后笑容中有著說不出的冷酷之意，「我不信你女兒能有奇跡，但我可以給你個希望，因為我很想看看你在絕望等待中死去的樣子。我有個祕密，關於香巴拉的祕密，可我不會告訴你。你若是知道了這個祕密，我只怕你會一頭撞死在牆上。」她說罷，哈哈大笑，笑容中有說不出的瘋狂詭異。

八王爺聽到，渾身顫抖起來，一張臉已滿是驚怖悲哀之意，

夜深沉，燈火闌珊處，明月當頭，淚水心流。

狄青從楊府走出來的時候，眼角淚痕未乾，但胸膛已經挺起。他一口氣將所有的心事哭了出去，他

現在要做的事情，看來已很明瞭，去西北尋找香巴拉，救回楊羽裳。

他要離開羽裳了，但離別是為了相聚！

走過一條長街的時候，街邊的酒樓正喧，似乎有什麼人在聚會。但熱鬧是別人的，和他無關。

狄青甚至沒有去望，就那麼落寞地走過了長街，他需要好好睡上一覺，然後考慮怎麼去西北，怎麼開始尋找一事。

就在這時，酒樓二樓上，突然飛身下來了一人，落在狄青面前。狄青抬頭望過去，有些詫異道：「武英，怎麼是你？」

攔住他的是武英，那個和他共患難的殿前侍衛。武英是個沉默寡言的人，但這時候，意興橫發。

武英望著狄青的雙眸，眼中有分同情，但轉瞬豪放道：「我在樓上說是你在樓下，他們還不信。狄青，大夥都在樓上，你也去喝一杯酒，好吧？」

狄青正待婉拒，武英已道：「明日我們就準備去西北了……」

狄青聽到「西北」兩字，心頭一顫，詫異道：「西北？你們去西北做什麼？」

武英笑道：「聽說這段日子來，党項人一直很猖獗，不停地騷擾大宋的西北邊陲。我們這些日子覺得氣悶，早就商議著要給元昊些顏色看看。今日我們請命去西北赴援，沒想到兵部和三衙當日就准了。」

狄青心想，趙禎當初留眾人在禁中，雖說事後這些人只護駕，沒做什麼，但武英、王珪他們多半知道參與宮變，會引發朝廷的猜忌，這才主動避禍請戍邊陲了。轉念又想，說不定人家真的想保家衛國呢，狄青呀狄青，你自己胸無大志，莫要覺得旁人都是如此。

武英又道：「狄青，這一去，說不定就是生離死別，再也不能相見。我們知道你也不太痛快，但無能幫你。不如大夥再痛痛快快地喝一場，從此天各一方，快意恩仇好不好？」

酒樓處也有幾人探出腦袋叫道：「狄青，上來吧！」

狄青聽武英豪情滿懷，見弟兄們召喚，心中忍不住也有熱血激盪，喝道：「好，今日就痛痛快快的醉一場！」

他和武英並肩上樓，發現樓上只有一桌，桌旁盡是熟人。有沉穩的王珪、有老練的李簡、有威猛的朱觀、還有銳氣正酣的桑懌……

張玉、李禹亨二人，也都坐在桌旁。這些人都是曾經和狄青並肩作戰的侍衛，均商量好了，決心去西北，他們唯獨沒有和狄青商量。並非他們看不起狄青，只是他們早認為，狄青離不開京城。

眾人見狄青上樓，都停了杯，望著狄青。他們都知道狄青的事情，可無從安慰，更知道這時候的安慰，只會引發狄青的心痛。狄青卻已道：「今日謀一醉，不醉不歸，換大碗來！」

眾人舒了口氣，換了酒碗笑道：「好，不醉不歸！狄青，我們敬你一碗酒。」這些人都知道，此去沙場險惡，遠比京城要活得辛苦，但所有人均有一腔熱血，無所畏懼。

狄青端起酒碗，望著眾人激盪飛揚的神色，突然想起楊羽裳昏迷前曾說過，「狄青，你在我心中，本是天下無雙的蓋世英雄！」

這句話，他幾乎要忘了。可今日一碗酒，兄弟們的豪情熱血，讓他驀地想起往事，眼簾濕潤。他霍然省悟過來，羽裳為何要說這句話。

羽裳說這句話，本是有深意的。就因為她知道狄青的性格，她怕狄青隨即就和她同死。她想讓狄青堅強的活下去，做個天下無雙的蓋世英雄，讓她楊羽裳在天上看到。

可他這個魯莽的漢子，直到這時候，才能體會到羽裳如海的深情。羽裳就算要去了，也還在為他狄青著想。

一想到這裡，狄青鼻梁酸楚，胸中如千針鑽刺，良久才說道：「各位兄弟，今日我和你們同飲一杯，大家西北再見。」

眾人有些吃驚，張玉道：「狄青，你也要去西北嗎？」

狄青終於下定了決心，暗想反正也是去西北，左右都要靠緣分，為何不像這些兄弟般，轟轟烈烈？羽裳一直想看他成為天下無雙的蓋世英雄，他就算找到了香巴拉，也不想羽裳醒後，看到他還像現在這樣渾渾噩噩。郭大哥說的不錯，一個人不想萬事求人，他就必須有自己的本事。學會太保刀法，橫行天下，能力越大，說不定更有機緣。

一想到這裡，狄青重重點點頭道：「你們均去西北建功立業，怎麼能少了我呢？」

張玉哈哈大笑，轉頭對李禹亨道：「我早說過，狄青是條漢子，拿得起放得下，你偏說狄青不會去。」

李禹亨喏喏道：「可他……總不會就這麼去吧？」

狄青心中雖也有不捨，但轉念一想，自己早一日去西北，也就多一分救回楊羽裳的機會，遂道：「好男兒，何必婆婆媽媽？我明日就去請聖上准我前往西北，到時候，兄弟們一同作戰！」

眾人均喜，齊聲道：「好！到時候，兄弟們一同作戰！」

是時，眾人拋開了一切，開懷痛飲。

兒須成名酒須醉，酒後吐露是真情。武英喝到酣暢，突然以筷子擊著酒碗，借著酒意大聲吟唱道：「天威捲地過黃河，萬里羌人盡漢歌。莫堰橫山倒流水，從教西去作恩波！」他唱得鏗鏘，有如兵甲烽起，滿是激昂。

眾人聽了，熱血沸騰，不由跟著吟唱，只感覺歌聲粗獷，盡是豪情。

朱觀一旁道：「武英，不想你功夫好，才情更好，做得一首好詩。我就不行了，除了能打之外，字都不識得幾個。」

這些人雖相識不久，但經過永定陵、宮變兩事後，早就如兄弟一般。

武英哈哈大笑道：「我哪有這種才情，這首詩歌聽說本是塞下曹瑋將軍所做，一直流傳了下來。想曹瑋將軍橫行西北數十年，讓羌人從不敢入侵宋境半步，今日你我雖無曹將軍的威名，但若論雄心，不應該輸給曹將軍。今日一別汴京，不知何時能回，也不知能不能回，但男兒當成名，笑殺白頭吟，酒已盡興，這就走吧。」

他踉蹌著站起，大笑下樓，還不忘記大聲唱道：「天威捲地過黃河……」

歌聲豪放悲涼，飽含著男兒的熱血雄心，壯志豪情。那歌聲轉瞬去得遠了，讓多年靡靡不振的汴京，突然有了種蕭殺悲壯之氣。

眾人紛紛起身，跟隨下樓，一路長笑。

狄青望著眾人的慷慨激昂，聽著歌聲陣陣傳唱，突然想到，此去經年，風刻沙磨，塵起煙凝，不知道要有多少熱血悲壯就此灑在邊塞的青山黃土之上。

那曾經的朋友、曾經的親人、曾經的兄弟，說不定千古揚名，說不定埋骨荒山，但死也好，活也罷，終究是痛痛快快地戰了一場。

一想到這裡，忍不住地心酸、忍不住地血沸、忍不住的熱淚盈眶！

狄青心中雖還悲楚，但那股熱血已沖淡了悲意。

我要去西北！一個聲音心中高喊。狄青挺起胸膛，望明月高照，宛若望見那盈盈的笑臉，含情的雙眸，一字一頓對他說道：「狄青，你在我心中，本是天下無雙的蓋世英雄！」

那一刻，明月正懸，熱血沸然，狄青意志前所未有的堅定，自語道：「我要去西北。」

他要去西北，為了那平生摯愛沒有說過、但銘刻心間的生死之諾，亦是為了那天地間浩浩蕩蕩，千古永垂的男兒豪情！

第十三章　關　山

我要去西北！

狄青立在趙禎面前時，肯定地說出了自己的心意。

趙禎有些詫異，還有些疲憊，也有些傷感。這幾日來，聽說西北將亂，禁中侍衛多請命前往西北，趙禎盡數應允了。

或許趙禎也早就想派人前往西北一戰。他雖沒有見過元昊，但從種種跡象來看，元昊一直惦記著他，甚至不惜派人為亂宋境，刺殺於他。

此仇不報，他寢食難安。但聽到狄青要去西北，趙禎面色一黯。最近那幾個當初宮變救護他的侍衛，都提出去西北，趙禎豈能不知那些人的心思。那些侍衛只怕攪入宮爭，被人猜忌。只是他真的想要教訓元昊，因此這些禁軍精英要去，他也就准了。他還準備備軍西北，希望能讓元昊知道，一些事情，早還晚還，遲早要還的。可狄青難道也是和那些侍衛一般的想法？狄青不應該這麼害怕的。

趙禎沉吟了許久才道：「狄青，你不必去西北的。其實那些人去西北，本也沒有必要，我只信得過你們。」

狄青見趙禎猶豫，又看到他那孤零零的神情，想起當初那個軟弱無助的聖公子，心中一軟，不過轉念想起羽裳，只能拋開一切。沉默半晌才道：「我們去西北，不是怕聖上、太后猜忌，而是真的想要去。男兒習武，逢國有急，豈能不赴？」

「王珪他們，是朕最信任的侍衛。但你和王珪他們又不同的。」趙禎感慨道，「狄青，他們是我的臣子，但你是我的兄弟。真的，我一直把你當兄弟的，自從你在夜月飛天面前，寧可性命不要，也要幫我的時候，我就對自己說，以後……我也可為狄青做一切的。」趙禎眼中滿是誠懇，甚至不再自稱朕。

見狄青不語，趙禎問道：「你還記得在孝義宮時，我和你說過的話嗎？」

狄青當然記得，他記得當時趙禎臉色蒼白地對他說，「狄青，你一定要幫朕，我求求你。若這件事成，朕就和你是生死弟兄，永不相棄！」

他到現在，還不知道趙禎要去玄宮取什麼，但看起來，只是一本天書，就已拯救了趙禎。他還記得，趙禎伸手一劃，對他道：「朕若親政，要做個千古明君！若朕掌權，定會重用你，朕若是漢武帝，你就是擊匈奴的霍去病；朕若是唐太宗，你就是滅突厥的李靖！」

這本是他和趙禎之間的約定，沒有第三個人知道。他若知道，最終是個這種結果的話，他寧可什麼都不做，他寧可遠遠地離開京城，甚至寧願從未見過楊羽裳。他不想當霍去病、不想當李靖，他只想和楊羽裳在一起。

狄青想了太多太多，終究什麼都沒有說。望著趙禎感慨的眼眸，想著還在昏迷的楊羽裳，狄青只是道：「聖上，臣不記得了。臣和王珪他們，本沒有什麼不同的。」

趙禎微愕，轉瞬看到了狄青眼中的悲涼，明白過來，悵然道：「你不記得，朕記得的。朕說過的話，答應的事情，從來不會忘記！」

走下龍椅，走到狄青的身邊，趙禎目光誠摯，說道：「你執意要去邊塞，我不會攔你。但這些年來，朕很寂寞，從未有過真心的兄弟，見到你們這些侍衛稱兄道弟，很是羨慕。朕真的希望你可以留在朕的身邊。」他還試圖作一下挽留。

狄青低聲婉拒道：「請聖上成全。」趙禎望著狄青那張憂鬱的臉，心中突然一動，已有了打算。暗想狄青眼下傷心，不過是一時衝動，我讓他散散心，然後再想辦法調他回轉好了。想到這裡，趙禎點頭道：「好吧，你要去西北，朕就成全你。你想要做什麼官？」

狄青道：「臣只想和王珪他們一樣就好。」

趙禎看了狄青半晌，道：「好，朕今日就和兵部說一下，你可以去延州。」

狄青才待告退，趙禎又道：「狄青，你記得，朕說過的話，不會不算。你若真在邊陲有所作為，朕定當重用你，為朕收回失去的疆土！還有……你記得，如果有時間就回來看看朕，朕很喜歡和你說說話。至於別的事情，你不用考慮太多，自有朕為你做主。你還帶著朕的那面金牌吧？」見狄青點頭，趙禎肅然道：「你有那面金牌，就要記得，有朕在你身後！」

狄青點點頭，默默地轉身離去。趙禎重重地歎口氣，心想我都說到這種程度，狄青若真想升遷，只要說一句，輕而易舉的事情。但狄青終究沒有說。

狄青是聰明還是傻？他為了個女人這麼做，到底值不值得？趙禎轉念又想到，當初王美人離開自己的時候，自己不也這般失魂落魄？想再過一段時間，狄青應該會好轉，到時候再讓他回京城也不遲。

在龍椅上放緩了身軀，趙禎神色中多少帶了些疲憊。望著狄青消失不見，他的眉頭又鎖了起來，喃喃自語道：「接下來，我該怎麼做呢？」

宮殿森森，陽光照進來，卻照不到趙禎的身上。狄青臨出宮門的那一刻，忍不住回頭望了一眼。目光盡處，那個龍椅上的人，坐得那麼高，顯得如此遠。

狄青沒有再看，才走了不遠，迎面就有一個人走過來。狄青止住腳步，望著那人道：「伯父……」那人正是八王爺。八王爺仍是憔悴，雙目充血，見到狄青的那一刻，擠出了點兒笑容。向四周望去，見沒有人留意，低聲道：「狄青，不幸中的幸事，太后答應我的請求了。接下來，你……你準備怎麼做？」

狄青錯愕，難以相信太后會答應這麼瘋狂的要求。他並不知道八王爺和太后達成了怎樣的協議，可知道八王爺沒有必要騙他，猶豫道：「伯父，我才得到一個消息，說香巴拉可能在西北，我向聖上請命去西北。戍邊的同時，打探香巴拉的下落。」

本以為八王爺會有不同的建議，沒想到八王爺點點頭，悵然道：「狄青，說實話，對於能否找到香巴拉，我沒有一成的把握。」

狄青心頭一沉，聽八王爺又道：「可這世上很多的事，絕非你有把握才會做，對不對？唉……我只信蒼天不會這麼無情，也信老夫的苦心不會白費，更信你狄青對羽裳的一片情。羽裳剩下的事情，我來處理就好。」

「我還想再看一眼羽裳。」狄青猶豫良久，終於又道。他終究還是不捨的。

八王爺搖頭道：「狄青，不能了。實不相瞞，此事極為重大，我在昨夜，就把羽裳送往玄宮了。」

狄青忍不住地心酸，想著許久再也見不到楊羽裳了，喃喃道：「也好，也好……」他不知說了多少個也好，可也沖不淡離別的傷情，但終於還是挺直了腰板，緩緩地轉過身，才待向宮外走去，突然又止住了腳步。「伯父，我想再問一句。」

「你要問什麼？」

「羽裳在玄宮，可以留多久？」狄青聲音已有些顫抖。他想問的是，楊羽裳究竟能不能撐到他找到香巴拉。至於找到香巴拉，能不能救治楊羽裳，他根本不再去想。

八王爺的臉色變得凝重，反問道：「你信不信我？」

狄青澀然道：「當然信了。」

八王爺緩緩道：「這世上，是有奇跡的，只是在於你肯不肯去信。在我看來，羽裳甚至能比你我活得更久。你莫要忘記了，你本身就是個奇跡，你本不能殺了趙允升等人的。」

狄青心頭一亮，驀地信心大增，點頭道：「對，你說得對，我知道了。」他本身的確是個難解之謎，但八王爺提及這點，難道也知道了什麼？狄青不再多想，向八王爺深施一禮道：「伯父，羽裳靠你照顧了。」心中在想，羽裳，我一定會回來的！霍然轉身，狄青大踏步離去，長槍般的身軀，挺得筆直。

八王爺看著他的背影，眼中露出奇怪的表情，想對狄青說什麼，終於還是歎口氣，喃喃道：「羽裳，你放心，無論如何，我都要救你回來！一定！」

天有雲，濃雲若龍，出了汴京，青山似洗，萬木嘯風，好一派壯麗山河。

塞下秋來，風景迥異。京城的秋，就算冷，也帶著冠蓋的鮮豔、鮮花的柔弱、市井的喧囂。但塞下的秋，一望千里，總帶著蒼茫的黃、暗淡的灰，還有那流動的青色。一隻大雁鳴叫聲中，南飛而去，雖獨，但無眷戀之意。千里荒蕪中，不時傳來羌笛悠悠，輕煙若霜，更增天地間的蒼涼之意。

晚風連朔氣，新月照邊秋。

本是有些荒涼的西北軍州之地，也有繁華的地方，那就是延州城。延州城，實為西北第一城池。延州城故址本是豐林縣，其城本是大單于赫連勃勃所築，本名赫連城。後來宋立國，西北有亂，西平王李繼遷在西北殺出一片天空。大宋為抵抗橫山西的党項人出兵犯境，這才又重修赫連城，改名延州城。

延州城依山而建，有延河橫穿，地勢險峻，易守難攻。大宋經營許多年後，延州城已成為西北第一大城，更因西北數十里外，有眼下邊陲的第一大砦金明砦，號稱擁兵十萬，延州城有金明砦做後盾，看起來已固若金湯。故西北流傳一個說法，砦中金明，城中延州！

羌笛城外悠悠，絲管城內繁急，就算已在寒晚，延州竟也很是熱鬧。

延州城內，竟也和汴京一樣，滿是繁華之氣。絲管之聲，是從延州知州府傳出的。府上高位端坐一人，膚色白皙，頜下黑鬚，有雙保養得如同女人般的胖手，一隻手端著酒杯，一隻手捋著鬍鬚。那人華服高冠，正瞇縫著眼看著堂中歌舞，可神色間，隱約有絲憂思之意。

舞急歌清之際，突然有兵士入內稟告道：「范大人，狄青求見。」

范大人皺了下眉頭，不耐煩地回了句，「不見。」

旁邊有一參軍模樣的人道：「范大人，狄青這一年來，不停騷擾大人的安寧，總是這樣，也不是個辦法。」那參軍黑面黑鬚，膚色也是黝黑，有如燒焦的木炭，和范大人倒成了鮮明的對比。

范大人想了想，叫住了兵士，問道：「耿參軍，依你之意，如何應付這個狄青呢？」耿參軍道：「卑職這幾天查了下西北各地的邊防情況，知道新砦指揮使丁善本死了……」

范大人心中奇怪，打斷道：「丁善本正當壯年，怎麼會死呢？」耿參軍道：「根據新砦傳來的消息，說他是出砦巡視情況的時候，被野蠻的羌人所殺。」

范大人心中微顫，暗想這戍邊的官兒不好做，總是打打殺殺，好不晦氣，我什麼時候才能回轉汴京呢？

范大人叫做范雍，去年還是個三司使，是個優差。可自太后不再垂簾後，趙禎開始親政，藉故說邊陲吃緊，就將范雍派到延州任職。范雍眼下為延州知州，又是陝西安撫使，可算是西北第一人，能調動西北的千軍萬馬，若論職位，只比三司使要高。

可范雍很不喜歡這個官。邊塞太冷、太荒，而且又沒有什麼油水，就連花兒開得都不豔。范雍沒到延州的時候，就已厭惡延州。不過范雍知道，他並沒有選擇。他在汴京的時候，就一味地巴結太后，天子親政了，肯定要肅清太后的黨羽，他范雍，算是太后的一根羽毛了。一想到這裡，范雍就忍不住地歎氣，後悔自己沒有什麼先見之明，若是和狄青一樣，提前巴結趙禎，那就好了……

人生就在選擇呀，不經意的一個選擇，就可能改變了後半生的命運。范老夫子有些悲哀地想到。想起自己選擇失誤，范老夫子連歌舞都無心思看了，擺擺手，示意歌舞暫停。又想到，這個狄青，聽說是擁天子那派。這一年來，天子親政，好像也有對西平王元昊用兵的跡象，可天子傳下的聖旨為何吩咐說，「狄青有功之臣，不必重用呢？」

原來狄青一年前就到了西北，具體如何安置，當然由安撫使兼延州知州的范雍負責。范雍到邊陲後，就把眾殿前侍衛分到各處，他分派王珪、武英、張玉等人的時候，沒什麼遲疑；可處理狄青的時候，很是撓頭。因為這個狄青是天子欽點、三衙派出的殿前侍衛！

范雍雖覺得狄青比他的地位相差十萬八千里，可此事既然和天子有關，他就不敢怠慢。不過聖上在狄青的調令上，親筆寫了一句，「狄青有功之臣，不必重用！」這讓范雍很費解。

趙禎寫這句，其實就是想讓狄青在邊陲走一圈，不必擔當什麼職位，若厭倦了邊陲的事情，就再回京城任職好了。趙禎對狄青，還是很有感情的。狄青雖是趙禎的臣子，但在趙禎心中，還是希望把狄青當朋友的。

趙禎的心事沒有在調令上寫出來，倒把范雍范大人為難得夠嗆。范雍左思右想，只好找各種理由，給狄青加俸，但不讓狄青擔當邊陲具體的職位。這種處置方法，讓狄青這個有功之臣死不了，又沒什麼危險，算不上重用，范雍也就可以給朝廷交差了。范雍把對狄青的處理辦法又上奏到了朝廷，天子親自回道：「准！」

范雍洋洋得意的時候，又有點兒誠惶誠恐，不解趙禎為何對一個低賤的殿前侍衛這麼看重呢？

狄青轉瞬就在邊陲一年，整日遊手好閒，范老夫子也不理會。但最近党項人好像要過肥秋，不停在邊陲出遊騎擄掠西北百姓，造成邊陲吃緊。這個狄青隔幾日就來請命一次，希望能到邊陲最前沿的地方去作戰。

范雍哪敢派這個供養的狄大老爺前去最危險的地方？因此百般推搪，不想狄青不依不饒，范雍很是不耐煩。

想耿參軍說得也有道理，范雍沉吟道：「丁善本死了，和狄青有什麼關係呢？」

耿參軍道：「丁善本是新砦的指揮使兼砦主，他死了，新砦就缺人統領了。范大人若把狄青派到那裡當差，他以後就不會天天煩擾大人你了。」

范雍拍案笑道：「好主意，快去把狄青叫來。」

河北塘濼，陝西堡砦，可說是大宋的邊防特色。

大宋北防契丹，因失幽雲十六州，北疆門戶大開，導致契丹兵馬動輒南下。眼下大宋雖說與契丹和好，但總要提防契丹人反覆、長驅直入，是以根據河北地勢低、湖泊多的特點，將大小湖泊加以疏通貫穿，甚至部署船隻水上巡邏，限制敵騎。

而陝西之地，卻無河北河流湖泊的特點，時刻被党項鐵騎威脅。自太祖之時，就開始以縣為基礎，修建堡砦以防西北鐵騎，到名將曹瑋知秦州之時，甚至修建了三百多里寬、深達近兩丈的塹壕，和堡砦相互呼應，抵擋西北的鐵騎。

這修建堡砦、挖掘塹壕的事情，到趙禎即位後，也未停過。這就導致大宋西北邊陲，堡砦難以盡數，接連蜿蜒，有如移動的長城。

新砦在延州東數十里外，因為西北有金明大砦和延州城頂著，因此新砦的地理位置並不算扼要，范雍也不看重那地方。如今新砦年久失修，不過千餘廂軍把守，把狄青派到那裡當個砦主，一來沒危險，二來算不上重用，俸祿再給加點兒，支走狄青，討好天子，豈不是一舉兩得？范雍想到這裡，笑容如水上泡沫般浮起，可見到狄青哭喪一樣地走進來，又忍不住板起了臉。

狄青容顏憔悴，鬍子拉碴，身上還有些酒氣。但狄青畢竟是狄青，那風霜塵土並沒有讓他失去俊朗，反倒讓他身上，帶有一股難洗的滄桑動人之氣。

更讓人心動的是狄青那雙眼。那眼眸中，有著不屈、有著執著、有著傷情、有著惆悵。那亮如天星的一雙眼，偶爾地眨眨，自有一股蒼涼凌厲之意。

狄青如把刀，只是被破舊的刀鞘包裹，但隱隱間，刀鋒已現。

沒有誰知道狄青這一年來，是如何度過的，只有狄青自己明瞭。

范雍不看狄青的眼，只注意到他衣冠不整的樣子，心中雖厭惡，還能和顏悅色道：「狄青，本府已想到要安排你去哪裡了。」

狄青倒有些詫異，問道：「不知大人要將卑職派往何處呢？」

一年了，轉眼間狄青在邊陲遊蕩了一年有餘。他每次想到這裡，都是忍不住的心痛。范雍不讓他任職，反倒讓狄青無官一聲輕，全力尋找香巴拉的祕密。可他走遍了延州，關於香巴拉的所在，還是一無所獲。他甚至覺得，這不過是個美麗而又殘酷的傳說，但轉念又想，真宗、八王爺、太后和郭大哥都信香巴拉，絕非無因，他狄青不能放棄，他一定要堅持找下去。

羽裳，你等我！那承諾，此生不變。

范雍向耿參軍望去，咳了聲。耿參軍會意，一旁道：「狄青，月餘前，新砦指揮使丁善本被羌人所殺，那裡危險，缺人統領。范大人因此派你前往新砦任指揮使兼砦主，你要好好做事，莫要墮了宋軍的威風。當然了，若能給丁指揮報仇，那是更好了。」

范雍一旁忙道：「邊陲之事，以和為貴，狄青，你也莫要惹事生非。若是引發和羌人的衝突，可莫怪本府事先沒有吩咐。」

狄青心道，羌人砍的不是你的腦袋，你當然以和為貴了。遊蕩一年，他尋找香巴拉的心仍堅定，但覺得總要換個辦法，憑自己摸索只怕不行。想到這裡，狄青躬身施禮道：「卑職謹遵大人的吩咐，先行告退。」

他倒是說走就走，轉眼沒有了影子。范雍暗想，我調令還沒有出，你急著去死嗎？可懶得和狄青交談，吩咐道：「耿參軍，你快去辦妥此事吧，以免狄青屁事不懂，和新砦軍發生誤會。」待耿參軍離去，范老夫子一示意，歌舞再起。

耿參軍出了知州府，見狄青正在府外站著，黑臉上露出一絲笑意。

狄青上前施禮道：「有勞耿參軍了。」

耿參軍笑道：「郭大人已對我說了情況，我不過是舉手之勞罷了。狄青，新砦雖小，但人若是龍，終有用武之地。只盼你……莫要辜負了郭大人的心意。」

狄青點點頭，再施一禮，轉身離去。

原來耿參軍本叫耿傅，和郭遵曾是舊識。自宮變後，京中變化極大，郭遵也自請出京到了西北，眼下為延州的西路都巡檢使，負責延州的安危。他知狄青已不想這般遊蕩，這才請耿傅想辦法。因此今日狄青求見，耿傅這才一旁建議，倒與范雍一拍即合。

狄青在延州又留了一日，第二天一早，耿傅就將調令文書徑直給了狄青。狄青接了委派文書，當天出發，新砦離延州城不過數十里，狄青黃昏時就到了新砦。

新砦是依山修建的堡砦，狄青到了新砦，見碧山倚暮中，大雁一行在晴空飛翔，忍不住地向東望了半晌。他披著晚霞進了新砦，見砦門敝舊，防禦工事大多破舊不堪，忍不住皺了下眉頭。

這種防禦，若碰到重兵攻打，當然抵擋不住。可狄青轉念一想，新砦西有延州城，西北有金明砦，這地方有如雞肋，不廢棄就不錯了，還能指望誰重視此地？

狄青輕易地進了新砦，也無人留意。眼下雖說党項人時有騷擾，畢竟還是小摩擦，因此新砦根本沒有戰意，甚至可說是防備稀鬆。

狄青並不急於去砦中的官衙，只是騎馬在砦中遊蕩，見到路邊搭著簡陋的竹棚，勉強能遮風擋雨。竹棚裡面擺了些桌凳，斜挑出一面青色的酒旗，就算是家酒肆了。邊陲多簡陋，這樣的酒家倒隨處可見。

狄青下了馬，入了酒肆。他並非想要借酒澆愁，而是知道這種地方，無疑是探聽消息的最好所在。但這一年來，他不知道走過了多少酒家，踏破了多少鞋底……消息他是知道不少，但沒有他需要的東西。

狄青落座後，微覺失望。酒肆中，坐著幾人閒飲，都是說著家長里短的閒話。酒肆盡頭，坐著個臉色蒼白的年輕人，端著酒碗的手有些顫抖，見狄青進來時，好像吃了一驚，但見到狄青的臉後，舒了口氣。

狄青目光銳利，早將那年輕人的神色看在眼中，心中難免有些奇怪。他看出那年輕人不是醉，而是怕，他怕什麼？狄青並沒有多想，也懶得去管閒事，才待叫些酒菜，就見有兩個漢子走進來。左手的那個漢子紫銅臉色，儀表堂堂；右手那漢子一蓬濃密的大鬍子，眉毛卻是稀疏，但難掩風霜之意。

狄青瞥了眼，心中想，只有邊塞之地，才多有這種粗獷的漢子，看他們的服飾，應該是這裡的守軍。那兩人落座後，紫銅臉的漢子一拍桌案道：「夥計，先來兩斤酒、半斤羊肉，再來十個炊餅。」夥計對那紫銅臉的漢子笑道：「廖都頭，今日不當差嗎？」又對那虯髯漢子道：「葛都頭好。」

狄青心道：「新砦是小砦，按說領軍的人就是指揮使、副指揮使和都頭、副都頭，這兩人都是新砦的都頭，應該是我的手下。」

廖都頭罵道：「廢話，我當差怎麼會喝酒？快點兒把酒菜上來，我還有事。」他目光閃動，從狄青身上掠過，有些詫異，暗想在新砦的人，他熟悉非常，怎麼會有這般人物？

狄青戴著氈帽，已掩住了臉上的刺青。紫銅臉的漢子見狄青衣著敝舊，腰間隨意掛著一把刀，難掩孤高落寞之氣，一時間也看不出狄青的來頭。

廖都頭才待起身，就被身邊的葛都頭拉住，低聲道：「莫要多事，我們……還要做事。」他後面的話說得聲音極低，帶著幾分神祕之意。

廖都頭冷哼一聲，從狄青身上移開目光，也低聲道：「過了這麼多天，多半不成了。依我說，不如宰了他就好，你我聯手，還怕不能奈何他嗎？」

葛都頭道：「唉……那廝很鬼，你我就算殺得了他，以後還能在新砦待嗎？這裡人雜，先吃酒，莫要多說了。」兩個新砦都頭說話的聲音很低，狄青耳尖，竟聽到了。他其實也不是刻意偷聽那兩人談話，只是這一年來，不知為何，他擁有的神力不但沒有像以前般曇花一現，反倒益增，耳力更是到了前所未有的敏銳，因此無意間，聽到了二人的對話，不由心中微凜。

狄青拿著筷子撥弄，並沒有向兩個漢子的方向望過去，心中想到，「這兩個都頭竟要殺人，他們要殺誰？沒想到這兩人看似儀表堂堂，私下竟做這種勾當。」

若是換做以往，狄青就算不衝過去質問，多半也形於顏色，可這時的狄青，只是喚道：「夥計，來兩斤酒，一斤羊肉。」心中暗想，一會兒跟著他們看看就好。若那兩人真的隨意殺人，也不能饒了他們兩個。

他一抬頭，就見到那喝酒的白臉年輕人低頭要出去。店夥計過來招呼狄青，發現那白臉年輕人要走，叫道：「華副都頭，要走了？酒錢二十文。」

夥計這一招呼，所有的人目光都落到那個年輕人身上。

那白臉年輕人見到兩個都頭進來後，就扭過頭去。廖、葛兩都頭都像有心事的樣子，並沒有留意那人，這下抬頭望去，廖都頭臉色陰冷，身形一晃，已攔到了那白臉年輕人的身前，問道：「華舵，你小子偷偷摸摸的，要做什麼？」

狄青心中奇怪，暗想原來這白臉的也是新砦的一個官，叫華舵，是新砦的副都頭。這三人都是新砦的人，可看起來，怎麼像是形如陌路？

華舵身子還在抖，賠笑道：「廖都頭，我……沒有偷偷摸摸。」

廖都頭喝問道：「你沒有偷偷摸摸，見到我們連個招呼都不打嗎？」

華舵一震，突然直起脖子叫道：「廖峰，你算老幾？我為什麼要向你打招呼？我偷偷摸摸怎麼了？你管我？你有什麼資格？」

廖峰微愕，不等說什麼，華舵已怒氣衝衝地走出去。廖峰才待攔阻，酒肆外走進來一人，一把抓住了廖峰，低聲道：「老廖，別追了，我有些線索了。」

進來那人高瘦的個子，臉上一塊青色的胎記，看起來有些凶惡。

廖峰微喜，說道：「司馬……你查到什麼了？坐下來說！」

狄青見那司馬和廖峰是一樣的服飾，暗想這人原來也是個都頭。好傢伙，我這指揮使才到，就一口氣碰到新砦的三個都頭、一個副都頭。

不過狄青並不奇怪，因按大宋慣例，一個都頭能領百十來個廂軍。新砦雖小，但也有千餘兵士，有五六個都頭也是正常。

可這些都頭、副都頭之間，好像藏著什麼祕密。聽廖峰邀那司馬坐下，狄青正合心意。可司馬坐下後，只是飲酒，並不說話，廖峰和那葛都頭竟也不再說話。

狄青等了片刻，微有詫異，斜睨一眼，暗皺眉頭。原來他一眼就看到，司馬用手蘸了些酒水，竟在桌上寫字，因此沒有言語。

狄青心道，廖峰都頭有些衝動，那個葛都頭外表粗獷，卻很心細，這個青面的司馬都頭心思深沉，做事滴水不漏，算是個厲害角色。他暗自琢磨這三人的計謀，正想著如何舉動，只聽到酒肆外有踢躂的腳步聲傳來。

狄青正琢磨時，並沒有去望來的是誰，沒想到那腳步聲越走越近，竟到了他身邊停下來。狄青只見到桌前一雙草鞋，破得不像樣子，有兩個腳指頭都露了出來，腳指頭動動，像是在和他打著招呼。狄青忍不住地抬頭，想看看來的瘋子是誰。

如今已入秋，邊塞很有些冷意，這人穿雙露著腳指頭的草鞋，不是瘋子是什麼？這裡還有很多空座，這人為何一定要到了他的面前？

狄青抬起頭來，又有些發怔。眼前那人正在望著他，那人臉上的肅穆，看起來就算八王爺都稍遜一籌。

不過那人的衣服和八王爺截然相反。八王爺很多時候，都穿著極為乾淨。那人穿著補丁的衣服，衣服不但破，而且髒；不但髒，還很油膩。狄青看不出那人衣服原來的顏色是什麼，但可以肯定的是，他只要擰擰那衣服，攢出的油可以炒盤菜了。那人頭頂微禿，臉有菜色，一雙眼睛不大，正瞇縫著望著狄青。

狄青確信這人不是瘋子，因為瘋子絕對沒有那精明的眼神。他看到這人的第一眼，就覺得這人其實很精明。見那人不語，狄青終於開口道：「你有事？」

那人見狄青開口，突然道：「莫動。」他聲音低啞，似乎有種魔力。盯著狄青，五指不停地屈伸，神色肅穆不減。

狄青見到那人的五指也和抓了豬油似的，感覺他應該是在算命，但怎麼都不能把這人和邵雍的算命連繫在一起。不過他畢竟風浪經歷得多了，竟還能沉著地望著那人。他這時並沒有留意，酒肆中的眾人都望著他和那人，臉上的表情極為怪異。

那人像塗著豬油的手終於停了下來，表情慎重道：「你有心事！」

狄青皺了下眉頭，半晌才問：「那又如何？」

「你很快就會有一個大難。」那人的聲音像從嗓子中擠出來一樣。

狄青反倒舒展了眉頭，心道這不是個瘋子，倒像個神棍。他早就對什麼災難麻木了，更不信那人的危言聳聽，隨口道：「那又如何？」

那人眼中似乎有些奇怪，舒了口長氣，一字字道：「香……巴……拉……」

狄青霍然而驚，悚然道：「你說什麼？」

他做夢也沒有想到過，來人居然一口道破了他的心事。他踏破鐵鞋無處尋覓的香巴拉，竟被這人輕易地吐露出來！

第十四章 出鞘

狄青聽那人說出「香巴拉」三字，不由動容。那人見狄青這麼好奇，眼中好像也有驚奇，但住口不言，臉色肅穆中又帶著神祕。

狄青見那人不語，緊張地問道：「你知道香巴拉在哪裡？」

那人微微一笑，慢慢坐下來，問道：「這位……兄臺，我可以坐下來嗎？」那人眼角皺紋細細，鬍鬚已有些發白，年紀看起來都可以做狄青的爹了，但稱呼很是客氣。那人坐下來的時候，見到狄青臉頰上的刺青，臉色微變。

狄青道：「當然可以。先生……你真的知道香巴拉在哪裡嗎？」這時酒水上來，狄青為那人滿了杯酒。那人也不客氣，端起那杯酒一飲而盡，嘖嘖有聲，吐沫橫飛，少了分高人的神色，喝道：「夥計，來斤上好的羊肉，再來兩斤酒，把我的酒葫蘆裝滿。」狄青這才留意到那人腰間繫個葫蘆，亮得和那人的頭頂差不多。

夥計向狄青望去，那人不耐煩道：「有這官人在，你害怕有人付不起錢嗎？」

狄青伸手往懷中一掏，丟了塊銀子在桌上，沉聲道：「照他的吩咐做。」

夥計見了銀子，眼睛發亮，忙不迭地上了酒肉。那人也不客氣，也不用筷子，雙手齊用，吃塊羊肉，喝一碗酒。他吃的樣子如同餓鬼，不過盞茶的工夫，桌上的酒肉竟被他吃個乾淨。那人愜意地打個飽嗝，伸手拍了拍肚子，很是怡然自得。

狄青這才發現那人的肚子也不小，有如飯桶。不是飯桶，怎麼能吃這麼多的酒肉？可他竟還能忍住，等那人酒足飯飽後，方才又問：「先生……」

那人爽快起來，眼中卻掠過幾分怪異，「我當然知道香巴拉在哪裡，你要香巴拉嗎？」

狄青有些不解，遲疑道：「我要香巴拉？香巴拉怎麼能要？我只想去香巴拉。」

那人皺眉道：「去香巴拉？何必去呢，讓他們端來不就好了。」

狄青錯愕道：「端來？怎麼端來？」

那人一扭頭，對夥計道：「夥計，來盤香巴拉！」

狄青呆坐在那裡，半晌說不出話來。

香巴拉終於被熱氣騰騰地端了上來，狄青望著桌上的那盤東西，苦澀道：「這就是香巴拉？」端來的不過是盤熱氣騰騰的螃蟹，香氣撲鼻。

那人齜牙，口水像是要流淌下來，笑道：「當然了，這就是香扒辣。」望著那盤香氣撲鼻的螃蟹，那人搖頭晃腦道：「俗語說得好，『九月團臍十月尖，持蟹飲酒菊花天。』官人，你可真是聰明人，也夠風雅，竟在這時候吃螃蟹，也找對了我，可惜這裡就缺點兒菊花點綴。你聞聞，這河蟹做得多香，這東西要扒開來吃，裡面蔥薑蒜俱有，還有這裡獨家的配料，辣是夠辣，因此叫做香扒辣。」

那人說得唾沫橫飛，心中暗笑。他來到狄青的面前，不過是看狄青風塵僕僕，感覺好騙，這才危言聳聽，本看出狄青憂心忡忡的樣子，想隨便給狄青算兩句，吃盤香扒辣過過嘴癮。不想他提出香扒辣，狄青竟和見鬼一樣，他當然不肯錯過機會，就坡上驢，索性大吃狄青一頓。狄青望著那盤螃蟹，端著酒碗，笑道：「好，很好。」

那人見狄青雖在笑，可笑容中滿是淒慘，不知為何，竟忍不住心中惻然。見狄青雙眉漸漸豎起，不由駭了一跳，說道：「兄臺若是喜歡，大可全包回去吃。我和那面的幾個軍爺……」他來騙人，早就算好退路，因看到廖峰等人在此，暗想這人必定不敢胡來。哪裡想到他扭頭望過去，才發現廖峰幾人都已不見。

波的一聲，狄青手中的酒碗已裂成碎片，可一隻手還和鐵鑄般，沒有半分傷痕。

那人駭然，不信世上還有這種人物，見狄青眼中空洞，忙道：「兄臺，在下不過是吃你點兒羊肉，你不用這般……感動……」

他也真的不怕死，這時候竟然還敢這麼說。狄青一伸手，已把那盤螃蟹推到了那人的面前，說道：「你喜歡吃，就給你吃吧！」說罷竟轉身離去。

那人幾乎不敢相信發生的一切，望著狄青的背影，眼中露出沉思之色。

狄青已走到酒肆外，輕輕地吸口冷冷的秋氣，又歎口氣。他這一年來，不知經歷了多少希望失望，這一次雖有打擊，但對他來說，已算不上什麼。

那人雖在騙他，但狄青終究原諒了他，狄青甚至不想再在這種事上，多費工夫。

店中那人喃喃自語道：「這人為何要找香巴拉？這世上，真有香巴拉嗎？」他這次吐字清楚，說的的確是「香巴拉」三字，原來他也知道香巴拉的。

禿頂邋遢老漢沉默了半晌，目光閃動，又自語道：「這人真是個罕見的人物，不知道是誰？這種人，老漢我豈能錯過？」他才待站起呼喚，就聽到店外有馬蹄響起，緊接著一聲厲喝傳來。

狄青出了酒肆，雖心中失望，還沒有忘記廖峰幾人前時的鬼鬼祟祟。他方才被那個禿頂老漢吸引，雖見廖峰等人離去，也沒有追趕。

出了酒肆，狄青也不著急，暗想廖峰這些人都是新砦有頭有臉的人物，就算真的要動手殺人，也不會選在白天。

正黃昏，夕陽落處，有馬蹄聲響起。狄青迎著夕陽望過去，見到那面有三騎奔來，馬蹄輕快，那三人也都是一副輕鬆的表情。看他們的服飾，和廖峰等人相似。

狄青扭過頭去，正尋思去哪裡找廖峰他們，瞥見一個小乞丐畏畏縮縮地走過來。

那三騎已到了酒肆旁，三人翻身下馬。為首那人削瘦枯乾，雙眸凌厲，向狄青看了一眼，有些詫異。那人身後跟著兩人，一人肩寬背厚，走路一頓一頓，有如釘子刺地；另外一人臉上有道刀疤，隨著表情蛇一般地扭動。刀疤臉提議道：「錢都頭，不如進去喝兩杯吧！」

為首那枯瘦的漢子點頭道：「也好。」

三人已要邁入了酒肆，狄青的目光，卻盯在了那小乞丐的身上。

他感覺那小乞丐有些問題。那小乞丐一張臉滿是灰色，衣衫襤褸，可狄青怎麼看，那小乞丐都不像是乞丐。因為那乞丐眼中，只有怨恨，沒有懇求。

狄青突然從小乞丐的神情中，想到當年自己為大哥報仇的情形。

念頭不過一閃而過，錢都頭三人已和小乞丐要擦肩而過。

刀光一閃，已映了錢都頭的一雙眼。

小乞丐拔出把短刀，一刀刺向錢都頭的小腹。他個頭稍矮，刺的部分偏低，這本是必中的一刀。乞丐實在不引人注意，誰也想不到乞丐會殺新砦的都頭。

就算狄青都想不到。這一刀實在太突然。但乞丐顯然經驗不足，他拔刀時正對著夕陽。他一拔短刀，不待刺出，耀眼的刀光就警告了錢都頭。

錢都頭斷喝聲中，扭腰而閃，短刀堪堪擦腰而過，他甚至感覺到刀鋒貼肉的寒冷。錢都頭又驚又怒，閃身之際，一腳踢了出去！

砰的一聲，小乞丐驚叫聲中，已凌空飛了出去。

錢都頭眼中殺機陡現，不等出刀，身邊兩個副都頭早就飛身縱起，空中拔刀，一刀向那乞丐砍去。

狄青皺了下眉頭，心道那乞丐刺殺錢都頭，錢都頭出辣手也正常，誰都要保全自己的性命。可他身邊的兩個人，根本不問緣由，出手就要殺人，難道已知道乞丐是誰？這些人之間到底有什麼糾葛？他初到新砦，驀地發現新砦並沒有表面上的那麼風平浪靜。

刀光交錯，就要斬到小乞丐的身上。

狄青身形才動，驀地止住。遠處陡然躥來一匹棗紅色的健馬，如火焰撲到，馬兒長嘶，前蹄立起，竟向錢都頭的兩個副手同時踏到。馬快如風，雙蹄揚出，只怕鐵板都能踢穿。那兩人一驚，慌忙空中扭身，向一旁落去。

快馬掠過，馬背上那人伸手一探，已抓起乞丐帶到馬上。那人身披紅色的披風，戴個斗笠遮住了臉，整個人也如火。火過風湧，那人抓起小乞丐，馬勢不停，竟從錢都頭身旁擦身而過。

錢都頭冷哼一聲，手腕一翻，單刀出鞘，劃出一道弧線向馬上那人的背心追斬而去。眼看單刀明亮，就要插到那人的背心，不想馬上那人一翻腕，馬鞭甩出，竟擊在刀柄之上。單刀陡旋，沖天而起，團團舞動，煞是好看。
可那匹馬兒，轉瞬間，已衝到街頭，消失不見。
錢都頭的兩個手下才要上馬追趕，錢都頭一擺手，喝道：「莫要追了。」
刀疤臉急道：「就讓他們跑了嗎？」
錢都頭臉色陰沉，冷笑道：「你放心，他們還會再來的。」
刀疤臉恍然道：「不錯，我們殺了……」話未說完，就被錢都頭用眼神止住。刀疤臉知趣地噤聲，見到酒肆前站著禿頂的那老者，皺了下眉頭，喃喃道：「這個种老頭怎麼會在這裡？」
錢都頭低聲道：「莫要理會那老頭，他很麻煩。」他扭頭望去，臉色變了下，低聲問，「咦，方才那個戴氈帽的人呢？」他說的就是狄青。
兩手下都奇道：「是呀，他怎麼突然就沒了？」
錢都頭心中微凜，望著那匹馬兒消失的方向，良久無語。
狄青已出了新砦，順著棗紅馬飛奔的方向跟去。他雖沒有飛奔，但腳步極快，跟了數里後，見前面已到了山區，皺了下眉頭。
他方才見到馬上是個紅衣女子，救了那小乞丐後，就奔砦外逃去，總覺得事有蹊蹺，因此跟出來想要問問。不過他棄馬步行，也不想被人發現，因此慢了一步。等追出來後，那棗紅馬早沒有了蹤影。
狄青並不氣餒，愈發覺得一個尋常新砦也有很多祕密。這時夜已垂，明月升，他沿著馬蹄留下的痕跡又走了半里左右，突然聽到左手的山坡處傳來了一聲馬嘶。
狄青微喜，縱身過去。他此刻身法奇快，腳步輕盈，荒野中行走，如同個尋獵物的豹子。轉過山坡，就見到前方有處低坳，坳中兩人一馬，馬是棗紅馬，暗夜中赤紅如火，那兩人赫然就是那紅衣女子和小乞丐。

狄青伏低了身子，悄然掩過去，如同捕食的野獸。等近二人數丈外，再也不動。就聽那紅衣女子道：「阿里，你怎麼能這麼衝動？」

那小乞丐悲憤道：「錢悟本殺了我三個哥哥，這個仇，怎麼能不報？」

紅衣女子道：「仇當然要報，可你這麼冒失地去，除了送命外，還能做什麼？多虧我追了過來，不然你只怕也死在新砦了。阿里，你等等……我大哥已經去延州見范大人了，這兩天就能有消息了。」

阿里怒道：「那要等到什麼時候？他們宋人都是官官相護的。這些年來，衛慕族避難橫山東，就是錯了。在橫山西被族人瞧不起，到了這裡被宋人瞧不起。我們躲在忽耳坳，本相安無事，錢悟本為了取功勞，就把我們的腦袋砍了去領功，我們再等下去，遲早有一天也被他砍了腦袋。」

狄青微凜，已隱約猜到了端倪。他這一年來，在西北遊蕩，到處打聽消息，也知道了不少別的事情。

如今元昊掌權，党項人勢大，不過党項人只是羌人的一支。西北羌人聚集，粗略數數，也有百十來族之多。羌人中有勢力的，多數都搬到橫山西居住。而一些被壓迫排擠的羌人、甚至吐蕃人，很多都散居在橫山東線，形成一條党項軍和宋軍的勢力緩衝地帶。這些外族人，如果接近宋軍城池、或者直接入宋軍駐紮地居住，都被稱作熟戶；但只是遊蕩深山，遊牧擄掠為生的羌人，都叫做生戶。

狄青聽人說過，邊陲太平的時候，有些宋軍為取軍功，就殺熟戶去領功，極為血腥殘忍，不想他才到新砦，就碰到了這種事情。難道說這兩個人都是衛慕族的人，被錢悟本殺了親人領功，這才憤然報復？

紅衣女子沉默許久才道：「阿里，你一定要忍，我們忍了這麼多年了……」話音未落，突然喝道：「是誰？」

她聲到鞭到，啪的一聲，一鞭已抽在狄青的藏身之處。

狄青卻已不見。

那紅衣女子驚疑不定，心道方才明明聽到這裡有響聲的，不待回身，一個聲音已在她身後道：「姑娘……」紅衣女子頭也不回，長鞭已甩了回去，直奔發聲之處。羌人馬術精湛，一根長鞭在手上，更是浸淫多年，鞭馬圈羊，驅狼獵獸，活絡無比。

這一鞭抽出去，就算半空有個蒼蠅，只怕都會被她抽下來。不想鞭聲才起，倏然而止。紅衣女子一怔，用力一扯，長鞭再也不動。鞭梢已被一人握在手上，如被嵌入了岩石之中。紅衣女子大驚，霍然轉身，就見到黑夜中一雙晶亮的眼眸，又見到那人眼皮依稀跳了下。

抓住長鞭的人當然就是狄青。他聽阿里冤枉，忍不住地不平，才待起身，就被紅衣女子發現行蹤。長鞭夭矯如蛇，若是以前，他只能躲閃；但如今，在他眼中，那鞭子慢得如老牛破車般，他一伸手，就已抓住鞭梢，喝道：「我是幫你們的！」

阿里才待撲過來，聞言止步，不信道：「你幫我們什麼？你為什麼要幫我們？」他年紀雖小，但咬牙切齒，如同憤怒的虎崽。

紅衣女子叱道：「你幫個屁！偷偷摸摸的，肯定不懷好意。」她陡然鬆手，鞭柄倏然而起，向狄青兜頭打到。與此同時，女子已拔出長劍，一劍向狄青刺來。

她雖是女子，可發狠起來，就如母狼一樣地凶悍。本以為最不濟，也能把狄青逼退。不想狄青一伸手，就拎住她的衣領，再一甩，紅衣女子驚呼聲中，已撞在一棵樹上。不等落下，長鞭已到，繞了幾圈，竟將她綁在了樹上。

緊接著，嗤的一聲，長劍破空，擦著紅衣女子的臉頰刺入了大樹。劍鋒森森，那女子已驚出一身冷汗。方才變故，眼花繚亂，她根本連反抗的餘地都沒有。她難以相信，這世上，還有這般身手之人！

狄青拍拍手掌，輕鬆道：「我要殺你，就不必和你廢話了。」

阿里手持短刀，也嚇在當場，已不敢撲來。

狄青蹲下來，望著阿里的雙眸道：「阿里，你要想報仇，就要向我把當初的事情說一遍。你要信我！」他目光灼灼，滿是真誠。阿里小臉先是驚嚇，後是彷徨，最後有些激動道：「你真的可以幫我報仇？」

狄青已盤膝坐在地上，點頭道：「當然。不然我殺了你們就好，何必多說什麼呢？殺了你們，總比問話要省事得多了。」

阿里人雖小，但已信了狄青，突然跪下來磕頭道：「我不知道你是誰，可你若真能幫我報仇，我阿里今生給你做牛做馬。」

狄青伸手托起阿里，歎口氣道：「那倒不用，你若想感激我，最好把你為何要殺錢都頭的事情清楚地說一遍。」眼中寒芒閃動。狄青緩緩道：「但你莫要騙我，我最恨別人騙我。是錢悟本的錯，我不會饒；但我若知道是你們的錯，我也一樣要殺了你們。」

阿里望見狄青眼神凌厲，並不畏懼，哭泣道：「我騙你什麼？當初我三個哥哥和我，本來在忽耳坳狩獵，不想新砦的錢悟本過來，說要和我們做個買賣。錢悟本說他們手上有大量中原的錦緞，想和我們換獸皮，邀請我們去看看成色，我三個哥哥信以為真，就帶著我出了忽耳坳，不想到了一處林子，錢悟本指著那林子一處草叢道，『貨都在那裡，你們去看看吧。』我的兩個哥哥以前也和錢悟本做些生意，竟沒有懷疑，可我三哥卻有了疑心，很奇怪為何布匹要藏在草叢中，所以帶著我走慢了一步……」說到這裡，阿里嘴角抽搐，眼光露出怨毒之意，「不想那草叢中突然射出兩支利箭，將我兩個哥哥當場射死！」

狄青心中微寒，見那孩子淚流滿面，心中惻然。

阿里抽泣半晌，咬牙又道：「那草叢中又躥出兩人，都是你們新砦的副都頭，我認得的，那二人一個叫做鐵冷，一個叫做屈寒……」

狄青問道：「你方才刺殺錢都頭的時候，他身後那兩人就是鐵冷和屈寒嗎？」

阿里雙拳握緊，額頭青筋暴起，叫道：「就是那兩個畜生！刀疤臉的叫做鐵冷，走路像瘸子的是屈寒，我認得他們，他們也認得我！」

狄青回想鐵冷、屈寒惡狠狠的表情時，對阿里的話已信了八成。

阿里情緒稍平後，已透露刻骨的恨意，「他們殺了我兩個哥哥，還不肯甘休，竟然又向我和三哥衝來……我和三哥到了一處高坡後，我三哥奮力將我丟出去，叫道：『快走，為我們報仇！』我從高崗滾下來，落入一條大河中，又被河水沖走，被族人救起，這才僥倖逃得了性命。可我的三個哥哥，都死在他們的手上，你說，這仇該不該報呢？」

阿里眼中滿是怨毒之意，狄青盯著阿里的雙眼，立即道：「若真的這樣，肯定要報。誰殺了我的三個大哥，我就算殺不了他，也會和他拚命！」

阿里淚水流了下來，突然一把抱住了狄青，哭道：「你是個好人。」他還是個孩子，很多事情不懂，見狄青這般說，心中感激非常，早把狄青當做了親人。

那紅衣女子見狀，不由訕訕，一時間說不出話來。她方才趁狄青和阿里交談時，早就從長鞭的束縛中掙脫出來，這會兒尷尬非常。

狄青等阿里哭泣歇了會兒，這才輕拍他的後背，問道：「我有替你哥哥報仇的辦法，就不知道，你有沒有這種勇氣？」

阿里一抹臉上的淚水，堅定道：「什麼辦法？你就是讓我死，我現在也馬上就死。我還怕什麼？」

狄青點點頭道：「這就好。明天……你去新砦指揮使的官衙，當然了……你最好喬裝去，別讓錢悟本發現你。到時候你找指揮使為你出頭就好。」

紅衣女子冷笑道：「你撒謊也不臉紅嗎？新砦指揮使丁善本已死了。」

狄青望過去，淡然道：「舊指揮使死了，可新的指揮使狄青來了，他定當會為你們出頭。」

紅衣女子反問道：「你這麼肯定？哼，你們漢人，沒有一個好人。」她的眼中滿是不信，顯然對漢人很是戒備。

狄青已站起身子，緩緩道：「因為……我就是狄青！」

紅衣女子一怔，不等再說，眼前黑影一閃，狄青竟消失不見。那女子如見鬼一樣，忍不住地打了個寒戰。阿里見狄青這般神出鬼沒，本事高強，反倒欣喜，心道這人功夫越高，殺壞人豈不越有把握。

狄青雖已不見，阿里還叫道：「狄青，我記住了你，我明天就去找你！」

狄青離開後，還聽得到阿里的呼喚，搖搖頭，已準備向新砦的方向回轉。

他幫理不幫親，錢悟本雖算是他的手下，但這般惡性，他知道了，絕不會輕饒。但如今的狄青，早去了當年的魯莽，回轉的途中暗想：「阿里是個羌人，就算有阿里指證，也不見得能定下錢悟本的罪名。若要處置錢悟本，必須有十足的把握，不然被他反咬一口，我這個指揮使，也不用在新砦混下去了。」

正沉吟間，突然腳下踩到個軟軟的東西。狄青一驚，已借力飛起，輕飄飄地落在丈外，手握刀柄，向地上望去。

他心中驚覺，只因嗅到了血腥之氣。

地上竟躺著一個人，一動不動。

狄青手按刀柄走過去，留意四周的動靜。秋草瑟瑟，寒蛩哀鳴聲中，四野更顯靜寂。狄青眼角又開始輕微地跳動，終於走到了那人的身前。

那人已死。

狄青見到那人喉間刀痕的時候，就已確定。見那人雙眸凸出、神色驚怖的樣子，狄青饒是膽大如天，也是忍不住發冷。是誰殺了這人？

那人的裝束，像是塞下的熟戶，難道說，又是有人殺熟戶取功？可為何不砍了這人的腦袋？狄青很快推翻了自己的判斷，見前方還有血跡，順著血跡走下去，走了約莫半里的路程，地上竟又躺著一人。

那人肚子破了個大洞，腸子都流了出來，只是體溫尚在，死了不久。看此人的服飾，仍舊是個羌人。如此深夜，驀地遇到兩具死屍，若是別人，早就嚇得掉頭就跑。狄青反倒來了興趣，目光閃動，悄步前行。

才行了丈許，就聽右手處有細微的話語傳來，一人道：「我勸你還是把東西交出來的好。」深夜人聲鬼魅，狄青聽了不驚反喜，腳尖輕點，如狸貓般掩過去，見到不遠的樹下，赫然站著兩人，面對著大樹。

大樹下，坐著一人，渾身上下血跡斑斑。那站著的兩人均是身著黑衣，背對狄青。一人手中竟拿個極重的鐵錘，另外一人手中卻是條鐵鍊。

月光斜下，清輝照在樹下那人的臉上，狄青見了，心中一緊。

他從未見過那麼痛苦的一張臉。那張臉，或許本是英俊，但五官都已縮在一起，這讓他面部尖銳凸出，夜色下看起來有著說不出的恐怖之意。

「葉喜孫，你真的執迷不悟嗎？」持鐵鍊之人上前了一步，鐵鍊嘩嘩聲響，聲音卻有些尖細。

狄青已聽出，這人就是方才逼葉喜孫交東西的人。他搜索記憶，不記得聽過葉喜孫的名字。一時間滿是困惑，不知道這三人又有什麼糾葛。

樹下那人見持鐵鍊之人上前，身軀動了下，持鐵鍊那人倏然退後，滿是警惕之意。

狄青奇怪，暗想樹下那人就是葉喜孫了，看起來已身受重傷，為何那兩人竟對他還很畏懼？難道說……那人也是個高手？

葉喜孫終於開口，神色痛楚道：「夜月火、夜月山，你們不用癡心妄想了。東西沒有，命有一條，要的話，就拿去吧！」

狄青聽到夜月火、夜月山兩個名字的時候，心頭狂震。他已知道這兩人是誰。

這兩人竟是元昊八部中夜叉部的高手。

元昊八部中，夜叉部中盡是殺手，亦是高手。夜叉部又分三類，分為天夜叉、地夜叉和虛空夜叉。當年天夜叉夜月飛天攪亂中原，甚至刺殺趙禎，結果被郭遵所殺，但天夜叉部還是好手如雲，最有名的就是天夜叉之下的夜月風、夜月林、夜月火和夜月山四夜叉。狄青從未想到，這四大夜叉中，竟有兩人又到了宋境。這二人來此，又有什麼用意？

聽提錘的夜月山已喝道：「葉喜孫，你真的以為我們不會殺你？」狄青再也按捺不住，閃身而出，沉聲道：「東西我也想要，殺了葉喜孫，算我一份。」

夜月山、夜月火一凜，霍然分開，斜斜而對狄青。他們全部注意力都放在葉喜孫身上，哪裡想到如斯深夜，又有人無聲無息掩到他們的身後。

葉喜孫見到狄青，眼中也閃出詫異之色。可他如今的情形實在不能再糟糕，見又有人攪局，反倒有分欣喜。

狄青見夜月山、夜月火兩人身形輕靈，片刻已扭轉了地勢，四人已成四角而立，已意識到這二人很是扎手。

夜月山提錘喝道：「你是誰？」他聲音粗獷，有如雷震。

狄青微笑道：「說起來，我們還是朋友。」他緩緩上前一步，已手按刀柄，眼皮又開始有節奏地跳動。

夜月火叫道：「你再上前一步，就莫怪我們出手。」他話一出，就覺古怪，已感落入了下風。他和夜月山素來殺人不眨眼，只有面對葉喜孫的時候，這才如臨大敵，可見狄青逼來，他竟感覺有種被猛虎逼來的感覺，這才出言喝止。

狄青殺氣已起，緩緩道：「我就在等你們出手。」說話間，他再邁上前一步。

空氣陡凝，黃葉垂落，似也不堪殺氣催動。

就在狄青邁出那步時，夜月山、夜月火幾乎同時尖嘯出招！夜月二人都是高手，本以為狄青是無名小卒，被他走近幾步，這才驚覺氣勢被狄青所迫，若再不出手，他們的信心就會被摧毀，不戰而敗。

如斯荒山，這是哪裡冒出來的高手？

夜月山想到這裡的時候，已出錘。他聲才嘯，錘已到，風捲塵狂之際，他一錘擊出，有如泰山壓頂。

夜月火同時出招，他手一抖，鐵鍊暴漲，倏然起舞，已將狄青四面八方圈住。鐵鍊才起，一溜火星倏然從鐵鍊上竄出，竟向狄青身上錮來。

這一變化，瞬間已罩住了狄青的四面八方。錘過，夜月火手中已扣住了幾枚火彈，就要向天空擲去。

夜月火和夜月山合作多年，聯手一擊，已算了對手的千般變化，封住對手的所有退路。

敵手避了鐵錘，避不開火噬；避開了火噬，也避不開夜月火手中的火彈。

適才他們遲遲不肯出手，只因為葉喜孫倚樹而抗，他們的攻擊不能發出威力。如今眼前一馬平川，二人合攻，招式的威力已發揮到淋漓盡致。

夜月火才待擲出火彈，突然怔住，攻勢已止，因為狄青已不見。

狄青突然倒了下去。就在他倒下的那一刻，整個身形就和利箭般平射了出去，射到了夜月山的身前。狄青一招之內，已扳回劣勢。

他拔刀，出刀！單刀出鞘，如鳳鳴千里，千山清越。

緊接著夜月山震天價響的一聲吼，夜月火就見血光飛掛，兄弟夜月山已變成了兩半。狄青一刀反砍，從夜月山的胯下劃到了胸膛。一刀兩斷，生死永別。

這是什麼刀法，怎麼如此詭異刁鑽，狠辣淋漓？

夜月火雙目盡赤，嘎聲道：「你！」他話未說完，就見狄青衝破血霧，到了他近前。夜月火呼喝不及，雙手齊飛，最少有十多顆火彈射了出來。

這種火彈碰擊則爆，遇物則燃，只要有一枚射到狄青的身上，就能讓他盡焚而死。火彈才出，夜月火就見到了耀目的紅光，有如紅日出海，光亮掩住了月。

這是深夜，哪裡來的陽光？夜月火想到這裡的時候，才發現眼前不是陽光，而是刀光。刀光劈落火彈，火光四射，刀勢不停，聚了天月、地火、輕嘯、熱血劈了下來。

橫行高歌！肆無忌憚！

歌聲起，人頭落，橫行出，恩怨滅。

第十五章　公　道

狄青出了兩刀，一刀反斬了夜月山，第二刀橫砍了夜月火。

橫刀狂歌。

刀是尋常的刀，歌是狂放的歌，使刀的人舞動的是橫行的歌。熱血高歌中，單刀出鞘、刀若游龍，鏘啷一聲後，飲血歸鞘。耳邊還餘清音，空中還有分瀲灩。

狄青霍然扭頭，向葉喜孫望去，臉色微變，葉喜孫竟已不見。

葉喜孫居然趁狄青和夜月山、夜月火激戰的時候逃走了。

狄青眼角狂跳，無法抑制地跳動。他也沒有去控制，他知道，他根本沒有辦法制止眼角的跳。每次發力，他激戰得越酣暢，眼角就會不由自主地跳，跳得厲害的時候，甚至都要把他臉上的肌肉帶動。

當年他在曹府的時候，就有過這種跡象。他沒有想到，楊羽裳昏迷後，他腦海中龍騰不在，可驚人的潛力卻不再失去，但也讓他每次用力的時候，都有如斯的症狀。

這讓黑夜中的他，看起來有如煞神般。

狄青身形飛轉，已到了樹下。火仍在燃，熊熊大火，照得樹下也明亮起來。夜月火的火彈，真的十分霸道，狄青想到這裡的時候，還有些驚悚。可他戰起來的時候，直如拚命，根本顧不上害怕。火光中，他見到大樹的西方有幾滴血，心中微動，已順著血跡追下去。

葉喜孫是誰？為何夜月山、夜月火這樣的人都要追殺他？夜月山他們向葉喜孫要什麼東西？敵人的敵人，雖說不見得是你的朋友，但狄青對葉喜孫並無惡意。葉喜孫為何要逃？他怕狄青搶他的東西？狄青困惑重重，只想追上葉喜孫再說。

葉喜孫重傷後，肯定跑不出多遠。奔行數里後，除了當初的樹西的幾點血跡外，再無其他痕跡。狄青心中微動，緩下了腳步。風翻落葉，蒼穹森森，饒是狄青聽覺敏銳，可也發現不了附近有人蹤出沒。

陡然間跺腳，狄青罵道：「好你個老狐狸，竟騙了老子。」他身形展動，又順原路奔了回去。等到了葉喜孫當初依靠的樹下後，火勢已熄。狄青抬頭望了大樹一眼，見黑夜中，看不出究竟，吸了口氣，縱身躍上去。

樹上無人，只餘血！樹枝有被壓折的痕跡，也就是說，葉喜孫曾在這裡停留過。

狄青已想明白一切，喃喃道：「葉喜孫？這人究竟是誰，也是個人物了！」原來方才狄青和夜叉打鬥的時候，葉喜孫故意裝作向西逃命，灑了些血在地上，卻上了大樹。他騙狄青西追後，這才下樹從容離去。以這人的心機，狄青要再追，只怕也追不上了。葉喜孫重傷後，逃走還是如此從容不迫，心機也算深沉。

這招狄青也用過，當年他就用這招騙過夜月飛天。不想風水輪流轉，他竟也被葉喜孫騙了一回。狄青眼角已不跳，反倒笑了起來，喃喃道：「無論如何，這人和元昊八部的人為敵，豈不是越強越好？」他想到這裡，一掃沮喪，躍下樹來，才待離去，突然扭頭回望了一眼。

大樹有異，樹皮竟被剝了一塊。這本是小事，狄青卻不肯放過，湊近了看去，才發現樹上用利器刻了幾個字：「大恩不言謝，日後容報！」

簡簡單單的幾個字，竟有說不出的孤高狂傲之氣。

這人逃命的途中，還有空在樹上刻幾個字給狄青。他難道早就算定，狄青肯定能回轉看到留言？英雄惜英雄，英雄重英雄，豈不也只有英雄才瞭解英雄？

狄青沒有惱怒，抬頭望天，喃喃道：「這人真的有趣，可惜不能聊兩句。」

天色黝黑，離天亮還早。狄青打了個哈欠，向新砦的方向走去。走到半路，將外套反穿，掩去了身上的血跡。

仍是深夜，新砦早就關了砦門。狄青並不發愁，因新砦依山而建，他繞著山嶺走動，終於尋到一處無人把守的地方輕易進入。一想到自己鎮守的新砦如此漏洞百出，自己這個指揮使還要偷偷摸摸地進來，狄青不由苦笑。

等入了新砦中，寒氣中，依稀有金柝聲陣陣。狄青緊緊衣襟，看各處均靜，舒了口氣，尋了個僻靜的巷子坐下來。他不想打擾別人，只想等到天明。

天星閃爍，眨眨得有如情人溫柔的眼。

銀河橫斷，明亮得好似敵人冷酷的刀。

狄青望著天河如練，月華千里，眼已朦朧。他就那麼呆呆地望著月色，不知什麼時候，這才抱刀而睡。刀仍橫行，人已憔悴。

風吹過，紛紛墜葉，輕輕地落在那抱刀而睡的人的身上，滿是寂寂。

不知過了多久，狄青突然聽到身側咯的一聲響。狄青微驚，倏然而醒。

天已明，狄青才起，就見到一道白練向他兜頭劃到。狄青再驚，無路可退，才待上牆，陡然間鬆了口氣，不再閃動。

嘩的一聲響，他已被澆得渾身溼透。原來對面柴門打開，突然潑出了一盆水，那水還有餘溫，隱帶香氣。水幕落盡，現出一雙略帶詫異的眼眸。那眼眸黑白分明，有如潑墨的山水。狄青見到那眼眸，心中痛楚，差點兒叫了出來。紅塵煙雨，似水無痕，太多往事他已忘記，但怎能忘卻那澄淨若水的眼眸？

當年大相國寺前，只此一望，相思一世。他幾乎以為對面站著楊羽裳……

話到嘴邊，狄青無言。對面站著一女子，著粗布衣衫，身軀嬌弱，膚色微黃，除了那雙眼眸外，容顏並不出眾。那女子拿著一木盆，就那麼望著狄青，不言不語。

她就那麼地盯著狄青，一雙眼眸，突然變得有些驚奇。但驚奇掠過，隨即變得清明無念。被那一雙眼眸盯著，狄青也有些詫異和不自在。原來他不經意地坐在一家門口。剛才清晨人家起來，倒出一盆洗臉水出來。女子沒有道歉，狄青反倒拱拱手道：「抱歉，不該坐在你家門前的。」

他轉身要走，不經意地看到少女腰間繫了條藍色的絲帶。絲帶藍如海，潔淨如天。

這女子為何腰間繫一條這種絲帶，疑惑只是一閃念，狄青已不再去想，暗自琢磨，先去找廖峰，然後找這裡的副指揮使，看看情況。如果阿里會來，怎麼治罪錢悟本也是個問題。

這是新砦，他的砦子，他必須做主。

他才待舉步，那女子已道：「喂！」

狄青止步，扭頭道：「姑娘……什麼事？」

那女子突然問道：「你叫什麼名字？」

狄青有些錯愕，心道這女子也真的出人意表，見個男子就問名字嗎？可他已對瑣事懶得追究，只是道：「在下狄青。」

「狄青？」那女子皺眉道，「沒有聽說過。」

狄青心道，我何必讓你聽過呢？可總覺得這姑娘好像有些古怪，具體哪裡不對，他一時間也說不明白。

「你等等我，我給你找件衣服。」女子突然道。她快步回轉，等出來後，手上已托著一件粗布衣裳。

可狄青已不見。那女子並沒有追出去，只是看著空蕩蕩的巷口，喃喃道：「狄青，你叫狄青？好，很好。」她說的口氣很是奇怪，不似少女懷春，更像刻骨銘心。

狄青出了巷口，渾身濕漉漉的全不在意。他對刀譜早就記熟，也就不隨身攜帶，封存在一個祕密的地方。剩下的東西除了五龍外，也就是銀子，還有一方藍色的絲帕。

狄青一想到藍色絲帕，就忍不住想到了方才那少女的絲巾。搖搖頭，狄青將這種連繫割斷，已到了街頭。長街漸漸喧囂起來，新砦雖是小砦，可因在延州和金明砦之東，反倒少受烽火波及，倒很有些繁榮。

狄青濕漉漉地走在街頭，無視眾人驚奇的目光，坦然自若地走到一家饅頭鋪前，買了兩個饅頭。銀子也是濕漉漉的，可銀子的好處是，就算掉在糞坑中也沒人嫌棄。不像某些人，掉在糞坑中只會著蒼蠅。

狄青想到這點的時候，已開始啃起熱氣騰騰的饅頭。目光閃動，突然見到三人並肩走過來，狄青心中一動，閃身避到路旁。

那三人居然是廖峰、司馬和另外一個姓葛的都頭。

狄青留意那三人的神色，感覺那三人隱約有些憤慨，沒有殺人後的心虛，倒有些奇怪。暗想昨天這三人商量，到底要殺誰？好像昨晚風平浪靜，不像有什麼大事發生的樣子。廖峰三人也買了幾個饅頭，路上一邊走，一邊低聲地說著什麼。

鬧市人雜，狄青凝神聽去，也聽不清什麼，只聽到，「不能等了……指揮使……這下麻煩了。」狄青皺了下眉頭，暗想這三個人總不是在商量殺我這個指揮使吧？

心中微動，狄青已悄悄跟過去。

幾人三前一後，向西方走去。廖峰三人突然進入個巷子，倏然不見。狄青微凜，加快腳步趕過去，只見到長巷空空，並無人影。狄青怔了一下，才待加快腳步穿過長巷，陡然間止住腳步，抬頭向巷牆上望過去。

牆上輕飄飄地縱下三人，已將狄青夾在中間。那三人正是廖峰三個，原來他們已發現狄青跟蹤，引狄青入巷，斷了他的後路。狄青笑笑，抱刀在懷。

他鎮靜非常，廖峰三人反倒狐疑不定，廖峰喝道：「你小子跟著我們做什麼？」

狄青道：「這條巷子你買下來了？難道我不能走嗎？」

廖峰一怔，一時間無言以對。葛都頭摸著大鬍子，上下打量著狄青道：「昨天我見過你。」廖峰陡然也想起來什麼，叫道：「不錯，昨天你和种世衡在閒扯，我在酒肆見過你。」

狄青心道，原來那個禿頂老頭叫做种世衡，那個無賴，倒有個雅名。反問道，「你見過我又如何？」

廖峰又無話可說了。

司馬都頭最是陰沉，問道：「你要去哪裡？」

狄青反問道：「我為何要告訴你們？」他存心想要激怒這三人，看看情況。廖峰果然被他激怒，喝道：「別的事情我管不著，可你在新砦賊頭賊腦的，本都頭就管得著。小子，你才來的是不是？你認得我是誰不？」

他正得意間，狄青已截斷道：「我當然認得你，你不叫廖峰嗎？你姓司馬，你姓葛……」狄青手指從三人鼻尖劃過，一字字道，「我還知道，你們在商量殺人，哈哈。」

狄青笑聲才起，就聽鏘啷啷幾聲響，廖峰三人已拔出刀來，臉上已露出緊張之意。

廖峰大聲喝道：「你還知道什麼？」

狄青見司馬目露疑惑、廖峰急躁、葛都頭錯愕，心思飛轉道：「我還知道，你們等不及了。」

司馬笑道：「這位兄弟說什麼，我根本……」他話未說完，陡然一刀就向狄青砍來。司馬看起來最是陰險，出刀也是突然，別人都以為他要說話，哪裡想到他遽然出刀。

刀光如練，堪堪砍到了狄青的面前。

噹的一聲，火光四濺，狄青雙眸眨都不眨，可也忍不住地驚奇。

狄青沒有出刀，為他擋開那一刀的竟是廖峰！

司馬訝聲道：「老廖，你做什麼？」

廖峰急道：「你又做什麼？」

司馬咬牙道：「他知道了我們的事情，怎麼能不殺？」

「殺錯了怎麼辦？」廖峰苦澀道。

「寧可錯殺，不能放過。」司馬還待出刀，可一顆心已怦怦大跳。他方才一刀，幾乎要砍到狄青的腦袋上，可狄青竟動也不動。這只能有兩個解釋，一個是此人是傻子，另外一個解釋就是此人藝高膽大。可怎麼看，狄青都不是傻子，司馬還想出刀，但手心盡是冷汗。

廖峰道：「他若是無辜之人，怎能錯殺？丁大哥就是調查錯殺一事，這才中了錢悟本的暗算……我們怎麼能不問青紅皂白地殺人？」

葛都頭一旁道：「老廖，無論如何，我們總不能放他走了。他若走了，我們三個都沒好下場。」

狄青心思轉動，靈機一閃，微笑道：「其實錢大哥早說了，殺幾個番人算什麼，有功大家領好了。昨天我還殺了幾個呢，你們要不要人頭用？」他這句話倒是試探廖峰等人是不是和錢悟本一夥的。

他話音才落，廖峰勃然大怒，喝道：「狗賊！你真和錢悟本一夥的？你的良心被狗吃了？」他神色怒急，手腕一翻，揮刀就砍，司馬、葛都頭幾乎同時出刀。

三刀齊斬，刀光亂錯，不等斬到狄青身上，三人都感覺手腕一麻，單刀脫手。廖峰等人大駭，紛紛退後。

狄青手上竟抓著三把刀，歎口氣道：「你們這種本事還想殺錢大哥嗎？」他心中暗想，「看這三人對錢悟本如此痛恨，難道昨天商議的是要殺錢悟本？他們說丁指揮是中了錢悟本的暗算，錢悟本為何要殺丁指揮？」

葛都頭駭然道：「你是錢悟本派來的？」他自負武功不差，哪裡想到三人聯手，竟然在狄青手下過不了一招。這人恁地厲害？

狄青臉色一板，說道：「不錯，是錢大哥派我來的。憑你們的本事，殺錢大哥，豈不是癡人說夢？我一招就可要你三人的命，你們信不信？」

廖峰三人面面相覷，雖不想承認，但心中知道這人絕非大話。

狄青突然道：「不過嘛，我可以給你們三人一個機會。」

三人齊聲問：「什麼機會？」

狄青故作譏誚道：「你們三個人，一定要死一個，不然我無法回去交差。這樣吧，你們殺了其中的一個，其餘兩個就可以走了。」

廖峰等人神色慘變，再望彼此，眼中已有了異樣之色。

狄青目光一眨不眨，只等他們決定。生死關頭，才顯三人本色，他就是想看看，這三人是否值得信任。在他看來，司馬最可能出逃，葛都頭也有可能，那個廖峰最衝動，反倒可能不怕死。

他到新砦，需要的是可靠的手下！他要用最快的方法，找最義氣的漢子。

果不其然，廖峰雙拳握緊，額頭青筋暴起，陡然暴喝道：「你們走！」他話音未落，已向狄青衝去。

葛都頭、司馬都頭一伸手，就已抓住了廖峰。

狄青雙眉一豎，就要出手，不想那兩人用力一甩，竟將廖峰甩了出去，齊聲喝道：「走，給我報仇！」

葛都頭和司馬竟齊齊向狄青衝來。二人瞬間就已攻出七拳，踢出兩腳，直如不要命了一般。

廖峰雖被摔出，但轉瞬翻身躍起，竟也向狄青衝來。

狄青動容，歎了口氣，刀光一閃。

葛都頭和司馬都已怔住，因為單刀不知何時，又被狄青塞到他們的手上。鏘啷一聲，葛都頭和司馬不由低頭望去，見到自己的單刀已歸鞘，詫異中帶著駭然，不知道狄青怎麼會有這種神鬼莫測的手法。

廖峰衝過來，見到狄青將葛都頭和司馬的單刀歸還，也愣在那裡，不解狄青到底什麼念頭。

狄青已掏出一張紙，抖開道：「我是狄青，新砦的新任指揮使，方才得罪了三位，還請莫要見怪。」

他躬身一禮，是為歉然，也為尊敬。

就算狄青也沒有想到，這三人為了同伴，竟都能不要性命。這樣的人，他如何會不信？

葛都頭望向狄青手上的調令，忍不住喝道：「你玩夠了吧？又拿什麼來糊弄我們？」

狄青見三人均有怒容，向自己手上望過去，哭笑不得。原來適才他被淋個通透，那調令早就模糊成一團，也就怪不得葛都頭不信。

狄青並不著急，正色道：「我的確是范大人才任命的新砦指揮使。今日前來，就是要查丁指揮被殺一事。方才並非戲弄，而是初到新砦，不知道哪個可信。」

司馬陰陰道：「你現在知道了？」

狄青聽出他口氣中的不滿，歉然道：「現在我知道了。三位武技雖不高明，但都是頂天立地的漢子。狄青此行，頗有收穫。」見三人還是帶著疑惑，但神色已有些和緩，狄青手一翻，已亮出一面金牌道：「此乃聖上所賜金牌。就算沒有范大人的調令，我也有權處置這裡的事情。」

三人見到那金牌居然寫著「如朕親臨」四個字，不由都是臉上變色。葛都頭吃吃道：「我們昨日聽孫副指揮說，延州城有文書傳來，說新任指揮使狄青是個殿前侍衛，這幾日就要來上任，難道真的是你？」

狄青笑道：「狄青也不是什麼了不起的人物，我不必冒充的。」他神色自有傲然。眾人已信了幾分，再看狄青的眼神已截然不同，司馬遲疑道：「那你今日……」

狄青肅然道：「實不相瞞，我初到這裡，就發現此處頗有怪異。昨晚我已查明錢悟本為取軍功，居然殺番人取功……」

葛都頭省悟道：「因此你剛才那麼說，就想試探我們是否和他同流合污了？」

狄青點頭道：「正是如此。但不想一試之下，竟試出三個頂天立地的漢子。」

三人聽狄青誇獎，都有些慚愧。廖峰苦笑道：「我們這些人，百十來個綁起來也不如指揮使了。」

狄青正色道：「廖都頭，你此言差矣。真正的漢子看的是胸襟，絕非看功夫。你們三個能為彼此捨命，這點就讓狄某欽佩萬分。」

廖峰三人見狄青口氣誠摯，態度親和，方才的惱怒都已不見。又都想：「這個指揮使說得不錯，他初到這裡，當求快刀斬亂麻，找到最值得信任的人。若是拖拖拉拉，又不知道有什麼變故。他這番辛苦，不也是為了丁大哥的事情？」

一想到這裡，三人盡數釋然。廖峰最急，說道：「指揮使，你也不用客氣了。只要能給丁大哥報仇，別的都不用說了。對了……你查到了什麼？」他已對狄青的功夫佩服得五體投地，語氣中滿是期待。

狄青皺了下眉頭道：「我昨日才來，只是偶然知道一些事情……」他遂將阿里的事情說了一遍，只是沒有說及葉喜孫的事情。

葛都頭一旁道：「這就是了。我也聽說昨天錢悟本被刺的事情，那個紅衣女子我以前見過，應該叫做衛慕山青，她和她哥哥衛慕山風算是衛慕族的首領。聽說衛慕族因為得罪了元昊，被驅逐到了橫山東，他們一直在忽耳坳待著，算是熟戶，和我們相安無事的。前段日子，衛慕山風氣勢洶洶地帶人來尋仇，結果和我們打了一場，我們一直以為他們無理取鬧，沒想到是我們理虧在先。」

狄青皺眉道：「先不說阿里的事情，為何你們認為是錢悟本害了丁指揮呢？」

葛都頭歎氣道：「這件事由司馬都頭說吧！」

狄青忍不住問道：「還不知道兩位大名？」

葛都頭道：「卑職葛振遠。」

司馬都頭道：「屬下司馬不群。其實這件事，我們本來都是猜測，若不是狄指揮使你說及，我們還不能肯定錢悟本行此惡事。錢悟本這廝很鬼，丁指揮雖隱約猜到一些錢悟本的勾當，但一直沒有證據。前段時間，衛慕山風尋仇後，丁指揮就和錢悟本吵了一架，我在一旁聽了，丁指揮是指責錢悟本不該胡亂殺人領功，引發和羌人的矛盾，不過後來這件事不了了之。之後丁指揮出去巡視，錢悟本跟隨，哪裡想到，只有錢悟本回來了，他說丁指揮被羌人偷襲，死在外邊了。丁指揮為人仗義，對我們三個很好，我們覺得丁指揮死得蹊蹺，因此一直在調查此事。我們要揪出錢悟本，一直找不到確鑿的證據，廖都頭甚至想要出手，和錢悟本一命換一命。」

狄青想起昨天廖峰所言，點點頭道：「但昨天我聽你的口氣，好像找到一些線索。」

司馬不群一振，慚愧道：「指揮使好尖的耳朵，我的確找到了線索，有人親眼見到了是錢悟本殺了丁指揮。」

狄青一震，問道：「是誰見到此事？」

司馬不群道：「是華舵。」

狄青記得華舵這個人，皺眉道：「他如何知道錢悟本殺人一事呢？」

司馬不群道：「這事說來湊巧，他那天從金明砦回來的路上，正逢拉肚子，躲在草叢中方便的時候，見到丁指揮和錢悟本到來，因此目睹了此事。」

狄青沉吟道：「他親口對你說的？」

司馬不群道：「華舵這人最是膽小。開始的時候，我只覺得他神神祕祕，無意中聽他醉酒後說什麼『莫要殺我』，然後我就留意他，得知他好像知道一些丁指揮的事情。昨晚我和老廖、振遠就去逼問他，終於明白了真相。不過事情還有些蹊蹺。」

狄青皺眉道：「既然錢悟本殺了丁指揮已證據確鑿，還有什麼蹊蹺呢？」

司馬猶豫道：「根據華舵所說，丁指揮當初對錢悟本說，『你妄殺蠻人，領取軍功，真的以為我不知道嗎？』錢悟本當時說道，『殺幾個蠻子有什麼大不了的事情。』不想丁指揮突然道，『那須彌善見長生地，五衰六欲天外天一事，你認為是大是小？』錢悟本一直都在笑，但聽到丁指揮說出那句話後，突然尖聲道，『你……你還知道什麼？』然後他突然就對丁指揮出手。」

狄青心中困惑，喃喃地念著：「須彌善見長生地，五衰六欲天外天？這句話是什麼意思？」心中卻想，「本以為只是殺蠻取功之事，這麼聽起來，好像還有別的內情？」

司馬搖頭道：「我們也不知道這句話是什麼意思。」

狄青道：「然後呢？錢悟本就殺了丁指揮？」

司馬恨恨道：「以錢悟本的身手，絕非丁指揮的對手，不然丁指揮也不會單獨找錢悟本說話了。據華舵說，錢悟本打不過丁指揮，本要逃命，不想鐵冷、屈寒騎馬趕到，一下馬就抓住了錢悟本。」

狄青微愕，隨後歎口氣道：「他們有詐。」

司馬不群傷感道：「若是狄指揮在，肯定不會讓他們的奸計得逞。但丁指揮沒有防備，還以為這二人過來幫手，走過來正要追問錢悟本什麼，錢悟本三人一同出手，當場就將丁指揮殺了。」

葛振遠一旁憤憤道：「可恨鐵冷、屈寒二人悄悄出砦，偷偷回轉，事後還說，丁指揮被殺的時候，他們二人正在砦中喝酒。若不是昨晚逼問華舵說出此事，還不知道這兩人也參與了此事。」

廖峰急道：「狄指揮，現在怎麼辦？只要你說一聲，不用你出手，我們三人就宰了他們給丁指揮報仇。」

狄青擺手道：「莫要衝動，這件事不能一殺了事。但你們放心，我定會解決此事。」他沉吟片刻，問道：「方才聽你們說，這砦中還有個孫副指揮，他對這件事怎麼看？」

葛振遠撇嘴道：「孫節為人太穩了，說已上書對范大人奏明此事，要請范大人定奪。」

廖峰怒道：「范大人也不理事。我們聽說又要派個指揮使下來，因此怕此事不了了之，就合計找個機會幹掉錢悟本那小子。善惡終有報，天不報，我們來報！」

狄青終於明白了原委，安慰三人道：「你們放心，今日我們就報。但錢悟本還有餘黨，我們不能錯殺，但也不能漏過，最好一網打盡。」眼珠一轉，狄青已有了主意，低聲道，「你們先按我的吩咐去做……」他低語幾句，三個都頭連連點頭，臉有振奮之意。

三人聽完狄青的吩咐，向狄青拱拱手道：「那狄指揮……你自己留心。」

狄青點點頭，出了巷子後，找個人問了官衙所在，大搖大擺地走過去。

到了指揮使辦公的官衙，狄青才想入內，門外有兩個砦兵攔住。有一個砦兵長得像風乾的茄子，喝斥道：「這裡不是要飯的地方！」

狄青低頭看了一下自己的裝束，的確也夠狼狽，伸手掏出調令，只是一展，隨即收攏，叱道：「新砦新任指揮使狄青在此，還不讓路？」他調令上的字跡早亂，可他自有解決之道。

兩個砦兵都有些發愣，不待多言，狄青又喝道：「副指揮孫節呢？叫來見我。」

狄青雖穿得破爛，可畢竟一直在殿前，自有威嚴。兩個砦兵見他強硬，反倒軟了下來，那茄子樣的砦兵對旁邊的兵士使個眼色，那人會意，已奔了出去。

茄子樣的砦兵賠笑道：「狄指揮，孫副指揮昨天聽說你要來，清早就到砦西去等了。我讓人找他，你在這曬會兒太陽？」他倒會打算盤，不敢質疑狄青，可也不敢放狄青入內，施的是拖延之計。

見狄青點頭，那砦兵忙搬個椅子出來，恭敬道：「狄指揮，請坐。」

狄青也不介意，大咧咧地坐下來道：「你叫什麼名字？」

那兵士回道：「屬下白安心。」

狄青贊道：「好名字。」心中嘀咕，你爹娘多半操了一輩子心，才給你起這個名字。轉念一想，問道：「廖峰、葛振遠幾個都頭什麼時候會到？」他當然知道這幾人什麼時候會到，這麼問，先撇清關係，一會兒方便行事。

白安心見狄青對新砦的都頭這麼熟悉，態度更加恭敬，「他們很快就會到吧？副指揮知道大人要來，已下令除了當值的軍官，今日均到衙中集合。」

狄青心想：這倒好，正好一網打盡。隨口問道，「錢都頭呢？」

白安心已向前望去道：「錢都頭已到了。」

狄青扭頭望過去，就見到了錢悟本。目光橫掠，心頭一沉，錢悟本身邊跟著屈寒、鐵冷二人，那不出他的所料，但錢悟本三人擁著一人，那人卻是夏隨！

夏隨怎麼會和錢悟本在一起？狄青算了很多，唯獨沒想到夏隨也會來。

狄青看著夏隨，夏隨也在望著狄青，目光銳利。

二人四眼冷望，都見到彼此眼中一閃的火花。

狄青和夏隨是有恩怨的，但如果不是這次相見，狄青幾乎已忘記了從前。當年夏隨是太后的黨羽，為了討好太后，就曾設局要殺狄青。

後來事過，二人都好像從未有過芥蒂般，但內心當然都會彼此警惕。狄青歷經磨難，心中雖恨，竟還能笑道：「這不是……夏大人嗎？夏大人到此，難道是要調兵嗎？」

狄青知道，夏隨也被派到了邊陲，眼下的官職還在他之上。

夏隨身為延州部署。

宋廷邊陲有常定軍階，又派「率臣」來統御各地分屬三衙的禁軍。率臣都是臨時委派，分安撫使、經略使、都部署、部署、鈐轄、都監等名目。

宰臣雖說轄地有大小區別，但官職均在一個指揮使兼砦主的狄青之上。

不過大宋以文制武，武官難掌重權，因此范雍在邊陲最大，身為陝西安撫使，兼延州知州。西北若不經過范老夫子許可，就算都部署都無權調兵。狄青隨口一問，暗示夏隨到新砦，若不是調兵，就不過是個過客，自己不用怕他。

夏隨目光閃動，淡然道：「狄青，我不過是四處看看。聽說你要來新砦，這才前來。」

狄青回道：「我就知道夏大人要來看，這不清早就在衙外等候了。」一拍白安心的肩頭，狄青吩咐道：「小白，去準備上好的茶水，本指揮要接待夏部署。」

白安心這次再也不質疑，慌忙去準備。狄青故作大度，伸手做個請的樣子，說道：「夏大人，請裡面喝茶。」

夏隨見狄青遠非當年的青澀，暗自警惕，微笑道：「好。」扭頭對錢悟本道，「錢都頭，最近又殺了多少番兵呀？」

錢悟本一怔，不等回話，狄青已和夏隨入了衙內。

錢悟本早認出狄青就是昨天黃昏在酒肆旁的那人，心中驚疑，不知道狄青的用意。可見到夏隨的背影，又來了信心，向屈寒、鐵冷使了個眼色。

狄青進門過院，到了衙內大廳，不客氣地坐在主位上，對夏隨道：「夏大人，你隨意。」

夏隨肚皮差點兒被氣爆了，咬牙坐下來，問道：「狄青，你初到新砦……」他本來想用權壓狄青，警告他客氣些，沒想到狄青道：「本指揮雖初到新砦，可也不用聽別人吩咐做事的。夏大人是部署，若是調兵之事儘管開口……」

狄青言下之意明顯，別的事免談。

錢悟本見狀，反倒欣喜，暗想狄青不知死活，居然敢和夏大人鬥。可笑容才出，狄青已望過來道：「錢都頭，你笑什麼？」錢悟本的笑容變成紙糊一樣，半晌才道：「屬下見狄指揮前來，喜不自勝。」

狄青道：「本指揮初到新砦，諸事不知……錢都頭你……」

錢悟本以為狄青向他請教，正要說不敢，狄青已道：「錢都頭你也不知嗎？」錢悟本差點兒被噎死，只能道：「不知狄指揮何出此言？」

狄青道：「錢都頭今天不用當差嗎？為何還留在這裡呢？」他言語試探，心中一直在想，錢悟本是個普通的都頭，為何夏隨看起來還很重視他？

錢悟本臉色微變，他今天正應當差，可因夏隨前來，不得不陪同。聽狄青質疑，瞠目結舌，一時間不知道如何應對。

鐵冷一旁道：「夏大人這次前來新砦，就是詢問新砦防禦的情況。因為孫副指揮比較忙，所以錢都頭主動請纓作陪，並非疏於職守。」他這一番話說出來，倒是大義凜然。

狄青望著鐵冷臉上的刀疤，說道：「原來如此，那真是辛苦錢都頭了。本指揮以茶代酒，敬你一杯。」

錢悟本舒了口氣，強笑道：「指揮使客氣了。」

狄青喝著茶，淡淡道：「不客氣。我素來都是如此，有功就賞，有過就罰……」他說話的工夫，突然聽到院外一陣喧譁，心中微動，喝道：「何事喧譁？」

夏隨心中暗道：給你個棒槌，你當真（針）了。你小小一個指揮使，可看起來知州都不如你威風。

但他只是冷笑，想看看狄青到底有什麼把戲。

白安心匆忙走進來道：「指揮使，夏大人，外邊有人喊冤。」

狄青霍然站起，皺眉道：「是誰喊冤？」話音未落，廖峰已帶著阿里走進來，阿里身旁，跟著那個紅衣女子衛慕山青。

阿里和衛慕山青見到了狄青，眼中都掠過幾分驚喜。他們如約前來，碰到了守候在官衙外的廖峰。廖峰如狄青的吩咐，只對他們說：「狄青要你們進衙內，但一切聽他的安排。」

阿里毫不猶豫地進來。

錢悟本霍然站起，喝道：「你們還敢到這裡？」說罷就要拔刀，鐵冷、屈寒亦是倏然站起，目露殺機。

錢悟本心思飛轉，突然轉身對狄青道：「狄指揮，昨晚黃昏時分，這個小子刺殺於我。還請指揮使主持公道。」

阿里見到錢悟本時，雙眸滿是怨毒之意，可竟一聲不吭。

狄青瞧了錢悟本一眼，故作不解道：「他為何要殺你？」

錢悟本一滯，眼珠飛轉，冷笑道：「說不定他是個瘋狗呢！」他心中凜然，知道若和阿里糾纏，扯出他們擅殺番人取功一事，很是麻煩。

狄青喃喃道：「瘋狗只咬瘋狗的，錢都頭，你當然是人了，哈哈。」他仰天笑了兩聲，笑聲中已無半分暖意，「廖都頭，到底怎麼回事？」

廖峰上前道：「狄指揮，這個孩子說，他們本是熟戶，他的三個大哥，均被這裡的都頭殺了。」

阿里牙關緊咬，指甲都陷入了肉中，突然跪到了狄青的面前，磕頭道：「請狄指揮為我們申冤。」他磕在地面的青磚上，咚咚直響，只是兩下，額頭就已出血。

狄青伸手扶起阿里，目光從在座眾人身上掃過。就算是夏隨，望見狄青冰冷的目光，都是心中一凜。

「誰殺了你的哥哥，你可還認得？」

阿里咬牙切齒道：「當然認得！」

夏隨突然道：「殺幾個蠻子，算得了什麼大事？」他此言一出，眾人臉色均變。夏隨看了屈寒一眼，淡淡道：「阿里有人撐腰，可你們也不用怕的。」夏隨早就看狄青不滿，見狄青一來新砦，就要立威，心中怒急，已有了削他威風的念頭。

屈寒得到授意，站出來道：「不錯，你哥哥就是我殺的，又能如何？」他心想夏隨官職遠高狄青，有夏隨支援，這買賣穩賺不賠的。

衙內已寂。

阿里看起來就要撲過去咬屈寒一口，卻被衛慕山青拉住。衛慕山青雖是女子，但也蠻有心思，暗想這裡是宋人的地盤，打是不行的。

正在這時，官衙外又走進了一幫人，略有喧譁，看其服飾，都是新砦的軍官。

其中有司馬不群、華舵一幫人，唯獨沒有葛振遠。來人中為首的軍官，面有菜色，衣衫敝舊，上面甚至還有兩個補丁。臉有菜色那人見了狄青，快步上前道：「屬下孫節，見過狄指揮。」

狄青擺擺手，示意孫節等人退到一旁，只是盯著屈寒，半晌才道：「屈寒，阿里的三個哥哥，真的是你殺的？」

孫節等人才到，一聽此言，均是吃驚。

屈寒已箭在弦上，見眾人望來，又見到夏隨目光陰冷，硬著頭皮道：「不錯，是我！那又如何？夏大人說了，殺幾個蠻子，算得了什麼大事呢？」

眾人譁然，狄青微笑道：「對夏部署來說，的確算不了大事。不過對你來說，可是天大的事情了。」

屈寒冷哼一聲道：「狄指揮此言何意呢？」

狄青一拍桌案，怒喝道：「殺人償命、欠債還錢，天理公道。狄某身為新砦指揮，遇到草菅人命之事，如何能不理，如何能當做小事？來人呀，將屈寒推出去——斬了！」

第十六章　戰　起

狄青勃然大怒，喝聲一出，屈寒臉色蒼白，衙內並沒有人上前。夏隨見狀，嘴角帶了幾分哂然，心道狄青才到新砦，就要立威，可新砦的人和狄青不熟，如何會聽他的號令？孫節見狀，忙道：「狄指揮……此事……不可……」

狄青斜睨著孫節，問道：「若有人無故殺了你的親人，你該如何？」

孫節喏喏不能言。狄青環視衙內眾人道：「屈寒草菅人命，他自己都已承認，無須再審。今日我斬屈寒，除為了天道循環，還想告訴你們一件事，阿里是羌人不假，但他何辜，遭此厄劫？今日我狄青不替他討回公道，日後你們有冤，是否要我狄青像對阿里一樣地對你們？」

眾人動容。阿里已落淚，額頭的鮮血混著眼角的淚水，順著那小臉流淌下來，有著說不出的淒然。

「旁人有難，我狄青的確可以不理，你們也可以不理。」狄青愴然道，「別處有難，我狄青也可以不理，你們當然也可不理。可等党項人殺到新砦的時候，殺到你們親人的頭上，誰會來理？你們想理，只怕也無能為力了！」

衙內眾人有垂頭、有昂然、有激動、有羞愧……

狄青再次喝道：「綁了屈寒，推出去斬了。」

有兩副都頭上前，一人眼睛細長，總是瞇著，如同一條線。另外一人手臂奇長，幾可垂膝。那兩人已到了屈寒的身前。

鏘啷一聲，屈寒退後一步，伸手拔刀，叫道：「魯大海，鐵飛雄，你們敢動我？」

魯大海瞇縫著眼睛道：「屈寒，我不敢動你，我只是奉命抓你。眼下新砦以狄指揮最大，我當然要聽他的。」

狄青望向司馬不群，見司馬點點頭，知道魯大海、鐵飛雄兩人應該也是司馬等人的兄弟，微笑道：「魯大海，你說得不錯，這裡狄某最大，你儘管按照我的吩咐做好了。有什麼事情，自有我來承擔。」

魯大海聽到狄青此言，精神一振，才待上前，一人已冷冷道：「狄青，你錯了，這裡如論最大，還輪不到你說話。」

夏隨端著茶杯，神色冰凝。屈寒見夏隨出頭，欣喜不已，忙道：「夏指揮救我！」

夏隨道：「屈寒，你過來，站在我身邊。」屈寒急急走過來，站在了夏隨的身旁，心中稍定。夏隨淡淡道：「我倒是要看看，誰敢動屈寒？」

魯大海、鐵飛雄怔住，扭頭望向了狄青，臉色訕訕。他們不過是個新砦的副都頭，如何敢和延州部署作對？眾新砦軍官心中憤然，均是望著狄青。

狄青笑了，說道：「夏大人，屈寒有罪，你真的要包庇他嗎？」

夏隨只回了一個字，「是！」在京城的時候，夏隨從未瞧得起狄青，更不信狄青敢對他如何。

錢悟本、鐵冷見狀，都站在了夏隨的身邊，喝道：「狄指揮，有話好好說。」他們看似相勸，但已表明了立場。

新砦餘眾見狀，都有了不安。司馬不群更是想：狄青畢竟只是個指揮使，聽說夏隨的老子夏守贇本是三衙中的馬軍都指揮使，如今調到延州，為鄜、延兩州都部署，官職僅次於安撫使范雍。狄青和他們鬥，怎麼會有好結果？

雖只和狄青見過兩面，可司馬不群已看出狄青為人剛正，不想這樣的指揮使才到新砦，就被官場之爭弄下去，圓場道：「狄指揮……這件事……」

狄青一擺手，已打斷了司馬不群。手一翻，亮出一面金牌道：「夏隨，你可知道我手上拿的是什麼？」

夏隨見到狄青手上的金牌，臉色微變，有些不安。屈寒還不知死活，喝道：「是什麼？」

狄青肅然道：「此乃天子御賜的免死金牌！」眾人譁然，夏隨霍然站起，失聲道：「你說什麼？你胡說！聖上什麼時候給你這面金牌了？」

狄青冷望夏隨道：「天子要給誰免死金牌，還要問問你夏隨不成？天子在我出京時曾說，『狄青，你有這面金牌，不用考慮太多，諸事自有天子做主！』今日我不要說斬了屈寒，就是斬了你夏隨，天子也會為我免死！既然如此，我有什麼不敢動？」

狄青的金牌倒不見得是免死，但趙禎的確說過這句話。狄青見眾人神色驚凜，喝道：「有金牌在手，如聖上親臨。夏隨，你竟然包庇罪犯，與罪等同。來人，將夏隨一同拿下！」

眾人面面相覷，一時間猶豫不決。夏隨氣急反笑，手按刀柄道：「好吧，我倒想看看，誰敢拿我。」他話音未落，就見到一道人影撲到了眼前。

狄青出手！

夏隨一驚，拔刀就斬。錢悟本、鐵冷見狀，均是拔刀。一時間衙內錚錚鐵鋒，殺氣彌漫。

夏隨出身將門，畢竟有些本事，一刀斬出，法度森嚴，其快如風。不想刀才劈出，就被狄青的刀柄擊中肘部，手指發麻，單刀脫手高飛。咻的一聲，單刀已砍在廳頂橫梁處。夏隨凜然，不由倒退了一步。

狄青用的是刀柄，若是拔刀，這一招已卸下了夏隨的小臂。

錢悟本、鐵冷才拔出刀來，胸口都被踢中一腳，倒飛了出去。

眼花繚亂中，只聽砰的一聲大響，屈寒已被狄青抓住了衣領，摔到對面的牆壁上。屈寒哇的一聲，噴出一口鮮血，摔落地上的時候，已四肢乏力。

狄青片刻之間，擊飛夏隨的刀，踢飛錢、鐵二人，順便抓了屈寒扔出去。

塵煙起處，眾人輕呼，片刻後衙內已靜。

狄青還站在原地，宛若未動，眼角跳動幾下，冷笑地望著夏隨道：「我就動了屈寒，我很想看看，誰還敢擋我！」

無人敢擋，無人能擋！

衙內眾人眼中已露出驚駭之色，就算廖峰等人知道狄青武技高強，可也沒有想到過，夏隨四人聯手，也接不住狄青的一招。

狄青再喝道：「將屈寒綁起來，推出去斬了。」

鐵飛雄上前，綁起了屈寒。屈寒渾身無力，驚恐叫道：「夏大人救我。」

狄青道：「夏隨若出手，就將夏隨一起綁了！有聖上御賜金牌在，有事由我狄青一肩承擔。」眾人振奮，再無畏懼。夏隨臉色鐵青，咬牙望著狄青，一字一頓道：「狄青，你記得，你一定要記得今日的事情。你除非殺了我，不然你形同造反，朝廷不會放過你。」

狄青譏誚道：「我行得正，無愧天地。你真以為天子會不辨黑白？你真以為你可以一手遮天？」

說話間，那邊的鐵飛雄已要將屈寒押出廳堂。屈寒叫道：「夏大人，救我。錢都頭，救我！」他聲音淒厲，聞者又是驚心，又是厭惡。

狄青聽到屈寒聲音中滿是驚怖，突然道：「鐵飛雄，等等，把屈寒押回來。」

鐵飛雄返回，茫然不解。狄青盯著屈寒，凝聲道：「屈寒，夏大人和錢都頭都救不了你了。」

屈寒心中一動，突然跪下來道：「狄指揮，我錯了，求你救我。」他生死關頭，突然明白了什麼。

狄青微微一笑，「我也救不了你，能救得了你的人，只有你自己！」

「我自己？」屈寒有些困惑道。

狄青道：「這件事只誅首惡……有些人，本不用死的。可他若是非要把責任攬到身上，那就無可奈何了。」

錢悟本、鐵冷臉色都變，屈寒已叫道：「狄指揮，這件事我只是盲從，是錢都頭讓我這麼做的。」

衙內譁然，司馬這才知道狄青的用意，不由暗自欽佩。狄青只抓住屈寒不放，無非是分化對手，再各個擊破，所用的計謀很是高明。

狄青緩緩轉過身來，望著錢悟本道：「原來還有錢都頭的事情……屈寒他……說得可對？」

錢悟本嘶聲道：「屈寒，你胡說什麼？」

屈寒眼看要死，哪裡顧得了許多，喊道：「狄指揮，一切都是錢悟本的吩咐，我和鐵冷是奉命行事。這件事千真萬確，卑職不敢撒謊。」錢悟本臉色蒼白，不由向夏隨望去。

狄青道：「錢都頭，莫要看了，你總不會說，這一切都是夏大人指使的吧？」他不過是隨口一說，想叫夏隨莫要多管閒事，不想見到夏隨眼中有幾分倉皇，心中微動。狄青來不及多想，知道夜長夢多，立即道：「把錢悟本、鐵冷也綁起來。若遇反抗，格殺勿論！」

司馬不群、廖峰聽令上前。

錢悟本、鐵冷已見識了狄青的厲害，看狄青目光如刀，隨時要拔刀砍過來的樣子，不敢反抗，轉瞬被綑個結實。錢悟本只是望著夏隨，低聲道：「夏大人……你一定要救我！」錢悟本口氣中有股懇切，好像還有點兒別的含意。

夏隨目光閃動，正沉吟間，有兵士衝進來報道：「范大人、都部署夏大人到了新砦。」安撫使范雍、都部署夏守贇到了新砦！

眾人悚然，可更多的是奇怪，范雍、夏守贇是西北的重臣，怎麼會突然來到新砦這種小地方？夏隨眼中露出狂喜，仰天長笑道：「狄青，范大人、都部署都來了，我看你還能狂到什麼時候！」眾人都替狄青擔心，唯獨狄青若無其事，不鹹不淡道：「有兩位大人過來做主，豈不更好？」

狄青才待出門迎接，就見人群分開，有精兵入了衙內，不由皺了下眉頭。

精兵散開，分列兩班，范雍和一老者前後走了進來。眾人紛紛施禮，心中為狄青發愁。夏隨已上前道：「卑職參見范大人、夏大人。」狄青只是走上一步，微施一禮，暗自皺眉。

夏隨心中得意，暗想有父親在此，狄青的囂張也到了頭。狄青斜睨了夏守贇一眼，見他鬚髮皆白，精神矍鑠。夏守贇也正凝視著狄青，神色間不怒自威。

狄青移開目光，心中想到，當年在京城，我雖知道夏守贇、葛懷敏等人，倒從未見過，不想是這般模樣。不過爺是英雄兒好漢，老子狗熊兒笨蛋，夏隨陰險，這個夏守贇就不見得是個善類。

狄青琢磨間，范雍已皺眉道：「狄青，這是怎麼回事？」他見到衙內亂作一團，還有三個人被五花大綁，不由詢問。狄青道：「卑職正在緝拿凶徒……」

范雍嚇了一跳，忙問：「那可曾捉到？」

狄青一指錢悟本三人道：「卑職幸不辱命，已將擅殺熟戶的凶徒緝拿，眼下證據確鑿，正準備將他們斬首。」瞥見屈寒驚恐的眼神，狄青又道，「不過屈寒帶功贖罪，可饒一死。」

屈寒暗自高興，雖知道就算活下去，也不見得好受，但畢竟能活一時算一時。錢悟本、鐵冷眼中都露出怨毒之意，死死地盯著屈寒。屈寒不敢去看，心中暗罵，剛才老子要被砍了，你們又有誰為老子說過好話？爹死娘嫁人，個人顧個人，你們死總比老子死要好。

狄青一句話，就已在三人之間，埋下了一把刀。同時目光向外望去，心道，我本以為葛振遠不用出來了，但現在看來，他出來也不見得有用了。

夏隨急道：「范大人，一切都是狄青擅自做主。請范大人明察。」

范雍已到狄青的位置坐下來，皺眉道：「到底怎麼回事？狄青……不，還是夏隨你說說吧！」夏隨得意，立即道：「范大人，新砦的屈寒擅自殺了蠻子取功，還想誣陷錢悟本、鐵冷一同頂罪。狄青不明黑白，竟將三人一起抓了起來。請范大人做主，殺了屈寒，放了錢悟本二人。」他說話間，已到了屈寒身邊。錢悟本暗自舒了口氣，和鐵冷交換個表情。

屈寒叫道：「你撒謊，根本不是這樣的，是錢悟本指使的我。夏隨……你……」他話未說完，驀地嘶吼一聲，踉蹌倒退。

狄青一驚，就見到屈寒咽喉現出一道刀痕，鮮血狂噴。

屈寒喉間咯咯作響，死死地盯著夏隨，但終究未說一句，仰天倒了下去。

夏隨手中，不知何時，已多了把匕首，一揮手，就割了屈寒的喉嚨。他殺了屈寒，向狄青望了一眼，嘴角帶著若有若無的譏笑，回到范雍面前道：「范大人，凶犯已伏誅！這件事……已然了結。」

適才群情洶湧，夏隨本不敢就這麼動手，但現在有他老子頂著，他再無擔憂。

夏守贇開口道：「這件事，這麼處置，也是不錯。」他由始至終只說了一句話，但一開口，就給此案蓋棺定論。

血腥氣濃，范雍吃了一驚，皺了下眉頭，可心中倒也贊同夏隨的處理方法。他抬頭向遠處道：「衛慕山風，這件事凶徒已死，你帶著他們回去吧！」

人群中走出一人，削瘦的臉頰，身披個灰色大氅。

衛慕山青和阿里見到那人，不由撲過去，衛慕山青叫道：「大哥。」阿里叫道：「族長。」

狄青見了，已知道那人就是衛慕山風，也就是衛慕族的族長。

屈寒被殺，出乎狄青的意料。狄青心思飛轉，趁衛慕山青上前之際，突然走到了司馬不群的身邊，低聲說了幾句。

司馬不群有些錯愕，扭頭望向華舵詢問，華舵臉色蒼白，低聲說著什麼。

這時候衛慕山風已走到了范雍面前，猶豫片刻，終於道：「范大人明斷，在下佩服。只是在下還有個請求。」原來衛慕族的人被殺，衛慕族過來算帳，幾次沒有結果，衛慕山風竟去延州找范雍主持公道。衛慕族一直都是託庇於宋廷，衛慕山風心中雖憤然，也不想因為此事和宋廷決裂。

范雍見衛慕山風到了延州，其實懶得理會。可范雍是被貶延州，不想羌人之事傳到朝廷，再加上聽夏守贇說，最近党項人又有兵出橫山的跡象，范雍就和夏守贇同去金明砦安撫金明砦的鐵壁相公李士彬，因此繞路到新砦。

聽衛慕山風有要求，范雍耐住性子道：「你說來聽聽吧！」

衛慕山風疲憊道：「這件事，可以就這麼算了……」

此話一出，阿里已叫道：「族長！不能這麼算了，還有凶徒！」

衛慕山風扭頭喝道：「住口。這件事，我說了算！」阿里一怔，淚水湧出。衛慕山青已拉住了阿里，低聲道：「阿里，族長也為難，這裡有范知州和都部署，狄指揮也難做。你若懂事，就不應該讓他們為難。」

阿里咬牙不語，扭頭望向狄青，突然發現狄青向他點點頭，笑了笑。阿里有些不解，但突然有了信心，他覺得，狄青不會就這麼算了。

衛慕山風喝斥了阿里，對范雍道：「范大人，小孩子不知輕重，還請你莫要見怪。我只想請求范大人答應，這件事後，宋軍再不會出現殺害我族人一事。」

范雍一聽，輕鬆道：「這是自然。那好，這件事就這麼……」他才待要宣布了結，不想狄青已道：「這件事還不能這麼算了。」范雍黑了臉，心中不悅。

夏守贇望著狄青，問道：「狄青，你難道真的以為，你可以左右范大人的決定嗎？」

狄青道：「我當然不能左右范大人的決定，但我必須要提醒范大人，丁指揮是被人所害，新砦千餘兵士、數千的百姓，在等著范大人為丁指揮申冤。」

范雍這才記起來丁善本一事，皺眉道：「這件事不是羌人做的嗎？」

狄青肯定道：「不是。卑職已查出了凶手。」

廖峰等人心中激盪，不想狄青直到現在，還要為素不相識的丁善本申冤。這人難道真的沒有畏懼的事情？眾人沉默，范雍四下看看，這才問道：「凶手是誰？」

狄青目光從夏守贇、夏隨的身上掃過去，落在了錢悟本的身上。

官衙內眾人也在望著錢悟本，沉默中沉積著要噴薄的怒火。

錢悟本還在綁著，沒有人給他鬆綁。他有兩個同夥，一個被殺，另外一個也被綁著。

狄青才待開口，廖峰已叫道：「錢悟本，就是你殺了丁指揮！」

眾人譁然。

錢悟本目光一冷，反倒笑了，「廖峰，我知道你平日對我不滿，我不怪你。」他輕描淡寫的一句，就轉移了視線。廖峰額頭青筋暴起，手按刀柄就要衝過來。

夏隨冷笑，才待喝止，狄青已一把抓住了廖峰，向他搖搖頭，低聲道：「莫要衝動，要給丁指揮報仇，就要聽我的。」見廖峰冷靜下來，狄青才道：「狄青得范大人器重，前來新砦，除了要擔當指揮使一職外，范大人還要我查丁指揮被殺一案。范大人，卑職說得對不對？」

范雍記得耿傅曾說過此事，點頭道：「不錯，狄青，沒想到你還挺有心呢！」心中暗道，你狗拿耗子，多管閒事。

狄青知道范雍可能平庸些，但是他眼下能拉攏過來，抗衡夏守贇的人，是以又恭敬道：「范大人心憂西北，勞苦功高，從今日親到新砦查案，平息羌人積怨，可見范大人的操勞用心，卑職念及此事，都是心中感動。」

高帽子誰都喜歡戴，狄青說的是廢話，可范雍喜歡聽。

范雍手捋鬍鬚，怡然自得，心道這個狄青，其實也挺會來事的。狄青本性狡黠，只因歷經傷痛，再逢打擊，這才難以振作。但正因為痛楚磨難，加上這一年來邊陲的風霜刻磨，狄青不但武技大長，更是磨去性子中的浮躁衝動，變得愈發睿智。

見范雍已對他印象改觀，狄青這才道：「范大人雖心憂邊陲，有些人卻在暗地興風作浪。如今新砦太平，一些人貪圖軍功，殺無辜羌人冒領功勞，結果被丁指揮發現。丁指揮本正直之人，因此找那些人質問，不想那些人狗急跳牆，竟搶先出手，殺了丁指揮。」

范雍遽然而驚，詫異道：「原來殺丁善本的不是羌人……」

「不錯，不是羌人！」狄青聲調轉高，大聲道，「錢悟本殺人取功，罪大惡極，事情敗露，這才夥同鐵冷殺了丁指揮！」

眾人又是喧譁，議論紛紛，錢悟本反倒冷靜笑道：「狄指揮，你是指揮使，不代表你可以信口胡說的。」

鐵冷再也無法沉默，高叫道：「狄青，你胡說什麼？范大人，都部署，我和錢都頭冤枉呀！」

錢悟本見狄青不語，又憤然道：「狄指揮，你今天若不給我們個交代，你讓手下怎麼服你？」

廖峰急得額頭冒汗，只是瞪著司馬不群和華舵，希望這二人挺身而出，為狄青解圍。不想這二人都是沉默，竟不出來。廖峰一顆心已沉了下去。

狄青不看華舵等人，只是冷笑道：「錢悟本，你們真以為做得手腳乾淨嗎？你們真覺得，我沒有確切的證據揪出你們嗎？」

錢悟本見狄青目光咄咄，心中發虛，還是咬牙道：「我們沒做過，怕你何來？」

狄青上前一步，逼視鐵冷道：「你叫鐵冷？」

鐵冷不由退後半步，轉瞬挺胸昂首道：「是。」他斜睨了夏守贇一眼，來了底氣。「你是新砦的副都頭吧？」狄青目光閃動，像在琢磨著什麼。

「是！」鐵冷大聲道。

「我聽說……丁指揮死的時候，你在新砦沒有出去？」狄青突然扯到了正題。

鐵冷微凜，猶豫片刻，點頭道：「是。」

「那有誰給你作證呢？」狄青嘴角帶分難以捉摸的笑。

「是屈寒！」鐵冷立即道。

狄青冷哂道：「可他死了，死無對證了。」

鐵冷叫道：「就算屈寒死了，可新砦很多人都知道此事。我的確是事後才知道丁指揮被殺一事。」

狄青點點頭，若有所思道：「據你所言，丁指揮死時，屍骨無存，你們並沒有看到他的屍體？」

鐵冷忍不住向錢悟本望去，狄青陡然喝問，「是就是，不是就不是！你望向錢都頭，難道以為是他埋了丁指揮的屍體！」

鐵冷聽狄青沉雷一喝，身軀微顫，臉上的刀疤都有些發冷，謹慎回道：「我們都沒有見到過丁指揮的屍體。錢都頭當時說，是羌人搶走了丁指揮的屍體。」

錢悟本臉色有些發綠，不想狄青不問他，竟從鐵冷開刀。

狄青仰天大笑道：「你們不把丁指揮的屍體帶回來，是不是怕我們從屍體上看出什麼？可你們千算萬算也沒有算到，丁指揮沒死，他就在廳外！」

眾人悚然，就算夏隨都是霍然站起，向廳外望去。鐵冷打了個寒戰，也忍不住地向廳外瞟了一眼。廳外雖也聚了不少砦兵百姓，但哪裡有丁善本的蹤影？

只有錢悟本不為所動，冷笑道：「狄指揮，你這個玩笑一點兒都不好笑。」

狄青盯著錢悟本的雙眸，一字一頓道：「錢都頭，別人都向外看去，為何你沒有去看？是不是你親手埋了丁指揮的屍體，這才確定他已死，因此根本不信丁指揮活著，所以不向外看呢？」

眾人雖不出聲，但每人看錢悟本的眼神，都像是在看著凶手！

錢悟本額頭汗水已冒，大叫道：「你胡說。我不過是覺得丁指揮身受重創，必死無疑了。」

狄青冷笑道：「你說的沒錯，丁指揮的確死了。」

眾人一片靜寂，只覺得狄青笑得森氣凜然，讓人大氣都難喘。

狄青突然道：「我們已找到了他的屍體。」

鐵冷剛才被嚇得心驚肉跳，聽到丁善本死了，舒了一口氣，才要抹去冷汗，可聽到狄青找到了丁善本的屍體，又是一驚。

狄青又道：「但鐵冷你只怕沒有想到過，丁指揮臨死前，用血在沙地上寫了你鐵冷的名字！天網恢恢，只怕你從來沒有想到……」

鐵冷臉色發綠，不等狄青說完，已尖叫反駁道：「你撒謊，埋丁指揮的地方根本不是沙地！」一言既出，鐵冷突然住口，眼中滿是驚惶之意。

眾人表情各異，就算范雍，都皺起了眉頭。

狄青冷冷道：「你怎麼知道根本不是沙地？你不是說過，丁指揮被害的時候，你在新砦嗎？難道說，是你掩埋了丁指揮的屍體？」

鐵冷大汗淋漓，已無從置辯。

錢悟本也是驚慌不已，叫道：「鐵冷……難道真的是你……」他本來想威逼鐵冷莫要把他也牽連出來，不想廳外有些吵鬧，葛振遠跑了進來，手中拿著塊青色的破布叫道：「丁指揮的屍體旁，有這塊破布，上面用鮮血寫了字！」

葛振遠雙手高舉，展開了破布。

眾人望去，驚呼連連，破布上寫著幾個血字，「殺我者，錢悟本……」字未寫完，字體瘦骨嶙峋，司馬不群見了字跡，叫道：「我認得丁指揮的筆跡，這的確是丁指揮的字。丁指揮離開時，不就穿著青色的衣服？難道說這是丁指揮臨死前寫的字？」群情洶湧，眾人怒道：「殺了錢悟本！」

陡然間，一陣疾風吹過，狄青陡然厲喝道：「是誰？」他喝聲凌厲，壓住眾人的喧譁。眾人倏靜，不解地望著狄青。只見狄青陡然一震，雙眸突然變得發直！雖是青天白日，可所有人見到狄青的表情，都是心頭發冷。

狄青好像突然換了個人，變成了一個陌生人，鬼氣森森。

他直勾勾地望著錢悟本道：「你妄殺蠻人，領取軍功，真以為我不知道嗎？」那聲音滿是陰冷森然，完全不像狄青的話語。他這時候突然說了這麼一句話，讓所有人都是摸不到頭腦。

錢悟本精神緊張，聽到那句話後，雙眸滿是駭然，望著狄青，嘎聲道：「你說什麼？」

狄青緩緩道：「你不認得我嗎？你和屈寒、鐵冷殺了我……你在我肚子上捅了一刀，屈寒砍了我的腿，鐵冷刺傷了我的腰！我好痛呀！」

葛振遠眼中滿是驚嚇之意，嘶聲道：「丁指揮，你是丁指揮？丁指揮上了狄指揮的身！」

此言一出，眾人驚叫，有膽小的，甚至都驚得尿了出來。鐵冷聞言，晃了兩晃，竟然嚇昏了過去。

錢悟本驚叫道：「不是，你不是……」他雙腿打顫，不想相信，但當初他殺丁善本的時候，只有鐵冷、屈寒在場，狄青怎麼會知道？

難道說，真的是丁善本的鬼魂上了狄青的身，這才能說出一切？

狄青喋喋笑道：「可我在你右手臂抓了一把，你手臂上有傷痕的。你賴不掉了。」

錢悟本不由將右手臂一縮，狄青一字字道：「那須彌善見長生地，五衰六欲天外天一事，你認為是大是小？」他話未說完，伸手已搭住了錢悟本的肩頭，目光森冷道：「你到現在……還不說嗎？」

錢悟本驚得瞳孔都放大了，嘶聲吼叫：「丁指揮，是我殺了你。可我不得已！你饒了我，你饒了我！」他雙腿發軟，再也支撐不住，軟軟地倒在地上，大口大口地喘著粗氣，一時間說不出話來。

眾人又驚又怕，又氣又怒，一時間廳堂鬼氣森森。狄青才待再問，夏守贇突然道：「狄青，你莫要裝神弄鬼了。」狄青驀地靜了下來，目光不再陰森，而是有了沉思之意。

錢悟本再驚，陡然省悟過來，失聲道：「你……你不是丁善本。狄青，你是裝鬼騙我！」他又恨又悔，才知道中了狄青的圈套。

狄青心中歎氣，知道夏守贇旁觀者清，已看穿了他在做戲。

原來這是狄青刻意布局，不但要擊潰錢悟本的心理防線，逼他自承是凶手，還想套問須彌善見長生地兩句的意思，不想被夏守贇打斷。

夏守贇沉聲道：「狄青，你過來。」

狄青扭頭望過去，緩步走過去道：「夏大人有何指教？」

夏守贇臉上突然露出幾分微笑，點頭道：「狄青，你很好，很聰明。這件事，你做得不錯。」

狄青微怔，心想夏守贇說這些廢話做什麼？不等再想，就聽到兩聲慘叫。狄青驚凜，霍然回頭，只見到夏隨單刀帶血，錢悟本、鐵冷二人，已被夏隨當場格殺！狄青心中狂震，不由暗自痛恨。他棋差一招，竟然在這時候，被夏隨殺人滅口！夏隨殺了錢悟本，難道是不想錢悟本說出須彌善見長生地的祕密？這件事，絕非殺蠻人領功那麼簡單。狄青雖早知道這一點，也防了夏隨如殺屈寒一樣地對錢悟本下手，但沒想到，夏守贇一句話拖住了他，夏隨趁機出刀。這夏家父子，果然陰險，可他們先殺丁指揮，後殺了錢悟本滅口，到底想要掩藏什麼祕密呢？狄青呆立當場，心亂如麻。

夏隨已收了刀，向范雍施禮道：「范大人，卑職見錢悟本、鐵冷二人如此狠毒，竟然對丁指揮下手，禁不住胸中的怒火，這才將這二人當場殺了。還請范大人恕罪。」

他說得大義凜然，砦中兵士，不明真相的人，都覺得夏隨出刀殺了錢悟本，為他們出了一口怨氣，議論紛紛道：「殺得好。」

范雍到現在，還有些糊塗，但知道錢悟本殺了丁指揮是肯定的事情，見群情洶湧，微笑道：「他們該死，這般處置，再好不過了。」

夏守贇歎口氣道：「隨兒，你不出手，狄指揮也要出手的。」

狄青也歎口氣，若有所指道：「我不出手，都部署大人說不定就要出手了。」

夏守贇淡淡道：「好說，好說！」

夏隨走過來，對狄青道：「狄指揮，適才我被奸人蒙蔽，竟為他們出頭，實在慚愧。好在我親手宰了他們，不然真不知道如何面對狄指揮了。」他以一個部署的身分，居然對狄青這麼客氣，看來像是真心悔過。

狄青望著夏隨的眼眸，嘴角又露出幾分微笑，喃喃道：「好在夏部署親手宰了他們。夏部署大義滅親，我是佩服得五體投地了。」

夏隨彷彿沒有聽出狄青的諷刺之意，只是笑道：「他們該死。該死的一定要死！」夏隨和狄青目光相對，像要擦出火花。

狄青不懼，只是笑笑道：「你說得對！該死的一定要死！」他知道現在說什麼，都難再扳倒夏家父子，索性不再多說。

范雍見他們一團和氣，也很高興，笑道：「你們正該如此。眼下邊陲就需要你們齊心協力……」話未畢，衙外馬蹄急驟，有警訊傳來。

范雍臉色微變，急問：「何事？」

蹄聲倏然而止，有兵士衝了進來，叫道：「保安軍加急軍文，請知州大人定奪。」狄青伸手接過急信，遞給了范雍。范雍接過書信，展開看了一眼，臉色大變。

軍文簡單明瞭，署名王信，內容卻是石破驚天，「元昊出兵數萬，進攻保安軍，請范大人派兵支援！」

第十七章　刑　天

大宋自太祖立國後，以路、州、縣三類劃分中原地域，到真宗年間，已劃天下為十七路，每路下轄州縣不等。各州因性質地位不同，又分為州、府、軍、監四種稱呼。府與州類似，但地位較尊，比如說開封府。

稱監之地，是為宋廷牧馬、製鹽、鑄錢而設，方便宋廷直接管理。而宋承唐、五代之制，在人口稀少、但又是軍事重地或交通要道上設軍。保安軍隸屬永興軍路，是對抗党項人的前線要害之地，在延州之西，是延州城西部的重要屏障。

元昊進攻保安軍，就是在進攻大宋的軍事要地！保安軍有險，延州也就跟著危險！范雍得知元昊出兵之時，一顆心劇烈地跳動，臉色陡紅，轉瞬血色退去，又變得蒼白。怕什麼來什麼！

范老夫子最怕在任上的時候，邊陲不寧，妨礙他重回京中。因此他紆尊降貴地到了新砦，委曲求全地安撫了衛慕族的不滿。可不想這幾千人的衛慕族被安撫了，竟有數萬的党項人打來了！范雍心中哀歎時運不濟，腦海暫時出現空白，等回過神來，只是喃喃道：「怎麼辦？這可怎麼辦？」

狄青以為范雍在問自己，回道：「他打過來，我們打過去就好，怕什麼？」

范雍冷哼一聲，皺了下眉頭，暗想：狄青不過是一介武夫，怎懂軍國大事呢？感覺剛才的驚慌被狄青看到眼中，范雍有點兒羞愧，掩飾道：「本府不是怕，不過是深思熟慮罷了。狄青，你的建議不妥。」一扭頭望向了夏守贇，范雍輕咳一聲，客氣道：「都部署，元昊竟然出兵了，你怎麼看？」

夏守贇沉著道：「范大人不必過慮，元昊敢妄自興兵，我等就給他迎頭痛擊好了。」范雍舒口氣，欣慰道：「都部署運籌帷幄，見識不凡。本府願聽詳見。」

狄青心道，「這和老子說的有什麼區別？若真有區別，那就是一個是都部署說的，一個是指揮使說的。」

夏守贇四下望了一眼，謹慎道：「范大人，此乃軍機，當求周密行事。」

范雍明白過來，讚賞道：「不錯。狄青，你把這官衙先清出來。本府要和都部署商議軍情，夏隨，你也留下吧！」看了狄青一眼，范雍正尋思是否讓他參與，夏守贇已道：「狄青不過是個指揮使，職位卑微，只需聽調派就好，並不適宜參與此事。」

狄青見范雍望過來，知趣道：「那卑職先行告退。」

等狄青和一幫餘眾盡數退出了官衙後，范雍火燒屁股地問：「都部署，元昊出兵數萬進攻保安軍，我等如何應對？」他嘴上詢問，心中在想：「元昊犯境，到底是真打呢，還是不過想借戰爭撈點兒甜頭？自己要先安撫党項人呢，還是直接和元昊作戰？若是出兵不符朝廷的心思，就算勝了，只怕也有過錯。可若不出兵，也是不妥呀！這個賜姓家奴，怎麼這般不知分寸？」

賜姓家奴就是在說元昊——趙元昊。

這幾年來，元昊早就不用中原王朝唐、宋的賜姓，也就是不姓李、不姓趙，而姓嵬名。同時自稱兀卒，意為青天子，和大宋黃天子有所區別，稱帝的野心已昭然若揭。可范老夫子還是看不起元昊，那是一種骨子裡頭的優越和蔑視。

夏守贇不慌不忙地喝口茶，等放下茶杯後才道：「守保安軍的是延邊巡檢王信。」

范雍道：「說得對。」心中想，「你這不是廢話？」

夏守贇又道：「我軍如今在保安軍的栲栳砦、德靖砦、園林堡三地留有駐軍，總數不過七千，分散三地。王信有勇有謀，眼下駐守栲栳砦，不會有事。德靖砦和園林堡的守軍偏弱，可派兵支援。不過支援一事絕非重要，卻要提防元昊聲東擊西。」

范雍微凜，急問：「何為聲東擊西呢？」

夏守贇臉色慎重，緩緩道：「我只怕元昊佯攻保安軍，在調動我軍前往保安軍、後防空虛之時，進攻延州城。」

范雍臉色已變，半晌才道：「都部署所言很有道理。那我們怎麼辦？你適才不是說要迎頭痛擊嗎？」

夏守贇微微一笑道：「我方才在眾人面前這麼說，不過是虛虛實實之計。眼下當以守住延州城為第一要事。」

范雍連連點頭道：「那是，那是。可具體怎麼守呢？」

夏守贇輕咳一聲，終於說出部署分派之法，「延州都巡檢郭遵為人勇猛多謀，可令其嚴守延州西北之萬安，守衛延州西北防線。党項人若繞路保安軍，進攻延州，郭遵可保延州西北前線無失。兵馬鈐轄許懷德有萬夫不擋之勇，可巡土門，防元昊從那裡殺入。都指揮周美為人老成，可帶本部做游騎，隨時支援郭遵、許懷德兩路。元昊就算出賀蘭原北上，繞路南下，也有金明砦頂住党項人的衝擊，金明砦防備森然，想元昊也沒有攻擊金明砦的膽子，如此一來，延州無失。」

范雍讚歎道：「都部署所言極是。」驀地想到一事，「那保安軍呢？難道任由党項人去打？」

夏守贇笑道：「當然不是了，我們可抽取延州城東各砦的兵力支援保安軍，比如說新砦就可出兵數百去支援保安軍。只要王信固守不戰，党項人出兵無獲，多無耐性，很快就會退軍。」

范雍奇怪道：「都部署派兵，為何要捨近求遠呢？」因為保安軍在延州西北，最快的支援途徑當然是讓延州西的諸砦出兵。

夏守贇道：「敵意不明，西路諸砦皆在党項人的攻擊範圍內，不可輕易虛空砦中人手。」范雍大為嘆服，說道：「都部署用兵高明，不負朝廷厚望。可是……這種分散出兵，又能聚集多少人手？」

夏守贇道：「若范大人仍是不放心，大可請慶州知州張崇俊大人派兵支援保安軍，不知道范大人意下如何？」

范雍眼前一亮，笑道：「此計大善。」心中想道，「元昊兵出橫山進攻保安軍，慶州、延州都在他們的攻擊範圍內。無論如何，慶州也該出兵的。這樣既可不分薄延州的兵力，若真的有事，還可以和張崇俊分攤責任。這種妙計，也就夏守贇才能想得出來。狄青有勇無謀，萬萬想不到這種法子了。」

狄青退出了自己的官衙，倒有種被鳩占鵲巢的感覺。

陝西的兩大要員借他的地方商討軍機，要是旁人，多半覺得榮幸至極。狄青卻有些鬱悶，暗想夏家父子對他很有敵意，這次出戰，多半不會讓他狄青參與了。

隨便找處乾淨的地方蹲下來，狄青撿起枯枝在地上畫了道弧線，暗自出神，想的卻是，如果我狄青是延州都部署，如何抵抗元昊的出兵呢？

他已意識到，郭遵當年所言大有深意，他狄青要成為一個天下無雙的英雄，必須要有機會。而這機會，絕不是憑空掉下來的。他狄青不想再錯過任何機會。

低頭望著那道弧線，狄青又在弧線上點了五點，畫了一支箭。心中想到，大宋的西北邊陲其實就是大宋的第二個幽雲十六州，元昊控制了橫山，就和契丹控制幽雲之地類似，党項人和契丹人都仗著馬快兵利，對大宋說攻擊就攻擊，大宋在這兩地始終處於挨揍的角色。

橫山東的永興軍路，從西南到東北，宋軍的防禦之地主要是環州、慶州、保安軍、延州和土門等地，這五地形成一條弓形的弧線，箭指橫山。

延州就是那支箭的箭鏃，而保安軍就是箭矢。要攻打党項人，這一箭的蓄力是好的，可對面是巍峨千里的橫山。

近年來，元昊趁劉太后當權的時候，在這道弓形的防禦線上來了一刀。幾年前，元昊兵出橫山，竟在慶州和保安軍之間的地域，依山傍水建了個白豹城。

這一刀很陰，但宋廷知道後，竟默許了白豹城的存在。

狄青想到這裡，有些歎息。他這一年來奔波不休，雖說官職沒有升，但見識早非吳下阿蒙，更敏銳地知道，元昊這一刀，雖非致命，卻已將大宋西北的防禦敲出個裂縫。白豹城撕裂了大宋西北的邊防，也隔斷了慶州和保安軍的連繫！它讓本還算完美的那條弓形防禦，有了不小的問題。

元昊在取得這個成果後，就開始悄然擴張白豹城的周邊，先在白豹城前建了後橋砦，凸現鋒芒，然後向東南沿洛水方向又建了金湯城！金湯城已在保安軍境內！

狄青在弓背內處的左上角，又畫了個三角形，那三角形就代表白豹城、金湯城和後橋砦三地。這本來都是大宋的地盤，但如今已被党項人釘子般地佔據……

元昊出兵保安軍，可攻可退。因為他早就派野利旺榮、野利遇乞兩人帶軍控制了千里橫山，以橫山作為對抗宋軍的厚重屏障。

野利旺榮、野利遇乞是兄弟，都是八部中人，亦是龍部九王中的兩王。

龍部九王，聽說各個身經百戰，有非凡之能，在党項人中，是僅次於元昊的人物。元昊派這兩人鎮守橫山，當然對橫山極為看重。而大宋西北在橫山的重壓下，要維繫弓形的防禦，十分吃力。因為堡砦畢竟有限，延州的防禦，四處漏風。

元昊進攻保安軍，若是再進一步，可南下攻慶州，北上取土門，東侵打延州……

正沉思時，突然感覺有人接近，狄青扭頭望過去，先看到一雙露著大腳趾的草鞋。狄青抬頭望上去，皺了下眉頭，來人居然是那個無賴老頭种世衡！

种世衡望著狄青，嘻嘻地笑。見狄青望過來，种世衡問道：「狄指揮……沒想到你還有繪畫的天賦。這把弓，畫得還是有模有樣。」他盤膝坐下來，也不管地上有什麼。

狄青看了种世衡半晌，突然道：「我畫得不算好，你有建議嗎？」他伸手把枯枝交給了种世衡，目光灼灼。

种世衡接過樹枝，笑道：「老漢我不會畫畫的，不過告訴你個簡單的道理吧！若你畫的是弓箭，本沒有那個三角的。」他伸出一隻腳來，將狄青畫的那個三角抹去。

狄青靜靜地看著，眼中閃過幾分詫異，良久才道：「你說得對。」心中暗想，「從長久來看，若打党項人，一定要先拔除白豹、金湯、後橋三地，才能全力進攻對手。這個無賴，難道知道我在想什麼？他就算知道，怎麼會有這番主意？或者是，他不過是碰巧撞上的？」

正沉思間，种世衡又在沿著箭鏃的方向畫出一道弦，嘟囔道：「你就是沒常識，一把弓沒有弦怎麼成？你弓拉得這麼滿，沒有弓弦借力，不是個天大的笑話？」

狄青微震，心中想到，种世衡說得不錯，党項人勢厚，若真攻打党項人，絕不能指望保安軍一支箭。元昊可以在大宋境內插入楔子，我們為何不能反插過去呢？弓弦向西南，可出兵環州；弓弦出西北，可取党項人的綏州。若下綏州，就能威脅党項人的夏州、銀州和石州。大宋之所以捉襟見肘，處處被動，就因為始終對党項人造不成威脅……一想到這裡，狄青問道：「种老丈……」他感覺种世衡有些門道，才待詢問，突然發現种世衡已不見了。

原來在狄青沉思的時候，种世衡已起身離去。种世衡倏來突走，倒是讓人意料不到。狄青愣了一下，慢慢地站起，四下望過去，突然見到西北不遠處有煙塵沖起，嚇了一跳，只以為砦中失火，慌忙奔過去。才行不遠，就見到不少人也向那個方向奔走。那些人見到狄青，都是紛紛閃到道旁，等狄青過去後，這才跟在狄青的身後。那些人雖不認識狄青，但眼中均有尊敬之意。

狄青搞不懂怎麼回事，徑直走到冒煙的地方，發現那地方是個簡陋的庭院，裡面密密麻麻地站滿了人，都是向著一個方向。不知道誰叫了聲，「狄指揮來了。」

眾人轉身，嘩啦啦地散開，廖峰當先迎了過來，身後跟著葛振遠、司馬不群等人。廖峰見到狄青，咧開嘴笑道：「狄指揮，難得你有心過來。大夥都覺得你忙，拜祭丁指揮也就沒有找你。」廖峰和狄青雖也只見過幾面，但熟絡得已和親人一樣。

狄青望見前面有個火盆，裡面煙霧繚繞，紙灰沖天，方才省悟眾人是在祭奠丁善本。凶手錢悟本已死，狄青雖沒有查到更深的緣由，但新砦的兵士，已是心滿意足，對狄青感激不盡。狄青也不解釋，徑直走到丁善本的靈位前。

有一全身縞素的女子，領著個年幼的孩子上前，淒婉道：「狄指揮，你為妾身報了大仇，還來看望善本，妾身感激不盡。」她盈盈一拜，狄青知道這多半是丁善本的遺孀，慌忙回禮道：「你客氣了。這不過是在下的本分之事。」

那女子對身邊的孩童道：「念親，給狄指揮叩頭。」

那孩童很聽娘親的話，上前就給狄青跪下，狄青伸手攙起。那孩童眼淚包著眼珠道：「狄指揮，謝謝你給我爹報仇了。我一輩子，都記得你的大恩。」孩童雖小，說得卻是斬釘截鐵。眾人見孤兒寡母這般淒涼，都是不由心酸。

狄青摸摸孩童的頭頂，低聲道：「你不用記得我的恩情，你只需記得，別人有難的時候，去幫一把，那就是還我的恩了。」

孩童似懂非懂地點頭，狄青放下了孩子，接過廖峰遞過的祭香，點燃後，向著丁善本的靈位道：「丁指揮，說實話，你我素未謀面，我本不知道你是什麼人。但今日前來，發現你能讓廖峰、司馬不群和葛振遠這樣的漢子為之拚命，又讓這些人牽掛，我就知道，你絕對值得我狄青一拜。你安心去吧，有狄青在，有新砦這些有心人在，你就不用再擔憂什麼。」

他深施一禮，身後眾人已眼簾濕潤。他們或許只和狄青見過一面，但都知道狄青才到新砦，為了本不相識的丁善本，就頂住壓力，不惜得罪都部署，執意要斬錢悟本，他們已當狄青是親人。比親人還親。贏得尊敬，本就是這麼簡單，卻又如此艱難的事情！

狄青祭拜丁善本後，將廖峰等人招呼到一旁，本覺得眼下烽煙已起，要吩咐眾人加強防備，話到嘴邊，突然問道：「你們認識种世衡這個人嗎？」
廖峰道：「當然認識，那是個無賴。」
司馬不群搖頭道：「老廖，你言重了，种世衡不是無賴，應該說是個生意人。我聽說他最近生意做得不錯，不過為人吝嗇，總喜歡混吃混喝。好像他還混狄指揮一頓飯呢！」
葛振遠道：「你們都錯了，种世衡其實是個好官。他以前做過知縣、通判，聽說是得罪了朝廷的人，這才被流放西北的。他雖吝嗇，但是個好人。丁指揮被害後，我聽丁夫人說，种世衡還悄悄地給她一些銀兩度日呢！」
狄青得到了三個答案，半晌才道：「不說种世衡了，你們事情做得都很好。這次若沒有你們，只怕還扳不倒錢悟本呢！」
司馬不群陰沉的臉上有了笑意，一挑大拇指道：「可要沒有狄指揮你，我們三個加起來，也扳不倒錢悟本呢！」
廖峰叫道：「司馬，你還有臉說呢！我剛才忙，沒時間說你。狄指揮最困難的時候，你為何不和華舵站出來？」
司馬不群微笑道：「你這個老粗知道什麼，狄指揮不讓我們站出來。他知道就算華舵出來指證，也不夠分量的，因此才用計逼鐵冷，要做鬼嚇錢悟本。不過狄指揮做人頂天立地，扮鬼也是有一套，我差點兒也以為他鬼上身了呢！」
廖峰這才恍然，又問道：「說起做鬼……對了，振遠，那血衣是怎麼回事呢？」
葛振遠哈哈一笑，「那當然也是狄指揮的妙計了。他說時間緊迫，暫時無暇去挖丁指揮的屍體，就讓我先偽造點丁指揮身上的東西。恰巧我會模仿筆跡，又記得丁指揮最後出門時所穿衣服的顏色，這才造了那血布。司馬最陰，配合我演戲，有模有樣的。老廖，你不會真以為有鬼吧？」

廖峰苦笑道：「你若不說出來，我真的以為見鬼了。你們兩個傢伙一肚子花花腸子，我是自愧不如了。」

葛振遠笑道：「若論花花腸子，誰都沒有狄指揮多。」

司馬低聲道：「老葛，別亂說。」

狄青正在沉思，見三人這般說笑，微笑道：「葛都頭沒有說錯，對付敵人，花花腸子越多越好。但對朋友，一根腸子就好。」他適才在想當年宮變的情形，宮變詭異，遠超今日，那宮變是真的有鬼，還是人為？

葛振遠叫道：「司馬，我沒有說錯吧？狄指揮是個頂天立地的漢子，不會怪我說實話的。」

狄青道：「實話當然要說……」不待說完，像有什麼感覺，回頭望過去，見夏隨從遠處走過來。狄青自語道：「不過和這種人，我是話都不願說的。」

夏隨走到了狄青的面前，也不知道有沒有聽到狄青的自語，態度倨傲道：「狄青，范大人命你選些新砦的兵士，立即趕赴保安軍支援！」

廖峰等人吃了一驚，狄青望著夏隨挑釁的眼，思緒悠悠，半晌才喃喃道：「我帶兵去支援保安軍？好。」

碧雲天，黃葉地，羌管幽幽，霜華滿秋。

狄青送范雍出了新砦，回轉的路上，默默地想著心事。他沒想到初到新砦，就會被派去支援保安軍。

夏守贇心中到底是什麼念頭？

范雍出了衙內的時候，已有些躊躇滿志，但不忘記提醒狄青一句，「這次作戰，要見機行事。」說罷還向狄青眨眨眼，希望狄青能明白他的心意。

范雍和夏守贇不再耽擱，趕赴金明砦。狄青心中卻想：我雖一直希望親自抵抗党項人的入侵，可新砦久在後方，究竟有多少戰鬥能力？這是去作戰，作戰就可能死人，不是兒戲。到底帶多少人去呢？他才見了丁指揮的孤兒遺孀，不想這一戰後，新砦又多了更多無助的婦孺。

想到這裡，狄青遠望長街，突然勒馬不前，眼中閃過驚異之色。

長街兩側，已站滿了百姓軍民，新砦近千兵士，列陣長街兩側，靜靜地望著狄青。

落葉驚秋意，散聚沾塞衣。

晚秋，日暮。黃葉紛紛的長街上，一掃京城的繁花似錦、靡靡管樂，有著說不出的肅殺悲涼之氣。

孫節站了出來，老實的臉上不知是不是被秋意感染，有著難言的激昂之意。他嘹亮地說道：「新砦副指揮孫節，知狄指揮要出兵作戰，故除留下三百砦軍守砦外，將剩餘的八百七十九人悉數帶到這裡，請狄指揮點兵。」

廖峰、司馬不群、葛振遠並肩站出，高聲道：「請狄指揮點兵！」

所有新砦兵異口同聲道：「請狄指揮點兵！」

聲音嘹亮，滿是決絕，直沖霄漢，激盪著遠山晚霞。

狄青望著那一幫熱血男兒，心中感激，馬上抱拳道：「狄某不過做些分內的事情，承兄弟們厚愛。國難當頭，男兒當赴，但說實話，這場戰，我並無絲毫把握。」

敵情如何？保安軍如何？范大人到底有什麼別的計畫，狄青一無所知。

他更不知道，范雍不過是想讓他走個過場而已。

狄青沒有帶過兵，可也知道這種出戰方式，吉凶難卜。新砦軍的心意他知道，但他怎麼忍心帶這些人去拚命？

司馬不群站出來道：「狄指揮，俗話說得好，沒有常勝將軍，只有不死豪傑。新砦軍不怕死，只怕不知為何去死。有你在，我們不怕！」

只是這一句話，新砦軍就熱血沸騰，紛紛喊道：「司馬都頭說得不錯，我們不怕死，狄指揮，你下令吧！」

葛振遠越眾而出，激動道：「狄指揮，你雖來了僅一天，但在你為丁指揮報仇的那一刻，我們就都知道你的為人。你領軍，我們放心。你為我們擋住了風雨，我們不為報國，只為報答狄指揮你。」

眾人這次竟沒有多言，長街靜寂。

我們不為報國，只為報答狄指揮你！

所有人無言，但心中何嘗不是這個聲音？狄青為新砦人頂住了風雨，到現在，新砦軍就讓別人看看，狄指揮並非孤立無援。誰都不能小瞧新砦軍，新砦軍沒有孬種！

狄青眼角濕潤，緩緩下馬，從長街這頭走過去，目光從眾人的身上掃過。很多人昂起頭，也有些人低下了頭。有兵面有菜色，有兵拿著蓋鍋充當盾牌……新砦兵雖能到的都到了，但太久沒有開戰，軍備破爛得可憐。

狄青到了長街正中，向眾人抱拳道：「狄青承蒙砦中兄弟的抬愛，心中感謝。此次保安軍有急，帶兵赴急在所難免。兄弟們不怕死，狄青也不怕。不過此行凶險，出去了，就可能沒有回來的可能……狄某並非危言聳聽，說的是實情。」他說完這句話後，又向眾人望去。兵士有振奮，有激動，有膽怯，有懦弱……

廖峰叫道：「指揮使，你下令吧！誰退縮，誰是孫子！」狄青突然喝道：「想跟我出戰的，走出一步！」眾兵士絕沒有想到狄青竟然這麼選兵，有人彷徨，有人猶豫，卻也有人早有準備，毫不猶豫地上前一步！

只一步，長街上已站出百十來個軍士。相對而言，也就砦兵的八分之一數。

有人見旁人站出來，臉上有了羞愧之意，也跟著站出來，轉瞬之間，已加到超過二百人。但那一步，實在有千鈞之重，豈是那麼容易邁出？

廖峰等人臉有怒色，才待喝斥，狄青已道：「好，夠了。餘眾守砦！」

狄青心想，「新砦兵久不作戰，一口氣能站出來二百多人要支援保安軍，已是很不容易的事情。我狄青定當竭力保全這些勇士。」一見未出列的砦兵神色有些慚愧，狄青道：「救援責任重大，守砦的任務也不輕。孫節，你帶軍守砦，不得有失。」

孫節才待請戰，狄青拍拍他的肩頭道：「還要麻煩你記下今日要出戰兵士的名字。」孫節省悟過來，緩緩道：「好。」

狄青的意思不難理解，帶兵作戰是狄青的事情，保證這些人後顧無憂，是孫節要做的事情。

廖峰主動站出來道：「狄指揮，作戰一定要帶上我。」司馬不群、葛振遠跟在廖峰的身後，話都懶得說，意思很明顯，三人是綁在一起的。

狄青笑笑，「當然要算你們了。好了，救兵如救火，出戰之人，休息準備幾個時辰，三更準時出發！解散。」

眾人響應，紛紛退去。

最後的幾個時辰，說是準備，可誰都明白，狄青是讓他們和家人告別。

狄青無人可告別，只是順著長街走下去，殘陽似血，將那蕭瑟的人拉出個長長的影子。

有百姓在狄青背後談論，多半不明白，為何這個俊朗堅毅的指揮使就算在笑，也總帶著難言的滄桑憂傷之氣？

狄青並不介意旁人的指點。這是他生平第一次領兵作戰，他沒有激動，只餘平靜和決心。

決心為了新砦兄弟而戰，決心為了守衛疆土而戰，也決心為了那不變的承諾而戰！

羽裳，你可知道，你心目中天下無雙的英雄，已準備開戰？

狄青想到這裡，望著天邊的雲彩。

晚霞絢爛，有如霓裳，雲彩粼粼，好似羽衣……

叮叮噹噹的聲音傳來。狄青扭頭望過去，見到前方不遠處，就是一家鐵匠鋪。一老漢正掄著鐵錘，錘打著那燒得通紅的刀具。狄青心中微動，緩步走過去。

打鐵的老漢滿臉滄桑，秋日寒酷，可他仍赤裸著上身，露出鐵一樣的胸膛，偶爾有火星落在他的身上，他卻坦然自若。

老漢感覺到狄青的目光，終於歇了鐵錘，抬頭向狄青望過去。見是狄青，有些驚喜道：「這位就是狄指揮吧？你……你要打造什麼兵刃？」

狄青只來了兩日，但新砦上下已傳誦著這個傳奇的名字，就算打鐵的老漢都已知道了狄青。有些人，豈不註定就是個傳奇？

狄青從簡陋的鐵匠鋪望過去，掠過刀劍，目光停在鋪中木架上的一青銅面具上。狄青想找的就是面具！

他知道自己面容俊朗，疆場上難以攝眾。可最要命的是，他如果劇烈用氣，面部就會發抖，眉毛、眼角甚至嘴角都會大跳，他不想手下的兵士看到這種情形，更不想讓兵士覺得他像害怕，所以他想要找個面具遮掩。他第一眼見到那面具，內心就有陣悸動，他喜歡那面具，喜歡那面具上流露的不屈之意。面具猙獰，嘴角還有兩顆獠牙，在蒼茫的日暮下，整個面具泛著淡淡的青光。就算那落日的餘暉耀在其上，也不能改變面具的森冷蕭肅。

狄青望著那面具，那面具空洞的眼眸也在望著他……面具打造得極為精細，栩栩如生，猙獰中還帶著幾分不屈的戰意……不知過了多久，狄青這才問道：「這面具……是代表哪個人呢？」

「是刑天！」一個略帶泉水清冷的聲音道。狄青向聲音來處望去，遽然見到一雙黑白分明的眼眸。狄青心頭一震，身軀晃了下，才發現鐵匠鋪的角落坐著一個女子。

那女子，他竟然是認得的。就在清晨，這女子潑了他一盆水。他沒想到，竟在這裡和她再次相遇。女子衣著樸素，相貌尋常，唯一特別的是，她腰間還繫著那條藍色的絲帶。絲帶藍如海，潔淨如天。

狄青此刻發現，女子年紀絕不大。只是她特有的那種冰冷淡漠，往往讓人忽略了她的年紀，甚至忽略了她的相貌。

狄青並不知道，他走進鐵匠鋪的那刻，少女的目光就已如夕陽般，落在他身上。他本不是這麼粗心的人，是那少女太過沉寂，還是那面具太讓人心悸？

狄青想著心事，回以一笑，喃喃道：「原來是戰神刑天……怪不得……老丈好手藝……這青銅面具，可賣嗎？」那少女冷冰冰道：「不賣。」

打鐵老漢責怪道：「飛雪，莫要任性。指揮使，她說笑的，小孩家不懂事，她讓我打造這個面具玩，我今天才打造好。飛雪，指揮使既然喜歡，就賣給他吧，好不好？爺爺明天就再給你重新打造一個一模一樣的面具。」

那少女仍是回了兩個字，「不賣！」那兩個字斬釘截鐵，誰都聽得出她的決絕之意。老漢急得直搓手，只是道：「這孩子……這孩子……指揮使，你不要見怪。」

狄青暗想：「原來這女子叫做飛雪，這名字倒不像鄉下女子的名字。」落寞笑道，「無妨，我就是問問。」他又望了那面具一眼，轉身就要離去。他雖喜歡那面具，但不會奪人所愛。

飛雪見狄青要走，突然問道：「喂……狄青，你可知道，刑天是什麼人？」

狄青止步，半晌無語。他當然知道刑天是什麼人。據古書記載，「刑天與帝爭神，帝斷其首，葬之常羊之山，乃以乳為目，以臍為口，操干戚以舞。」

刑天不是人，是個悲情的神！刑天雖遭黃帝斷頭，仍不屈而舞，誓與黃帝鬥下去！狄青知道那面具代表著刑天，也就明白自己為何喜歡這面具，更明白那面具中不屈和鬥志的含義，也歎息老漢這面具鑄得傳神。

狄青不解的是，那少女為何要問？

飛雪道：「刑天舞干戚，猛志固常在。我喜歡刑天。」

狄青轉過身來，望向飛雪道：「我也很喜歡刑天。」

飛雪雙眸亮了下，有如流星閃過。她鄭重地從木架上取下那面具，口氣雖依舊清冷，但那其中又像飽含真情，「喜歡的東西，不應該賣了，對不對呢？」

狄青點頭道：「對，若是真心喜歡，多少錢都不應該賣。喜歡的東西，沒了，就再也找不回來了。」他有些心酸，卻是有感而發。

飛雪秋波流轉，漫過狄青的雙眸，雙手將那面具舉到狄青胸前道：「這面具雖不能賣，但可以送給你。」

狄青怔了下，見那雙眸中滿是真誠，終於雙手接過了面具，沉聲道：「謝謝你！」飛雪笑容如輕煙般淡，讓人見到她的笑，她的眼，就會忽略了她的面容。

「我讓爺爺做了這面具，就是要送給一個人。我沒想到，那人是你。」

狄青很奇怪，不解飛雪說的是什麼意思。

飛雪凝視狄青，突然道：「如果我讓你做一件事，你會不會答應我呢？」

狄青皺眉道：「那要看什麼事了。我若力所能及，可為姑娘效勞。」他也不想白拿飛雪喜愛的面具。

飛雪雙眸突然變得如秋潭般深遠幽冽，她望著狄青半晌，終於搖頭道：「你不會答應我了，因為你還要去作戰。」狄青怔住，不知如何回答，更不明白飛雪為何如此肯定他不會答應。

「可我一定會讓你答應我的，因為你和我一樣的……」飛雪沒有再說下去，眼神堅定，表情肅然。

狄青忍不住道：「姑娘為何不說要我做何事呢？」心中奇怪，「我怎麼會和這姑娘有什麼相同的地方？」

飛雪歎口氣道：「你若不答應，你難受，我也難受。既然如此，我何必說出來呢？」她搖搖頭，不再多言，回轉到原先的位置上坐下來，再不看狄青一眼。

老漢也是搖頭，像對孫女無可奈何。

狄青指尖觸摸著那青銅面具，感覺著其中的森冷之意，又望了飛雪一眼，見到她在長凳上，抱膝而坐，雙眸望著黯淡的天際，似不願再多說什麼。

狄青只覺得飛雪很是奇怪，但因關心兵士準備的情況，遂向老漢告辭，帶著那面具緩步走出了鐵匠鋪。

狄青走出鐵匠鋪的時候，感覺飛雪又望了過來，強忍回頭之意。

幽靜的秋空中，孤雁徘徊。狄青離開之際，耳邊只聽著那少女喃喃道：「精衛銜微木，將以填滄海。刑天舞干戚，猛志固常在。同物既無慮，化去不復悔……」

不知為何，他心口有些發疼，有種難言的感覺，似乎不想離別，又像是正失去一件極為寶貴的東西……那種感覺，竟如此地強烈！

第十八章　對　攻

紅日東升，大河如帶。

塞下的秋晨，草木凝露，雖帶蕭瑟，卻也有著勃勃的生機。狄青前望大河斜去時，陽光正照在河上，河水粼粼生光，上面有如鋪了層淡金。

狄青帶兵趁夜色疾行，尋捷徑，奔風塵，如今已到了保安軍內。

前方就是洛水，保安軍有党項人鐵騎出沒，這麼說，從進入保安軍的那一刻，隨時都會有惡戰發生。狄青望著洛水壯麗，見手下兵士已有疲憊之意，說道：「休息一個時辰。」心中卻在回憶著見飛雪的情形。

他那時候有著強烈的不安，可飛雪說得沒錯，無論什麼，都阻擋不了他帶新砦軍去趕赴保安軍。有時候，有些事情，是有些人必須去做的。

新砦軍聽到狄青的吩咐，舒了口氣，負責供給的兵士立即沿著洛水旁埋鍋做飯，有人忍不住用清涼的河水洗下臉上的塵土，感受那愜意的涼。

狄青不停地在想，他究竟錯過了什麼呢？飛雪這女子很奇怪，她到底想讓他做什麼事情呢？他想不明白。正沉思間，葛振遠從遠處策馬而回道：「啟稟指揮使，西北面暫無敵蹤。我派新砦最快的騎手——快馬甘風帶幾人在二十里外留意動靜。」

狄青點頭道：「好，你辛苦了，先休息會兒吧！」

狄青在行軍的過程中，已開始瞭解軍中的每一個人。

算上狄青，這次新砦共派出二百一十三人來支援保安軍的堡砦

狄青將這些人編成五隊，分為騎兵隊、突擊隊、弓箭隊、偵察隊和供給隊。每隊最多五六十人，最少的供給隊不過十數人。麻雀雖小，五臟俱全。

狄青第一次領軍，但看重每個人的性命，極重先偵後進，避免眾人一頭撞入對手的埋伏，死無葬身之地。

因此狄青派葛振遠帶軍中數人，騎最快的馬兒負責前偵。他又將長槍手、刀斧手、撓鉤手均編入突擊隊，由廖峰、司馬不群指揮。副都頭魯大海眼睛雖不大，但射術極佳，掌管弓箭手的調度，鐵飛雄則帶人留意後方的動向。

西北缺馬，新砦因為砦小，更是馬匹寥寥。孫節費盡心力，為狄青搜集了五十多匹馬兒，狄青把馬兒悉數帶出，組成一個小小的騎兵隊。

騎兵隊人不算多，但在這二百多人中，已是不容忽視的一支隊伍。

狄青親自掌控騎兵隊。

眾人見狄青統領得井井有條，不急不躁，又多了幾分信心。他們全不知道，狄青也是初次領兵作戰，能會這些，很大原因在於平日有心，再從郭遵口中習得一部分。

狄青很鎮靜，裝作指揮若定的樣子。他知道他是新砦軍的定海神針，他絕對不能慌，更不能失去冷靜。

他有責任帶著這些人再平安地回返新砦。

葛振遠已翻身下馬，稍事休息。

捧了河水洗洗臉上的塵土，葛振遠突然道：「這裡再向西北五十里，就到了德靖砦，指揮使……聽你的意思，上面讓我們隨機應變地支援德靖砦和園林堡，你奔洛水而行，可是先去德靖砦看看嗎？」

狄青望著遠方山青如洗，問道：「德靖砦的守將是誰？」

葛振遠立即道：「是劉懷忠。據我所知，他本是党項人。」

狄青雙眉一揚，只是哦了聲，心中想到，葛振遠為何特意提醒劉懷忠是党項人呢？難道是不信任劉懷忠？狄青知道，眼下大宋戍邊的將領，很多人其實是党項人。就算是金明砦統領十八路羌兵的鐵壁相公李士彬，本來也是党項人的。党項人也有忠於大宋的，就像很多宋人也投靠了元昊一樣。聽說元昊手下的中書令張元，本來就是宋人。

狄青回過神來，見葛振遠還在望著自己，說道：「眼下要……」話音未落，就見葛振遠眼中露出驚異之色。

狄青霍然扭頭，順著葛振遠的目光望過去，臉色微變，雙眸凝視。上游澄淨開闊的水面上漂來一物。

不是物體，水上漂著的是一個抱著浮木的女子！這裡怎麼會有女子投河？河水流淌，帶著那女子又近了些。新砦軍也紛紛發現了異常，站起來望過去，微有喧譁。河面上那女子身著甲冑，腰身一束，長髮散落，遮住了半邊的臉龐。

青的山、綠的水、金的河，黑的髮一絲絲地凝在那蒼白的臉上，本是一幅絕佳的畫，但眾人見了，只覺得驚心。狄青已喝道：「救她上來！」

有兩士兵衝到河中淺水處，等浮木漂過時，伸出撓鉤，鉤住了圓木。有旁邊的兵士幫手，將那圓木拖到岸邊。有個士兵抱著那女子上岸，將她平放在草地上，對狄青說道：「指揮使，她腦後有傷，但應該沒有喝到多少水，所以極可能被打昏時落水，又碰巧抓住了浮木。」

狄青聽那兵士分析得頗有道理，問道：「你叫什麼名字？」

那兵士忙道：「屬下壽無疆。」

狄青有些好笑，「看來你也會點醫術了，不然怎麼能萬壽無疆呢？」

眾人笑，詭異的氣氛稍有淡化。壽無疆道：「屬下武技不行，但的確會點兒醫術，這次報名支援保安軍，做個火頭軍，倒不奢望殺幾個人，若能救幾人，就心滿意足了。」

狄青道：「你這小子就不懷好意……」

壽無疆一怔，問道：「指揮使為何這麼說呢？」

狄青板著臉道：「你想救人，不就是想我們負傷？這個……我可不想。」

壽無疆滿是惶恐，搓手道：「屬下絕非此意……」他急得額頭汗水冒出，狄青笑道：「我允許你將功贖罪，將這女子救醒吧！」

壽無疆這才省悟狄青是開玩笑，暗想這指揮使看起來抑鬱，說話倒有趣，點頭道：「屬下盡力而為。」他伸手從懷中取出扁盒，打開後，現出裡面的銀針。狄青心道，這小子也會針灸，不知比起王神醫如何？正沉吟時，西北向馬蹄聲急驟，有一騎飛馳而來。

馬上竟有兩人。狄青舉目望去，見到馬上一人是偵察隊的兵士，而那兵士身後還帶著一個人，那人渾身上下血跡斑斑。狄青快步迎過去，喝道：「何事？」

新砦兵下馬道：「指揮使，我們見有一德靖砦的兵士前來求援，故帶回請示指揮使。此人有德靖砦劉大人的求救手諭。」

狄青接過手諭，見上面只寫著「急援」兩字，上面蓋的的確是各砦專用的印記。

求援那人勉強抬起頭來，斷斷續續道：「你……是……新砦指揮使？」

狄青點頭問道：「德靖砦現在如何？」

那人道：「党項人五路出兵，一路攻打德靖砦，足有七、八千人馬，另外兩路攻打栲栳城，其餘兩路去取園林堡。劉大人浴血奮戰，死守德靖砦，天明時党項人退軍，劉大人分出幾人快馬出來求援。我路上還殺了幾個党項兵，僥倖殺出來，不想碰到了你們。」他喘息稍均，急道：「這位指揮使，我請你快些出兵，去救劉大人。」他說到這裡，劇烈咳嗽兩聲，用手掩住了嘴，鮮血從指縫流淌而出，看起來受傷頗重。

狄青皺眉道：「對方有七、八千人？」

那人道：「攻砦的時候，的確有七、八千人，可現在很多人都撤走了，周邊只留些散騎擄掠。如今德靖砦損失慘重，急需支援。」

狄青目光從那人身上掠過，問道：「兄弟貴姓？」

那人喏喏道：「卑職雲山。指揮使，你快去吧，不然再有党項軍來，德靖砦肯定支持不住了。」

狄青點頭道：「好，準備出發。壽無疆，你先給這位雲兄弟看看病。」

壽無疆正在想辦法弄醒那從水中撈出的女子，聞言起身道：「好。指揮使，這女子醒來了。」

狄青扭頭望過去，見到那女子眼神有些迷惘，像一時間不知身在何處，顧不得許多，翻身上馬道：

「那你繼續照顧這女子，等她可以自己走了，過來追我們。雲山，你留下，你臉上也傷了嗎？」狄青看到雲山臉上也有血，伸手要幫他擦去。

雲山用袖子擦擦臉，急道：「指揮使，我傷得不重。我帶你們去德靖砦，要死……我也和劉大人死在一起。」

眾人見雲山如此俠氣，都有敬佩之意。狄青上下打量他一眼，緩緩點頭道：「那好，你帶路，可騎得了馬嗎？」

雲山道：「可以。」他心中急切，一勒馬韁，已調轉馬頭，向西北行去，狄青回頭喝道：「出發！」

狄青和雲山對答的時候，眾人已收拾利索，聽到狄青下令，振作精神，騎兵隊在前，突擊隊隨後，弓箭手緊隨。眾人不急不亂，已如長蛇，蜿蜒向西北奔去，片刻後，去得遠了。那女子聽到馬蹄聲急驟，終於清醒過來，見壽無疆關切地望著自己，虛弱問道：「我……我這是在哪裡？你是誰？」

壽無疆見女子清醒，喜道：「你在保安軍，我是壽無疆！」

那女子勉強坐起來，見到壽無疆的裝束，眼前一亮，急問道：「你是宋軍？剛才好像有很多人？他們去了哪裡？」她才從昏迷中清醒，依稀感覺有不少人離去。

壽無疆解釋道：「我當然是宋軍。你從河上游漂下來，是指揮使讓我們救了你。他留下我照看你，德靖砦有人衝出來求援，狄指揮知道了，就帶兵趕去救援了。」

那女子秀眉一蹙，失聲道：「德靖砦怎麼會有人出來求援？」

壽無疆不解道：「為什麼不會？」

那女子叫道：「德靖砦失守了，劉大人死了！德靖砦全軍覆沒，怎麼還會有人求救呢？」壽無疆腦海中轟的一聲，失聲道：「那來的那人是怎麼回事？他叫雲山，說党項軍撤走了，請狄指揮過去支援。」

那女子的臉色變得比雪還要白，顫聲道：「那一定是奸細，是党項人派來的奸細，他們就是派奸細混入了德靖砦，才在劉大人出去作戰的時候，控制了德靖砦。他們讓你們的人去，前面肯定會有埋伏……」

壽無疆不等那女子說完，已霍然站起，向新砦軍離去的方向衝過去，可新砦軍已離去有一段時間，又是一路急行，他如何追得上？壽無疆不管，拚盡了全力奔跑，汗水模糊了他的雙眼，心中只有一個聲音在大喊：指揮使，前面有埋伏！

狄青此刻已在十里開外，他行得不快，因為隊伍中騎兵是少數，還有百十來號要扛著幾十斤的裝備憑雙腿跋涉。見狄青勒馬等候後軍，雲山有些著急，說道：「指揮使，要不……我們先去吧！」

狄青凝視著雲山的雙眸，突然說了句很奇怪的話：「這麼急做什麼？趕著去死嗎？」雲山勃然變色，激動道：「指揮使，你……什麼意思？你難道不想去救人？」

狄青若有譏誚道：「我是不想去送死。」

這下連眾騎兵也覺得狄青有些不妥，可狄青是他們的指揮使，他們雖有困惑，只能保持沉默。

雲山咬牙道：「沒想到指揮使說得好聽，竟這麼懦弱。好，你不去，我去！劉大人望眼欲穿地在德靖砦等候援軍，有良心的都會去。我就算知道是送死，也要和兄弟們死在一起！」

他撥馬要走，卻看了新砦軍一眼。

新砦軍都在看著狄青。他們雖不贊同狄青的話，但必須要聽狄青的命令。

狄青卻變得更加地冷漠，忽然道：「你的傷好了？」

雲山一怔，吃吃問：「你……說什麼？」他方才情緒激動，有如忘記了傷，聽狄青提及，又大口地喘氣，有些體力不支的樣子。這時候新砦軍已全數到齊，見狄青和雲山冷然相對，都有些詫異。狄青表情有些嘲諷，說道：「你莫要再吐血了，你手中偷偷攥的那袋紅色染料已漏得差不多了。」

雲山臉色陡變，身軀已顫抖起來。新砦軍均是變了臉色，暗想狄指揮說的若是真的，那這人為何裝作吐血，難道這次求援有詐？

狄青目光有如針尖，就要刺入雲山的心底，「我一直都奇怪，你為何看起來有時像傷重，有時像無事的樣子？你到底想掩飾什麼？我方才故意給你擦臉，你怕露出破綻，不讓我擦，沒想到你自己擦臉時露出一截手臂。你手上都是灰塵血跡不假，但你手臂怎麼乾淨得和洗過一樣？你故作廝殺過的樣子，卻忘記廝殺過的人，手臂不會這麼乾淨的。」

雲山忍不住地垂下衣袖，遮擋住雙臂。

狄青又道：「你根本就沒有和別人血戰的樣子，你臉上只有血，卻沒有汗漬沖刷的痕跡；髮髻雖有塵，但也少了汗。你臉上根本就是潑上去的血！你沒有受傷，所以方才也不敢讓壽無疆治傷！」

廖峰等人聽了，暗叫慚愧。狄青說的細節，他們竟都沒有看出。

可聽狄青這麼一說，所有人都知道雲山有問題！

雲山臉色慘白，嘶聲道：「你既然知道我是誘你來，為何還要裝作信了我的話？」他這麼一說，無疑承認了狄青的判斷。

狄青道：「我就是要看你的走向，才能確定埋伏在哪裡。你自己承認，那是最好不過。劉懷忠想必死了？」心中在想，劉懷忠若不死，旁人如何能輕易有他的手諭？這麼說德靖砦被破了？甘風還在十里外，如今還沒有示警，如果有伏，現在撤走還來得及。

他並不奢望從雲山口中得到什麼。果不其然，雲山哈哈大笑，「死了，當然都死了！你們也毫不例外地要死。你別得意，你可知道他們已經來了。」話音未落，雲山突然雙腿一用力，催馬向北。

狄青微凜，突然有種心悸。那是危險就要來到的時候，他特有的感覺。

嗤的一聲響，一箭破空飛出，正中雲山的背心。雲山悶哼一聲，長箭透胸而出，在馬上晃了晃，已摔了下去。

射箭之人卻是魯大海。在新砦軍中，魯大海可算是少有的神射手。

魯大海一箭射死雲山，放下弓箭，瞇縫著眼睛憨憨一笑，並不言語。廖峰忍不住道：「指揮使，既然前面有埋伏，我們怎麼辦？」

狄青心悸感覺更強，突然說道：「這裡我來過，我知道最近的山嶺在三十里外，在西南的方向。」

廖峰等人不解，均問：「指揮使，你要說什麼？」

狄青臉色微變，喝道：「從現在開始，全力向西南奔走！」話音才落，狄青臉上已有慘然之色，他見到北方幾乎在剎那間，就沖起了一股烽煙。

烽煙扼斷了天藍雲白，肅殺無情。之後，一騎飛奔而來，不等近前，馬上那人已叫道：「指揮使，党項人殺來了，是鐵鷂子！」

那砦兵聲嘶力竭，已透著絕望之意。砦兵就是快馬甘風。馬兒未到，已哀嘶一聲，前腿屈倒，摔入塵埃，口吐白沫而死。甘風滾倒在地，渾身上下已如水洗一樣，眼中滿是絕望驚怖之意。

眾人聞言，臉色均變，一顆心怦怦跳個不停，就要跳出胸口一樣。鐵鷂子？他們一到保安軍，就受到鐵鷂子的攻擊？

鐵鷂子當然不是說鐵做的鷂子，鷂子沒什麼可怕，幾千隻鷂子，也敵不過一個鐵鷂子。元昊尚武，在邊陲創八部、建五軍，八部中高手如雲，五軍中最龐大的一支軍隊是擒生軍，有二十萬之眾。可五軍中，最犀利的卻不是擒生軍，而是鐵鷂子！

騎中鐵鷂，嶺內山訛！鐵鷂、山訛這兩支軍隊，是元昊手中極可怕的力量！山訛軍多年來把守橫山，有狼的陰狠、猿的靈活、狐狸的狡猾。

鐵鷂子沒有山訛的靈動，但有虎豹般的凶殘。元昊手下有二十萬擒生軍，卻不過只有三千鐵鷂子。可這三千鐵鷂子，已抵擒生軍十萬兵馬！而今日，他們這些新砦軍，碰到的就是馳騁平原、所向披靡的鐵鷂子。

狄青終於明白雲山的意思，無論雲山會不會回去，但只要這麼久沒有回去，鐵鷂子就知道有敵，就會出動！他一時不察，已身陷險境。

甘風是新砦軍中騎術最佳的一個，旁人都叫他趕風，就是說他騎術極佳，馬快可以追風。葛振遠派甘風前偵，就是利用他馬快的優勢，他也的確沒有辜負所有人的信任，竟趕在鐵鷂子之前，將消息傳達。

甘風為新砦軍爭取了一絲光陰，但這絲光陰實在過於短暫。

狄青本想問來騎多少，可很快發現，根本不用再問，一絲地顫從腳底傳來，隨即變成地顫山搖。西北傳來蹄聲隆隆，竟有千軍萬馬之勢。戰馬已不安地輕嘶，似已感災禍來臨。黑塵漫天狂舞，已如捲風倏至，呼嘯而來，鐵鷂子之威，竟至如斯！所有人的臉色都變了，廖峰嘶聲道：「指揮使，快逃。」

狄青反倒沉靜下來，只說了三個字，「不能逃！」

方才他感覺到危機，想要帶手下躲避，但見到這種情況，已知道無處可逃。以對手的威勢，加上這裡又是開闊地勢，新砦軍大多數人是憑兩條腿，如何能逃得過鐵鷂子的追殺？

廖峰被對手威勢所迫，情急之下，第一個念頭就是要逃。可也知道若是要逃，騎兵隊都不見得逃得過對方的追殺，更何況那些步兵，再無猶豫，厲聲道：「列陣！」

新砦軍生死關頭，已顧不得害怕，盾牌手在前，刀斧手在後，弓箭手射住兩翼，騎兵隱在最後，轉眼間已列成一個可發揮全部人力量的陣型。

狄青騎馬立在隊伍最前，眼角突然開始狂跳。

天際已湧出一條黑線，如碧海潮生，烏雲狂捲，剎那間，已見黑潮間的一道亮色。亮色森然，已現猙獰。

枯葉沖天而起，寒風擘面而來。所有人見到鐵鷂子現身的那一刻，一顆心就沉了下去。來的鐵鷂子不過百人，可那百人就如千軍萬馬，衝勢之猛，駭人聽聞。眾人知道鐵鷂子犀利，但見到的那一刻，還是忍不住的心寒……

前方處，鐵馬如林、重甲似盾，鐵鷂子百十來人已形成一面鐵牆，惡狠狠地推過來。但這遠不及鐵牆橫腰的那抹亮色讓人心寒。

眾人終於發現那抹亮色的源頭，原來是來自對手的兵刃。廖峰臉色巨變，低呼道：「三尖兩刃刀？！」他的聲音中也透出絕望之意，眾新砦兵更是心灰若死。

狄青心頭劇烈一跳，也是震撼那個疆場的雄器，震驚元昊的雄心！

三尖兩刃刀！

當年唐朝前期，能一統天下，得益於快馬；但唐朝鼎盛，平定四夷，卻得利於陌刀。陌刀兩刃，本來是步兵對付騎兵的利器，但若是騎兵改善運用，威力更是聳人聽聞。唐以陌刀稱雄天下，但因為陌刀造價高昂，軍中難以承受。到宋朝後，形勢轉變，各種發展的兵刃漸漸取代了陌刀的地位，三尖兩刃刀是陌刀的變種，鋒銳不減，靈巧更勝，但亦不常見。

元昊給鐵鷂子配置了西北最快的戰馬、最昂貴的兵刃、最厚重的盾甲、最完美的防護，所以元昊雖不過三千鐵鷂子，造價亦不遜十萬兵。鐵鷂子身著重甲，刀槍不入，再加上配備極為激盪心弦的三尖兩刃刀，以黑色旋風一樣的速度，就這麼肆無忌憚、蔑視天地地衝來。新砦軍在如此威勢之下，已如待屠的羔羊。

廖峰知道自己布陣錯誤，以眼下的陣勢，絕對抵擋不住如此迅猛的衝擊，弓箭手的長箭也射不透這麼厚重的盔甲。可他真的排不出能抵擋對手的陣法，唯一能抵擋這鐵鷂子的方法，就是躲在堡壘、山中或者是厚重的城牆之後，而不是傻傻地立在平原。

新砦軍一招失算，全無機會。新砦軍幾乎要放棄了抵抗，不約而同地望向了狄青。他們希望狄青還有奇謀，但又知道希望不切實際，狄青就算再勇，也不過是人，怎能抵擋這勢若狂飆的鐵鷂子？

現在唯一能希望的是，新砦軍還能剩下一兩個人回去，告訴新砦人，眼下這些軍士的悲壯和無奈。

狄青突然笑了——哂然地笑，他伸手摘下了鞍前懸掛的青銅面具，緩緩戴在了臉上。那俊朗的面容，瞬間已化作了猙獰、不屈的刑天。

刑天悲情、無悔、不屈，卻鬥志昂揚，永不放棄！

新砦軍見到狄青以面具遮臉，都是愕然，不解狄青何意。可轉瞬間，他們已明白過來，卻更是駭然。狄青一催戰馬，似箭一般，單槍匹馬地向鐵鷂子衝去！

無吩咐，不回頭，就那麼決絕地衝了過去，如刑天般，明知不敵，卻仍鬥志在胸，並不言棄。陽光一縷，穿雲瀉地，雖透不過那呼嘯的戰牆，卻給那悲情的英雄映下一道長長的身影。蒼天有情，留下那孤單的背影，陪伴著那孤單的人……

精衛銜微木，將以填滄海。刑天舞干戚，猛志固常在！

天地間，那匹馬單槍的人兒，如精衛、似刑天，銜微木，舞干戚！

風起雲湧，天地肅殺。狄青匹馬單槍地衝出去，絕非想逞匹夫之勇，他已別無選擇。他能做到的是，為新砦軍博得一分生存的機會。

拚命是為了活命！他已經看出新砦軍的不安、惶恐和絕望。他狄青的搏命，就是為了新砦士兵能活命，鐵鷂子雖凶，但他狄青無懼！

雲捲風狂，狄青已到了鐵鷂子近前。

鐵鷂子有了半分的懷疑，卻沒有遲疑。他們會毫不遲疑地將所有攔路者撕成碎片！

新砦軍已忍不住閉上雙眼，他們甚至已想像得出接下來的情形，狄青會被鐵鷂子的巨大衝力撞飛，踩成肉醬，慘不堪言……

廖峰等都頭不能閉眼，一顆心已要迸出胸膛。

鉛雲黯淡，遮不住刃冷如冰；草灰千里，掩不住殺氣嚴霜。馬兒悲嘶，刹那間已被數杆三尖兩刃刀刺入腹背，不等鮮血飛迸，就被衝擊之力撞飛到半空。嘶鳴戛然而止，空中只留下一抹殘紅，殘紅未竟，飛龍已起！

狄青早在馬背騰起，越過身前銳刃，到了前排鐵鷂子的頭頂。一躍如龍，驕夭長空。狄青躍起的刹那，就有數杆長刀戳來。鐵鷂軍的反應之快、力道之猛，亦是讓人動容。數杆長刀瞬間罩住狄青左右，狄青已陷絕境！

狄青空中低吼一聲，身形急躲，避開刺來的利刃，手一探，竟電閃般抓住三尖兩刃刀的長柄。那兵刃被抓的鐵鷂軍一怔，暴喝聲中，雙臂一振，就要將狄青甩落馬下。狄青遽然怒喝，直如天雷滾滾。那鐵鷂軍乍聞呼喝，又見到森然的面具後如電的雙眼，不由心頭劇顫，狄青早就順勢而至，空中長槍輕刺，已斜斜沒入那個鐵鷂軍的咽喉之中。

鐵鷂軍周身鐵甲，但畢竟不是鐵人，狄青光電火閃之中，已從鐵鷂軍弱處出槍，刺殺了一人。那人雖死，狄青一顆心卻沉了下去，原來那人的軀幹竟用藤索連同鐵甲長刃連成一體，那人雖死，卻不落馬，綁在一起的衝擊之力仍可殺人。

鐵鷂子之犀利難纏，竟至如斯！

此刻刀槍如林，馬勢狂飆。狄青急切之下，不及多想，輕舒猿臂，已扯住那死人身上的藤索，附在那人身後。

這時數刀刺來，狄青身子一縮，躲在死人身側，只聽到叮噹之聲不絕於耳，那數把利刃盡數刺在已死那人身上，火光四濺。

那死人身上鎧甲極厚，利刃竟然無法透體而出，狄青依仗這點，竟然躲過了犀利的攻擊。狄青不甘束手，大喝一聲，長槍橫出，抽在一人身軀之上。

喀嚓聲響，那人猝不及防，雖有厚甲護體，竟被狄青一槍抽得筋斷骨折，鮮血狂噴，上半身軟軟垂了下去。

狄青雖抽死那人，但長槍亦被震折，心中駭然對手的甲胄厚重。周圍的鐵鷂軍見狀，臉色巨變，心中狂跳，再望那猙獰的面具，只是在想，此人是誰，恁地這般勇猛？

鐵鷂軍乃元昊手下諸軍精銳中的精銳，平日縱橫西北，從未有過敵手。鐵騎所到之處，可說是所向披靡。這次鐵鷂軍前來絞殺新砦軍，本以為如割草般輕易，不想狄青竟敢孤身對敵！

鐵鷂軍縱橫西北以來，從未遇到過這種對手。

當初見狄青殺來，鐵鷂軍先是不屑，再是憤然，不屑此種螳臂當車，憤然狄青的輕蔑孤傲。他們根本沒有多想，只覺得憑藉一股氣勢，就可以將狄青碾殺在鐵騎之下。他們準備殺了狄青後，再將立於平原那孤零零的幾百宋軍一股腦地扼殺，如碾碎鐵蹄下的枯草。

他們從未將狄青放在眼中，雖然狄青戴著個古怪的面具。古怪卻沒有實力，只能變成滑稽。

在鐵鷂軍的眼中，狄青不過是個滑稽的、不自量力的宋軍！

可不屑變成了詫異，憤然變成了駭然……狄青在如此犀利的攻擊之下，竟能殺入重圍；而且狄青不但殺入重圍，還能殺了兩個鐵鷂子；狄青不但殺了兩個鐵鷂子，看起來還要繼續戰下去！

那古怪的面具不再滑稽，已顯猙獰之意。

這時又是一聲悶哼傳出，如潮鐵騎中，又有一人被狄青所殺。狄青槍雖斷，但斷槍擲出，又從一人的側頸刺入，刺殺了一人。

鐵鷂子表面上無堅不摧，但狄青混入了中間，卻讓鐵鷂子有種無從發力的感覺。這種情形，鐵鷂軍從未遇到，一時間難以應對。

平原蒼茫，鐵騎若狼，而狄青，不是群狼中的羊，而更像是餓狼中的猛虎。

鐵鷂軍已出奇地憤怒，他們從未想到，有人就在他們的軍陣中，殺了他們的三個人！他們雖能摧枯拉朽般擊殺前方的宋軍，卻殺不了附骨之疽般的狄青……

這種局面，從未有過！

前方一聲斷喝，鐵鷂子的領軍之人鐵盔鐵面，滿是震怒。他已決定，先殺狄青，再除宋軍！號令一發，如潮的鐵鷂子竟奇異般停了下來。

百十來新砦軍難以置信，卻不能不信，狄青竟然以一己之力，讓鐵鷂軍停了下來！

狄青卻感覺到周邊難言的冷意。他已深陷重圍，鐵甲重重，已將他團團圍住，此刻的他所受的壓力，甚至超過剛才。

鐵鷂子由動化靜、由靜轉動不過是剎那之間，但全部的殺氣，已轉移到狄青的身上。狄青前面的戰馬倏然而止，已如鐵牆般攔在狄青的身前，後面的戰馬來勢不停，已如驚濤般向狄青拍來。

長刀勝雪，將狄青夾在中間，狄青進亦死，退亦死！

狄青遍體生津，鬥志更盛，怒吼聲中，狄青再次騰空，鐵鷂子卻早料到狄青的招數，只聽刷的一聲響，前方三尖兩刃刀斜斜豎起，已在狄青身前形成一面刀牆！

鐵鷂軍顯然吸取方才狄青殺入陣中的教訓，再不敢輕視狄青，十數柄三尖兩刃刀犬牙交錯，互為攻守，讓狄青不能故技重施。

狄青倏然而落，竟然鑽到馬腹之下，不見了蹤影。

鐵鷂軍又是一怔，不想狄青變化之快，匪夷所思。眾人怒喝連連，催馬踐踏、長刃連戳，但狄青在鐵鷂軍馬腹下如狸貓般輕巧閃動，鐵鷂軍雖眾，但仍傷不了狄青分毫。

這時後排鐵鷂軍已至，眾人驀然失去了狄青的行蹤，陣中多少有了些騷亂。

可鐵鷂軍畢竟名不虛傳，眾人齊齊勒馬，健馬長嘶，人立而起，黃塵湧動，直噴雲霄，天地間殺氣湧動，鐵鷂軍已止。

遠方宋軍見狀，均是臉上變色。他們聽說過西北元昊軍的鐵騎彪悍，卻不想這些人控馬如斯精妙，眾軍之勢如身之使臂，臂之使指，圓轉齊致之處讓人歎為觀止！

狄青仗著無雙的身手，騰挪之中，勉強保命，可知道眾軍若聚，他終究還是無以為繼。這時一杆長刀戳來，狄青霍然出手，已抓住了刀柄。

眾軍發現狄青的行蹤，又有數柄長刃刺來，狄青怪叫一聲，全力扯動，鐵鷂軍刀鞍相連，人馬一體，這才能人死刀不墜，繼續殺傷對手，要想奪下對手的兵刃，勢比登天還難！

狄青已知這點，可手無寸鐵，全力之下，只聽咕咚大響，竟將那鐵鷂子連人帶馬拖倒在地！鐵鷂軍見狀大呼，呼聲中滿是難以置信。

狄青已見那三尖兩刃刀末端竟有環扣，套在那鐵鷂子的手臂上，在馬匹倒地那一刻，狄青伸手一拉，已硬生生地扯斷那人的膀臂，取下三尖兩刃刀，就地一滾，又到了對面馬兒的身下。嗤的一聲響，一刀幾乎擦著狄青的頭皮而過，劃在他的髮帶之上。

勁風鼓動，狄青披頭散髮，回頭望到一雙如死魚般的眼。狄青顧不得再望，只記得那人依稀是鐵鷂軍領軍之人。

狄青矮身急穿，對面那人立的馬兒紛紛而落，向狄青當頭踩下。狄青怒喝聲中，長刃戳出，只聽到一聲慘叫，一鐵鷂子口噴鮮血而死。

原來狄青一刀戳出，竟從馬腹而入，刺穿馬鞍，刺到了那人身軀之內。

鐵鷂軍雖是全副鐵甲，但弱處卻在馬腹。元昊縱是天才，也想不到對手能從馬腹下出手。狄青長刀戳出，正擊鐵鷂軍的這個弱處。

馬兒悲嘶聲中，頹然倒地，狄青卻已拔出三尖兩刃刀，閃電般地又刺入下匹馬的腹部。鮮血四溢，狄青已成血人，這時一馬踏來，狄青拔刃急揮，斬在戰馬前蹄之上。

馬兒慘嘶，前腿齊斷，落入塵埃。

鐵鷂軍眼中已有了恐慌之意，狄青多了兵刃，已如那揮舞戰斧的刑天，佛擋殺佛，魔擋除魔，鐵鷂軍雖是人多，卻對狄青無可奈何。

等到狄青再殺一人之時，宋軍眾人血已經沸騰……

廖峰再也忍耐不住，嘶聲吼道：「衝！」他一馬當先地衝過去，不再多說一句。誰都知道，狄青雖暫時拖住了鐵鷂子，但終有力竭那一刻，僵持不過是短暫，宋軍和鐵鷂子實力懸殊，上前就可能是送死。

狄青奮戰，是為新砦軍求生，若是新砦軍這刻分散逃命，總能活上幾人。

可這時誰會逃命？

至少廖峰不會逃，他衝上前去，就是為了赴死，他不想狄青一個人孤零零地戰。那天底下如刑天般孤零零奮戰的人，絕不應該這樣孤單！

廖峰才一策馬，其餘的十數騎也就跟了上去，長槍手衝了上去，刀斧手迎了上去，就算那背著鐵鍋的火頭軍，也是大踏步地頂上去……

不成陣法，唯餘俠烈！

狄青再殺一人，已汗流浹背，沒有誰能夠體會他所受的壓力之巨。他看似憑一己之力抗住鐵鷂軍，但在搏鬥之間，已動用了太多的氣力。

這時鐵鷂軍突然傳來兩聲哨響，極為短暫。狄青不解其意，但眼前驀地現出一條道路。

鐵鷂軍竟霍然分開，而且倒退了回去。

狄青難以置信，來不及多想，幾乎第一時間地衝出了重圍，這是他的本能反應，因為他很是疲憊，急需喘上一口氣。但人甫衝出，狄青心中就感覺有些不對，馬蹄聲遽起，幾乎隨即衝到了狄青的背後。

鐵鷂軍使的是欲擒故縱之計，既然殺不死狄青，那不如讓他自己出去，然後再行追殺。鐵鷂軍讓出幾步，但卻博得了一片寬闊的衝殺空間！

狄青明瞭，但為時已晚。幾騎飛衝而來，人雖少，但狂風遽起。幾騎之後，又有十數騎形成雙翼，挽弓搭箭，不等狄青喘息，已亂箭射來。

狄青就地一滾，不等起身，就感覺當頭冷意森然，一刀挾秋意寒光斬來。狄青手臂一振，長刀不偏不倚地擋住了襲來的兵刃。

噹啷聲響，火星四濺。

那馬飛馳而過，馬上騎士眼中滿是詫異之意。那人正是鐵鷂子領軍之人，武功高強，本想趁狄青不備，一舉殺之，不想狄青反應敏捷，遠超他的想像。

前騎才過，後騎就至，三騎長刀斬落，動作一致。

狄青不及起身，奮力一擋，竟然擋住了三刀。只是噹的一聲後，三刀齊折，刀頭劃出，向狄青迎面斬到。

狄青一驚，這才發現來襲的三人手持的三尖兩刃刀刀頭可折，內附鋼索，竟然可飛出傷人。刀寒若冰，堪堪斬到狄青的面前。狄青奮起餘力，就地一滾，三刀劃過，割破狄青的衣襟，餘勢不衰，竟然纏住了狄青的兵刃。

三騎齊喝，用力回扯，狄青筋疲力盡之下，已被三人奪去了兵刃。這時馬蹄聲遽起，鐵鷂軍首領已人到馬到，催馬向狄青踏來。與此同時，那人手持長刀，已準備斬向狄青的歸路。

狄青躲得開戰馬，躲不開致命的一刀！

就在此時，一人飛身撲來，竟然持盾擋在狄青的身前。馬蹄落下，力道何止千鈞？只聽到一聲悶哼，那人已連盾帶人被踩在地上，狂噴鮮血。

那人竟是鐵飛雄！狄青本已乏力，見狀一聲怒吼，不知哪裡來的氣力，竟從地上高高躍起，拔出單刀用力擲出！

橫行再出，悲歌憤斬！刀穿鐵甲，竟將那首領一擊而殺！

那首領眼中滿是難以置信，人未墜地，但長刀卻已無力地落下，鏘啷啷擊在地面，滿是淒涼。

鐵鷂三騎已然趕到，可不等攻擊狄青，就有數人躥來。馬勢如山，可那幾人竟無視戰馬，徑直迎上，鐵鷂三騎嘴角哂然，毫不猶豫地縱馬硬衝。只聽到鐺鐺幾聲大響，數人持盾，已被馬蹄踢飛，卻有一人閃身躲過馬蹄踢踏，衝到馬腹之下，手中寒光一閃，已劃破了戰馬的腹部，衝鋒那人正是廖峰。

宋軍終於克服了恐懼，趕了過來！

不遠處弓弦響動，十數箭射來，射在剩餘兩個鐵鷂軍的身上，錚錚響聲，紛紛落地。羽箭雖利，但根本奈何不了鐵鷂軍身上的鐵甲。

那二人馬勢稍停，嘴角冷哂未畢，兩箭射來，戰馬悲嘶而起。原來那兩箭不偏不倚地射在馬眼之上，鐵鷂軍雖人馬合一，但馬眼終是弱處，那箭手神準，兩箭竟然射中兩匹馬兒的眼睛，射箭那人正是魯大海。

戰馬吃痛驚起，又有兩人躥了過來，手起刀落，斬斷了馬腿。馬兒無腿不行，轟然倒地，鐵鷂軍以馬為腿，人馬合一，馬兒一倒，竟然移動不得。那兩人衝上前去，單刀急揮，已了結了兩個鐵鷂軍，出刀的正是司馬不群和葛振遠。

鐵鷂軍遠方十數騎長箭射到，宋軍盾牌手已經趕到，戳盾做牆，嚓的聲響，已守在狄青的身前。盾牆雖不厚，亦不高，但眾志成城！

鐵鷂軍雖勇，但盾牌手無懼，宋軍無懼，只因他們血已燃，鬥志熾。

兵甲鏗鏘，戰意高昂。那裝備遠遠不及鐵鷂軍的宋軍，已全部聚在狄青周邊，鐵鷂軍本待衝鋒，可見到宋軍臉上的激昂赴死之意，竟勒住了戰馬。他們從未見到過如此捨生忘死的宋人，從未想到過，積弱的大宋，也有如此慷慨激昂的燕趙之士，他們更不知道，到底是什麼，支撐著這些本不彪悍的宋人。

鐵鷂軍沒有衝鋒，因為他們已經失去了必勝的信心。

眼前的宋軍已決絕地告訴他們，以血換血，以命搏命。要衝垮新砦軍，殺了狄青，就一定要鐵鷂軍來陪葬！

第十九章　後橋

秋風過，飛雲捲，天地滿是蒼涼。兩軍對峙，冰凝了戰意。

不知過了多久，宋軍不動，鐵鷂軍終於動了，撥轉馬頭，竟向西馳去，馬蹄隆隆，塵煙高起，鐵鷂軍飛快地消失在天際之間。

宋軍面面相覷，不懂鐵鷂軍為何會撤，良久後，才有人問道：「他們退了？」

「他們退了。」有人接道。眾人驀然淚盈眼眶，高呼道：「他們退了，我們擊退了鐵鷂軍？」眾人歡呼起來，心情激盪，難以言表。

新砦軍從未想到過能擊退鐵鷂軍！鐵鷂軍是西北元昊手下久經歷練、東征西殺的精銳之兵，而新砦軍不過是初出茅廬、不經歷練的廂軍遊勇，雙方人數相若，但戰鬥力天壤之別。可雙方竟然鬥個旗鼓相當？

「我們擊退了鐵鷂軍！」更多的人歡呼起來，甚至有些忘乎所以。這時候有一人道：「是狄指揮擊退了鐵鷂軍。」說話的人是葛振遠。

眾人冷靜下來，向狄青望去，知道葛振遠說得很對。沒有狄青，眼下的這些人早就喪失了作戰的勇氣；沒有狄青擋住鐵鷂軍衝勢如潮，新砦軍也無法形成有效的反擊；沒有狄青格殺了鐵鷂軍的首領，鐵鷂軍也不會喪失作戰的信心。

可以說，狄青以一己之力力挽狂瀾！眾人望向狄青，狄青正跪在鐵飛雄面前，神色黯然。沒有鐵飛雄為狄青擋住了那一擊，躺在地上的可能就是狄青。那一踏，重逾千斤，鐵飛雄身受重創，已奄奄一息。

狄青握住鐵飛雄的手，鐵飛雄望著狄青，咯了口血，喃喃道：「狄……指揮，你……很好……我……」他話未說完，頭一歪，已然逝去，可他的嘴角，還殘餘著笑意。狄青淚水奪眶而出，一把抱住了鐵飛雄，悲聲道：「你……」他身形晃了晃，心力交瘁，再也支撐不住，仰天倒了下去。

眾人失聲驚呼道：「狄指揮！」

狄青像是昏迷了片刻，又像是沉睡了百年。

不知許久，他感覺到額頭有分清涼，夢中只聽到一個聲音幽幽在呼喚，「狄青……你醒醒……」那聲音似從天籟傳來，依稀熟悉。狄青腦海中霍然有道白影落下，心中痛楚，忽然睜開了眼睛。

他從不再提及羽裳，但夢中沒有一次忘記。羽裳在喚他？

有張秀麗的臉龐近在咫尺，有雙眼眸滿是關切。狄青望著那雙眼眸，心中又疼，翻身坐起，移開了目光。

青山在望，晴空幽香。狄青發現，他處在山區。身前有個女子，依稀有些眼熟，狄青片刻後已記起，那女子是從洛水撈上來的。

周圍一陣歡呼，眾新砦軍紛紛道：「狄指揮醒來了。」

那女子見狄青醒來，眼眸中閃過喜意，更多的卻是悲傷。又有一張臉湊了過來，卻是壽無疆。壽無疆道：「狄指揮，德靖砦被破了，劉大人戰死了。羌人散在德靖砦的附近，伏殺救援之軍，那個雲山是奸細！」

狄青四下望去，見到眾新砦軍都聚在身旁，想起鐵鷂子退去後，他用力過劇，又心傷鐵飛雄為他而死，強敵一去，竟昏了過去。

望向壽無疆，狄青皺眉道：「你是如何知道這些事情的？」

壽無疆一指那女子道：「這位姑娘叫做黃裳怡……她告訴我的，我們趕來示警，不想你們已經和鐵鷂軍遭遇。黃姑娘知曉針灸之法，見指揮使暈了過去，說你是耗力過劇，這才主動幫手，讓狄指揮早些醒來。」

周圍的宋軍均是點頭，示意壽無疆說得不錯。

狄青對那女子示意道：「多謝你了。」聽那女子名字中也有個裳字，想起楊羽裳，心中微酸。

黃裳怡搖頭道：「不用客氣，你救了我一命呢！」她神色惆悵，眼眸中亦和狄青一樣，有股憂傷之意。

狄青問道：「黃姑娘，你又是如何知道德靖砦的事情呢？」

黃裳怡道：「我本來是……劉大人的……表親，當初党項人攻打德靖砦的時候，我就在砦中。」

狄青皺眉道：「劉大人為國而死，讓人扼腕。但德靖砦為何這麼快就被攻破，難道說党項人聲勢真的十分浩大嗎？」

黃裳怡眼露悲憤之意，「党項軍雖數倍於我們，但也不至於這麼快攻破德靖砦。可党項人奸詐，事先已在德靖砦埋伏下奸細，他們趁劉大人出戰之際，取了德靖砦，讓劉大人腹背受敵，沒了歸路，劉大人這才戰死。我拚死殺出重圍，投水自盡，不想碰到了你們……」猶豫片刻，黃裳怡又道，「狄指揮，不想你們竟然能擊退鐵鷂子……」她說到這裡，滿是欽佩之意。

只有在邊陲作戰之人，才知道鐵鷂子的恐怖之處。狄青不過是個新上任的指揮使，平手交戰，竟然擊退了鐵鷂子，若非親眼目睹，說出去，只怕邊陲少有人信。

狄青苦澀道：「我只是僥倖罷了。」他倒非自謙之詞，當初硬抗鐵鷂子，實在是逼不得已，如果重來一次的話，他在那種攻勢下，能否活下來，很是個問題。

見眾人都在望著他，狄青問道：「我們眼下在哪裡？」

廖峰回道：「指揮使，我們帶你向西南走了數十里，這裡有山脈蔓延，山雖不高，但……總能抵禦鐵鷂子的衝擊了。我擅自做主，還請你莫要見怪。」

狄青打斷他道：「你做得很好，鐵鷂子來勢凶猛，在平原交手，我們真的很難取勝。鐵副都頭如何了？」

廖峰喏喏道：「他已去了。」見狄青神色黯然，廖峰道：「狄指揮，當年丁指揮曾救過鐵副都頭一命。說實話……新砦的每個人，都念著丁指揮的恩情，也感激你為丁指揮申冤。如果換做是我們，也會去擋。你為我們拚命，我們若還躲避，那還是人嗎？」

狄青沉默許久才道：「廖峰，你把這次去了的兄弟的名字都記下來。」

廖峰用力點頭道：「我知道。」

葛振遠一旁道：「狄指揮，我們跟著你有底。上一次，你救了指揮使；這一次，你又救了大夥。眼下我們都記得死去的兄弟，可現在，該怎麼辦呢？」

現在該怎麼辦？狄青其實也在想著這個問題，德靖砦被破，他們再前往就沒有什麼意義。園林堡離得極遠，此去險阻重重。党項人的鐵鷂子在平原衝殺，無往不利，他們孤單單的這些人，能做什麼？或許他們出來救援的策略，本身就有很大的問題。

狄青望著遠山，一時間陷入了沉吟。夕陽西下，晚霞漫天，落日的餘暉宛若給山峰披了層金衣。眾人都在望著狄青，見他偉岸的身軀沐浴在天光之下，也都在想：現在該如何？

就在此時，腳步聲急驟，司馬不群趕過來，急道：「指揮使，西面十數里外發現數十羌人出現，看情形要穿山而過，已接近我們。」

眾人均驚，廖峰立即道：「多半是鐵鷂子賊心不死，再來伏擊我們。」

司馬搖頭道：「鐵鷂子威勢只在平原，他們若是棄馬，威力立失，這些人絕非鐵鷂子！」司馬不群為人謹慎沉穩，繼續分析道，「過這裡向西不遠，就到了後橋砦左近。這些羌人既然是從西而來，就算不是鐵鷂子，多半也是來保安軍擄掠的党項人！」

葛振遠立即道：「既然如此，不如主動出擊，截殺他們。」

適才對鐵鷂子，眾人束手束腳，這次聽到有羌人又來，均是想一出怒氣，都道：「葛都頭說得對！」狄青略作沉吟，問道：「司馬，這附近可有伏擊的地方？」

眾人一聽，已知道狄青同意了葛振遠的主張，摩拳擦掌，精神大振。

司馬不群道：「西行五里左右，有一羊腸之路，崎嶇難行，兩側林木密布，可做伏擊之用。」

狄青果斷道：「好，就在那裡伏擊。黃姑娘，壽無疆，你們帶三人照看這裡的馬匹和傷者，其餘人，輕裝簡行，跟我來！」

眾人見狄青這會兒的工夫，精神百倍，又要領軍，都是心中駭然。葛振遠勸道：「狄指揮，你歇息吧，伏擊羌人的事情，交給我們就好。」

狄青搖搖頭道：「我沒事。走吧！」他身先士卒，大踏步向西而去。新砦軍見狀，又喜又佩，跟隨狄青飛快地到了司馬不群所說之地。那裡地形複雜，果然是極佳伏擊的好地方。

狄青略微看了一下地勢，吩咐道：「廖峰，魯大海，你們帶弓箭手、刀斧手等伏擊在我右手的林中，聽我這面哨子一吹，你們先射他們一頓，然後下山廝殺。葛振遠，你帶領長槍手，跟隨我在左面高處埋伏，跟我衝鋒。司馬，你帶撓鉤手伏擊在路邊，設下繩索，截殺對手！」他已習慣指揮的角色，當機立斷，再無遲疑。

眾人見狄青吩咐得頭頭是道，均道：「遵令。」

狄青帶葛振遠等人上了山左的斜坡，眾人自尋大石、灌木、樹後藏了身子，想到這一場廝殺下來，不知道能不能活著回去，不由都是心中惴惴。

可望見狄青隱在石後，神色剛毅，沉穩非常，眾人又都放鬆了心情，心道：左右是要打了，怕有什麼用？跟著狄指揮，總算後顧無憂！

群山西側卻已傳來聲響，眾人心中一凜，暗想這羌人來得好快！只見到山腳轉彎處，行來數十人，雖看不清面目，但均是羌人的裝束。那些人沉默無言，腳下不慢，轉眼間又近了里許。狄青凝眸遠望，心中默數，見對手只有數十人，暗想己方是伏擊，又比對手人多，這場仗，無論如何不能輸了。

可見那些人像是尋常羌人百姓，狄青反倒有些猶豫，暗想若是亂殺一通，該或不該？正沉吟間，對面林中突然飛起一群驚鳥，狄青一怔，暗叫不好。原來廖峰那面的人手，很多沒有伏擊的經驗，見敵人到來，不由緊張，竟驚動了飛鳥。

數十羌人已停了下來。狄青見羌人止步，知道不妙。對手尚未進入新砦軍的夾擊圈內，這時新砦軍的三面埋伏和羌人正呈四角，新砦軍弓箭不及，若是衝殺下去，已沒有地勢的優勢。可若是不衝，又該如何？

狄青心思飛轉，一時間想不到好的辦法。他倒不是害怕無法擊敗對手，而是想著這種情形，一場混戰下來，新砦軍不知又要損傷多少。

新砦軍已是心急如焚，廖峰顧不得責怪身後魯莽的士兵，只是望著對面的山頭，不知狄青意下如何！

為首一羌人掀了下氈帽，向驚鳥飛起的地方望去。

這時候群山暮暮，秋風蕭瑟，新砦軍伏低了身子。那羌人就算目光敏銳，多半也發現不了什麼，但他既然起了疑心，就不見得再會前行。廖峰手心已緊張得出汗，突然見對面處，一人躍上大石，正是狄青。廖峰見狄青身起，只以為他要發動攻擊命令，低喝道：「準備……」他射字不等出口，新砦軍已弓弦絞動，只聽到狄青大喝道：「不要射！莫要動手……」

眾人一怔，有幾人以為狄青喝令要射，心中緊張，手一鬆，長箭竟射了出去！

羌人霍然閃避，閃身到了石後、樹後，那幾箭竟沒有傷到一人。

狄青舒了口氣，暗想這要射翻幾個，真的不知如何解釋。高喊道：「武英，我是狄青！」他目光敏銳，在為首羌人掀帽那刻，已認出那人竟是當年同在殿前的侍衛武英。

武英怎麼會出現在這裡？他怎麼會是羌人的裝束？狄青轉念之間，見箭在弦上，急急喝止。無論如何，他總信當年的那幫侍衛！

狄青喝後，山中沉寂半晌，武英從樹後走出，叫道：「狄青，怎麼是你？」

狄青哈哈大笑，已大踏步地走下山坡，一拳擊中武英的胸口。武英毫不示弱，回以一拳。二人眼中均是暖暖之意。塞下風冷，又如何能冷卻當年的患難之情？

武英已對身後喝道：「都出來，見過狄……」猶豫下，問道：「狄青，你現在是什麼官了？」他只知道狄青最近一年來，在延邊閒職，還不知道他去了新砦。

狄青自嘲道：「不才是新砦的指揮使。」他知道武英眼下在柔遠砦，直對党項人的後橋砦，肩負責任重大。

武英心道，以狄青的本事，怎麼還是個指揮使？哦……他多半還放不下楊羽裳，眼下難以振作了。武英在邊塞一年，眼下為柔遠砦的砦主。因胸懷大志，作戰勇猛，屢次因為軍功升遷，官職已在狄青之上。不過對狄青，武英還是一如既往地親熱，對身後的手下道：「這就是我經常和你們提及的狄青狄指揮，過來拜見。」

武英的手下齊整出列，施禮道：「狄指揮。」

狄青忙道：「不必客氣。」扭頭見自己的手下三三兩兩地匯聚，微笑介紹道：「這位是柔遠砦的砦主武英，都是自家兄弟。適才好險，差點兒自己人動起手來。武英，你來支援保安軍也就算了，為何要打扮成羌人的裝束？」

武英身後一人道：「狄指揮覺得，我們為何要這樣的裝束？」那人膀大腰圓，臉若重棗，語氣中，多少有些憤憤之氣。

原來這人見狄青的手下如此散漫，又見剛才新砦軍不聽狄青號令，放了幾箭，心中有些不滿。暗想這樣的援兵，來保安軍有什麼作用？

狄青並不介意，隨口道：「想必你們是先頭的探子，不想和党項人有衝突，這才裝作羌人的樣子打探情況。難道說……」狄青心中微動，問道，「後面還有支援嗎？」

問話那人滿是驚詫之意，武英哈哈一笑，豎起大拇指道：「我就知道你能想到。當年在殿前，你小子最聰明了。」忽然想到了什麼，武英問，「你怎麼會在這裡？」

狄青輕描淡寫道：「我們新砦軍也是來支援保安軍了，和党項人交過一次手，退到這裡。本以為你們來攻我們，這才搶先下手。好在沒有交手。」

狄青是慶幸沒有傷到兄弟，臉若重棗那人誤會狄青的用意，冷冷道：「若真的交手，我們也不見得會吃虧。」

武英皺了下眉頭，喝道：「封雷，不得對指揮使無禮！」他見新砦軍三面盡出，伏擊有模有樣，也是暗自心驚。暗想自己喬裝成羌人，哪裡想到在這裡會和宋軍交手？若是真的交手，那可真是太冤枉的事情！岔開話題道：「狄青，你們和党項軍交手了？他們多少人？你可知道德靖砦現在如何了？」

狄青道：「和我們交手的党項軍有百十來人……」

封雷一旁道：「只有百十來人嗎？」他的口氣中隱約有輕蔑之意，暗想武英說狄青膽大如虎，如今看來，也是名不副實。看新砦軍也有百十來人，何須退到這裡？

新砦軍都聽出了封雷的不屑，心中惱怒。葛振遠忍不住道：「那可是平原上百十來人的鐵鷂子！你們若喜歡，不妨去試試！」

武英、封雷均是變了臉色，失聲道：「鐵鷂子？你們碰到的竟是鐵鷂子？」只有在塞下的宋軍，才知道鐵鷂子的恐怖之處。

武英簡直難以相信，新砦軍碰到了鐵鷂子，竟能全身而退？

狄青倒還淡然，點頭道：「是的，鐵鷂子果然很厲害。我們鬥了一場，互有損傷。」不想多提什麼，狄青道，「武英，德靖砦失陷了。」

武英又是一驚，「劉大人也是久戍邊陲的將領，怎麼這麼快就失陷了？」

狄青將發生的一切簡略說了一遍，見武英驚疑不定，狄青問道：「你是前哨，那後援有多少兵馬呢？」

武英回過神來，說道：「慶州知州張大人知道元昊出兵保安軍，就命我和鈐轄高繼隆大人帶兵伺機支援保安軍。柔遠砦不能有失，因此我加強防守的同時，只能抽調柔遠砦數十手下前頭探路，打聽消息。高大人帶著千餘人隨後就到。」

狄青皺了下眉頭，問道：「你現在決定怎麼辦？」

武英想了半晌，有些為難道：「狄青，我不是不信你，可你認識黃裳怡嗎？」

狄青搖搖頭，「救上來的時候才認識。」明白武英為何為難，狄青緩緩道：「你也不認識黃裳怡，因此怕消息有誤？若德靖砦沒破，我們又不去救，就有過錯了。」

武英默認，半晌才道：「這樣吧，我帶你和黃裳怡，連同新砦軍一塊去見高大人，請他定奪，這樣可好？」

狄青心道，武英不好質疑我，但處事穩妥，只怕有事，這才讓高繼隆做主。他也是一番好意了。想到這裡，狄青爽快道：「如此也好。我們新砦軍勢單力孤，正好可抱你們的大腿。」

武英又笑，給了狄青一拳。心中暗想，狄青能開玩笑，是個好事，希望他早些挺過難關了。唉。眾人商議已定，狄青當下讓葛振遠去找黃裳怡，葛振遠順便帶來了新砦軍收來的十來柄三尖兩刃刀。當然，還有砍下來的人頭和盔甲。

宋軍以這些東西計功，狄青雖不做此事，但葛振遠、廖峰他們肯定不能放過這領軍功的機會。

柔遠軍眾人聽狄青說和鐵鷂子交手，雖不反駁，卻很有些人不信。如今見到那泛寒的長刀、厚重的鎧甲、還有森然的人頭，這才駭然，信狄青所言不假。

就算武英都在想，狄青到底怎麼才能在鐵鷂子的攻擊下，全身而退？

狄青沒有解釋，只在考慮著下一步如何去做，和武英兵和一處，沿山脈向南行去。走了小半個時辰，空山更幽，山青水繞處，已見慶州鈐轄高繼隆的兵馬。

宋軍駐軍山谷，戒備森然，狄青見了，暗自讚歎。心想宋軍雖一直積弱難振，畢竟也有不少會領軍的將領。他聽說過高繼隆的名字，知道此人出身將門，坐鎮邊陲多年了。

武英命人通報高繼隆，不大的工夫，一人從軍中迎出來，叫道：「武英，怎麼回來了？」

那人聲音洪亮，有如鐘鳴，虯髯滿臉，甚至讓人看不到嘴在哪裡。大踏步地走過來，豪爽非常。

武英將事情簡略地交代，又將狄青介紹給高繼隆。

高繼隆斜睨著狄青，打量了半晌，才道：「聽說你有個義兄叫做郭遵？」

狄青有些不解，還是點頭道：「是。」他見高繼隆眼中滿是古怪，一時間琢磨不透高繼隆的用意。

高繼隆道：「我很瞧不起他。」

狄青臉上色變，別人對他輕視，他本無所謂，他久經霜雨，很多事情看得淡了。但別人輕視郭遵，他不會容忍，聽高繼隆帶有挑釁之意，狄青反唇相譏道：「郭大哥何須你來瞧得起？」

狄青一言說出，眾人均是變了臉色，高繼隆冷哼一聲道：「你知道你在和誰說話？」

狄青道：「我就算和天王老子說話，該說的還是要說了！」

武英暗叫糟糕，搞不懂這兩人怎麼莫名地衝撞起來。還待圓場，高繼隆喝道：「好小子，在我面前這麼狂，你有什麼本事？」他一掌拍在狄青的肩頭，目光灼灼。

狄青身軀挺立，晃也不晃，沉聲道：「有些話，不必有本事才能說的。」

高繼隆一怔，瞪了狄青良久，拍在狄青肩頭的手終於垂了下來。別人都以為他要暴怒，不想他竟哈哈大笑起來。眾人摸不到頭腦，狄青也有些詫異。高繼隆止住了笑，歎口氣道：「狄青，你有種。郭遵沒有說錯。」

狄青更是奇怪，問道：「高大人，你說什麼？」他見高繼隆口氣緩和，也就不再頂撞。

高繼隆道：「郭遵曾說過，『狄青總有一日，會威震西北、不讓曹將軍的。』」

狄青心頭一震，感動莫名。他雖知道郭遵對他很是關懷，但還不知道，郭遵對他居然這般推許。高繼隆又道：「老夫本來不服的，心道這輩子輸給郭遵就夠了，難道還比不上你小子嗎？哪裡想到，你小子沒有曹將軍的威名，脾氣可比他大了許多。不過嘛……我喜歡！」

狄青這才知道，原來當年高繼隆曾敗在郭遵手下，反倒有些汗顏道：「高大人，我也不是有意和你衝突的……」

「你可知道我為何看不起郭遵呢？」高繼隆突然道。

狄青搖搖頭，感覺高繼隆話語中沒有什麼惡意。

高繼隆道：「我看不起郭遵，因為當年他為了一個女子，就一蹶不振。本來以他的本事，若來邊陲，肯定大有作為。好男兒，當求揚名立世，女人算什麼？狄青，我不希望你重蹈覆轍！」

狄青心中微酸，心道，好男兒，也不見得一定要沒有女人。這個高大人，可是聽郭大哥說過我的事情，這才如此相勸？幾句話的工夫，他已感覺高繼隆嘴冷心熱，不忍拒絕他的好意，只是道：「我記住高大人的話了。」

高繼隆又笑，「不要叫什麼高大人了，我不過癡長你幾歲，你若是看得起我，叫我一聲高大哥好了。郭遵有你這個弟弟，我不能輸給他。」

狄青有些好笑，不知道高繼隆和郭遵有什麼恩怨，竟然這種事情都要爭。正在猶豫的時候，高繼隆喝道：「好小子，你敢頂撞我，卻不敢認我這個大哥嗎？」

狄青笑道：「高大哥，德靖砦失陷了，眼下怎麼辦呢？」

高繼隆聽狄青肯稱他一聲大哥，滿是欣喜，又是拍拍狄青的肩頭道：「從長計議。」剛才他重重一拍，就是看狄青秀氣的樣子，有些難信郭遵所言，是以試探。可見狄青若無其事地受下來，心中也很是驚詫，暗想這小子看起來秀氣，底子可一點兒不秀氣。他這會兒拍肩膀，卻是示意親熱。

眾人見二人一團和氣，都是舒了口氣，見高繼隆轉瞬和狄青稱兄道弟，又是嘖嘖稱奇。武英等人知道高繼隆平日很是威嚴，如今和狄青這般親熱，倒都有些難以理解。高繼隆心想：郭遵前些日子遇到我的時候，向我詢問什麼狗屁香巴拉，我哪裡知道？他說狄青不錯，今日一見，狄青這小子的確有種，竟然幹翻了鐵鷂子？難道說……他沒有再想下去，目光已落在黃裳怡的身上。

黃裳怡也正望著高繼隆。高繼隆目光有分詫異，突然拍拍額頭道：「我見過你，你姓黃。你是德靖砦劉砦主未過門的妻子！」此言一出，眾人均是錯愕。

黃裳怡眼中悲傷之意更濃，點點頭，低聲道：「高大人說得不錯，民女黃裳怡，這次到德靖砦，本是要成親的。」

狄青這才知曉這女子眼中為何總有股憂傷，她失去了未婚夫婿，雖僥倖不死，可心一直是痛的。他瞭解那種心情。

高繼隆喃喃道：「你既然說德靖砦被破，那肯定不假了。」他認得黃裳怡，而且看起來，對黃裳怡很是信任。武英雖有疑惑，但見高繼隆如此，也不再質疑。

高繼隆環望眾人，皺眉道：「德靖砦被圍，党項人坐待我等入甕，德靖砦前，一馬平川，我們這些人若靠前，不占地勢，多半抵抗不住他們馬隊的衝擊……」正說話間，有兵士急急前來道：「高大人，抓到了一隊行商的人。」

高繼隆奇道：「這時候還有人行商？難道有詐？帶上來看看。」

不多時，兵士帶來了一人。那人微禿的頭頂閃閃發亮，卻亮不過那身油膩，狄青見到，失聲道：「咦，怎麼是你？」被帶來那人，竟是邋遢市儈的种世衡！

狄青更驚奇的是，他得到出兵任務，就趁夜出兵，中間沒什麼間隔，种世衡怎麼也會這麼快地跑到這裡？种世衡見到狄青，忙賠笑道：「可不就是我？原來是狄指揮的人馬……」瞥見了高繼隆，意識出了問題，立刻扔了下狄青不理，向高繼隆作揖道：「高大人，很久不見，看來高升了？」

高繼隆居然也認識种世衡，歎口氣道：「种世衡，你要錢不要命了？這時候，竟還要經商？」心中暗想，种世衡當年得罪了太后手下的第一太監羅崇勳，被流放西北，轉而經商，不想落到今日的地步。保安軍被攻，保安軍的榷場肯定早關了，這時候有要錢不要命的人就會鋌而走險，販賣私貨，大賺特賺。

种世衡滿不在乎地笑道：「草民命如草芥，倒也不放在心上。命嘛，總有一日會無，這錢嘛，不可一日沒有呀！」

高繼隆聽到种世衡的論調，哭笑不得，隨口問道：「你賣的什麼貨？」

种世衡嘿嘿笑道：「那個……青鹽……才從後橋砦那面運過來，我去接了下。等運到了大宋境內，我給高大人送幾斤嘗嘗。」

高繼隆心道：這事雖違背朝廷的規矩，但种世衡當年不畏權貴，也是個漢子。他販賣青鹽一事，就讓他去吧！牽掛著救援保安軍一事，高繼隆擺擺手道：「放他走吧！」

种世衡聽說被放走，眼中卻露出失望之意，只是拱拱手，就要轉身離去。狄青見到种世衡的神色，心中微動，叫道：「种……老丈，你是從後橋砦那個方向來的？」

种世衡眼前一亮，連連點頭道：「是呀！狄指揮有心和我一塊販青鹽嗎？那些党項人都去了保安軍，這附近的戒備鬆了許多，走私貨的機會再好不過了。」

狄青若有深意道：「這麼說，种老丈對這附近的地形很熟悉？」

种世衡覥著臉笑道：「當然了，我就知道一條小路，可從後橋砦路過，穿白豹城、金湯城之間的小路到葉市。你跟著我走，總沒錯了。」

高繼隆有些不耐道：「狄青，莫要和他胡扯了，正事要緊。」

狄青目光閃動，突然道：「高大哥，我說的就是正事！」

高繼隆微怔，皺起了眉頭，看看种世衡，又看看狄青，良久才道：「你想說什麼？」

狄青微有興奮道：「高大哥，眼下我軍人手不多，要去救援保安軍，只怕力有不及。可要救援保安軍，不一定要去德靖砦的。」

高繼隆目露思索之意，沉吟道：「不去德靖砦，怎麼援救保安軍被困的守軍？」

武英見了狄青的表情，也是凝神去想，突然道：「圍魏救趙？」他心中也有個念頭，尚不敢說出。

狄青已堅定道：「不錯，圍魏救趙！他們打我們的保安軍，那我們就去攻他們的後橋砦！而且一定要攻下來，逼他們撤軍！」

一語既出，眾人皆驚。只有武英臉上，閃動著振奮的光芒。他們要打保安軍，我們就去攻後橋砦！狄青竟然要打後橋砦？後橋砦屹立西北多年，宋軍一直無能去動，狄青才到這裡，就想去攻後橋砦？是不自量力，還是膽氣沖天？

狄青道：「我知道你們肯定覺得我太過狂妄，但我有理由。」見高繼隆只是望著他，若有期待的樣子，狄青沉著道，「因為你們這麼認為，所以党項人多半也這麼認為。後橋砦立在大宋境內太久，所有的人都認為我們不敢攻打，我們就要出奇去打，此攻打的理由一。」

高繼隆眉頭緊鎖，神色謹慎中帶分鼓勵，「那別的理由呢？」

「保安軍被攻，後橋砦肯定也分出了不少兵力。党項人匯聚保安軍，後橋砦空虛，也疏於防範，我們趁機攻打，勝算大增，此理由二。武英在柔遠砦許久，熟知後橋砦的地勢，有他主攻，更有把握，此理由三。」

高繼隆突然打斷道：「你說後橋砦疏於防範，如何見得？」

狄青道：「想連种世衡他們的商隊都能過了後橋砦的戒備，可見如今的党項人，實在有些懈怠。我們有什麼理由不如种世衡呢？」

高繼隆望了一眼种世衡，沉吟半晌，又道：「就算他們人手不足，我們也沒有必勝的把握。」

狄青道：「在我看來，這世上只有一種人必勝。」

高繼隆追問道：「哪種人？」

狄青淡然道：「不戰的人。天下若真的有十成取勝的把握，何必要我們來指揮？」

武英有些擔心狄青說話太衝，高繼隆凝望狄青良久才道：「狄青，你很狂呀！」

狄青肅然道：「高大哥，我不是狂，我是謹慎。我只想將這些兵士，用在最有用的地方，而不是白白去送死。」

高繼隆笑了起來，「你狂也好，謹慎也罷，我總是喜歡。」有些惆悵道，「當年我也狂過，但老了，就膽小了。」轉瞬一拍大腿道，「可這次我贊同你的建議！」

眾人又驚又喜，武英立即道：「高大人，若攻後橋砦，卑職請為先鋒。」武英早想去攻後橋砦，可這一直是想法，只有狄青才敢建議，武英沒想到，高繼隆竟然也贊同。

高繼隆長吸一口氣，說道：「好，要打就狠狠地打，這一仗必須要勝，不然臨陣變招，只怕知州那面不好交代。」他心想，大宋素來都是以文制武，武將每次領兵去哪裡，都要交代得清清楚楚，不然輕則挨訓，嚴重了，可能都會被扣個造反的帽子。這次臨陣變卦，事情可大可小。瞥見狄青和武英的衝勁，高繼隆心中暗歎，老子老了，膽子也不行了。打就打，怕什麼，大不了辭去鈐轄的位置，回去養老！

念及於此，高繼隆沉聲道：「武英，你對後橋砦最熟悉，這次行動的一切後果，我來擔待。你來謀劃怎麼進攻。」

武英精神一振，他最擔心的也是擅自做主，無功有過的事情。聽高繼隆一肩承擔責任，精神大振道：「據我所知，後橋砦眼下有野利斬山、野利斬川兩兄弟鎮守。這兩兄弟都是極為勇猛，要著重對付。」

高繼隆鬆了口氣，喃喃道：「不是野利斬天嗎？那就好。」

眾人聽到野利斬天的名字時，都是心中微凜。

狄青自語道：「野利斬天？可惜他不在。」他見眾人神色有些擔憂，心中驀地有股戰意。他很想會會野利斬天。狄青聽說過野利斬天，這一年來，他對元昊的勢力多有瞭解，早非當年那懵懵懂懂的狄青。

龍部九王中，野利家族就佔據三人。龍部的野利王野利遇乞、天都王野利旺榮二人，眼下鎮守橫山，是為宋軍大患。而野利斬天被稱羅睺王，是九王中極為神祕的一人。聽說此人本是修羅部的高手，因在攻打高昌、回鶻時屢建奇功，為元昊稱霸絲綢之路立下赫赫戰功，這才能躋身到龍部，但很少有人見過野利斬天。

高繼隆顯然也聽過野利斬天的名聲，知道野利家那三王很是厲害，餘眾倒不用太過擔憂。

武英這會兒的工夫，已在地上畫了後橋砦的地形圖，說道：「後橋砦依山而建，要攻打後橋砦，有條主路，頗為寬敞，不過防範當然很嚴。幸好我在這之前，已派人去探，知道還有小路，偏僻非常，可攻後橋砦的側翼……」

種世衡本一直沉默，聞言道：「只有兩條路嗎？我其實還知道第三條路的。」

眾人微震，齊聲問：「第三條路在哪裡？」

種世衡道：「這個嘛，有一次我在後橋砦的觀天亭方便的時候，發現一條小徑，可直接到後橋砦的山頂。」

高繼隆大為詫異，喝問道：「種世衡，你怎麼會去後橋砦？你怎麼對他們內部知道得這般清楚？你是不是勾結番邦？」

種世衡連喊冤枉，「高大人，這些年大宋和党項人關係本來不差，我以前也往後橋砦送點兒貨，這你也知道的。」

高繼隆冷哼一聲，心想這個種世衡倒頗有心機，朝廷對他如此，他竟還會留意党項人的地形？唉……朝廷有心人多了，但有用武之地的人卻不多。

轉瞬間，高繼隆已撇開念頭，定下策略道：「既然有三條路，我們就從三路進攻。老夫帶人，主攻後橋砦前。武英，你帶兩百精悍士卒，從側翼殺入，力圖和我裡應外合，攻破後橋砦。狄兄弟，你率一部跟隨種世衡去第三條路，我這多有火箭引火，你盡數帶去，同時挑選善於爬山的手下，衝到觀天亭殺下去。到時候點火燒砦，配合武英行事。我這般分派，你們可有異議？」

武英、狄青都是精神振作，齊聲道：「好！」

種世衡道：「我有異議。」

高繼隆斜睨種世衡道：「你有話快說，有屁就放。」

种世衡苦著臉道：「你讓我帶路，那我的青鹽怎麼辦？」

眾人沒想到這時候，种世衡竟提出這麼個問題，又好氣又好笑，高繼隆道：「我按市價買下了，算軍中供給。」

种世衡嚇了一跳，叫道：「我辛辛苦苦請人從西北運鹽過來，要賺十倍價錢的。你按市價，那我不連底褲都虧了？」

高繼隆看著种世衡腳上的破鞋，喃喃道：「我很懷疑，你有沒有穿底褲？」

眾人想笑只能強忍住，种世衡伸出五根手指，訕笑道：「高大人，你看我這麼辛苦，你以五倍市價買下如何？」見高繼隆無語，种世衡忍痛縮回根手指，道：「四倍？我怎麼說，還要給你們帶路呢！」

高繼隆懶得囉嗦，「兩倍，再多說，我就一文錢也不給你。」

种世衡臉上割肉一般的痛，長歎一口氣，喃喃道：「唉……好人不好做了。」

當下眾人約定三更攻砦，以鼓聲火花為號。武英、狄青先選兵士，狄青還是選取新砦的一幫人手，稍事休息，等到日暮時分，眾人分路開拔。

种世衡拖著草鞋，一路上長吁短歎，還是肉痛不已的樣子。

狄青沉默半路，等种世衡不再歎息的時候，突然道：「种老丈……上次你畫的那弓箭，很有道理……」

种世衡不屑道：「有道理什麼用呢？很多事情，不是有道理就說得通的。比如說我吧，辛辛苦苦把青鹽運回來容易嗎？高繼隆一句話，我的辛苦就打水漂了。」

狄青好笑道：「高大哥並非那麼不講道理的。你若不想賣給軍中，這件事結束，我就和他說說，讓他把鹽再還給你好了。」心中卻想，种世衡絕非這麼市儈的人，或許……吝嗇不過是他的掩飾？

种世衡激動萬分，一把抓住了狄青的手，熱切道：「你說的是真的？」

狄青笑道：「我騙你做什麼？對了，上山那條路好不好走？有沒有人把守？」

种世衡道：「那青鹽什麼時候還？」

狄青聽种世衡答非所問，忍不住地皺眉，歎口氣道：「我總要活著回來，才能考慮向高大哥說情。你不用燒香禱告我不會死，但總要努力不讓我死吧？」

种世衡聽了，摸摸發亮的頭頂，賠笑道：「那是那是。你放心，我不會讓你死，我怎麼捨得呢？那條路極為隱蔽，你去了，就明白了。」

种世衡說得神祕，可狄青直覺中，感覺种世衡不會害他，索性悶頭走下去。种世衡神色中突然閃過一絲詭異，低聲問道：「你真的在找香巴拉？」

狄青心口一跳，看著种世衡油光滿面的一張臉，心道自己當初怎麼會被他騙，又奇怪种世衡怎麼會有這麼厚的臉皮，還能提及此事？

「我要找的不是香扒辣。」

「我知道不是香扒辣。」种世衡像是看著一隻待宰的肥羊，「這次真的是香巴拉。前段時間，有個姓曹的人，說他有一張香巴拉的地圖。他缺錢用，就想賣給我。你也知道，買螃蟹我還有興趣，買地圖可沒什麼搞頭。你若想要的話，我去給你買下來。」

狄青看著那張泛光的臉，冷冷問：「你要多少錢？」

种世衡來了興趣，可能太過興奮了，伸出兩個手指頭道：「咱們這麼熟了，不要你多，二十兩金子怎麼樣？」狄青看著他的手指頭，恨不得剁去他的一根手指頭，「你看我像有二十兩金子的人嗎？」若是幾天前，他肯定會想方設法地去搞錢來買圖，但時至今日，他只怕被种世衡賣了，還要為种世衡數錢。

种世衡訕訕地收回了手，說道：「你有潛力呀！我看好你能還錢的，你若喜歡的話，我先買下來，你先欠著也行。」

狄青岔開了話題道：「等我活著回來後再說吧！現在已近後橋砦，你的那條路在哪裡？」

种世衡伸手向遠處一指道：「過了那片林子就是。」他快走幾步，已帶狄青到了一處山脈前，說道：「狄青，從這附近爬上去，可直通後橋砦的觀天亭。」

狄青向上一望，見山如橫斷，危岩斜生，再加上林木雜生，根本無路可循，皺眉道：「這也叫路，人能攀上去嗎？」狄青暗想自己若爬上去，倒是勉強可以，但手下只怕不行。

种世衡道：「哦……當然不是這裡。」微微一笑，帶著眾人一轉，到了斷山斜面，狄青眼前一亮，已見到一條小路夾在山壁之間，那小路雖是亂石鋪就，但不生雜草，陡峭依舊，但爬上去，難度已小了很多。

狄青心中微喜，葛振遠一直跟在狄青的身邊，突然質疑道：「种老丈，這條路難道說……別人從不知道？党項人若知道了，在這上面埋伏，那我等可死無葬身之地了。」

狄青一凜，知道葛振遠憂心的並非無因。种世衡悠然道：「我只負責帶你們到此，卻不敢保證有無危險。信不信，你們自己瞧著辦了。」

狄青上前一步，仔細觀察那條小徑，目光閃動道：「看這裡山石少稜，多半被水沖刷已久。難道說這裡從前是個瀑布，因最近水源乾涸，瀑布斷絕，這才現出這條路來？這麼說……這條小路倒真的隱蔽，若不熟悉這裡，斷然想不出這種上山之路！」心中卻想，种世衡這人……竟是這般有心，只怕就算探子都不如他。他這般用心，難道只是想做生意嗎？

眾人一望，都覺得狄青所言有理。

种世衡眼中露出讚許之色，打了個哈欠，喃喃道：「狄指揮，剩下就看你的了。你記得呀，還答應幫我要回青鹽呢！」說罷一搖一晃地離開，很快沒入黑暗之中。

狄青當下命眾人取枯藤纏身，一個繫著一個，自己打頭。見眾人準備妥當，沉聲道：「這次突襲，雖有小徑，但攀山途中若被對方發現，我等就很有危險。我等死不足惜，不能協助高大人破砦，牽累千百兵士，那真是百死莫贖。因此一路上，要絕對噤聲，千難萬險，也要咬牙挺住，現在不想去的，還可以退出。」

眾人不退，反倒上前了一步。群壑已暝，夜涼山冷。狄青望著慷慨激昂的一幫手下，點頭道：「那好，出發。」

狄青當先探路，身後連著廖峰，廖峰又接著葛振遠，司馬不群居中策應，魯大海斷後。眾人一行，已沿瀑布沖刷的河道艱難向山頂攀去。

狄青小心翼翼，儘量不踩落山石。可河道被水沖刷，盡露裸岩，眾人雖是竭力小心，但仍不時有山石落下，驚心動魄。

眾人登一氣，歇一氣，狄青只是留意山頂的動靜。他感覺敏銳，始終沒有發現山頂有異常，暗想种世衡說得不錯，大宋久未對党項人開戰，不要說這後山，就算是砦前，只怕也是防備稀疏。党項人根本不認為大宋會有勇氣反攻！

堪堪到了山頂，狄青才舒了口氣，驀然聽到一聲低呼，斜睨過去，見葛振遠一腳踩在風化的石頭上，石頭倏落，葛振遠一手抓空，堪堪向山下跌去。他身後還帶著一串人，只要被葛振遠拖動，說不定盡數掉了下去！

狄青微驚，一刀已割斷了身上的枯藤，靈猿般縱出，一把抓住了葛振遠的手腕。霍然拔刀，單刀插入山石之中。火星四冒，長刀劃著岩石，發出令人牙酸的聲響。

葛振遠卻已止住了腳步，額頭汗水冒出，滿面羞愧道：「狄指揮，我該死……」驀地見到狄青眼中有種驚駭之色，望著遠處，眼中寒光大盛。

葛振遠一凜，順著狄青的目光望過去，只見夜色深深，看不到什麼，不知道狄青為何會駭然。狄青一顆心怦怦大跳，只是在想，方才我分明見到，懸崖之上，有個影子掠過，竟似人影。這種荒山，怎麼會有人在這裡經過，而且那人的輕身功夫，很是高明。他多半已經發現了我們的行蹤！那人是誰？

第二十章 修羅

狄青怔住只是片刻，見眾人都在望著他，決然道：「上山！」

他必須要衝到山頂，無論那人影是誰。就算那人是後橋砦的党項人，要調動人手過來，也需要時間，他必須和那人搶時間！更何況，那人不見得是党項人，因為党項人沒有必要走這條路。那人神神祕祕到此，亦不見得是党項人的朋友。

眾人再無遲疑，奮力登山，等近山頂之時，狄青突然一擺手，示意眾人隱住身形。眾人一凜，紛紛挨著山壁而立，隱約聽到人語隨秋風而至，並不清晰。

狄青聽力敏銳，聽出有兩人正在山頂，心中微驚，暗想難道敵人發現了己方的蹤跡，這才等在山頂伏擊？只聽到一人道：「你沒事來這裡做什麼？」

另外一人道：「方才我聽到這面山後有異響，所以過來看看。」

前面那人道：「看個鬼，這地方，只怕鬼都不會來。」

後面那人道：「你懂個屁，羅睺王吩咐讓我們這幾天小心些，總要做個樣子。」

狄青聽到這裡，心中微動，感覺党項人還不知道他殺了過來。同時又有凜然，「羅睺王？那不就是野利斬天！他到了後橋砦？聽這二人的對話，野利斬天應早來了，這麼說，方才那道人影就不是他。」

突然又有些奇怪，元昊自稱帝釋天，可這個羅睺王叫什麼野利斬天，難道就不怕觸元昊的晦氣？

山頂兩人還在交談，先前那人道：「你說得也對，出來轉轉，總比見到那羅睺王要強。你說……我怎麼看那羅睺王都不像龍部中人，反倒像是阿修羅部中出來的煞星！」後面那人嗤之以鼻道：「你懂什麼？他本來就是阿修羅部中的羅睺，因為戰功升到龍部……」

狄青不待多想，就聽到遠處通的一聲響，驚天動地，一道奪目的亮光升到半空，停留片刻，如火樹銀花，銀河瀉地。緊接著，後橋砦前的方向鼓聲大作，廝殺震天，一時間，銀瓶乍破，刀槍鳴亂。高繼隆放了信號，已開始攻砦！

狄青不再多等，身形一閃，已如靈猿般上了山頂。那兩人聽到巨響，正在吃驚，見一道黑影到了面前，忍不住喝道：「是誰？」

狄青拔刀，一刀兩斬，已結果了二人。見眾手下已紛紛登上山頂，低喝道：「跟我衝！」

高繼隆率先發難攻砦，狄青如約到了砦後山頂，而武英也在高繼隆發難的那一刻，對後橋砦側翼發動了凶猛的進攻。

武英人在柔遠砦，早有對党項人的後橋砦下手的準備，因此對後橋砦的地形暗卡頗為熟稔。

狄青說得不錯，這些年來，老虎也有打盹的時候，党項人急攻保安軍，竟不想宋軍還有反咬的勇氣。

後橋砦，表面看起來牢不可破，卻並沒有武英想像中那麼戒備森然。他帶手下趁夜色潛伏，不多時，就拔除了後橋砦側翼的幾道暗卡。

高繼隆信號發出的時候，武英正停在最後一道關卡的不遠處。

這一道不是暗卡，而是明哨。那裡搭了三個丈許的木製高臺，上面坐著三個党項人，負責瞭望周邊的動靜。

關卡已近後橋砦，可就是這道關卡，讓武英無法再近半步，他無法同時殺掉三個人而不讓他們示警。

武英有了一刻猶豫，就在此時，一道煙花沖天而起，武英立即做了決定，就這麼衝了過去。高臺上的三人立即發現了武英等人的舉動，吹響羌管，可警聲才起，武英等人就到了高臺下，抽刀就砍。高臺倒落，三人滾下，宋軍切菜砍瓜般地殺了三人，隨即向砦中衝去。迎面衝來十數個巡視的党項軍，叫道：「什麼人？」

武英不答，只是一揮手，眾人勇進。頃刻間，又殺了那十數人。眾人浴血奮戰，鬥志昂揚，如狂風怒飆。武英這次帶的二百人，均在邊陲最前沿作戰數年，遠非尋常的宋軍可比。而党項人不靠馬兒馳騁，就像少了一條腿。此消彼長之下，宋軍暫時處於上風。後橋砦兩處現敵，饒是党項人彪悍，一時間也亂了分寸。党項人早就習慣了將宋人堵在堡壘中攻打，如今被宋人反殺到營砦中，還是開天闢地的第一次。

武英已如一把尖刀刺入了後橋砦，加力攪動，想要刺穿後橋砦的心臟。

就在此時，馬蹄聲濾響，如雷聲滾滾。武英心頭一顫，舉目望去，見後橋砦寬綽的跑馬道上，已奔來了數百騎的人馬。那馬勢洶湧狂暴，讓人興起無可匹敵之感。

武英見狀，知道這些人應是去援救砦前的党項軍，低喝道：「閃！」

眾宋軍避其鋒銳，閃到旗後欄外，營帳之側，仗著障礙躲避馬軍。那數百騎見到這裡的情形，馬上一人叫道：「斬川，你去砦前，這些人交給我打發。」那人濃眉環目，膀闊腰圓，渾身的肌肉有如要爆炸出來一般。

一人應道：「好！」那人身形同樣地魁梧，臉上一道刀疤，滿是凶悍，輕蔑地望了宋軍一眼，已向砦前衝去。

武英已認出，那兩人正是後橋砦的將領——野利斬山、斬川兩兄弟。

野利兄弟得知宋人攻砦，馬上出兵支援。但後橋砦很多人前往保安軍擄掠，眼下不過千餘人手把守，砦前吃緊，兩兄弟當以支援砦前為重。

野利斬川一走，帶走了大部分的人手，只留下數十人迎敵。武英心中微喜，見一騎衝來，身形晃動，已躲在樹後。那騎略有猶豫，才要繞圈去捉，武英身形躍起，一槍刺中敵手的咽喉。武英一招得手，心中反驚，因為身後傳來兩宋軍的慘叫。武英轉頭，只見到野利斬山已手持砍刀，連斬兩宋軍。

還好宋軍並不怕死，飛身前迎，長槍勁刺野利斬山的馬頸。武英腳下用力，已向野利斬山奔去。他認出迎戰那宋軍叫做曾公明，本是柔遠砦好手，持單鉤槍，素來勇猛。野利斬山馬術精湛，一圈馬，竟然避開了曾公明的一槍。曾公明長槍陡轉，反刺而上，毒蛇般噬向野利斬山的胸膛。

野利斬山出刀勁斬，風聲如雷。曾公明一寒，他長槍變幻，本有後招，以為野利斬山會擋，希望借機鉤住對手的長刀，纏住對手，不想對手長刀後發先至。曾公明知道單鉤槍無法鉤擋，只能一橫，希望擋住這刀。

不想野利斬山刀快刀沉，勢如破竹，長刀斬在槍桿之上，只是喀嚓一聲響。曾公明不等閃避，已被連人帶槍，斬成兩截！

武英又驚又怒，已衝到野利斬山的面前。野利斬山嘴角帶分輕蔑的笑意，長刀陡轉，已到了武英的脖頸之前。這人力大招快，長刀舞動，如雷霆電閃，快不可言。

武英縮頭閃身，倏然躥到馬腹之下。緊接著戰馬悲嘶人立，倒入塵埃。原來武英一槍刺中馬腹，先逼野利斬山下馬。野利斬山暴怒，不等馬落，飛身而起，長刀舞動，如驚電劈落。

武英再閃，那一刀擊在地上的大石之上，石為之裂。武英退，他驀然發現，原來野利斬山沒有了馬，比馬上的時候還要犀利十倍，武英擋不住！

武英退，長刀追斬，刀光如月，武英看似已失去了反擊的信心。他一直在退，驀地背倚大樹，無路可退。野利斬山暴喝聲中，再次舉刀，一刀就要將武英連人帶樹斬成兩截！他已看出，這次襲砦的主將就是武英，陣前斬將，勝殺百餘宋軍嘍囉。

陡然間，幾道黑影遽起，瞬間已纏住了野利斬山的腰腹、雙臂和雙腿。野利斬山一怔，長刀為之停滯了片刻。武英突然反擊，一屈一彈，已如弩箭般爆射了出去。手上長槍如虹，深深刺入了野利斬山的胸膛。

野利斬山怒吼一聲，渾身一震，繩索崩斷，他用盡全身的氣力揮刀！

長刀貼著武英的手臂斬落，鮮血飛濺。武英就地一滾，退出丈許，疼痛夾著冷汗，他被傷了手臂，可他畢竟還是殺了野利斬山！

武英絕不是懦夫，他一路退卻，就是要引野利斬山入彀。

六個宋軍早已手持套索埋伏在樹旁，在野利斬山以為武英無力還手、心中大意的時候，瞬間綑住了野利斬山。但那六人只能纏住野利斬山片刻。

武英就求這片刻的時間，一擊得手！

野利斬山還沒有死！他那龐大的身軀晃了兩晃，嘴角突然露出了詭異的笑。武英冷笑道：「野利斬山，你可想到會有今日？」

野利斬山嘴角溢血，慘笑道：「你以為……已勝了？」

武英驀地瞥見野利斬山的眼中閃過一道光芒，熾熱無比，暗自心驚，不待再說什麼，就聽野利斬山仰天長嘯，有如負傷的狼臨死前的悲嚎。

嚎叫未停，驚變已起。那持繩索的六人飛身而起，摔落塵埃，滾了兩滾，再也不動，竟似已經斃命。

武英只覺得一股寒意從背脊升起，他根本沒有看到野利斬山如何出手，那六個宋軍如何會死？這時野利斬山叫了聲，「大哥！」

一人就像憑空出現，驀地到了野利斬山的身邊。武英忍不住地後退一步，就像見到了地獄來的使者。非使者，是修羅——阿修羅！

阿修羅，本意非天、非同類，說它像天神，卻少了天神的功業；說它是鬼蜮，卻有著天神的神通……如果這裡還有能讓強壯如牛的野利斬山叫一聲大哥的人，定然是野利斬天。羅睺王野利斬天！

武英只聽過野利斬天的大名，卻從未見過這個人。他對野利斬天很好奇，好奇這人到底長得什麼樣。可在暮色中，借著淡淡的月色，武英還是看不清野利斬天這個人。那是一種奇怪的感覺，就像你在夢中對著一個人，雖竭力想要看清楚那人，卻是虛無縹緲，不得其便。

武英天不怕、地不怕，當年護衛趙禎，就算面對生死之別，亦是義無反顧。可這時的他，突然有種心悸，只感覺汗水從額頭不停地滾落，冰冷！

野利斬山望著兄長，嘴角反倒浮出一絲微笑，說道：「我要走了……」在那人的面前，他還像是個魯莽的孩子。野利斬天不語，似乎沒有什麼感情，只是回了一句話，「我讓他……陪你上路！」

野利斬山支撐到現在，終於閉上了眼。他的嘴角竟帶著幾分微笑，已認定兄長說的事情，一定能做到！

野利斬天將兄弟那雄偉的身軀如同花瓷般輕放下來，緩緩拾起兄弟遺留下的長刀，抬頭望天道：「你是柔遠砦的武英？」他神態孤傲，似乎對武英不屑一顧。

武英身軀微震，不想野利斬天竟然認識他。他只感覺野利斬天這人很瘦，瘦弱得和野利斬山不成比例。但這個人能從修羅部殺出來，本身就遠比野利斬山要可怕。

「我是！」武英終於回話，長吁了一口氣，儘量讓自己放鬆下來。

野利斬天道：「那你可以死了。」他的語氣中，根本不夾雜任何感情。面對兄弟之死是如此，取人性命也是如此。話音才落，他已到了武英近前。

武英眼前一花，毫不猶豫地就地一滾，已到了樹後。可警覺陡升，用力一縱，就要到了樹上。武英才一躍起，波的一聲響，一刀透樹而出，插在了他的腿上。

武英怒吼一聲，已跌落在地。他做夢也沒有想到，野利斬天竟有如斯神通，一刀刺樹而出，差點就將他擊殺當場。

野利斬天一刀隔樹重創了武英，身形一閃，就要衝到武英的面前。

封雷怒吼聲中，飛身撲過來相救。誰都看出，武英遠非野利斬天的對手。可封雷人在半空，就被野利斬天飛出一腳踢中胸口。封雷一口鮮血噴出來，遠遠地飛出去，不等落地，陡然被人接住。

那人接住封雷，身形電閃……

野利斬天舉刀欲劈，突然神色微變，低喝道：「誰？」他波瀾不驚的語氣中，突然夾雜著莫名的激動之意。他感覺敏銳，已察覺有人到了他的背後。那人倏然出現，如輕羽閃虹，來去無痕；又似山峰兀聳，亙古已存。人無聲息，長刀劃痕，引過月光，驚醒幽夢，堪堪已到了野利斬天的頸後……

狄青及時趕來，出刀！這本是必殺的一刀！噹的一聲大響，野利斬天驀地出刀，一刀架在了自己的脖頸之上。

火光四濺，映照了狄青充滿驚奇的一雙眼眸。他出刀失手，已是一驚，可最讓狄青驚奇的不是野利斬天讓人驚悚的直覺，而是野利斬天的一雙眼。

那略顯削瘦寂寥的一張臉，沒有殺氣、煞氣，有的只是無邊的沉寂，讓人總是感覺不算真切；而那臉上的一雙眼，滿是灰白之色。

這架得住狄青偷襲一刀的野利斬天，竟然是瞎的？

狄青不想信，但又不能不信，常人怎有那種眼眸？

那雙眼眸木然地轉了轉，野利斬天突然道：「你終於來了？」他平淡的語氣中驀然帶了分激動之意。

你終於來了！狄青根本不明白野利斬天說的是什麼意思！野利斬天怎麼會等他？野利斬天認錯人了？狄青驚詫之際，突然有分悚然，回刀一架，已撥開野利斬天無聲無息回擊的一刀，大喝聲中，單刀當空，徑直劈了過去。

原來野利斬天在使詐！他不過是亂人心弦，趁機偷襲！

野利斬天身形飄忽，已避開了狄青的單刀，口中喃喃道：「好，很好！」他說話的工夫，長刀展開，舉重若輕，趁狄青腳未著地，倏然削去。

狄青不及縮腳，單刀一點，不偏不倚地刺在刀背之上。叮的輕響，單刀一彎，人已借力而起，身形陡轉，反刺野利斬天的背心。

那刀刺出時，狄青瞥見野利斬天嘴唇喏喏而動，像在說著什麼，竟有些心悸。

好，很好！這又是什麼意思？野利斬天激鬥之中，還能喃喃自語，他到底是在蠱亂人心，還是施展什麼咒語？

狄青單刀刺到，野利斬天也不回頭，長刀反背，已架開了狄青的單刀。他眼雖盲，可出手過招，好像渾身上下都是眼睛。

夜幕沉沉，火光明耀。二人以快打快，身形飄忽。野利斬天有如鬼魅幽靈，飄忽不定，狄青卻已變成了一把出鞘的刀，縱橫捭闔，橫行高歌。

武英見了，心中不知是何滋味，他勤習武技多年，竟從未見過世上還有如此武功、如此身手！

場上二人越打越快，越打越急，長短刀撞擊之聲，叮叮噹噹不絕於耳，直如緊雷密鼓，鐵蹄急落，又似珠玉落盤，繁弦急管。

這時砦東喊殺聲陣陣，宋軍仍沒有進砦的跡象，顯然是野利斬川還在堅守。

眼下勝負並非兩軍決定，而是在於場上激戰的兩人。野利斬天殺了狄青，党項人必會士氣大振，武英等人定難抵抗；可若狄青殺了野利斬天，不用問，党項人群龍無首，定是一敗塗地！

陡然間狄青一聲長嘯，身若游龍刀如彩虹，已映著烈火青霄長驅而入，逕取野利斬天的胸膛。武英一顆心提起來，見狄青殺法剛烈，直如有去無回的架勢！

野利斬天耳朵竟跳了下，長刀反斬，這一招看似兩敗俱傷，但他刀長已占分便宜，算定可在狄青刺來之際，斬殺狄青。狄青若要保全性命，必定回刀招架。

狄青不架，電光火閃之際，手腕一翻，單刀已橫旋出斬，先一步到了野利斬天的胸口。橫行刀法，可大開大合，亦能變化奇詭。這一變招，簡直鬼斧神工，無人能測。

野利斬天驚覺，急閃。血光飛濺，單刀已砍在野利斬天的肩頭。

可野利斬天手中的長刀亦是脫手，已穿過狄青的身軀，雪亮的刀光亦是帶出一絲血花。武英一顆心差點兒停止跳動。

野利斬天身形一晃，已沒入黑暗之中。狄青怒喝聲中，不捨追去。方才野利斬天那一刀，是擦狄青肋下而過，狄青傷得並不重。

狄青知道機會難得，野利斬天已被重創，他必須要抓住這個機會，不然後患無窮。武英心中微驚，高聲道：「狄青……」可狄青早已不見，葛振遠等人卻已奔來，叫道：「武砦主，狄指揮讓我們聽從你的吩咐。」

武英轉念之間，喝道：「殺向砦前！」

野利斬山死、野利斬天逃走，跟隨野利斬山的党項軍，無心戀戰，紛紛逃散。後橋砦只剩個野利斬川。党項人無人號令，正是破砦的絕佳機會，武英不會放過。

眾宋軍合在一處，潮湧般向砦前衝去。

狄青已到了觀天亭。回望處，只見火捲雲天，烽煙再燃，砦前傳來震天價響的一聲喊，歡呼陣陣。狄青心中微喜，知道高繼隆、武英等人已破了後橋砦。

狄青顧不得多看，越過觀天亭，已奔向峰頂。路上血跡已無，野利斬天早就消失不見。狄青只憑直覺追趕，將至峰頂之時，就聽不遠處有物體滾落之聲。

狄青飛身而起，落在峰頂，只見到一人立在那裡，淵渟嶽峙，背對著他。

那人就算背對狄青，亦讓狄青感覺到肅殺沉冷之氣。狄青斜握單刀，長吸一口氣道：「野利斬天，今日……」話未竟，倏然住口，狄青已發現，那人絕非野利斬天。

那人身形比野利斬天要壯出許多。

「你是誰？」狄青喝問道。

那人緩緩轉身，盯著狄青道：「你……」他身形微弓，看起來如同個黑夜擇獵物而食的豹子，見到狄青的那一刻，那人眼中陡然露出了怪異之色，「怎麼是你？」

狄青借朦朧月色，已看清那人的容貌。

那人雙眉斜飛，神色孤高，立在山巔之上，更顯清冷。但他見到狄青時，除了驚詫外，還舒展了身軀，去了敵意。狄青自信，絕沒有見過這人。詫異道：「你是誰？認得我嗎？」

那人笑笑，露出一口潔白的牙齒，「你救過我，你難道都忘記了嗎？」

狄青更是奇怪，盯著那人的雙眸凝眉苦思，半晌才搖頭道：「我不認識你……你……」他心想，難道這人和野利斬天一夥的，也喜歡用言語亂人視線，騙我上當？

那人抱拳道：「在下葉喜孫！」狄青一怔，失聲道：「你是葉喜孫？」他已想起葉喜孫是誰。他初到新砦，跟蹤衛慕山青到了砦外，偶遇夜月火、夜月山兩人在追殺一人。

那人就是葉喜孫。

可狄青實在難以把那個樹下痛苦不堪的人，和眼前這清冷孤高的人連繫起來。狄青知道這人竟是葉喜孫，心中滿是困惑。當初夜叉為何要追殺葉喜孫？夜叉要取何物？那物為何讓葉喜孫如此看重？還有……葉喜孫怎麼會到了後橋砦？

葉喜孫見狄青滿是戒備，並不介意，誠懇道：「當初得兄臺相助，逃得一命，一直銘記心中。」

狄青冷笑道：「你銘記的方法，就是逃之夭夭嗎？眼下呢，還會再逃嗎？」

葉喜孫微微一笑，也不臉紅。他如今看起來，灑脫倜儻，完全和樹下的那人扯不上關係了。「當初在下只怕兄臺也要搶那東西，這才離去。若真的有怠慢之處，還請見諒。如今那東西已不在我身上，自然不用逃了。」

葉喜孫說得爽直，狄青反倒有些喜歡他的性格，忍不住道：「那東西是什麼？」見葉喜孫猶豫不語，狄青怫然不悅道：「難道說我救了你一命，你連內情都不想讓我知道嗎？」

狄青很是好奇，暗想能讓夜月火等人追殺索取的東西，絕對不是一般的事物。

葉喜孫見狄青埋怨，有些為難道：「兄臺救了在下的性命，按理說在下不該欺瞞。但我想，那件東西絕對和兄臺無關，兄臺不聽也罷。」

狄青心中不滿，覺得這傢伙很不厚道。轉念一想，問道：「你來這裡做什麼？這總和我有關了吧？」

葉喜孫眼中寒芒閃動，半晌才道：「我來這裡，是想報仇的！」

狄青微凜，反問道：「找誰報仇？」

葉喜孫解釋道：「當初羅睺王野利斬天要搶我的東西，因此派夜叉來追殺我。他們殺了我的手下，又差點兒殺了我，試問這仇，如何能不報？」

狄青心中微動，不知這個葉喜孫到底什麼來頭，怎麼也知道羅睺王的名字？這才想起自己是要追殺野利斬天的，見葉喜孫滿是自負，狄青質疑道：「憑你嗎？葉喜孫，你太不會撒謊了！」

葉喜孫有些訝然，緩緩問道：「兄臺何出此言呢？」

狄青凝聲道：「你都逃不過夜月火的追殺，又有什麼本事找野利斬天報仇？」

葉喜孫笑了起來，笑容中滿是落寞，甚至還有幾分痛苦。「實不相瞞，在下有種隱疾，發作的時候，痛苦不堪，根本無能動手。夜月火他們追來時，正巧碰到在下隱疾發作……不然，那次本不勞兄臺出手的。」葉喜孫言語平淡，可口氣中已滿是自負。

狄青想起當初見到那張痛苦的臉，心中倒有些信了。

葉喜孫觀察著狄青的臉色，又道：「兄臺到現在，還懷疑我和党項人有關嗎？其實……適才在下上山，見到一隊人馬從山後密徑行來，那些人想必是兄臺的手下吧？我若真與党項人有關，早就大聲呼喝了。」

狄青恍然道：「原來我方才見到的就是你？」他記得當初上山時，就見到一道人影掠過，不想那人竟是葉喜孫。狄青此刻疑心已去，還剩下一個困惑，「你到底是誰？你若真的那麼有本事，為何我從未聽過你的名字？」

葉喜孫還是淡淡地笑，「並非所有人，都想揚名天下。對了，還忘記告訴兄臺一件事，方才我見到野利斬天了。」

狄青一震，問道：「野利斬天如今在哪裡？」心中暗想，這人岔開話題，對我的提問避而不答，到底揣著什麼念頭？他總覺得葉喜孫看似真誠，但神神祕祕，總有古怪之處。

葉喜孫淡漠道：「在下並非小人，亦不是君子，凡事只求率意而為。既然見野利斬天負傷，如何會錯過機會呢？」

狄青長吸一口氣，目光閃動道：「這麼說……你殺了他？」

葉喜孫搖搖頭，有些遺憾道：「我的確想要殺了他，可惜的是，這種人並不好殺。他被我打下了山，但不見得死。我正猶豫是否去追，沒想到就見到兄臺。還不敢請教兄臺貴姓？」狄青遲疑道：「你留在這裡，就是為了要問我的名姓嗎？」

葉喜孫大笑道：「不錯，男兒行事，當求恩怨分明。野利斬天要殺，兄臺的救命之恩也要報。我見到兄臺後，留在這裡，本就打算問問兄臺名姓的。」

「在下狄青。」狄青沉靜回道。

葉喜孫抬頭望天，思索了半晌，這才搖搖頭道：「恕在下駑鈍，並沒有聽過狄兄的名字。不過我想，用不了幾年，狄青這兩字，就能炳曜西北！那時候……我想聽不到都不行了。」他這句話說得倒是極為推崇，語氣中除了誠懇，也有些唏噓之意。

狄青聽葉喜孫如斯讚許，倒有些汗顏道：「我還不知道什麼時候，能再知曉葉兄這名字？」他言語中，已懷疑葉喜孫這個名字，不過是個假名。

葉喜孫長笑一聲，臉色古怪道：「該知曉的，遲早會知曉。我想總有一天，你我會再次相見。只盼……」他眼中的古怪之意更濃，岔開了話題道，「狄兄，我還要去追人，就此告辭。」說罷微微抱拳，身形一轉，已向山下跳去。

狄青一驚，飛縱上前，低頭望下去。只見葉喜孫身法輕盈，有如孤雁徘徊林間。葉喜孫落得極快，不時地用手掌輕拉枯枝古藤，以緩墜勢，那險惡的斷壁在他眼中，竟也算不得什麼。

轉瞬之間，葉喜孫已沒入黑暗，再也無法見到。

狄青見葉喜孫如此身手，心中只是在想，這人說能找野利斬天報仇，看起來也不是妄言。但他方才寧可不追野利斬天，也要留在這裡等我，難道真的只是想知道我的名字？

若是多年前，狄青說不定就信了。但這些年來，煙雨如刀、流年似箭，早就將那魯莽又狡黠的少年雕琢得深刻如霜。他並不完全信葉喜孫所言，甚至——他一直覺得，葉喜孫這名字是假的！如此孤高、如斯身手兼又這般心機的人，怎會在西北默默無聞。除非……狄青才想到這裡，身後遠處已有人叫道：「狄指揮，狄指揮……」

狄青回頭望去，見山下的後橋砦烽火點點，如繁星映天；殺聲裊裊，似還在唱著亡者的悲歌，不由有些惘然。等回過神來，一人已到了狄青的面前，驚喜道：「狄指揮，你……在這裡呀！」那人卻是葛振遠。

狄青聽那口氣中滿是關切，心中暖暖，問道：「振遠，什麼事？現在什麼情況？」

葛振遠興奮點頭道：「後橋砦已被我們打穿，高大人率軍攻進來了。野利斬山死了，野利斬川見軍心已散，也帶兵逃了。狄指揮，武砦主說你在捉羅睺王，可曾得手？」見狄青搖搖頭，葛振遠安慰道：「這次捉不到沒什麼，下次肯定不會讓他逃了。狄指揮，九王好威風、好煞氣，不想狄指揮一到，就將其中的羅睺王殺得落荒而逃！哈哈。」

葛振遠很是歡欣振奮，狄青笑笑，心想，只是一個羅睺王，就這般犀利。元昊手下還有九王呢，路迢迢難行啊！

葛振遠見狄青沉思，突然一拍腦門道：「看我這記性，見了狄指揮，反倒忘記了要事。狄指揮，高大人找你，很急的樣子。」見狄青目露詢問，葛振遠搖頭道，「你別問我什麼事，我也不知道。」

狄青一時間不解高繼隆找他何事，還是點頭道：「好，你和我一起去見他。」

二人下了山，過了火光熊熊的後橋砦，遠遠就見到高繼隆騎在馬上，四下張望。

高繼隆見到狄青，催馬過來，翻身下馬笑道：「狄兄弟，好樣的！我聽武英說，你小子竟然救了武英，還要追殺羅睺王，真的好魄力。可拿到野利斬天的腦袋？」見狄青苦笑，高繼隆知道狄青並沒有成功，如葛振遠般安慰道：「下次總有機會。」

狄青一掃頹唐，說道：「高大哥，你急著找我什麼事？眼下後橋砦被破，我軍應繼續造勢攻打白豹城，給在保安軍的党項人施加壓力。」

見高繼隆不語，狄青也止住了正說的大計，問道：「高大哥，你……」

高繼隆拍拍狄青的肩頭，歎口氣道：「狄兄弟，你的計畫很好，不過嘛……剩下的事情，讓我去做就好了。」

葛振遠一旁聽到，心中氣憤，暗想這算怎麼回事？難道說後橋砦才破，高繼隆就鳥盡弓藏，卸磨殺驢？狄青也有些皺眉，但信得過高繼隆，只是問：「高大哥，你去做剩下的事情，那我呢？」

高繼隆苦笑道：「你必須要回延州。其實你才出兵保安軍的時候，范大人就連傳三道軍文，命你立即回轉延州，急如星火！軍文在我們分兵到後橋砦後，才到了我手上。我不能怠慢，破砦後這才急急找你。」

狄青失聲道：「回轉延州，做什麼？難道說延州也有党項人來攻了？」

高繼隆好笑道：「那不可能。若延州有敵，范大人絕不會只讓你回去了。」他心中也有些奇怪，始終猜不透范雍這麼急找狄青做什麼。

葛振遠發現錯怪高繼隆了，心中慚愧，一旁疑惑道：「會不會是范大人知道狄指揮出兵變卦，因此責怪呢？」

高繼隆搖頭道：「不會！這軍文看日期，幾乎在狄兄弟出發之時，就同時送出來了。不過因為狄兄弟走得太快，因此沒有追上。」說罷嘿然笑笑。高繼隆對狄青道：「臨陣變卦，是我老高的念頭，也怪不到狄兄弟的身上的。更何況，攻下後橋砦，大功一件，狄兄弟不用為這點擔心。」

狄青知道高繼隆這麼說，就是為他頂責，感激道：「高大哥，軍令上只讓我一人回去嗎？」見高繼隆點點頭，狄青道：「既然這樣，新砦的弟兄，就先交給高大哥帶了。他們……都是好漢子。」

高繼隆哈哈一笑道：「我當然知道他們是好漢子了。方才我說這兒沒你的事了，這位差點兒吃了我……」他望著葛振遠在笑，原來早就看出葛振遠的不滿。

葛振遠有些臉紅，喏喏無言。狄青笑道：「他們不瞭解高大哥，我瞭解的。由高大哥帶著他們，我也能夠放心。高大哥，我出來的時候，就對自己說過，一定要帶著他們回去！」說罷期冀地望著高繼隆。

葛振遠聽狄青說得平淡，但其意決絕，心中激盪莫名。

高繼隆凝視狄青的雙眸，說道：「狄兄弟，你放心，我對待他們，會同對你一樣。」他伸手挽住坐騎的轡繩，遞給狄青道，「狄兄弟，你我一見如故。我有生之年還能有你這樣的兄弟，真的很高興。這匹馬跟隨大哥多年，老是老了些，腳力還是有些，大哥沒什麼東西送給你的，只送你這匹馬代步。望……你莫要嫌棄。」

狄青見那馬兒毛色淡青，腿削蹄大，極是良俊，顯然是匹好馬，多半還是高繼隆的喜愛之馬。本待推辭，可見高繼隆滿是關切的目光，狄青不再推託，接過馬轡，說道：「那多謝高大哥了。」

高繼隆見狄青並不見外，心中欣喜，當下送狄青出了後橋砦。狄青交代了手下兩句，當下策馬趁夜向東北的方向行去。

蹄聲漸遠，馬兒的嘶聲從遠山傳來。高繼隆望著遠山，鎖緊眉頭，喃喃自語道：「范大人找狄兄弟，到底有何急事呢？」

第二十一章　雙　星

狄青催馬回歸，想的問題倒和高繼隆一樣。他和范雍本沒什麼瓜葛，范雍急著找他做什麼？

狄青想不明白，索性不再去想。等到奔到天明時，稍感疲憊，這才記起來，他已經鏖戰了一日一夜，就算鐵打的人也有些抗不住。狄青急於回去問個明白，若依他的性子，多半一路奔回去，可見馬兒呼出的白氣染霜，暗想這是高大哥的馬兒，要好好地對待才行。范雍找他的事就算火燒屁股，人總要休息後才有氣力趕路。

一念及此，狄青瞥見路旁有座破廟，策馬過去，翻身下馬，任由馬兒在外吃草歇息，自己走到廟中。寺廟破舊，兵荒馬亂之際，早沒有了僧人。廟門都倒坍了半邊，佛龕上供奉的是如來佛像，滿是灰塵。狄青呆呆地望著那如來佛像，不知許久，突然跪了下來。

他跪在佛前，虔誠地叩首。

青天未曉，霧氣籠罩。廟外枯樹上立著一隻棲息的寒鴉，歪著腦袋看著廟中下跪的人，似乎不解那人為何要對一個木頭做的佛像下拜。

狄青口中喃喃道：「如來佛祖，我本是不信你的，可我又多麼想信你！這一年多來，我踏遍了西北，終究尋不到香巴拉，這才轉戰邊陲。狄青本不想戰，又不能不戰。這些天來，不知多少人死在我手上……」

他低聲細語，神色蕭索，就那麼呆呆地望著如來，似要把許久的心緒一朝吐露。

「昨夜我帶人攻破了後橋砦，望見烽火焚天的時候，見到許多人因此戰而死的時候，忍不住地悯然。我不知道我做得對不對，但我除了這樣，別無他法。我知道這種作為定有罪業，但所有的殺孽，只請你盡數算在狄青的身上，和別人無關。」

他心中其實想說，所有的一切，和羽裳無關。但他不想說，也不敢說，更不捨得說。那個名字，埋在他心底太深，但從未離去，也未改變。

驀地想起，當初在橫行刀譜扉頁上曾見過李存孝寫過的四句話：「未出山中羨威名，千軍百戰我橫行。打遍天下無敵手，不負如來只負卿！」

狄青心中微酸，當初他接過刀譜的時候，意氣風發，還不能瞭解那四句話的深意，但他現在隱約瞭解李存孝寫下這四句話的心情。李存孝難道是和他如今一樣的心情？縱是千軍百戰能如何？就算打遍天下沒有敵手又能如何？有時候，錯過了，就是一生！他狄青不求威名、不求橫行、不求睥睨天下，只求那夢中的人兒睜眸一眼，今生顧盼，此生已足。似水流年，如花如箭，縱憶得了往昔，又如何能回得到當年？

眼簾濕潤，俊面凝霜，狄青望著那佛祖，佛祖也像在望著他。不知許久，狄青這才又道：「狄青知道殺孽深重，本無顏多求。但佛祖若憐我為西北百姓還做了些微薄的事情，就請你有朝一日，指點狄青前往香巴拉之路，狄青此生，永感恩情。」

說罷，狄青又是深深叩首。許久後，起身斜靠在香案旁，沉沉睡去。

天微明，寒風停了，鳥兒也不鳴了，都在看著佛案前那疲憊的男子，默默無言。

一縷陽光輕輕地照在那鬢角已有霜花的男子身上，那緊閉的雙眸，突然流出兩滴淚。淚水晶瑩如露，順著剛毅的臉頰流過，劃過柔軟的弧線。狄青睜開了眼，回頭再望了佛祖一眼，起身出廟。

駿馬長嘶，似在述說，又像是安慰。狄青只是拍拍馬首，低聲道：「馬兒，辛苦你了。我們走吧！」他翻身上馬，不用揚鞭，駿馬就已邁開四蹄，向東北向奔去。

馬快如風，不到午時，已入了延州地界。再馳了小半個時辰，延州大城已遙遙在望。

狄青放緩了馬速，忍不住又在琢磨范雍找他何事。就在這時，路邊突然躥出一道身影，攔在馬前！

狄青一驚，帶馬倏立，喝道：「你……咦，怎麼又是你？」

攔馬那人在要入冬的季節，還穿個露腳指頭的草鞋，除了种世衡還有誰？

狄青實在很是驚奇，暗想這种世衡真的陰魂不散，不久前在延州，昨晚就跑到了保安軍，今天怎麼又在延州攔他？

這傢伙是神仙，還是他肚子裡面的蛔蟲？不然怎麼對他的行蹤這麼熟悉？

种世衡像是看出了狄青的心意，笑道：「狄指揮，我不是神仙，我是特意在這裡等你的。」說罷打了個哈欠。

狄青下馬，立在种世衡面前，奇怪道：「你等我做什麼？你怎麼知道我要走這條路？」他越想越難理解，眉頭已鎖起來。

种世衡滿是冤枉的表情，說道：「你又不是我老婆，你說我在等你做什麼！」

狄青反問道：「你也有老婆嗎？」暗想你若有老婆天明才回，你的確要等的。這種吝嗇鬼，怎麼會有女人嫁他？

种世衡微微一笑，「慚愧，我不但有老婆，還有三個兒子。」轉瞬歎息道，「唉，養兒子難呀！好不容易販點兒青鹽，還被充軍了。」說罷若有期冀地望著狄青。

狄青才記起這种世衡無事不上門，肯定是索要那些青鹽的，皺眉道：「我答應你的事情，會為你做的。不過我眼下比較忙……」

「是去見范大人吧？」种世衡狡黠問道。

狄青更是驚奇，半晌才道：「你又如何知道？」

种世衡嘿嘿一笑，「這件事說穿了不足為奇。范大人滿保安軍地找你，我碰巧知道，就找人替信使傳話，不然那信使怎麼會找到高繼隆，又怎麼能知道你在後橋砦呢？我知道你若不死，肯定不會先要青鹽，而要趕回延州，因此就搶先在必經之路等你。」

狄青恍然，好笑道：「那些青鹽雖然能賣些錢，但值得你這麼費周折嗎？」

种世衡一拍大腿，齜牙咧嘴道：「你這人還有點兒聰明，知道老漢等你，是有別的事情。」

狄青看了眼天色，牽馬舉步道：「邊走邊說吧！」他早看出种世衡雖看起來市儈，卻是有心之人，倒不拒絕和他閒聊。

种世衡拖著鞋跟在狄青身邊，開門見山道：「小子……我看你很有頭腦，其實是做生意的料子。」

狄青笑道：「你難道真的想和我一起做生意？你不怕賠死你？」

种世衡呸了一口，說道：「你不能說點兒吉利的？」略作沉吟，种世衡道，「老漢我有腦子，你小子有勇力，我們加在一塊，就是有勇有謀，做生意還不是小菜一碟？西北青鹽的成色，比我們這兒的解鹽要好很多……老漢跑了這麼久，發現光只做這生意，都能大賺特賺。」

狄青倒也知道些青鹽、解鹽的事情。大宋對鹽、茶的交易都是有所限制，海鹽運到內地，因運輸成本導致價格奇高。解鹽是在邊陲自產的一種鹽，以墾地為畦，引池水而入，自然風化而成，但雜質極多，比起海鹽味道差了很多，價格仍是不菲。

青鹽是羌人鹽州、靈州等地的特賣，品質極佳，價格公道，所以邊陲的宋人，更多的時候，是買青鹽日用。羌人物品匱乏，也就仗著賣出青鹽來取得大宋的糧食、錢幣、銅鐵和書籍等一般日用之物。

种世衡說得唾沫橫飛，手舞足蹈，「實話對你說吧，眼下党項人突然出兵，西北榷場全停，生意斷絕。宋人急，羌人也急，就需要有地方做生意。我們只要提供個地方交易，抽傭提稅，那銀子不就嘩嘩地過來了？」

狄青道：「這事朝廷可不讓。」

种世衡狡猾道：「朝廷之令，朝夕更改，有禁令的時候，我們當然收斂些，可若是取消了禁令，這個機會不就是來了？凡事預則立，我們早準備，就能早些日子賺大錢了。」

狄青心想：你說的這些和我又有什麼關係？這老頭兒每次說話都非無的放矢的。琢磨間，狄青隨口問道，「賺了錢有什麼用？」

种世衡看怪物一樣地看著狄青，「你說呢？老漢這輩子，倒頭一次聽到有人這麼問，還真不知道怎麼答了。」

狄青歎了口氣，真誠道：「种老丈，錢對我，並沒有太大的作用……這件事，我可能幫不了你！我還要去見知州大人……」

「等等。」种世衡急忙道，「你難道不知道，有錢就可以買裝備了嗎？你們新砦到現在還破爛不堪，為什麼？還不是朝廷不給錢！你要想充實邊防，必須要有錢的。」

狄青怦然心動，多少明白了种世衡的用心，點點頭道：「你說得也對。可我能做什麼呢？」

种世衡見狄青鬆口，狡黠道：「你能做的事情太多了，你這次不是要去見范知州嗎？」見狄青點頭，种世衡道：「這延州一帶，是范知州的天下，你就可以對他說說此事……」

狄青不鹹不淡道：「建議他私販青鹽嗎？你有病，我沒有。」

种世衡歎道：「你腦袋被馬蹄子踢了？你我今日所言，當然不能如實對范知州說了，我們可以換個說法……」他摸著禿頂，又摸下了幾根頭髮，豁然開朗道，「你可以這麼說……你說党項人狼子野心，這次進攻保安軍，下次說不定從哪裡進攻。這延州若有閃失，范知州肯定有不可推卸的責任，金明砦雖是不差，但畢竟太孤，若能再建個地方，以犄角之勢護衛延州的北方，那是最穩妥的事情。」

狄青饒有興趣地聽，「然後城池若真的建好，我們就可以明裡抵抗党項人，暗地私賣青鹽賺大錢？」見种世衡興奮得雙眸發光，狄青又問，「那地點選在哪裡才好呢？」

种世衡道：「這地方當然要年久失修，還在金明砦的側翼，最好靠前點，以免生意都被金明砦搶了去……」

狄青心中微動，說道：「最好還能沿著上次畫的弓弦路線上建城，到時候我們還可以託辭建城是為了取党項人的綏州？其實我們暗地控制那線，不讓別人不經我們做生意了。」

种世衡歎口氣道：「你若真心做生意，就沒有別人的活路了。可惜……你心思不在此。若依老漢的想法，在寬州建城最好。寬州離河東也近，我們還可以運那裡的糧食到延州賣。」

寬州本是古地，在金明砦和延州的東北二百餘里處，如今早已荒蕪。

狄青想了半晌，喃喃道：「聽你這麼說，那裡建城的確不錯。一來呢，建城可加固延州的防守；二來呢，建城可為進取綏州、攻過橫山做準備；三來呢，運糧中轉備戰也方便。」

种世衡見狄青這麼說，興奮地搓手道：「說得太好了，我就沒你小子想得多。聽說范大人對你不錯，你到時候把這些事情和他說說……」

「我為何要說？」狄青突然道，「我其實也是個生意人，沒有好處的事情，也不會做了。這件事對你來說不錯，我可沒有半點兒好處。」

种世衡瞠目結舌，半晌才道：「你想要什麼好處？」

狄青眼珠轉轉，想起一事，說道：「我記得你說過，有個姓曹的在賣香巴拉的地圖，你把地圖買下來送給我，我就幫你說說這事情。」他不信真的有什麼香巴拉的地圖，經歷這麼久的尋覓，只抱著試看看的念頭。

种世衡臉漲得通紅，殺豬般叫道：「你不如殺了我好了。那姓曹的可是開二十兩金子的價錢。」

狄青翻身上馬，輕鬆道：「隨便你好了，反正這件事，我可有可無了。」他才要離去，种世衡割肉一樣地嚷道：「好了，算我怕了你了，我去找姓曹的，你去找范大人吧！」狄青笑笑，催馬進了延州城。

沿古道長街到了知州府前，狄青不等通報姓名，耿傅走了出來。見到狄青，一把拉住了他，喜道：「你可回來了，知州大人正等你。」

狄青低聲問道：「耿參軍，范大人找我什麼事？」

耿傅壓低了聲音道：「不是范大人找你，是聖上有旨，命你立即回京！范大人不敢怠慢，這才發了加急文書找你。」

狄青恍然中又有些詫異，奇怪道：「聖上找我做什麼？」

耿傅苦笑道：「那我們如何知道呢？不過朝廷的旨意，就算范大人都不敢怠慢的。」說話間，二人已入了廳堂。范雍正欣賞著歌舞，見狄青前來，命歌舞暫停，起身迎過來道：「狄青，一路辛苦了呀！」

范雍走過來，伸出白白胖胖的手握著狄青的手，溫柔得有如情人見面一樣。他對狄青上下打量著，見狄青沒有缺胳膊少腿，心中舒口氣，暗想道：這個狄青，不簡單啊！聖上竟然下旨讓他回京，不知道要委派什麼重任呢？我不應該派狄青到保安軍的，若真的出了事情，惹惱了天子，老夫只怕就要在西北扎根了。這次他回京，倒指望他順便幫老夫說兩句好話。

狄青借抱拳施禮的工夫，終於抽回了手，說道：「范大人，我和高……鈐轄、武英等人才破了後橋砦，就聞大人調令，不知有何吩咐？」

耿傅驚喜道：「你們竟攻破了後橋砦？那可真是個好消息。」

范雍也有些吃驚，連連點頭道：「好，好。本府定當為你記上功勞，立即稟告朝廷。」頓了下，范雍拉著狄青坐下。

范老夫子素來瞧不起武夫，就算對夏守贇，都沒有這般客氣的時候。

沉吟片刻，范雍道：「狄青，其實事情是這樣的。聖上派人傳旨，讓你接旨後立即快馬回返京城，因此本府才急令召你回來。」裝作關切的樣子，范雍道：「本府已為你準備了盤纏，你路上拿本府的文書，可徵馬用船，沿途無憂。」

狄青起身施禮道：「范大人的照顧，卑職銘刻在心。」他這句話倒有些真心，范雍雖平庸些，對他還是不錯，最少當初在新砦，若沒有范雍，狄青也頂不住夏守贇的壓力。

范雍浮出笑容，暗想這狄青有些頭腦。眼下宋軍破了党項人的後橋砦，聽夏守贇說，保安軍的党項人也有撤軍的打算了。范雍聽說狄青和天子混得熟，這才送盤纏示恩給狄青，只要狄青肯在天子面前為他說句好話，那他憑藉這些功勞，回京有望了。

想到這裡，范雍扶起狄青道：「狄青，本府送你出行。」他拉著狄青的手出了知州府，本待再囑託兩句，狄青突然道：「范知州，卑職還有件事想稟告。」見范雍點點頭，狄青遂將种世衡的建議說了遍，當然事情化繁為簡，有刪有添。等說完後，狄青道：「這件事本是种世衡建議，卑職倒覺得可行。卑職……還準備向聖上說及此事。」

范雍耐著性子聽完，只覺得狄青狗拿耗子，本是不滿。可聽到狄青的最後一句，轉念一想，修城一事沒有風險，還能算個功勞，又賣狄青個人情，何不順水推舟？遂微笑道：「狄青，這件事本府會立即起奏摺向聖上說明，你就不必多此一舉了。」

狄青把趙禎抬出來，就是想讓范雍重視此事，目的已達，恭敬道：「范大人知人聽諫，聖上若問起西北軍情，卑職定當如實稟告。」

范雍聽狄青囉嗦了這麼久，就這句話好聽，不由笑容綻放。

狄青當下告辭，他還是騎著高繼隆送的馬兒，盤纏倒不客氣地取了，一路向東南而行，過潼關，沿黃河東下，直奔汴京。

路途並非一日，沿途朔風連雪，已入冬寒。

狄青曉行夜宿，這一日到了孝義小鎮。時值大雪飄飄，封路難行，狄青愛惜馬匹，見已日暮，找不到驛館，索性找家客棧歇息一晚。

入了客棧後，狄青找個房間放了行李，然後要了些酒菜，喚來夥計詢問道：「夥計，這裡離汴京還有多遠？」

那夥計道：「客官，前行再過三十里就到了鞏縣。過鞏縣穿運河，離京城就不遠了。若是以往沒下雪，騎馬快行兩天能到，但這路難行，要去汴京，只怕還要四、五天吧！」

狄青望著堂外的飄雪，喃喃道：「原來……就要到鞏縣了。」

原來……他已離羽裳不遠了。

寒雪如梅，蒼蒼茫茫。濛濛雪地中，有雪舞飄忽，宛若有個姣好的女子在踏雪尋梅，巧笑顧盼。

狄青喝著酒，望著雪，正在出神的工夫，聽到外邊有腳步聲響起，有兩個身著蓑衣的人走進來，帶來一陣寒風。狄青忍不住斜睨了一眼，見那兩人都用蓑笠遮住了半邊臉，腳步輕健。狄青低下頭來，暗中琢磨，這兩人不像尋常百姓，這種天氣趕路，不知為了什麼。

堂中只有狄青一個客人，那兩人也忍不住望了狄青一眼。不過見狄青頭戴氈帽，低頭喝酒，很是尋常無奇的樣子，那兩人也就不再留意。夥計上前招呼，那兩人只是要了溫酒，悶頭喝著，不時地抬頭向店外望去，像是在等人。

狄青雖覺得那兩人有些古怪，卻不想多理閒事，見雪下得緊，有了出外一行的念頭。他想到做到，振衣出了客棧。

這時暮色已垂，風更寒，鵝毛大雪劈頭蓋臉地打來。狄青不以為意，迎風而走，突然嗅到股幽香。

他順著幽香尋去，見到路邊不遠，有梅樹橫斜。梅幹老硬，掛一樹玉條，若不是香，讓人分不清是花開還是雪落。

寒冬臘梅，孤芳自賞，伴著天地間的凜然之意。梅樹旁，竟站著一人，聽到腳步聲傳來，忍不住回頭望了一眼。見狄青走過來，那人眼中微露訝然，多半也是想不到，如斯冷夜，也有同樣的人徘徊在路上。狄青見那人中等身材，衣著破舊，背著個同樣破舊的包袱。那人臉色微黑，相貌不怒自威，雙眸望來，頗有洞察世情之厲。

二人互望了片刻，那人已拱手道：「這位兄臺請了，可是賞梅來的嗎？」

狄青不想那人一句話，就看穿了他的心事，微有錯愕，只是點點頭。

那人見狄青沉默無語，知他不喜搭話，點點頭，就要舉步離去。不想天冷雪堅，那人腳下一滑，就要向地上摔去。

狄青伸手一抓，已拉住那人的手腕，將那人輕輕地帶住。

那人這才看到狄青臉上的刺青，眼中又有些驚奇，但那人眼中沒有旁人的畏懼或鄙夷，只是道：「兄臺好身手。」

狄青笑笑，已察覺那人談吐清雅，更像是個文人，微笑道：「天冷路滑，多多小心。」那人也笑了，他不笑的時候，神色威嚴，但笑起來，已如春暖花開，「多謝兄臺提醒，敢問這附近可有客棧？」

狄青指向自己住的那家客棧道：「這個鎮子只有那家客棧。」

那人拱拱手示意感謝，大踏步地離去。

狄青站在梅前，眼前彷彿又現出那盈盈佳人，深雪淺笑，香冷情暖。

「羽裳，你還好嗎？」狄青喃喃自語。一年多來，他只有無人的時候，才會這般探問，但日裡夜裡，他沒有一日不去想念。冷風吹過，狄青伸手去觸如雪的梅花，如同觸摸那空中虛渺的可人。良久，這才轉過身來，背著風雪回行。飄雪無聲，風聲嗚咽，腳步聲咯吱咯吱地歎，如輕歎著世間的情深緣淺。

狄青未進客棧，突然聽到堂前有人道：「不錯，就是他了。」那聲音雖輕，但狄青聽得一清二楚。另外有人道：「夜裡下手好了。」驀地止聲，顯然是聽到了狄青的腳步聲。

狄青腳步不停，若無其事地穿堂回到了房間，見對面房間亮起了燈火，暗想梅前那人多半就住在那裡。方才說話的那兩人，就是先前喝酒在等人的兩個。他們要對誰下手？難道是要對他狄青出手？

狄青皺了下眉頭，才要坐在床榻上，突然目光一厲，四下望過去。

房間內擺設依舊，但狄青知道，房中肯定有人來過，他放在床榻上的包袱有了異樣，那上面打的結，已略有不同。

有人動過他的包袱！狄青看似隨意，但極為細心，他給包袱打的結很是特殊，旁人很難如樣照搬。動他包袱那人雖也小心，竭力不讓狄青發現行蹤，但在那結上，還是露出了破綻。狄青並不呼喊店夥計捉賊，只是裝作無事般，輕巧地解開了包袱。

包袱中衣物銀兩未失，范大人的文書也在。狄青在包袱中只放尋常物品，要緊的事物一直貼身收藏，見狀心想：來人是誰？若是賊的話，絕不會不取銀兩，可若不是要取財物，這人就是為我而來！

他心思縝密，片刻間想通這點，更是奇怪。他快馬回轉汴京一事，本是突然，除了范雍，應該少有人知道此事，又有誰刻意為他狄青而來？他狄青，又有什麼地方招人眼目？

狄青沉吟片刻，推門而出，招呼道：「夥計，送點兒熱水來。」他招呼的工夫，低頭望向門前，門前有棚，擋住了積雪，棚外並沒有留下誰的腳印。

來的那個賊，顯然也是個小心的人，竟循正路而來，不留痕跡。

等夥計送來了熱水，狄青謝過，問道：「夥計，對面的住客是新來的嗎？」

夥計點頭道：「是呀！那位客官雖然臉黑，卻是斯斯文文的，不過看起來很窮，穿得又舊，賞錢都不給一文呢！」

狄青笑笑，聞弦琴知雅意，塞在夥計手上一串錢，又問：「方才在前堂喝酒的兩人是本地人嗎？你可認得？他們住在哪裡？」

夥計得了賞錢，眉開眼笑，搖頭道：「絕不是本地的人。這個鎮子的人，小的都認得的。那兩人就在客官的隔壁住，但眼下只是在喝酒，沒有過來睡。」

狄青點點頭，謝過夥計，回轉房間洗漱後，熄燈盤膝坐在床榻上。他運氣凝神，望著窗外，也留意著隔壁的動靜。

夜深沉，狄青等到半夜，也沒有聽到隔壁有人，暗自皺了下眉頭，突然聽到對面房間有人喝道：「你們做什麼？」

狄青心中一凜，暗叫糟糕，那兩人不是為他狄青而來，要動手的目標難道是賞梅黑臉的那人？他一念及此，已悄然推門而出，躥了過去，等到了對面的窗下，側身閃在牆邊，一指輕戳，破了窗紙，已將屋內的情形看得明白。

黑臉那人在房中披衣而立，神色肅然。他對面站著兩人，手持單刀，就是披蓑衣的酒客。左手的酒客冷笑道：「你不知道我們要做什麼？識趣的話，把東西拿出來，你可以不死。你若是不識趣，嘿嘿。」他揚揚手中的單刀，刀光明亮，耀亮他長長的馬臉。

黑臉那人倒還鎮靜，冷冷道：「你們是任弁派來的？」

馬臉那人微震，嘿嘿道：「黑炭頭，你如何知道的？」

狄青心中琢磨這三人到底有什麼糾葛，不過他更信那黑臉的人並無過錯，是因為那人的一雙眼。那雙眼沒有畏懼、沒有驚慌，只有不屈和凜然。

黑臉那人眼眸寒亮，冷笑道：「你們偷偷摸摸地來，忘記了換件蓑衣。你們的蓑衣上，還有福記的標記呢！福記本是山西汾州的老字號，我才從汾州回返，你們從汾州跟來，當然就是受汾州知州任弁的指使！」

狄青微震，不解汾州知州為何派人千里迢迢地來殺黑臉那人。

馬臉那人臉色陰晴不定，旁邊那人掀開了斗笠，露出削瘦陰鷙的臉龐，喝道：「不錯，就是任大人讓我們來的。黑炭頭，你不說穿此事，我們兄弟還會放過你……」

狄青見到那人的臉，心中微震，只覺得依稀見過那人。可到底在哪裡見過，他一時間想不起來。

黑臉那人緩緩道：「我既然揭破了你們的底細，你們當然就要殺人滅口了！可你們只怕並沒有想到，我離開汾州時，早就寫了奏摺，歷數任弁的罪狀，經驛站送給了朝廷。我就算死在這裡，任弁也逃不過懲罰！」

馬臉那人反倒笑了，「我們只管殺你，任弁是否能脫罪，並非我們考慮的範圍。」

黑臉那人心中微驚，暗想聽這兩人的口氣，並非任弁的手下，那這兩人是從哪裡來的？他雖驚疑，但還冷靜，回道：「只怕……你們沒有這個本事。」他驀地伸手，已抬起桌子。

馬臉和陰鷙那人都是一驚，雖知這人是文人，絕不是他們的對手，但還是退後了一步。黑臉那人用力一摔，桌子落地，砰的一聲大響，摔得四分五裂。

這一招實在奇怪，馬臉那人不知所措，陰鷙那人卻已明瞭，冷笑道：「你故意製造聲響，以為別人會來救你？包黑頭，你打錯了念頭！誰都不敢來救你的！我告訴你，你若真不怕死，就不應該讓旁人來陪葬。」

黑臉那人心中抽緊，不待多說，房外有一人道：「你錯了，還是有人敢出手的。」

戴斗笠的二人均是一驚，回頭望去，見屋門陡開，灌入一陣寒風，不由都是貼牆而立，凝神以對。

狄青已抱著刀鞘倚在門框旁，嘴角還帶著一分笑，可眼中卻有著厲芒。

他盯著那個臉色陰鷙的人，一霎不霎，似在追憶往事。他終於記起那人是誰！

黑臉那人眼中露出欣喜之意，他就在等狄青，狄青果然來了。

陰鷙那人見狄青望過來，卻早不記得狄青是誰。見狄青神色自若，不由心驚，喝道：「你少管閒事，這裡沒有你的事。」

狄青搖頭道：「車管家，你錯了，這裡有我的事。」

陰鷙那人聽到「車管家」三字的時候，後退一步，如見鬼魅道：「你到底是誰？」

那人正是當年西河趙縣令手下的車管家，本是彌勒教徒。那時候彌勒教徒造反，郭遵抓了棍子和索明，故意放了車管家回老巢，然後將彌勒教徒一網打盡，但這個車管家，終於沒有再見。

往事如煙，狄青也想不到，二人會在這裡再見。

狄青知道面前這人就是車管家，忍不住想道：「據葉知秋所言，飛龍坳的彌勒佛是趙允升，四大天王均是八部中人，那眼下這個車管家呢，到底是被蠱惑的彌勒教徒，還是投靠党項人的宋人？他為何能與汾州知州扯上了關係？」

車管家面部抽搐，狠狠地盯著狄青，卻認不出狄青是哪個。車管家這些年樣子沒有怎麼改變，可狄青經過這些年的風霜磨侵，早非當年的青澀，車管家又如何認得出來？

「我叫狄青。」狄青提醒道，「當年你和趙武德胡作非為，打斷了我哥的腿，你難道不記得了？」

車管家一震，已想起往事，哈哈笑道：「原來你就是車下藏著的那小子。狄青，當年你參軍逃了，今日可沒有那麼好的運氣了。」

他雖認為狄青很能拚命，但他已不畏懼。

狄青早就學會了掩飾憤怒，平靜道：「我這些年的運氣一直不好，但今天運氣真的不錯……竟碰到了你。車管家，你若能打斷自己的雙腿，然後跪下來求我，我就不殺了你。」

車管家大笑起來，幾乎笑出了眼淚，指著狄青道：「就憑你那兩下子？」他雖在笑，但笑聲中已有了幾分惶惑。

狄青還是沉冷道：「是！」他話音才落，車管家已飛撲過來。

車管家的同伴幾乎在同時衝來，揮刀就斬。

黑臉那人見狀，大驚失色，叫道：「兄臺小心。」話音才落，就聽到啪啪砰砰幾聲響，車管家慘呼一聲，摔倒在地上。

而車管家的同夥，卻早就昏了過去。

狄青刀都未出鞘，就已擊昏了那馬臉，擊斷了車管家的雙腿，隨手將車管家雙臂敲折。

車管家渾身劇痛，雙臂亦折，無法翻滾，痛苦不堪，嘶聲叫道：「狄青，你好狠！」

黑臉那人目露不忍之意，可沉默無言。

狄青冷笑道：「我狠嗎？你四肢斷了，很痛苦？那當年飛龍坳千餘人因為你們慘死，又找誰述說？」

車管家大汗淋漓，咬牙道：「你殺了我吧！」

狄青不理車管家，望向那黑臉之人，問道：「兄臺，還未請教大名，這些人為何要殺你？」

黑臉那人拱手道：「多謝狄兄援手，在下包拯，字希仁……」

（未完，請繼續閱讀《歃血【卷三】無滅刀》）

國家圖書館出版品預行編目資料

歃血【卷二】關河令／墨武著;—— 初版. ——臺中市:
好讀, 2012.07
面： 公分，——（墨武作品集；02）（真小說；11）

ISBN 978-986-178-242-3（平裝）

857.7 101010078

好讀出版

真小說 11

歃血【卷二】關河令

作　　者／墨 武
總 編 輯／鄧茵茵
文字編輯／莊銘桓
內頁編排／王廷芬
行銷企畫／陳昶文、陳盈瑜
發 行 所／好讀出版有限公司
台中市 407 西屯區何厝里 19 鄰大有街 13 號
TEL:04-23157795 FAX:04-23144188
http://howdo.morningstar.com.tw
（如對本書編輯或內容有意見，請來電或上網告訴我們）
法律顧問／甘龍強律師
承製／知己圖書股份有限公司 TEL:04-23581803

總經銷／知己圖書股份有限公司
http://www.morningstar.com.tw
e-mail:service@morningstar.com.tw
郵政劃撥：15060393 知己圖書股份有限公司
台北公司：台北市 106 羅斯福路二段 95 號 4 樓之 3
TEL:02-23672044 FAX:02-23635741
台中公司：台中市 407 工業區 30 路 1 號
TEL:04-23595820 FAX:04-23597123

初版／西元 2012 年 7 月 1 日
定價／280 元
如有破損或裝訂錯誤，請寄回知己圖書台中公司更換

Published by How-Do Publishing Co., Ltd.
2012 Printed in Taiwan

ISBN 978-986-178-242-3

讀者回函

只要寄回本回函，就能不定時收到晨星出版集團最新電子報及相關優惠活動訊息，並有機會參加抽獎，獲得贈書。因此有電子信箱的讀者，千萬別吝於寫上你的信箱地址

書名：歃血【卷二】關河令

姓名：________ 性別：□男 □女 生日：____年____月____日

教育程度：________

職業：□學生 □教師 □一般職員 □企業主管

□家庭主婦 □自由業 □醫護 □軍警 □其他________

電子郵件信箱（e-mail）：________ 電話：________

聯絡地址：□□□ ________

你怎麼發現這本書的？

□書店 □網路書店（哪一個？）________ □朋友推薦 □學校選書

□報章雜誌報導 □其他________

買這本書的原因是：________

□內容題材深得我心 □價格便宜 □封面與內頁設計很優 □其他________

你對這本書還有其他意見麼？請通通告訴我們：

____

你買過幾本好讀的書？（不包括現在這一本）

□沒買過 □ 1 ～ 5 本 □ 6 ～ 10 本 □ 11 ～ 20 本 □太多了

你希望能如何得到更多好讀的出版訊息？

□常寄電子報 □網站常常更新 □常在報章雜誌上看到好讀新書消息

□我有更棒的想法________

最後請推薦五個閱讀同好的姓名與 E-mail，讓他們也能收到好讀的近期書訊：

1. ________

2. ________

3. ________

4. ________

5. ________

我們確實接收到你對好讀的心意了，再次感謝你抽空填寫這份回函

請有空時上網或來信與我們交換意見，好讀出版有限公司編輯部同仁感謝你！

好讀的部落格：http://howdo.morningstar.com.tw/

請填妥後對折黏貼，直接投郵即可，無須貼郵票。

廣告回函
台灣中區郵政管理局
登記證第 3877 號
免貼郵票

好讀出版有限公司　編輯部收

407 台中市西屯區何厝里大有街 13 號
電話：04-23157795-6　傳真：04-23144188

沿虛線對折

購買好讀出版書籍的方法：

一、先請你上晨星網路書店http://www.morningstar.com.tw檢索書目或直接在網上購買

二、以郵政劃撥購書：帳號15060393 戶名：知己圖書股份有限公司並在通信欄中註明你想買的書名與數量

三、大量訂購者可直接以客服專線洽詢，有專人爲您服務：客服專線：04-23595819轉230 傳眞：04-23597123

四、客服信箱：service@morningstar.com.tw